Canterbury
Chilham
Dover
Calais

ullstein

Das Buch

Che kann es nicht fassen: Sie ist auf dem Weg von London nach Canterbury. Zu Fuß. Mit acht anderen Frauen. Denn in einem Brief hat ihre exzentrische, willensstarke Mutter ihrer Tochter aufgetragen, dorthin zu pilgern und ihre Asche zu verstreuen. Außerdem hat Che gerade eine schmerzhafte Trennung hinter sich. Ein als Pilgerreise getarnter Selbstfindungstrip fehlte ihr da gerade noch. Aber den Letzten Willen der Mutter kann man schlecht ignorieren. In alter Pilgertradition soll dann jede der Frauen auf dem Weg nach Canterbury eine Geschichte über die Liebe erzählen. Che ist zunächst skeptisch. Doch die unterschiedlichen Geschichten der Frauen berühren sie tief. Sie merkt bald, dass aus Mitreisenden Freundinnen werden können. Und obwohl Che unterwegs ist, hat sie das Gefühl, angekommen zu sein.

Die Autorin

Kim Wright schreibt für mehrere Lifestylemagazine über Wein, Restaurants und Reisen. Sie veröffentlichte bereits zwei Romane und schrieb sich in die Herzen der Leserinnen, bevor sie ihre eigene Pilgerreise nach Canterbury zur Inspiration für einen dritten nahm. Sie ist leidenschaftliche Tänzerin und lebt in Charlotte, North Carolina.

KIM WRIGHT

Die Canterbury Schwestern

Roman

Aus dem Amerikanischen
von Elfriede Peschel

Ullstein

Besuchen Sie uns im Internet:
www.ullstein-taschenbuch.de

MIX
Papier aus verantwortungsvollen Quellen
FSC® C083411

Deutsche Erstausgabe im Ullstein Taschenbuch
1. Auflage Mai 2016
3. Auflage 2016

Titel der amerikanischen Originalausgabe: *The Canterbury Sisters*
(Gallery Books, a division of Simon & Schuster, Inc., New York)
Umschlaggestaltung und Illustration:
All Things Letters/Chris Campe, Hamburg
Satz: LVD GmbH, Berlin
Gesetzt aus der Albertina
Druck und Bindearbeiten: CPI books GmbH, Leck
Printed in Germany
ISBN 978-3-548-28786-7

Für meine Mutter, Doris Mitchell, die so viele Reisen möglich gemacht hat

Es ist besser, gut zu reisen, als anzukommen.

BUDDHA

1

Kennen Sie das alte chinesische Sprichwort »Mögest du in interessanten Zeiten leben«? Für mich lautete die logische Entsprechung von heute schon immer »Mögest du eine interessante Mutter haben«. Denn von der Minute meiner Geburt an lag der Fluch der impulsiven, talentierten, politisch radikalen und sexuell experimentierfreudigen Diana de Milan auf mir.

Das »de« war ihre Idee gewesen. »Diana Milan« klang nicht groß genug für sie. Sie musste ihren Namen mit dieser kleinen, aber exotischen Silbe ausweiten – die Chance ergreifen, ihr Leben geräumiger und freier zu machen, damit sie in etwas hineinwachsen konnte.

Und was mich betrifft, ich heiße Che.

Ich weiß. Das ist absolut lächerlich, und dabei ist es nicht mal ein Spitzname. Ich bekam ihn zu Ehren des kubanischen Revolutionärs Che Guevara am Tag nach seiner Hinrichtung durch ein bolivianisches Erschießungskommando. Meine Mutter behauptete immer, der Schock über seine Ermordung habe bei ihr die Wehen ausgelöst, aber das ist auch nur wieder ein Teil ihrer komplizierten persönlichen Mythologie. Nach Aussage meines Vaters war ich zwei Wochen über der Zeit, und die Wehen wurden eingeleitet.

Meine Geburt war das erste und das letzte Mal in meinem Leben, dass ich zu irgendwas zu spät kam. Hätte ich, wie geplant, am 24. September das Licht der Welt erblickt, wäre mir der zwar etwas süßliche, aber letztendlich doch tolerable Name »Leticia« sicher gewesen: zu Ehren der jüngferlichen Tante, die meinen Eltern den Apfelgarten hinterlassen hatte, in dem sie ihre erste Kommune auf die Beine stellten. Aber dank meines zu langen Verweilens im Mutterleib bekam ich den Namen Che de Milan aufgedrückt, der wesentlich besser zu einer Revolutionärin als zu einer Weinkritikerin passen würde, und seitdem achtete ich immer darauf, überall zwanzig Minuten vor der Zeit zu erscheinen.

Später im Leben, als meine Mutter bereits einen Lungenflügel und meinen Vater an einen Schlaganfall verloren hatte, wurde sie religiös. Und ich meine damit nicht die mit Trommeln und Brustentblößen einhergehende Suche nach der inneren Göttin, die sie in ihrer Jugend angerufen hatte. O nein. Halbe Sachen machte Diana de Milan niemals. Als meine Mutter sich Gott zuwandte, wirbelte sie mehrmals *en pointe* um ihre eigene Achse und sprang dann wie eine Ballerina in die Luft. Sie kehrte ganz zurück zu ihren spirituellen Wurzeln – was an sich schon eine Ironie ist, da sie immer behauptet hatte, der Katholizismus liege wie ein Fluch auf ihr, dem sie ihr ganzes Leben lang zu entkommen versucht habe. Aber jetzt zeigten sich Flecken auf ihrer noch verbliebenen Lunge, und sie begann, sich nach einer ganz speziellen Gottheit zu sehnen, den sie den »Gott meiner Kindheit« nannte. Die letzten sieben Monate ihres Lebens verbrachte Diana in einem Pflegeheim, einem düsteren neogotischen Gebäude, das von der Kirchengemeinde ihres Wohnorts getragen wurde und Assoziationen an die Szenerie für einen Horrorfilm wachrief. Ich kann mich nicht erinnern, jemals dort gewesen zu sein, ohne dass es geregnet hätte.

Für die Nonnen und Priester, die das Heim führten, war sie eine wahrhaft verlorene, aber heimgekehrte Tochter. Es schien ihnen nichts auszumachen, dass sie für jedes liberale Anliegen, das die Welt kannte, auf die Straße gegangen war und in ihrer Jugend eine Streitschrift über die Freuden der Bisexualität verfasst hatte, die kurzzeitig für Aufruhr sorgte. Ich glaube sogar, dass man sie deshalb nur umso lieber mochte. Die netten alten Damen im Pflegeheim, Frauen, die ihr ganzes Leben für Kuchenverkäufe und Bingonachmittage in den Dienst der guten Sache gestellt hatten, wurden weitgehend ignoriert, während die sündigsten Patienten wie Berühmtheiten behandelt wurden. Jeden Morgen kam der Pfarrer und holte meine Mutter zur Messe ab, als wäre es eine Verabredung. Eigenhändig schob er sie in ihrem Rollstuhl durch den Mittelgang der Kapelle.

Als der Krebs seinen langsamen, aber unablässigen Vormarsch durch ihren Körper fortsetzte, begann Diana, von einer Wunderheilung zu fantasieren. Und war besessen von der Idee, nach Canterbury zu reisen. Sie wünschte sich, vor dem Schrein von Thomas Becket zu knien, einem Ort, dem der Ruf vorauseilte, alle möglichen Spontanheilungen zu bewirken, und der den Blinden, Lahmen und Unfruchtbaren Hoffnung machte. Selbst den Aussätzigen. Ob ich dorthin mitkommen wolle, hat sie mich nie gefragt, genauso wenig wie ich früher jemals gefragt wurde, ob ich sie auf ihren halbgaren Abenteuern begleiten wollte, aber offenbar habe ich während dieser quälenden letzten paar Monate irgendwann zugestimmt, sie dorthin zu bringen. Alles, um ihre Lebensgeister zu beflügeln, doch ich glaube, uns beiden war schon bald klar, dass sie diese Reise niemals schaffen würde. Sie verfügte kaum mehr über die Kraft, mich nach meinen Besuchen zum Aufzug zu begleiten, wie hätte sie also den holprigen Pilgerweg bewältigen können, der von London zur Kathedrale von Canterbury führte?

»Das sind etwa hundert Kilometer«, erklärte ich ihr einmal. »Daran ist im Moment nicht zu denken. Vielleicht später mal, wenn du wieder bei Kräften bist. Irgendwann klappt es schon noch.«

Ja. Das war natürlich eine krasse Lüge, aber einer Sterbenden die Wahrheit zu sagen, ist schwer, und der eigenen Mutter gegenüber ehrlich zu sein, ist unter allen Umständen so gut wie unmöglich. Liegt die Mutter im Sterben, potenziert sich das noch, und man betritt die überaus bizarre Welt dümmlicher Schönfärberei. Da rutschen einem, nur weil man unbedingt etwas sagen möchte, schon mal Worte heraus, von denen man glaubt, dass sie einem aus der Patsche helfen. Einmal ertappte ich mich dabei, dass ich vor ihr die Hauptstädte unserer fünfzig Bundesstaaten aufsagte – in alphabetischer Reihenfolge.

Und als ich das tat und irgendwo zwischen Denver und Dover angekommen war, drehte sie sich in ihrem Krankenhausbett um und sah mich an. Sah mich mit ihrem mir wohlvertrauten Blick an. Als wäre es eine Überraschung, eine Art ewiges Geheimnis, dass ich einfach so hier mitten in ihrem Leben aufgetaucht war.

Man hätte meinen können, dass Dianas Tod auch das Aus für die Büßerreise nach Canterbury bedeutete. Aber drei Wochen nach der Trauerfeier, als ich die Urne mit ihrer Asche erhielt, lag dieser eine Notiz bei.

Wenn Du dies liest, hatte sie geschrieben, *bin ich endlich und wahrhaftig tot. Aufgrund unserer Übereinkunft musst Du mich nun nach Canterbury bringen. Mach das, Che. Bring mich dorthin. Auch wenn Du viel zu tun hast. Vor allem, wenn Du viel zu tun hast. Für eine Heilung ist es nie zu spät.*

Das war nun wirklich seltsam, selbst für jemanden wie Diana. Nicht nur wegen der albernen Anwaltsformulierung »aufgrund unserer Übereinkunft«, sondern auch wegen des letzten Satzes: »Für eine Heilung ist es nie zu spät.« Denn war dein Körper erst einmal eingeäschert und in einer Urne verwahrt – die übrigens überraschend schwer war –, würde man doch davon ausgehen, dass jede Chance zur Genesung vertan war. Meine Mutter hatte die meiste Zeit ihres Lebens leicht benebelt verbracht – zuerst vom Cannabis, das sie zwischen den Apfelbäumen anbaute, später dann vom Morphium, das ihr die Nonnen zusammen mit einer Dauerinfusion Jesus verabreichten. Aber meiner Meinung nach dürfte nicht mal Diana geglaubt haben, dass es möglich sei, aus dem Grab wiedererweckt zu werden.

Die Urne hatte man mir an mein Büro geschickt. Ausgeliefert von UPS zusammen mit einer Kiste zwölf neuer Syrah-Weine, die ein aufstrebendes Weingut mir zur Verkostung und möglichen Besprechung geschickt hatte. Mein Newsletter *Frauenweine* geht monatlich an Tausende von Restaurants und Weinläden, und eine Erwähnung von mir kann für ein neues Label gute Absatzzahlen bedeuten, vor allem, wenn meine Bewertung positiv ausfällt. Was nur selten der Fall ist. Ich bin in der Branche für meinen anspruchsvollen Geschmack bekannt. Nur wenig findet Gnade bei mir, also zählt es tatsächlich etwas, wenn ein Wein meine Zustimmung findet.

Ich nahm die zwölf Flaschen aus ihrer Versandkiste und packte dann die Urne aus, wobei ich erstaunlicherweise Mühe hatte, sie aus der gutgepolsterten Schachtel zu holen, in der das Krematorium sie verpackt hatte. Ganz unten fand ich den Bildband über Canterbury, den ich Diana zu ihrem letzten Geburtstag geschenkt hatte. Es war eins dieser großen quadratischen Exemplare für den Couchtisch, und sie hatte es kaum halten können. Ich saß neben ihr auf dem Krankenhausbett, das Buch quer über unsere Schenkel aufgeschlagen, und las ihr laut daraus vor wie einem Kind. Von den Wegen, die man dort gehen kann, und dass man von einem Priester – anglikanisch diesmal – gesegnet wird, wenn man die Kathedrale betritt, und er sich sogar niederkniet, um einem den Staub von den Schuhen zu wischen, der sich auf dem Pilgerweg angesammelt hat. Dieser Punkt hatte ihr gefallen. Das Buch listet eine ganze Reihe amtskirchlich bestätigter medizinischer Wunder auf und berichtet, dass die gewieften mittelalterlichen Mönche sofort, nachdem Becket ermordet worden war, sein Blut in der Gewissheit aufwischten, dass jeder Tropfen potentielle Zauberkraft besaß. Oder wenigstens potentiellen Profit versprach.

Zauberkraft, aus einem Mord gewonnen. Geld gewonnen aus beidem. Ich fand das seltsam, sogar abgründig, aber Diana hatte befriedigt genickt, als hätte sich endlich das letzte Puzzleteil zum Ganzen zusammengefügt.

Und jetzt sitze ich da. Blinzelnd, als wäre ich gerade erst aus einer Art Trance erwacht. Ich lehne mich in meinen Bürostuhl zurück und betrachte die auf meinem Tisch aufgereihten Gegenstände. Den Wein, die Urne, das Buch, die Notiz. Die Handschrift ist schwach und zittrig und kaum als die meiner Mutter zu erkennen, und ob es mir nun gefällt oder nicht, weiß ich doch, dass ich an mein Versprechen gebunden bin. Ich war immer ein Einzelkind, und jetzt bin ich außerdem eine Waise, und für eigene Kinder ist es auch schon reichlich spät. Nicht, dass ich mir wirklich eins gewünscht hätte. An der Stoßstange meines Fiats steht auf einem Aufkleber: ICH BIN NICHT KINDERLOS, ICH BIN KINDERFREI, aber dennoch traf es mich härter als erwartet, mich plötzlich ganz allein auf der Welt wiederzufinden, jedenfalls was die Blutsverwandtschaft betraf.

Dianas Sterben hatte so lange gedauert, dass ich sicher war, mir den Trauerprozess danach erspart zu haben, weil ich all meine Trauer schon verausgabt hatte. Dabei hatte ich allerdings nicht berücksichtigt, dass es zwischen *Gehen* und *Gegangen sein* einen Unterschied gibt. *Gehen* bedeutet Aktivität. Mit dem *Gehen* sind Aufgaben verbunden – Ärzte und Sozialarbeiter müssen aufgesucht werden, darauf folgt die langwierige Suche nach einem freien Bett in einer anständigen Einrichtung, Anlagefonds müssen flüssiggemacht und Möbel eingelagert werden. Das *Gehen* erfordert viele Besuche, und manchmal überkommen einen dabei verräterische Gedanken. Wie etwa, dass es für alle besser wäre, wenn sie nicht mehr hier wäre, gefangen in ihrem Leid. Und du stellst dir vor, wie erleichtert du sein wirst, wenn dieser letzte Anruf kommt.

Das ist dann auch so, jedenfalls am Anfang. Aber nach

etwa einer Woche kehrt das Leben zu dem zurück, was man allgemein Normalität nennt, und erst da wird dir klar, dass das *Gehen* leichter war als das *Gegangen sein*. Und da erst stellst du dich dieser endgültigen schweigenden Leere, die den Kern jedes menschlichen Todes ausmacht, und es geht dabei nicht nur um die zusätzliche Zeit, die einem plötzlich am Tag bleibt und sich seltsamerweise nur schwer füllen lässt, sondern auch darum, dass man nicht weiß, wohin mit der seelischen Energie, die um den Raum kreist, den deine Mutter einst gefüllt hatte.

Und Diana füllte eine Menge Raum.

Ich starre auf die Urne. Wir möchten, dass unsere Mütter uns als das sehen, was wir wirklich sind – jedenfalls behaupten erwachsene Töchter das immer. Uns quälen die Fragen: *Warum versteht sie mich nicht? Warum will sie gar nicht wissen, was ich denke?* Aber wenn unsere Mütter es versuchen … wenn sie dir gelegentlich diese vorsichtige Frage stellen, dieses unerwartete »Und wie geht es dir?«, immer am Ende eines Gesprächs eingefügt, das sich hauptsächlich um sie drehte, und nachdem man schon mit dem Ritual des Auflegens beschäftigt war, wirfst du ein rasches »Bestens, Mama« ein. Und du sagst ihr, dass du wie immer am Sonntag bei ihr sein wirst. Aber dann kommt der Tag, an dem deine Mutter endgültig tot ist, nicht sterbend, sondern tot, nicht dahinschwindend, sondern unsichtbar, und du weißt, dass sie wirklich nicht mehr, nie mehr …

Und jetzt das. Zwölf Flaschen Syrah, von denen ich wohl kaum eine genießen werde, ein Buch über eine Kathedrale, die ich nicht aufsuchen möchte, eine zittrige Aufforderung und eine Urne mit der Asche meiner Mutter. Ich greife zum Handy und drücke die Taste ganz unten.

»Siri«, sage ich. »Was ist der Sinn des Lebens?« Die Linie des kleinen Mikrophon-Symbols flattert, während ich spreche.

Und dann antwortet Siri: *Ich weiß es nicht, aber ich glaube, es gibt eine App dafür.*

Toll. Ich habe in meinem Leben einen Punkt erreicht, wo mein Handy mich mit Sarkasmus begrüßt.

ICH BIN MIR NICHT sicher, ob ich die Entscheidung, nach Canterbury zu pilgern, tatsächlich getroffen hätte – auch nicht, nachdem ich die Asche und die merkwürdige Notiz meiner Mutter erhalten hatte. Nicht, wenn sich am selben Tag nicht noch etwas anderes ereignet hätte.

Es traf in Form eines anderen Briefs ein, diesmal nicht von UPS, sondern von der allgemeinen Post ausgeliefert, und nicht an meine Büroadresse, sondern an meine Wohnung geschickt. Ich war gerade von der Arbeit nach Hause gekommen, hatte sechs der noch nicht gekosteten Flaschen Wein und meine Mutter in der Diele abgestellt und hatte dann Freddy, meinen Yorkshireterrier, an die Leine genommen, um sofort mit ihm zu einem Spaziergang aufzubrechen. Da ich meine Schlüssel noch in der Hand hielt, ging ich an den Briefkästen vorbei, um nachzusehen, ob etwas in meinem Fach lag.

Ich sehe meine Post nicht jeden Tag durch. Meine Bankgeschäfte erledige ich online, und heutzutage schreibt keiner mehr Briefe, weshalb ich höchstens einmal pro Woche meinen Briefkasten öffne. Und auch dann finde ich darin für gewöhnlich nur Werbezettel und Spendenaufrufe. Ich spreche mit Freddy, der gern hochspringt und bellt, während ich den Schlüssel in den Kasten stecke und die kleine silberne Tür aufziehe und …

Plötzlich bin ich von einem Bienenschwarm umgeben.

Es dauert etwas, bis mir klarwird, was da geschieht. Eine sticht mich in die Hand, direkt in die fleischige Fläche zwischen Daumen und Zeigefinger, und vier oder fünf schwärmen hinterher und umkreisen meinen Kopf. Freddy dreht völlig durch. Die Post ist zu Boden gefallen, darunter ein dicker Packen Werbezeitungen und ein Flyer, der mich darüber informiert, dass ich einem Obdachlosen für gerade mal zweiundneunzig Cent ein Abendessen zu Thanksgiving spendieren kann. Und dann flattert mir auch noch das denkbar Merkwürdigste vor die Füße – ein persönlicher Brief. Ich betrachte in Schockstarre den Umschlag und erkenne die Handschrift meines Lebensgefährten Ned. Warum schreibt er mir? Wir skypen jeden Abend um acht Uhr miteinander, immer pünktlich, und natürlich schicken wir uns tagsüber Nachrichten. Manchmal schickt er mir auch eine Postkarte, aber das hier ist eindeutig ein Brief. Der Umschlag ist lang und wirkt geschäftsmäßig mit der Adresse seiner Anwaltskanzlei in der Ecke.

Ich schlage um mich, um die Bienen zu vertreiben, dabei erwischt mich eine weitere an der Schulter, sticht mich durch meine Bluse hindurch, während eine dritte sich in meinen Stirnfransen verfängt. Mir kommt nicht in den Sinn, das Weite zu suchen, Freddy hingegen schon, und seine Leine rutscht mir aus der Hand. Ich schreie und schlage auf die Biene in meinen Haaren ein. Normalerweise gehöre ich nicht zu den Frauen, die kreischen – es dürfte seit meiner Kindheit das erste Mal gewesen sein, dass ich hysterisch losgeschrien habe –, und dann höre ich eine Autohupe und gleich darauf quietschende Reifen.

Manchmal nimmt unser Leben ganz unvermutet eine plötzliche Wendung. Ein Stich in die Hand, eine entglittene Hundeleine, ein Brief, der einem vor die Füße fällt.

Keine Sorge. Freddy wurde nicht vom Auto überfahren. Die Geschichte ist düster, aber nicht deshalb. Am Steuer des Wagens saß eine meiner Nachbarinnen, eine Frau, die selbst Hunde hat, und es gelang ihr, rechtzeitig anzuhalten. Sie springt erschüttert und weinend, weil es so knapp war, aus dem Wagen und packt die Leine. Freddy springt vor Freude hoch, und die Frau und ich reden aufeinander ein. *Die Bienen,* sage ich, *seien aus dem Nichts aufgetaucht. Sie waren in meinem verdammten Briefkasten. Der Hund,* sagt sie. *Ich hätte ihn fast nicht gesehen. Er kam aus dem Nichts, wie die Bienen.*

Meine Hand pocht, als ich ihr die Leine abnehme. *Es tut mir schrecklich leid,* sage ich, als ich mich bücke, um die Post aufzuheben. Auch dem Hund sage ich, dass es mir leidtut. Unverdrossen zerrt er an der Leine, will nur seinen Spaziergang beenden.

Packen Sie Eis drauf, rät mir die Frau. *Schaben Sie mit einer Kreditkarte darüber, um sicherzugehen, dass der Stachel draußen ist. Und nehmen Sie für alle Fälle ein Antiallergikum. Gott sei Dank,* sagt sie. *Es hätte so viel schlimmer ausgehen können.* Das wiederholt sie mehrmals.

Zweifellos sind Sie mir inzwischen um einiges voraus. Zweifellos haben Sie, sobald Sie erfuhren, dass der Brief aus einer Kanzlei stammte, vorhergesehen, was kommen würde. Vielleicht war es sein Name, Ned, so minimal und ordentlich, oder die Tatsache, dass er Anwalt ist, oder Sie haben die Erwähnung von Skype als Beweis dafür genommen, dass wir in verschiedenen Städten leben, was, wie man weiß, der Todesstoß für jede Beziehung ist. Aber ich war noch immer mit den Stichen und dem Hund und der Tatsache beschäftigt, dass ich vor meiner Nachbarin wie eine verantwortungslose Närrin dastand. Ich stopfte mir den Brief in die Jackentasche, warf den Rest der Post in den Müll und nahm Freddy mit zur langen Runde, die einmal rund um den künstlich angelegten See und durch den Wald führte.

Erst Stunden später, als ich bereits im Bett lag, das Licht gelöscht hatte und fast schon schlief, fiel mir Neds Brief wieder ein.

Sehr zum Verdruss des dösenden Freddy schaltete ich die Nachttischlampe an, holte den Brief aus meiner Jacke, setzte die Brille auf, ging zurück ins Bett und riss den Umschlag auf. Drei getippte Seiten mit einfachem Zeilenabstand, gefolgt von einer vierten mit Zahlen darauf. Ein Schätzwert für die Höhe der Summe, die derjenige von uns aufbringen müsste, wenn er den anderen für unser Häuschen auf Cape May auszahlen würde.

Und auf diese Weise erfuhr ich, was Sie sich zweifellos bereits gedacht haben.

Dass man mir den Laufpass gegeben hat.

Die Frau, deretwegen Ned mich verlässt, heißt Renee Randolph. Ihm ist es wichtig, sicherzustellen, dass mir die Fakten vorliegen. Er möchte keine Ausreden erfinden oder so tun, als gäbe es sie nicht. Er respektiert mich zu sehr und möchte sich deshalb all das übliche Gerede von wegen, man habe sich auseinandergelebt oder es liege nicht an mir, sondern an ihm, ersparen. Er möchte, schreibt er, »jede Art von

Versteckspielchen zwischen uns vermeiden«. Dafür seien wir viel zu gute Freunde.

Die beiden haben sich im Fitnessstudio kennengelernt, erklärt er und schreibt dann, dass dieser Umstand mich vermutlich amüsieren werde. Erst kann ich mir gar nicht erklären, warum er auf diese Idee kommt, bis mir einfällt, dass er und ich uns ebenfalls im Fitnessstudio kennengelernt haben, oder besser gesagt im Sportraum eines Hotels, wo wir beide nebeneinander auf dem Laufband schwitzten. Und an dieser Stelle verschwimmt mir alles vor den Augen. Es gelingt mir offenbar nicht mehr, den Buchstaben auf vernünftige Weise von links nach rechts zu folgen – ich halte das Blatt vor mich, und die Wörter und Sätze lösen sich von der Seite und schwärmen wie tausend kleine stechende Insekten auf mich zu.

Diese Frau, Renee, hat scheinbar einen Ehemann. Schlimmer noch, sie hat einen ausländischen Ehemann. Er kommt aus einem dieser Länder, wo eine Ehe geschieden wird, wenn die Frau nur Töchter zur Welt bringt, und dann versuchen die Väter auch noch, ihre Töchter zu entführen. Renee lebt in ständiger Angst, schreibt er, sie weiß nie, wann dieser Mann auftauchen oder an seiner statt irgendeinen schwer bewaffneten Emissär schicken wird. Die Lehrer an der Schule ihrer Töchter haben Anweisung, dass die Mädchen den Campus nur mit Renee verlassen dürfen.

Ja, sie hat also einen schlimmen Ehemann und setzt dann noch eins drauf, indem sie krank ist. Irgendwas stimmt nicht mit ihr. Sie hat eine unaussprechliche Krankheit – eigentlich eher ein Syndrom, also etwas, das sich nur schwer diagnostizieren lässt, etwas, das sie einem zuschreiben, wenn einem sonst eigentlich nichts fehlt. Aber dieses Syndrom, diese

Krankheit, macht es womöglich erforderlich, dass er ihr … ich weiß nicht, irgendwas gibt. Etwas Lebenswichtiges. Seine Hornhaut, sein Knochenmark, Zugang zur bestmöglichen Krankenversicherung. Mein Herz.

Sie braucht mich. Die Worte steigen von der Seite auf, begleitet von ihrem schweigenden Echo: *Und du nicht.*

In gewisser Weise hat er recht. Seit wir uns vor sechs Jahren kennenlernten – wir waren beide unterwegs auf einer Geschäftsreise und bewegten uns nebeneinander auf dem Laufband mit Blick nach oben zu den CNN-Nachrichten –, verband Ned und mich eine Partnerschaft, eine Freundschaft, die von einer fast unglaublichen sexuellen Kompatibilität getragen wurde. Mir gefiel das, und ich dachte, ihm auch. Dass wir einander während der Woche in Ruhe ließen und unserer Arbeit nachgingen, um uns dann aber in der Freizeit an vielen interessanten Plätzen zu treffen – in Napa, Austin, Miami, Montreal, Reykyavík, London, Key West, Telluride und Rom.

Als wir das Häuschen in Cape May kauften, stellten wir Sonnenblumen auf den Tisch und legten einen handgeknüpften Teppich auf den Fußboden. Unsere Einrichtung war alt, gutes Holz, aber alt, und wir strichen alles in Burgunder oder Moosgrün oder Holländisch-Blau. Van-Gogh-Farben nannte Ned sie. Es war eine perfekte kleine Welt, vervollständigt durch ein paar sorgfältig gestylte Nachlässigkeiten, die man sich erlaubt, um zu verdeutlichen, dass man nicht »zu dieser Art von Leuten gehört« – Sie wissen, was ich meine. Jeden Sonntagmorgen liefen wir hinunter zum Café an der Ecke, wo wir uns zwei Ausgaben der *New York Times* kauften, damit wir gemeinsam an unserem Tisch sitzen und den anderen zum

Kreuzworträtselwettkampf herausfordern konnten. Wir passten gut zusammen. Manchmal gewann ich, manchmal er.

Liebte ich ihn? Ich denke schon. Ich muss ihn geliebt haben. Es war eine sehr moderne Form der Liebesbeziehung, jedenfalls redete ich mir das ein, wenn ich hin und her pendelte, immer in einem Auto oder einem Zug oder zu einem Flughafen. Und wir lachten … du liebe Güte, Ned und ich hatten ständig was zu lachen.

Und wenn man so viel lacht, wenn man jedes Rätsel fast gleichzeitig löst, wenn man sich über den farbig angestrichenen Tisch hinweg ansieht und die Blicke sich befriedigt treffen … dann muss das doch was zu bedeuten haben, oder?

Ich bin mir sicher, dass ich ihn an dem Wochenende geliebt habe, als wir Lorenzo kauften. Lorenzo war ein Hummer. Wir erwarben ihn an einem dieser Stände neben der Straße, wo »FRISCH« auf den Schildern steht und jede Menge Bilder von lächelnden Meeresfrüchten dazugemalt sind. Er war in Eis und Styropor verpackt, die Scheren wurden von dicken Gummibändern zusammengehalten, und ich begann, diese ganze Idee bereits zu bedauern, bevor wir mit Neds Lexus wieder auf der Straße waren.

»Was meinst du, ob er da drin atmen kann?«, fragte ich, und Ned erwiderte: »Hummer atmen nicht.«

Nun, das ist lächerlich. Jedes Wesen atmet auf die eine oder andere Weise. Aber ich sagte nichts, und nach ein paar Kilometern meinte Ned: »Wenn er was braucht, dann vermutlich Wasser.«

Natürlich war es albern von uns, um das Wohlergehen eines Geschöpfs besorgt zu sein, dem nur noch Stunden bis zu seiner Hinrichtung blieben, aber schon da wusste ich, dass wir es nie übers Herz bringen würden, Lorenzo zu kochen. Man kann etwas, dem man einen Namen gegeben hat, nicht kochen. Wir fuhren weiter, hielten aber mehrmals an, um Salat, Tomaten, Zitronen, Kräuter und das Sauerteigbrot einzukaufen. Als wir schließlich in die Einfahrt zu unserem Häuschen einbogen, war Ned bereits dazu übergegangen, mit dem Hummer zu sprechen und auf die Sehenswürdigkeiten zu zeigen, an denen wir unterwegs vorbeikamen, als wäre Lorenzo unser Wochenendgast. Wir bereiteten den Salat zu, öffneten den Wein und stellten sogar einen riesigen Wassertopf zum Kochen auf den Herd, aber es war vergeblich. Am Ende befreiten wir Lorenzo von seinen Gummibändern und warfen ihn zurück in die Bucht.

»Weißt du«, sagte Ned und hob das Weinglas zu einem Toast, während Lorenzo zurück ins Meer trieb, »wir müssen aufhören, diesen Ort hier als Geldanlage zu sehen, und ihn stattdessen als ein Zuhause betrachten.« Und am nächsten Wochenende zogen wir los und kauften Freddy.

Und jetzt teilt mir Ned mit, er wünsche mir das Beste. Und ich war mir immer sicher gewesen, was wir hatten, sei das Beste. Nein, »das Allerbeste« schreibt er sogar. Dass er mir das »Allerbeste wünsche«. Weniger habe ich seiner Ansicht nach nicht verdient.

Will er mir damit sagen, dass das Lachen nicht gezählt hat? Auch nicht die Freundschaft und nicht der Sex? Schließlich haben wir sogar gemeinsam Kreuzworträtsel gelöst. Wir hatten einen Hummer und einen Hund. Er ist der einzige Mann, mit dem ich zusammen war, den auch meine Mutter mochte.

Aber offensichtlich ist das jetzt alles Schnee von gestern, seit er seinen verwundeten Vogel gefunden hat. Seit er sich niedergebückt hat, um die Patientin zu retten, flattert sie in seiner Hand. Und er hat mir geschrieben, um mich darüber zu informieren, dass er nie glücklicher war.

Ich denke, schreibt er mit tödlicher Simplizität, *dass sie Die Eine sein kann.*

Ja, in Großbuchstaben, falls es mir sonst entginge. Die. Eine.

STUNDENLANG LIEGE ICH mit Herzklopfen und tauben Beinen im Dunkeln. Am Montag wolle er mich anrufen, kündigt er in seinem Brief an. Wir hätten viele Dinge zu besprechen, mit denen er mich aber nicht überrumpeln wolle. Was natürlich völliger Blödsinn ist. Indem er mir einen Brief schrieb, vermied er es, mich jammern oder weinen zu hören, und er musste sich auch nicht dem Ansturm meiner Fragen stellen. Wann ist das passiert? Wie lange kennt er sie schon? Gab es Zeiten, in denen er von ihrem Bett in meins kam, und hat sie ihn auf diese Weise langsam und schrittweise auf ihre Seite gezogen, oder war ihr Sieg über mich ein Überraschungscoup? Und welche Antwort darauf wäre schwerer zu akzeptieren?

Als ich mich aus dem Bett quäle, ist es fast schon hell. Ich öffne eine weitere Flasche Syrah, schütte mir etwas davon in ein Wasserglas und gehe zu meinem Schreibtisch, um den Computer anzuschalten. Einen Moment lang kämpfe ich gegen das Verlangen an, diese Frau zu googeln, um alles über Renee Randolph in Erfahrung zu bringen, aber ich versage es mir. Zweifellos wird sie hübsch sein. Schönheit und Tragik, das ist eine höchst anziehende Kombination. Romanstoff pur, während durchschnittliches Aussehen und Tragik nur … durchschnittliches Aussehen und Tragik sind. Auf jeden Fall nicht bezwingend genug, um einem so angenehmen und komfortablen Leben wie dem, das Ned und mich verband, ein Ende zu bereiten. Sie muss hübsch sein. Alles andere ergäbe keinen Sinn.

Ich nehme einen großen Schluck Wein und betrachte die Suchzeile, in die ich bereits REN eingetippt habe. Was könnte Google mir Tröstliches über diese Frau sagen? Sollte sie versierter sein als ich, würde es schmerzen … aber wenn sie nun weniger perfekt wäre? Das wäre irgendwie noch schlimmer. Schließlich lösche ich REN und gebe stattdessen PILGERREISEN NACH CANTERBURY ein.

Natürlich lande ich auf Seiten, die der Literatur und Geschichte gewidmet sind. Artikel über Chaucer und Becket und den Ruf, den Canterbury für Wunder genießt. Verärgert lehne ich mich zurück, während die wissenschaftlichen Artikel vorbeiscrollen, und dabei fällt mein Blick auf die Ehemaligenzeitschrift meiner Hochschule, die schon weiß Gott wie lang auf meinem Schreibtisch liegt. Auf den hinteren Seiten sind dort immer Reisen aufgelistet, wie mir beim flüchtigen Durchblättern aufgefallen ist. Die Idee, von einem Professor in einer Gruppe durch Museen und Paläste sowie über Schlachtfelder geführt zu werden, hat mir schon immer gefallen. Jemanden zu haben, der den Blick auf die wichtigen Dinge lenkt. Es fällt nicht schwer, sich vorzustellen, dass diese Reisen einsame Singlefrauen ansprechen, jene traurigen Seelen, die in der Mitte ihres Lebens angekommen sind und sich solche Reisen leisten können, aber niemanden haben, mit dem sie diese unternehmen können.

Im blauen Lichtschein des Computerbildschirms gehe ich den Katalog durch und werde rasch fündig: Da steht der Name einer Kunstprofessorin, die sowohl Gruppen als auch Einzelreisende durchs südliche England begleitet. Ihr Aussehen entspricht genau meinen Vorstellungen: blass, ernsthaft, akademisch, ohne den Hang, persönliche Fragen zu stellen. Ich schicke ihr rasch eine E-Mail mit der Information, dass ich so schnell wie möglich nach Canterbury wandern muss, von Anfang bis Ende, von London bis zu den Stufen der Kathedrale. Und dann google ich, was man beim Transport von Asche auf einem Auslandsflug beachten muss.

Offensichtlich nehmen die Toten in der Reisebranche ein nicht unerhebliches Segment ein, weil die Antwort sofort erscheint. Die Urne muss im Flugzeug mitgeführt werden und darf nicht in den Koffer gepackt werden. Sie muss gescannt werden und die Sicherheitskontrolle passieren und benötigt die Bestätigung des Krematoriums, dass der Inhalt aus menschlichen Überresten und nicht beispielsweise aus Plutonium besteht. Ich muss damit rechnen, dass die Sicherheitsbeamten die Urne nach Gutdünken jederzeit öffnen und kleine Teile meiner Mutter womöglich auf dem Bodenbelag des Flughafens landen oder die Hände eines Beamten der Transportsicherheitsbehörde beschmutzen können. Es bestehe aber auch die Möglichkeit, ganz auf die Urne zu verzichten, wie die Seite dezent, aber nachdrücklich empfiehlt. Befördern Sie die Asche in einem weniger schweren Behältnis, das vom Scanner weniger leicht erfasst werden kann. Wie etwa einem Frischhaltebeutel.

Ich hatte oft vorgehabt, meine Mutter mit nach Europa zu nehmen, aber ich war bei diesen Reisen meist geschäftlich unterwegs oder traf mich mit Ned an einem romantischen Ort. Und natürlich war auch sie stets sehr beschäftigt gewesen, weil sie sich um unverstandene Pitbulls kümmerte, für Amnesty International auf die Straße ging oder Häuser mit Hilfe von Habitat auf Vordermann brachte … Und dann wurde sie krank. Diana und ich haben alle Chancen verpasst, aber jetzt endlich begleitet sie mich, wenn auch in meinem Handgepäck. Ich setze das Glas Wein ab, den ich bitter finde, aber ich weiß, dass das ungerecht ist. Ich habe ihn getrunken, während ich in Gedanken ganz woanders war, was eine Kardinalsünde bei der Weinverkostung ist. Schließlich weiß jeder, wie leicht Gefühle sich von der Seele auf die Zunge schleichen. Ist der Wein bitter geworden oder ich?

Die Sonne ist aufgegangen. Ich verlasse meinen Schreibtisch, das Weinglas noch immer in der Hand. Die Reste des Syrahs kippe ich in den Abfluss meiner Küchenspüle und vertiefe mich in den dunkelroten Fleck. Ich habe der Professorin mitgeteilt, dass ich frühestens am Sonntag in London sein könne und gerne eine Privatführung hätte. Die kostet vermutlich ein Vermögen, aber mich treibt nur ein Gedanke an, nämlich dass ich weg sein muss, längst weg sein muss, bevor Ned mich anrufen und sich entschuldigen und mir erneut erklären kann, dass er einfach nicht anders handeln könne, weil ein Mann einer Frau in Not nicht widerstehen kann. Der Wunsch zu flüchten ist in mir sehr groß. Tatsächlich weiß ich nicht, was geschehen wird, wenn ich nicht sofort von hier wegkomme.

Ich greife nach dem Handy und versuche es erneut. »Siri«, sage ich. »Was ist der Sinn des Lebens?«

Eine Pause und dann die Antwort: *Frag Kant. Haha.*

Haha. Ein echter Brüller, diese Siri.

2

Es gab mal eine Studie darüber, warum so viele Menschen in Flugzeugen weinen – ob es an der Stille liegt oder der Isolation oder an der Urangst, die *terra firma* zu verlassen.

Ich denke, es rührt daher, dass die meisten von uns im Flugzeug fast so etwas erleben wie eine erzwungene Meditation. Auf der Startbahn, in jener kleinen, zitternden Welt zwischen Hier und Dort, können wir nichts weiter tun, als dasitzen und unseren Gedanken nachhängen. Ist das Flugzeug erst mal in der Luft, gibt es natürlich tausend Dinge, die uns ablenken: Filme, Kindles, Spiele, Rätsel, Drinks und jene schmale, aber verführerische Möglichkeit, unser Sitznachbar könnte sich als Seelenverwandter erweisen. Aber während des Startens und Landens sind wir auf uns allein gestellt. Da können wir den gewaltigen einsamen Prärien, die in unseren Köpfen existieren, nicht aus dem Weg gehen.

Anfangs sieht es so aus, als wäre bei diesem Flug das Glück auf meiner Seite. Keiner belegt den Gangplatz, und ich kann mich ausstrecken und schlafen. Wir landen vorzeitig, sogar so verfrüht, dass Heathrow für uns noch nicht mal ein Gate bereit hat. Während wir auf eine Freigabe warten, hole ich mein Handy heraus und gehe meine Nachrichten durch. Es ist nicht viel Überraschendes dabei – Arbeit und Werbung und Benachrichtigungen von Facebook, Instagram und Twitter. Aber eine davon kommt von der Uniprofessorin, die ich als meine Reiseführerin angeheuert habe, und im Betreff steht: *Kleine Planänderung.*

Kleine Planänderung? Das ist nicht gut. Meiner Erfahrung nach ist das nie gut.

Ich schaue aus dem Fenster des Flugzeugs auf den regennassen Asphalt, und ein leiser Schauder läuft mir über den Rücken. Allein die kurze Zeit, die ich darauf verwendet habe, diese Reise auf meinem Computer zu studieren, hat mich gelehrt, dass die Fußwanderung nach Canterbury gar nicht so einfach ist, wie es sich anhört. Vielmehr geht es darum, auf den noch verbliebenen Resten des alten Pilgerwegs zu wandern. Dieser folgte nämlich ursprünglich einem noch älteren römischen Pfad, doch dieser alte, heilige Weg wurde von den Erfordernissen des modernen Lebens zerstückelt. An mehreren Stellen wird er von einer wichtigen Autobahn durchschnitten, und die noch intakten Teile des Weges schlängeln sich vorwiegend durch Privatbesitz, landwirtschaftlich genutzte Flächen, Obstgärten und selbst durch die Hinterhöfe ländlicher Anwesen.

Da der Weg der Aufsicht des National Trust unterliegt, wussten die Landbesitzer natürlich beim Kauf bereits, dass sie das Wegerecht zulassen müssen. Und sind vermutlich auch daran gewöhnt, dass Amerikaner mit Rucksäcken und mit Blasen an den Füßen und gebrochenen Herzen im Nebel an ihnen vorbeiziehen. Aber Google warnt davor, dass es knifflig ist, dem Weg zu folgen. Es gibt nur wenige Markierungen, und diese lassen oft zu wünschen übrig, weil sie so angebracht sind, dass man unmöglich erkennen kann, wo der Weg abbricht und wo er wieder einsetzt.

Heißt im Klartext, man braucht einen Führer.

Aber wie es aussieht, habe ich es bereits geschafft, meine Führerin zu verlieren. Sie schickt mir ihre E-Mail von der Krankenbahre in einem Krankenhaus aus, wo sie als Notfall auf ihre Blinddarm-OP wartet.

»Ist das zu fassen?«, schreibt sie.

Nein, fassen kann ich das nicht. Wer muss sich denn heute noch einer Blinddarmoperation unterziehen? Genauso gut könnte sie mir mitteilen, sie würde von der Beulenpest heimgesucht. Aber dann bietet sie mir in verdächtig vollständigen und grammatikalisch korrekten Sätzen für eine Frau, die höchstwahrscheinlich Qualen leidet, eine Lösung an. Zufälligerweise leitet eine ihrer Universitätskolleginnen eine organisierte Tour nach Canterbury, die an diesem Nachmittag von London aufbrechen wird. Eine auf ihrem Gebiet hochgeschätzte Altphilologin, noch ziemlich jung, fast ein Ausnahmetalent. Und sie versichert mir, dass ich keine Sorge haben müsse, nicht willkommen zu sein. Die Frauen in dieser Gruppe seien allesamt Amerikanerinnen und hätten ihre Reise über ein Unternehmen gebucht, das sich Reiseweiber nennt und an allein reisende Frauen wendet.

Die allein reisende Frau. Vermutlich gehöre ich da jetzt dazu.

»Eine Lösung, wie sie besser nicht sein könnte«, schreibt die Professorin, aber überzeugt bin ich nicht. Ich möchte mich beim Wandern nicht unterhalten müssen. Ich möchte mich nicht mit anderen Frauen verbünden und ihnen von meinen Problemen erzählen, denn so schmerzlich sie auch sind, entsprechen sie doch sehr dem Klischee, wenn man ehrlich ist. Und bin ich erst einmal gezwungen, ihnen meine Geschichten zu erzählen, erfordert es die Höflichkeit, mir auch ihre anhören zu müssen. Und ich wette, auch sie haben alle tote Mütter und gemeine Liebhaber. Mein Handy hat sich auf die Ortszeit umgestellt und zeigt mir, dass es noch nicht ganz sieben Uhr morgens ist. Ich starre hinaus auf einen wenig anheimelnden Morgen in der Fremde und wäge meine Möglichkeiten ab.

Vielleicht sollte ich einfach den Zug nach Canterbury nehmen. Meine Mom loswerden und schnell wieder zurück nach Heathrow fahren, dann säße ich mit ein bisschen Glück abends vielleicht schon wieder im Flieger nach Philadelphia. Das wäre dann zwar keine echte Pilgerreise, nicht im Sinne einer schrittweisen Annäherung, aber mein Versprechen hätte ich gehalten. Und darum geht es doch schließlich, oder? Um den Schlusspunkt am Ende eines Satzes. Darum, auf die Return-Taste zu drücken und einen neuen Paragraphen in meinem Leben zu beginnen. Abschied zu nehmen. Mich von Geistern zu befreien. Es gibt absolut keinen Grund dafür, mir die Sache schwerer als nötig zu machen.

Endlich bewegt sich das Flugzeug auf ein offenes Gate zu. Ich blicke auf die Textnachricht in meiner Hand.

Reiseweiber. Meine Güte. Vielversprechend klingt dieser Name nicht.

Als ich im Heathrow Express auf dem Weg in die Stadt sitze, hat der Regen aufgehört, und der Morgen ist rosig und golden. Auf den Gehwegen schillern die Pfützen wie bei einem Gemälde von Monet, und die Luft fühlt sich frisch an. An der Paddington Station steige ich aus und schlage die Richtung ein, die, wie mir mein Handy versichert, schnurgerade nach Osten führt. Unter meinen Stiefeln rascheln die Herbstblätter, und als ich an einer Straßenecke stehenbleibe, um meinen Koffer in die andere Hand zu nehmen, denke ich mir, dass *London sich in einem anderen Tempo bewegt als amerikanische Städte*. Die Betriebsamkeit ist gedämpfter. Das Tempo zivilisierter und humaner. Das gefällt mir nicht.

Wann habe ich zum letzten Mal etwas gegessen? Vor so langer Zeit, dass ich mich nicht mehr daran erinnere, was nicht gut ist, und deshalb steuere ich das nächste Café an. Bestelle, ohne zu überlegen, das »Standardfrühstück« und bin völlig irritiert, als ich ein britisches Frühstück bestehend aus Baked Beans, Pilzen und Tomaten vorgesetzt bekomme. Doch als mir sein Duft in die Nase steigt, merke ich, dass ich hungrig bin, seit Tagen vielleicht zum ersten Mal. Während ich mich durch den Teller arbeite, lese ich noch mal die E-Mail der Professorin, diesmal in ruhigerer Seelenverfassung.

Die Reiseweiber treffen sich zum Mittagessen im George Inn, schreibt sie. Es liege neben dem ehemaligen Tabard Inn, wo Chaucer und seine Pilger vor fünfhundert Jahren ihre Reise begannen. Das Tabard sei allerdings irgendwann bei einem Feuerausbruch im darin untergebrachten Bordell ein Raub der Flammen geworden. Das George sei ein Wirtshaus derselben Provenienz und aus derselben Ära und somit ein würdiger Ausgangsort für eine Wallfahrt. Das sind die Worte, die sie verwendet – »Provenienz«, »Ära«, »würdiger Ausgangsort« und »Wallfahrt« –, und ich staune wieder, dass eine Frau, die kurz vor einer Operation steht, sich die Zeit nimmt, eine so wortreiche und überzeugungskräftige Nachricht zu verfassen. Offenbar ist diese Fröhlichkeit im Angesicht des Ungemachs, dieser Zwang, sich über mittelalterliche Geschichte auszulassen, während man sich vor Schmerzen krümmt, ein britischer Wesenszug.

Nehmen Sie die U-Bahn zur London Bridge Station, rät sie mir, dann stoßen Sie nach weniger als zehn Minuten Fußweg auf das George Inn. Ich esse meine Bohnen und werfe einen Blick auf den Plan, den ich mir aus dem Zug mitgenommen habe. Die Entfernung von Paddington zur London Bridge ist beträchtlich, aber schließlich habe ich viel Zeit totzuschlagen. Ein ausgiebiger Spaziergang wird mir guttun, nachdem ich so lange eingepfercht im Flugzeug gesessen habe. Natürlich habe ich nicht wirklich vor, mich der Gruppe anzuschließen. Jedenfalls nicht, ohne sie vorher auszukundschaften. Sie schreibt, es seien mit der Führerin acht Frauen auf dieser Tour, und eine Gruppe dieser Größe sollte nicht allzu schwer auszumachen sein. Ich beschließe, sie aus angemessener Distanz zu beobachten und herauszufinden, wie langweilig sie sind, bevor ich eine Entscheidung treffe. Wenn ich das Gefühl haben sollte, dass sie in Ordnung sind, werde ich auf sie zugehen. Wenn nicht, kann ich von London Bridge aus noch immer den Zug nach Canterbury nehmen und allein meine Mutter verstreuen.

Wikipedia schreibt, dass Chaucers Pilger ihre Reise in Southwark begannen – auf heutige Verhältnisse übertragen ein zwielichtiger Vorort, der außerhalb der Stadtmauern Londons lag und somit auch nicht dem Gesetz unterworfen war. Prostituierte, Diebe und Trunkenbolde waren dort zu Hause.

Jetzt wimmelt es hier von Touristen. Tatsächlich ist die

ganze Gegend um die London Bridge ein Vergnügungszentrum wie geschaffen für Ausländer auf Urlaub. Es erstreckt sich von der Brücke selbst über den Kerker und den Turm auch auf mehrere Segelschiffe, die als Nachbildungen in Originalgröße auf der Themse schaukeln. Sogar Kostümierte laufen durch die Straßen, um Handzettel für Museen und Stadtrundfahrten zu verteilen, und kaum habe ich Southwark betreten, gesellt sich bereits ein Mann zu mir, der wie Sir Walter Raleigh gekleidet ist. Ich weiß, dass es sich nur um Raleigh handeln kann, weil er mit großer Geste einen Schritt zurücktritt, sich verbeugt und dabei seinen schäbigen roten Samtumhang ablegt, als wollte er ihn über eine der ziemlich großen Pfützen breiten, die der Regen auf der Straße hinterlassen hat. Die Idee dahinter ist vermutlich die, dass ich wie damals Queen Elizabeth über den Umhang laufen soll, aber ich schüttle abwehrend den Kopf, um ihm zu vermitteln, dass dies nicht nötig sei. Um ihm zu zeigen, dass ich ungeachtet meines Rucksacks und des hinter mir hergezogenen Koffers nicht die typische amerikanische Touristin bin. Egal, wie galant er sich auch geben mag, ich werde ihm nicht zum Kai folgen und zehn Pfund für eine Fahrt auf seinem Boot zahlen. Da hat er sich wirklich die Falsche ausgesucht. Und um ihm zu beweisen, wie unabhängig ich bin und wie eilig ich es habe, laufe ich direkt in die Pfütze hinein.

Er lächelt.

»Gehabt Euch wohl, Mylady«, sagt er, und seine Stimme hebt sich auf der letzten Silbe ein wenig, als wäre es eine Frage.

Macht er sich über mich lustig? Ist »Gehabt Euch wohl« elisabethanisch für »Verpiss dich«? Ich hatte schon immer den Verdacht, dass britische Männer glauben, eine unwiderstehliche Wirkung auf amerikanische Frauen zu haben, und mal ehrlich, ganz unrecht haben sie damit nicht. Sie wissen, dass wir sie wegen ihres Akzents lieben … dass ein britischer Mann picklig, pleite und primitiv sein kann und eine amerikanische Frau ihn dennoch umschmeicheln und fraglos einem ihrer eigenen Landsleute vorziehen wird. Aber wie soll eine Frau auf »Gehabt Euch wohl« reagieren? Etwa mit »Gehabt auch Ihr Euch wohl« oder sagt man besser einfach »Danke«?

Im Weitergehen werfe ich einen Blick über die Schulter. Sir Walter Raleigh löst die Spange seines Umhangs bereits für die nächste Touristin. Eine, die ihm mehr Wertschätzung entgegenbringt, femininer, hilfloser und liebenswerter ist. Sie kichert, und ihre Freunde machen ein Foto, als sie vorsichtig ihren Fuß anhebt, um auf den von Motten zerfressenen roten Samt zu treten. Er verneigt sich vor ihr, zieht den federngeschmückten Hut mit der einen und berührt ihre Fingerspitzen mit der anderen Hand. Ihr Lächeln verrät, dass sie ihm zehn Pfund geben wird. Ein Lächeln, als würde sie ihm gern alles geben, worum er sie bittet.

Trotz des langen Fußwegs treffe ich zeitig im Lokal ein, fast eine Stunde vor dem vereinbarten Treffen der Frauen. Das George Inn entspricht nicht ganz meinen Erwartungen. Dunkel ist es, ja, mit roten Zierleisten um die Fenster und vielen Kupferkesseln und jeder Menge anderem blödsinnigen Zierrat, der »historisches Gasthaus« schreit. Aber es ist größer und vornehmer, als ich vermutet hatte, und sehr gut besucht, offenbar von Einheimischen wie von Touristen gleichermaßen. Ich setze mich an die lange Eichentheke und bestelle mir meinen ersten Drink. Meine Seelenverfassung lässt sich wohl am besten damit wiedergeben, dass mir genau das durch den Kopf geht: »Mein erster Drink.«

Restaurants sind die Kirchen meiner Generation. Hier versammeln wir uns, um unsere Sünden zu beichten, Wein zu trinken, nach Hoffnungsschimmern Ausschau zu halten und – als Wichtigstes – um Gemeinschaft ... oder wenigstens einen vorübergehenden Zufluchtsort vor unserer Einsamkeit zu finden.

Und wäre das George Inn tatsächlich eine Kirche, wäre diese Bar ihr Reliquienschrein. Ich starre auf die zahllosen Reihen vielfarbig gefüllter Flaschen, die alle sorgfältig von hinten beleuchtet werden, als wären sie in einem Museum zur Schau gestellte Juwelen. Oder vielleicht auch Bücher in einem Bibliotheksregal. Nein, nicht ganz. Keine Bücher. Denn Bücher beinhalten Geschichten von Dingen, die bereits passiert sind, aber die Spirituosen auf diesen hohen Regalen vor mir enthalten Geschichten, die sich erst noch ereignen. Von Liebenden, die sich noch nicht begegnet sind, von Schwertern, die noch nicht gezückt wurden, von Reisen, die vielleicht unternommen werden, vielleicht aber auch nicht. *Und in diesem Glas,* überlege ich und vertiefe mich dabei in jenes, das ich in meiner Hand halte ... wartet unten am Grunde etwas Überraschendes auf mich. *Wenn ich meinen letzten Schluck genommen habe, wird eine Geschichte ihren Anfang nehmen.*

Fast zwei Stunden sind vergangen, und allem Anschein nach bin ich betrunken.

Die Frauengruppe, die ich erwartet habe, ist vor einiger Zeit eingetroffen und hat sich am hinteren Ende eines langen Tischs im Picknickstil niedergelassen. Aus dieser Entfernung ist es mir nicht möglich, ihr Gespräch zu verfolgen, aber ich kann ihre Gesichter im Spiegel hinter der Theke sehen. Die Verlegenheit, die man bei einer Gruppe von Fremden erwarten würde, die sechs Tage zusammen verbringen wird, scheinen sie nicht zu kennen. Sie reden und lachen, rücken ihre Stühle zurecht. Sie haben sich ihrer Mäntel und Schals entledigt und sich in die großen, bierfleckigen Speisekarten vertieft.

Viel Glück damit, möchte ich ihnen zurufen. Ich habe schon was gegessen, wenn auch nicht viel.

Die nachlässige Servicequalität in Europa ist mir schon seit jeher ein Ärgernis. Überall um mich herum stehen nicht abgeräumtes Geschirr und nicht nachgeschenkte Gläser. Kreditkarten warten in ihren schwarzen Kladden darauf, entgegengenommen zu werden, aber der junge Mann, der vor mir an der Theke bedient, lehnt mit vor der Brust verschränkten Armen an der Wand und starrt gedankenverloren ins Leere. Mich drängt es, ihn zur Eile zu ermahnen, ihm zu erklären, dass ich noch woanders hinmuss, aber das ist natürlich gelogen. Es gibt absolut nichts und niemanden, der mich erwartet. Keiner auf Erden – abgesehen vom Besitzer der Hundepension, wo ich Freddy zurückgelassen habe, und von der Uniprofessorin, die in diesem Moment in die Dunkelheit der Anästhesie abtaucht – hat die leiseste Ahnung, wo ich mich gerade befinde. Niemand weiß, in welchem Land ich mich aufhalte. Ich werde nirgendwo erwartet, von keinem, und die freie Zeit gähnt mich an wie ein Rachen. Wenn ich nicht aufpasse, falle ich noch hinein und werde auf der Stelle verschluckt.

Die acht Frauen haben sich, vier auf der einen, drei auf der anderen Seite, um den Tisch gruppiert, dessen Kopfende eine Frau in Beschlag genommen hat, die eindeutig die Jüngste in dieser Gruppe ist. Ich würde sie sogar noch ein Mädchen nennen, höchstens Mitte zwanzig. Sie ist schmal und dunkel, trägt das Haar im Nacken zum Pferdeschwanz gebunden und strahlt eine natürliche Würde aus. Offensichtlich ist sie die Professorin für Altphilologie, das akademische Wunderkind und somit die Leiterin unserer Tour. Koffer und Rucksäcke stapeln sich um die Stühle herum, und die Gruppe trinkt unentwegt und hält alle paar Minuten inne, um sich zuzuprosten, sehr wahrscheinlich auf den Anfang ihrer Reise. Von Anfang an scheint an diesem Tisch etwas außer Kontrolle geraten zu sein, denn es ist der lebhafteste im ganzen Pub. Mir fällt dabei eine gewisse Absurdität unseres Lebens auf – die eifrige Suche von uns Frauen nach Männern, die wir dann umschmeicheln, verführen, uns um sie kümmern, obwohl wir irgendwie wissen, dass es in mancher Hinsicht so viel einfacher, so viel erfüllender wäre, uns einfach zu erlauben …

Schnell, sage ich mir. *Denk an was anderes.* Überschreib den letzten Gedanken und drücke wieder auf ENTER, denn ich stehe kurz davor, zu dieser Art Frau zu werden. Sie wissen, wovon ich spreche. Der Frau, die vor kurzem fallengelassen wurde und jetzt allen Männern abgeschworen hat. Der Frau, die jeden, der ihr auf der Straße begegnet, heranwinkt, um ihm zu erzählen, was der Mistkerl gesagt hat, als er sie verließ, und dazu gleich noch alles, was sie falsch gemacht hat. Der Frau, der ihre Verbitterung ins Gesicht geschrieben steht und die mit geballten Fäusten durch die Welt läuft. Der Sorte Frau, die ungeduldig vor Sir Walter Raleigh den Kopf schüttelt. Ich muss meine Denkweise ändern, meinen Blick von diesem langen, fröhlichen Tisch lachender Frauen abwenden und mich auf die anderen Leute im Pub konzentrieren.

Wenn ich in so einer Verfassung bin, greife ich zu einem Spiel. Ich blicke mich in dem Raum um, in dem ich mich gerade befinde, und versuche zu entscheiden, welche drei Männer ich am attraktivsten finde. Dabei ist es unbedeutend, ob ein Mann verheiratet, viel zu jung oder offensichtlich schwul oder in anderer Hinsicht unerreichbar ist, weil es in diesem Spiel nicht darum geht, mich ihm zu nähern oder ihn auch nur anzulächeln oder mit ihm zu flirten. Es geht einfach nur darum festzustellen, dass er da ist. Um mich daran zu erinnern, dass es überall attraktive Männer gibt.

Die offensichtlichste Wahl hier im George fällt auf einen der Kellner, eine weitere Person, die ich im Spiegel beobachte. Er ist nicht gelangweilt wie die anderen, sondern kraftvoll und voller Energie. Seine Blicke schießen durch den Raum, wandern von Tisch zu Tisch, während er etwas abstellt oder etwas mitnimmt. Die Bartstoppeln an seinem Kinn sind Absicht, und er trägt zu einem weißen Hemd und Jeans eine steinfarbene Schürze wie einen Kummerbund um seine Taille.

Der zweitattraktivste Mann fällt nicht sofort ins Auge. Ich muss mich herumdrehen und den ganzen Raum absuchen, bevor ich ihn an einem Tisch voller Geschäftsleute entdecke. Er kommt meinem Alter näher und wirkt eigentlich sogar ein wenig dümmlich mit seinen viel zu großen Augen hinter den Brillengläsern. Er hat eine tiefe Spalte im Kinn und Grübchen und das, was mein Vater eine kumpelhafte Ausstrahlung genannt hätte. Als würde er darauf bestehen, für alle die Rechnung zu bezahlen, auch für Leute, die er gar nicht kennt. Nicht wirklich gut aussehend, aber sein Gesicht hat was Vertrauenswürdiges.

Gut. Jetzt der Dritte. Das ist noch schwerer, aber schließlich lege ich mich auf den Mann fest, der direkt neben mir sitzt. Er neigt zur Glatze oder trägt vielleicht auch nur sein graues Haar so kurz geschnitten, dass es auf den ersten Blick so aussieht, als wäre gar nichts da. Das verleiht ihm die Aura eines römischen Senators in einer dieser üppig ausgestatteten BBC-Produktionen, die Aura eines Mannes, der über Macht verfügt. Er ist dünn – nicht dünn wie ein Mann, der von Natur aus schlank ist und sein ganzes Leben lang war, sondern eher dünn wie jemand, der krank gewesen ist und nun langsam den Weg zurück ans Licht wiederfindet. Denselben Ausdruck habe ich auch an Leuten in Dianas Pflegeheim gesehen – denjenigen aus dem Rehabereich, den Genesenden, den Glücklichen, die an der dunklen Mauer des Todes vorbeigeschrammt sind, aber irgendwie überlebt haben. Die hatten auch diesen skeptischen Blick. Er trägt einen marineblauen Pullover mit V-Ausschnitt, was mir gefällt, und ihm fällt auf, dass er mir auffällt. Natürlich tut er das. Die Tatsache, dass ich dieses Spiel oft spiele, bedeutet nicht, dass ich besonders gut darin bin.

»Sie sind Amerikanerin«, sagt er.

Ein interessanter Kommentar, da ich meines Wissens noch kein Wort gesprochen habe, seit er gekommen ist. »Woher wissen Sie das?«

»Sie haben den Kellner angelächelt. Amerikanerinnen machen so etwas. Ihr lächelt jeden an.«

Das sagt er, als wäre Lächeln eine Art Charakterfehler. Ungeachtet der Tatsche, dass dies eine grobe Verallgemeinerung ist, ertappe ich mich zu meinem Verdruss dabei, dass ich ihn, während er spricht, die ganze Zeit anlächle. Unsere Blicke richten sich auf die Hände des jeweils anderen, bemerken das

Fehlen von Ringen. Er schielt auf das iPhone, das neben mir auf der Theke liegt. Freddy ist mein Displayhintergrund, und das erzählt diesem Mann vermutlich meine ganze Geschichte oder jedenfalls so viel, wie er unter den momentanen Umständen wissen muss. Eine Frau, die einen Hund auf ihrem Display hat, ist eine Frau ohne Kinder, ohne Ehemann. Ich kratze mich an der Hand. Die Bienenstiche jucken noch immer, vor allem der eine, der so unangenehm meine Handinnenfläche erwischt hat.

»Und wie heißt Ihr kleiner Hund?«, erkundigt er sich.

»Freddy«, sage ich, und unerklärlicherweise hätte ich beim bloßen Aussprechen des Namens am liebsten losgeheult. *Ich bin erschöpft,* sage ich mir. Ausgebrannt von diesem halbherzigen Schlaf im Flugzeug und jetzt auch noch betrunken und irgendwie verloren – auf den Flügeln des Schicksals in diesen merkwürdigen Pub getragen. Als er mich dann als Nächstes fragt, was mich nach London führt, rechnet er vermutlich mit einer einfachen Antwort, vielleicht einem einzigen Wort wie »Beruf« oder »Urlaub«, aber stattdessen sprudelt die ganze Geschichte aus mir heraus. Die Urne, die Bienen, der Krebs, die Blinddarm-OP, die Reiseweiber. Während ich spreche, streichen meine Finger um die Kanten meines iPhones, und ich sollte vielleicht erwähnen, dass ich ihm nicht die ganze Geschichte erzähle. Den Teil, der Ned betrifft, lasse ich aus. Das wäre zu peinlich, und wenn ich zu Hause in den Staaten in einem Restaurant säße, würde ich mit diesem Mann gar nicht reden. Dann wäre ich in Twitter vertieft oder würde meine E-Mails checken, allein mit mir in meinem virtuellen Büro, weshalb es wohl schon an ein Wunder grenzt, dass ich seine Anwesenheit überhaupt bemerkt habe. Und doch halte ich mein iPhone in der Hand, während wir plaudern, wie ich das immer tue, selbst wenn es ausgeschaltet ist, selbst wenn ich keinen oder nur schwachen Empfang habe. Es ist mein Talisman, und ich klammere mich daran, wie ein Christ seinen Rosenkranz umklammert, und rastlos huschen meine Finger über die Kanten.

»Dann haben Sie also die Urne Ihrer Mama mitgebracht«, sagt er. Er hat die Angewohnheit, seine Unterlippe zwischen Daumen und Zeigefinger zusammenzudrücken, wenn er einen Satz beendet, außerdem spricht auch er in dem merkwürdigen Tonfall wie Sir Walter Raleigh, so dass jede Feststellung wie eine Frage klingt und jede Frage fast wie eine Feststellung. Vermutlich eine britische Eigenart. Der ansteigende Ton am Ende des Satzes legt eine Unsicherheit nahe, zugleich aber ein »oder nicht?«, was bestätigt, dass er die Antwort auf die von ihm gerade gestellte Frage bereits kennt. Das ist unglaublich irritierend, doch vielleicht sind es auch seine Augen, die sehr klar und graugrün sind, eingebettet in kleine Lachfältchen, die mich irritieren, aber vielleicht bin ich einfach nur betrunkener, als ich dachte.

»Nicht die Urne«, sage ich. »Die ist schwer und erfordert viel Papierkram, um sie durch die Flughafensicherheit zu bekommen. Ich habe die Asche in einem Frischhaltebeutel dabei.«

»Ihre Mama in einem Frischhaltebeutel?«, staunt er, und ich kann nicht sagen, ob er schockiert oder amüsiert ist.

»Genug von ihr. Das ist schließlich nur eine symbolische Geste.«

»Aber warum nehmen Sie sich dann die Zeit, den ganzen Weg zu wandern? Die Strecke ist doch lang, oder?«

»Sechzig Meilen.«

Jetzt ist es an ihm, zu lächeln, aber eher mit den Augen als mit dem Mund. »In Europa misst man Strecken in Kilometer.«

Ich muss umrechnen. »Etwa hundert Kilometer. Es heißt, man brauche fünf Tage dafür, was mir viel zu lang erschien, bis ich einen Blick auf diese Reiseweiber warf. Das sind die in der Ecke an dem langen Tisch. Sie sehen nicht wie flotte Wanderinnen aus, oder? Eigentlich machen sie alle einen betrunkenen Eindruck.«

Er dreht sich auf seinem Sitz herum und studiert die Gruppe, ohne sich zu ihrem Alkoholpegel zu äußern, der vermutlich um einiges höher liegt als mein eigener. *Ich höre mich doch richtig biestig an*, sage ich mir. *Warum gibt ein Mann wie er sich überhaupt mit mir ab?* Die offensichtlichste Antwort darauf ist, dass ich ein schwacher Abklatsch von Dianas Attraktivität bin – ich habe ihre langen Beine und den langen Hals, was zu Vergleichen mit Giraffen und Fohlen oder sogar mit Schwänen einlädt. Dazu ihr rotgoldenes Haar zu blauen Augen, und wenn ich darauf achte, meine Haut nicht zu bräunen und auch keine Sommersprossen zu bekommen, verstärkt mein blasser Teint die Ähnlichkeit zwischen uns noch weiter. Jeder sagt, es sei eine schöne und ungewöhnliche Kombination, aber ich schütze dieses Geburtsrecht nicht mit demselben Eifer, den Diana an den Tag legte. Bevor es Sonnenschutzmittel gab, trug sie in der Kommune breitkrempige Hüte und spülte ihr Haar mit Apfelwein, damit es glänzte. Das ist der Geruch, den ich hauptsächlich mit ihr verbinde, der ihr anhaftende Apfelduft, der noch im Raum hing, wenn sie ihn schon verlassen hatte.

»Sie wissen schon, dass mindestens zweimal in der Stunde ein Zug von London nach Canterbury fährt«, sagt der Mann und beendet seine Musterung des Reiseweiber-Tischs, um sich wieder mir zuzuwenden. »Es ist doch wohl kaum nötig, die Route Schritt für Schritt zurückzulegen?«

»Ich soll also nach Canterbury rasen, die Asche meiner Mutter Richtung Kathedrale werfen, wieder zurückrasen und dann heute Abend wieder im Flugzeug sitzen, das mich in die Staaten zurückbringt, ist das Ihr Vorschlag?« Es ist nichts weiter als der Plan, den ich am Morgen selbst in Erwägung gezogen habe, als wir noch auf der Rollbahn festsaßen, weshalb der plötzlich scharfe und anklagende Ton meiner Stimme völlig unberechtigt ist. Aber ich hasse es, wenn Leute meine eigenen Gedanken laut aussprechen.

Er hebt abwehrend die Hände. »Ich sage nur, dass das eine Möglichkeit wäre. Wir haben schließlich nicht April, und Sie sehen nicht so aus, als wären Sie darauf bedacht, eine Wallfahrt zu machen.«

Okay, er ist also gebildet. Oder jedenfalls gebildet genug, um sich an den Passus »auf Wallfahrt bedacht« im Prolog der Canterbury Tales zu erinnern. Und er hat natürlich recht. Die kurzen, dunklen Tage des Novembers sind eine merkwürdige Zeit, um eine solche Wanderung zu unternehmen. Eine wahre Pilgerreise sollte beginnen, wenn im Frühjahr die Bäume grünen. Sie sollte den Beginn von etwas markieren und nicht das Ende, aber um mich herum scheinen alle Dinge ein Ende zu finden. Ich bin so spröde wie ein vom Baum gefallenes Blatt. Man braucht mich nur zu streifen, und ich zerfalle.

»Ihr Handy«, wechselt er das Thema, als er merkt, dass er mich betroffen gemacht hat. »Sie legen es nie aus der Hand.«

Ich weiß nicht recht, ob diese Feststellung als Beobachtung oder als Kritik gedacht ist oder überhaupt etwas zu bedeuten hat, aber sofort sträubt sich etwas in mir. »Man weiß nie, wie lang man eine gute Verbindung hat. Wenn wir erst mal unterwegs sind …«

Er sieht mich an, als wollte er sagen: »Aber Sie können doch mit mir sprechen, ich sitze ja direkt vor Ihnen«, und auch das ärgert mich wieder. Ich kenne diesen Mann nicht, und vermutlich denken Sie jetzt, dass ich ihn auf diese Weise auch nie kennenlernen werde. Dass ich nie die Ruhe und Offenheit aufbringen werde, die es braucht, um einen Mann kennenzulernen, aber schließlich bin ich auch nicht nach England gekommen, um Fremde in Bars anzusprechen, oder? Nein. Ich bin in einer sehr speziellen Mission hier, und mein Blick wendet sich wieder der Gruppe Frauen im Spiegel hinter mir zu. Dann leere ich mein Glas Wein und krame aus meinem Rucksack meine Kreditkarte hervor. Meine Brieftasche befindet sich unter dem Beutel mit Dianas Asche. Selbst noch aus dem Jenseits hackt sie auf mir herum. *Ergreif die Gelegenheit*, höre ich sie sagen. *Nun mach schon, Baby, was kann schon Schlimmes passieren? Dass du eine Woche vergeudest? Das ist doch nichts in einer Welt, wo die Menschen ganze Jahre, ganze Jahrzehnte vergeuden, ohne überhaupt darüber nachzudenken. Mann, die meisten Leute vergeuden ihr ganzes Leben.*

»Ich habe Sie beleidigt«, sagt der Mann.

»Ganz und gar nicht«, sage ich und lasse meine Tasche zuschnappen. »Eigentlich sollte ich Ihnen dankbar sein. Man hat mir den Laufpass gegeben, wissen Sie, zu Hause in den Staaten, vor zwei Tagen. Ein Mann, mit dem ich seit Jahren zusammen war – wir haben uns sogar zusammen ein Haus gekauft und die Veranda gestrichen –, und jetzt hat er mich Hals über Kopf für so ein verwundetes Vögelchen verlassen, und nun muss ich in meinem gottverdammten Alter noch mal neu anfangen. Mit achtundvierzig ist man weder Fisch noch Fleisch, zu alt, um neu anzufangen, und zu jung, um zu sterben, und ich weiß nicht, was als Nächstes passieren wird. Außerdem bin ich betrunken und ein wenig biestig, was vermutlich nicht zu übersehen ist. Ich weiß, dass es Frauen gibt, mit denen es sich einfacher flirten lässt als mit mir. Aber ich weiß es zu schätzen, dass Sie es versucht haben.«

»Ein verwundetes Vögelchen?«

»Ach, Sie wissen schon. Eine dieser Frauen, die hilflos mit den Flügeln flattern und piepsende Laute von sich geben.« Ich wedle zur Illustration mit den Händen.

Um seine Augen bilden sich wieder die Lachfältchen. »Als verwundetes Vögelchen würde ich Sie nicht bezeichnen.«

Nicht? Mir ist aber danach, mit den Flügeln zu schlagen und zu piepsen, als wäre ich schwach und zerstreut und verwirrt, als würde ich gleich auf den Boden des Lokals taumeln und dort liegenbleiben, bis jemand kommt, um mich aufzufegen. Aber es freut mich, dass man es mir nicht anmerkt. Ich schiele auf mein Handy, wo gerade der Eingang einer neuen Nachricht angezeigt wird. Komisch. In Amerika ist es mitten in der Nacht, wer also soll mir etwas schreiben. Aber dann sehe ich, dass es Ned ist. Offenbar hat er vor lauter Schuldgefühlen in den letzten zwei Tagen immer wieder angerufen und keine Antwort bekommen und denkt jetzt, dass ich mich von einer Klippe gestürzt habe oder so. Ich lege das Handy auf den Tresen und winke mit meiner Kreditkarte den Kellner herbei.

Wie geht es dir?, hat er geschrieben. *Wo bist du? Wir müssen miteinander reden.*

Als ich meinen Blick vom Display löse, beobachtet mich

der Engländer noch immer und hält dabei den Kopf schräg. Es ist ein Ausdruck, den ich von Freddy kenne. »Dann geht es jetzt also los, wenn ich das richtig sehe? Sie brechen auf? Sind Sie sich wirklich sicher, dass Sie nicht noch auf ein letztes Glas Wein bleiben wollen?«

Ich schüttle den Kopf. »Tut mir leid. Wie es aussieht, liegt ein sehr langer Weg vor mir.«

3

Offensichtlich hat sich meine kranke Reiseleiterin noch die Zeit genommen, ihrer Kollegin zu schreiben, denn wie es aussieht, werde ich am Tisch der Reiseweiber schon erwartet. Die Gastgeberin stellt sich mir schlicht als Tess vor, ohne einen ihrer akademischen Titel zu nennen, und erhebt sich, um mir die Hand zu schütteln. »Ich war mir nicht sicher, ob Sie sich uns anschließen würden«, sagt sie. »Aber mit neun Leuten ist unsere Gruppe vollständiger, nicht wahr?« Eine merkwürdige Bemerkung. Ich überlege krampfhaft, was natürlicherweise in Neunergruppen vorkommt, aber mir fällt nichts ein.

»Welche Anzahl hatte die größte Gruppe, die du je geführt hast?«, erkundigt sich eine hübsche Blondine mit einem fast schon lächerlich symmetrischen Gesicht. Sie erinnert mich an Grace Kelly, was vermutlich auch beabsichtigt ist, denn sie hat ihr Haar im Nacken verschlungen, wie das heute keine mehr trägt. Warum es allerdings aus der Mode kam, wird bei ihrem Anblick nur umso unverständlicher. Ihren richtigen Namen habe ich bereits vergessen. Als ich zum Tisch kam, wurden mir alle vorgestellt, aber acht Namen auf einmal zu behalten ist schon schwer, wenn man nicht beschwipst ist und unter emotionaler Anspannung steht.

»Mehr als zwölf Teilnehmer lässt das Reiseunternehmen nicht zu«, erklärt Tess. »Wir haben es uns auf die Fahne geschrieben, jedem Gast individuelle Aufmerksamkeit zu schenken. Daher machen wir keinen dieser Massenausflüge, wo man einen kleinen gelben Wimpel schwenkt und während des Gehens schreiend die Fakten herunterspult.«

»Zwölf mit dir oder zwölf Touristen?«, hakt die Blondine nach. Mir ist unverständlich, warum das wichtig ist für sie. Vielleicht hat sie viele Gesellschaften ausgerichtet und musste sich mit solchen Fragen befassen, oder womöglich ist sie abergläubisch, was die Zahl Dreizehn betrifft.

»Zwölf ohne mich«, sagt Tess, »und bei den Reiseweibern verstehen wir euch als unsere Gäste, nicht als Touristen. Weshalb ich auch eure Gastgeberin und nicht eure Reiseleiterin bin.«

»Es braucht dreizehn, um einen Hexenzirkel zu bilden«, wirft eine andere Frau ein. Sie sitzt am Tischende, hat sich laut mit Valerie vorgestellt und sieht ein wenig gaga aus. Ihr strenger Mittelscheitel schert auf halbem Weg zackig aus, und ihr Make-up ist verschmiert. Wäre ich nachsichtig, ginge ich davon aus, dass sie mit dem Nachtflug aus den Staaten herübergekommen ist wie ich auch. Doch das trifft vermutlich auf die meisten Frauen am Tisch zu, aber keine der anderen sieht derart verschwiemelt aus. Von mir glaube ich das jedenfalls nicht. *Valerie,* wiederhole ich, in der Hoffnung, wenigstens einen Namen fest in meinem Gedächtnis zu verankern. Ich hatte mal eine Puppe namens Valerie. Ein reizender Name. Er passt nicht zu ihr.

»Gastgeberin?«, sage ich zu Tess. »Ich vermute, damit nimmt man Bezug auf Harry Bailey, den Gastgeber der Canterbury

Tales?« Ich fühle mich nicht gut dabei, wenn ich so etwas tue. Diese kleinen Pseudofragen sind bei Weinverkostungen üblich – eine Zurschaustellung von Kenntnissen, die als Frage verkleidet daherkommen –, und mir fällt auf, dass es seit meiner Ankunft am Tisch zum ersten Mal ein wenig stiller geworden ist. Vermutlich bin ich eine Spaßbremse.

»Nein, wir verwenden den Begriff ›Gastgeber‹ auf allen unseren Reisen«, sagt Tess, »egal, wohin wir gehen. Aber ich bin froh, dass Che das Thema angesprochen hat, denn wir können genauso gut jetzt als später über unsere gemeinsamen Erwartungen an unser kleines Abenteuer sprechen. Jede Gruppe zeichnet sich durch ihre eigene Persönlichkeit aus, müsst ihr wissen, durch ihre eigene Dynamik. Den einen ist das Thema der Canterbury Tales wichtiger als den anderen.« Sie zuckt dabei mit den Achseln, und ihre schmalen Schultern heben und senken sich unter ihrer gestärkten Oxfordbluse. Es erstaunt mich nicht nur, dass sie in diesem Pub, wo es recht ausgelassen zugeht, und vor einer langen Wanderung Weiß trägt, sondern auch, dass es ihr gelungen ist, diese Bluse trotz des langen Gelages so makellos rein zu erhalten.

»Was meinst du damit?«, will eine andere Frau wissen. Sie ist die einzige Schwarze in der Gruppe, was es mir einfacher machen sollte, mir ihren Namen zu merken, aber auch der fällt mir nicht mehr ein. Sie hat die langgliedrige, lässige Gestalt einer Athletin und sitzt mit übereinandergeschlagenen Beinen zurückgelehnt auf ihrem Stuhl, wobei der Knöchel des einen Beins auf dem Knie des anderen ruht. Ihre Stiefel sind teuer und aus weichem italienischen Leder, und sie hat sich einen Salat bestellt, dessen Reste noch vor ihr auf dem Tisch stehen. Ein Anfängerfehler in einem britischen Pub.

Wer weiß, womöglich war es der erste Salat, der die Küche je verlassen hat. Er sieht aus, als hätten die Leute in der Küche einfach ein paar Zutaten für ein Sandwich zusammengeworfen – kleingeschnittenen Salat, weiße Zwiebeln, Essiggürkchen, ein trauriges Stück Tomate, ein paar versprengte Oliven.

»Traditionell haben Pilgerreisen nach Canterbury immer in Gruppen stattgefunden«, erläutert Tess. Am Tisch ist es plötzlich still geworden, und wir haben unbewusst alle die Haltung von Schulmädchen eingenommen, rutschen auf unseren Stühlen herum und verfolgen aufmerksam, wie Tess ihre schmalen weißen Hände vor sich ausbreitet. »Die oberflächliche Erklärung hierfür ist die, dass der Weg seinen Anfang auf einer Handelsroute zwischen London und dem Hafen von Dover nahm und somit Räuber anzog. Ein Alleinreisender hätte auf dem Weg jederzeit überfallen werden können, aber in der Gruppe war man sicher. Anders gesagt, der Geist der Gemeinschaft, mit dem man Canterbury verbindet, wurde aus reinem Überlebenstrieb geboren. Langweile ich euch schon?«

Acht Köpfe schütteln sich verneinend.

»Die meisten Pilger, wie Chaucers Figuren und wir, kannten ihre Mitreisenden nicht, bevor ihre Reise begann«, sagt Tess. »Sie nannten einander ›Kompagnons‹ von *compagnon,* einem alten französischen Wort, das damals im Englischen kaum in Gebrauch war. Man hatte keine Verwendung dafür. Bevor Pilgerwanderungen in Mode kamen, blieben die Menschen zu Hause und entfernten sich kaum von ihrem Geburtsort und kamen deshalb kaum in Kontakt mit vielen Fremden. ›Compagnon‹ bedeutet ›jemand, mit dem man sein Brot teilt‹, nicht mehr und nicht weniger. Aber die Idee, mit neuen Leuten, die man gerade erst kennengelernt hat, das Brot zu brechen … Die Gespräche, die sich entlang des Wegs ergaben, und das Gefühl einer gemeinsamen Mission …«

Sie schüttelt den Kopf, als wäre sie von diesem Wunder verblüfft und hätte keine Schwierigkeiten, sich die Begeisterung der mittelalterlichen Pilger vorzustellen, die die Tore ihrer Dörfer verließen, dem Kleinen und Vertrauten den Rücken kehrten und aufbrachen, um Tod oder Erlösung oder beides zu suchen. Sie dürfte eine gute Lehrerin sein. Diese Rede hat sie vermutlich schon hundert Mal gehalten, und sie klingt dennoch nicht abgestumpft. Die Wunder des Alltags haben ihren Reiz für sie noch nicht verloren.

»Aber in unserer fröhlichen Neunerrunde sind wir uns doch wohl nicht alle fremd, oder?«, ergänzt sie. Eine rhetorische Frage, denn sie kennt die Zusammensetzung der Gruppe besser als wir anderen. »Es gibt zwei Paare unter uns. Jean ist mit ihrer Tochter gekommen …«

Und hier nickt sie Grace Kelly zu, die jawohl eindeutig Jean ist, wie ich mich jetzt erinnere, und danach einem Mädchen im Teenageralter, das am anderen Ende des Tisches sitzt. Wie sich herausstellt, heißt sie Becca, und ich finde es interessant, dass sie sich nicht dafür entschieden hat, neben ihrer Mutter zu sitzen, nicht mal bei dieser ersten Mahlzeit. Natürlich ist sie, abgesehen von Tess, sehr viel jünger als alle anderen am Tisch und wurde vermutlich gegen ihren Willen auf diese Reise mitgeschleift, genauso wie auch ich im Lauf der Jahre auf so viele aberwitzige Unternehmungen meiner Mutter mitgezerrt worden war.

Das Mädchen hat mein spontanes Mitgefühl, und bei näherer Betrachtung sehe ich, dass es wie seine Mutter auf typisch amerikanische Weise hübsch ist. Oder jedenfalls über das Potential dazu verfügt. Aber während ich meine Ähnlichkeit mit Diana im Lauf der Jahre durch Vernachlässigung habe erodieren lassen, scheint Becca bewusst zu versuchen, jede Ähnlichkeit zwischen ihr und Jean zu tilgen. Sie hat ihr kurzes Stoppelhaar in einem Orangerot gefärbt, das schon fast an eine Karikatur denken lässt, ihre Fingernägel sind abgebissen, so dass man nur noch winzige, türkisfarben angemalte Punkte sieht, und sie trägt eine Brille, deren Gestell schwer wirkt und deren Gläser so dunkel sind, dass ich mich frage, ob sie diese Sehhilfe wirklich benötigt. Sie wirkt affektiert, ist ein Requisit wie Sir Walter Raleighs rotes Cape und vermittelt einem schon bei der ersten Begegnung, welches Spiel sie spielt. Die Brille und die Haare schreien nur so heraus: *Ich bin nicht meine Mutter. Gnade Gott dem, der das anders sieht.*

Jean lächelt und wedelt mit einer perfekt manikürten Hand in Richtung ihrer Tochter. »Ja, Becca und ich haben diese Reise schon seit Jahren geplant«, sagt sie. »Meine beiden Jüngeren sind Jungs, beide Sportler mit all dem Training und den Terminen und den Wettkämpfen, die so ein Leben mit sich bringt. Da ist es schwer, echte Mutter-Tochter-Zeit zu finden, und als dann ihre Herbstferien kamen …«

Ihre Stimme verliert sich. Becca sagt nichts, weshalb Tess elegant überleitet: »Und dann haben wir noch ein Freundinnenpaar aus Texas. Claire und Silvia …«

Nun, diese beiden sind sogar ein noch seltsameres Gespann als Mutter und Tochter. Schließlich rechnet man ja damit, dass Töchter sich als Gegenentwurf zu ihren Müttern präsentieren und alles daransetzen, um gänzlich anders auszusehen. Freundinnen hingegen sind sich oft ähnlich, doch diese beiden Frauen scheinen keine Gemeinsamkeiten zu haben. Selbst die Frage, ob sie im gleichen Alter sind, lässt sich kaum beantworten, obwohl ich vermute, dass dies der Fall sein könnte und ihre Freundschaft schon lange anhält. Würden beide in einem Werbespot auftreten, wäre Claire die Kluge, die sich die zweihundert Dollar teure Hautcreme gekauft hat, Silvia dagegen würde so etwas niemals tun. Claire ist blond wie Jean, aber es ist ein kühles Blond, fast nordisch. Ihr Gesicht ist so makellos, dass sie es wahrscheinlich hat liften lassen, aber dies wiederum so gut, dass man es nicht mit Sicherheit sagen kann. Während Jean wie eine Frau wirkt, die sich den Mantel der Fünfzig anmutig übergeworfen hat – wie die würdige Hoheit eines eher unbedeutenden Königreichs –, kommt Claire trendiger und fast cool daher. Ich will ihre Ohrringe haben. Ich will ihren Schal haben. Und wenn ich sie besser kennenlerne, besteht, wie ich fürchte, durchaus die Möglichkeit, dass ich auch ihr Leben haben möchte.

Im Kontrast dazu wirkt Silvia erschöpft und verwittert, wie eine Frau, die ihre Tage damit verbringt, Hunde zu trainieren oder vielleicht sogar Pferde zuzureiten. Jedenfalls irgendwas im Freien unter den brutalen Witterungsbedingungen von Texas. Altersflecken sprenkeln ihre Stirn und ihre Schläfen, von keinem Make-up überdeckt, und sie scheint einen Tic zu haben, permanent zu blinzeln. Es fällt schwer, diese drei Frauen auseinanderzuhalten, da sie mir altersmäßig einerseits so nah, andererseits jedoch so weit entfernt sind, dass die tatsächliche Anzahl der Jahre kaum eine Rolle spielt. Und doch sind sie alle ganz verschieden, und ich überlege einen Moment, um herauszufinden, warum. Nun ja, wenn Jean für einen warmen Goldton und Claire für kühles

Silber steht, dann könnte man Silvia mit Bronze vergleichen. Solide und matt, weniger kostbar als die anderen beiden, dafür aber dauerhafter, eine von der Zeit auf die Probe gestellte Frau, die eher schimmert als glänzt. Um meine Theorie zu untermauern, betrachte ich ihre Hände, denn diese geben am besten wieder, welches Leben eine Frau führt. Sie sind jener Teil der weiblichen Anatomie, der weder mit Kälte behandelt, gefärbt, geliftet, abgesaugt oder gestrafft werden kann, obwohl ich mir sicher bin, dass man daran arbeitet, auch dafür eine Methode zu finden. Jeans Hände sind plump und weich mit ovalen rosa Fingerspitzen und einem Ehering, der ihr ins Fleisch schneidet. Claire hat die eckigen dunklen Nägel, die für eine Profimaniküre sprechen, und trägt einen übergroßen Bernsteinring. Silvias Hände tragen keinen Schmuck und sind so rau, als hätte sie kürzlich den Garten umgegraben. Als wäre sie es gewohnt, Kartoffeln aus der schwarzen Erde zu buddeln.

Nun gut, wenigstens habe ich nun die drei älteren Frauen in meinem Kopf abgespeichert, aber o Gott, all diese Namen. Die Hälfte habe ich schon gleich, nachdem ich sie gehört habe, wieder vergessen, und schon höre ich im Geiste anklagend die Stimme meiner Mutter. *Du hörst nie zu, Che,* würde sie sagen. *Du kommst nie lange genug zur Ruhe, um wirklich zuzuhören.* Also baue ich mir ein paar meiner kleinen Eselsbrücken, um meine Mitpilgerinnen auseinanderzuhalten. Becca brütet, und Jean ist schick. Claire nach ihrer Haarfarbe zu fragen, ist nicht fair, und Silvia sitzt in der Sonne. Unsere Gastgeberin ist Tess, kein bisschen kess.

Vom Ende des Tisches meldet sich Valerie zu Wort. »Du hast uns doch gefragt, wie viel uns daran liegt, diesen Weg im

Geiste der Canterbury Tales zurückzulegen? Erwartest du etwa von uns, dass wir beim Wandern Geschichten erzählen?«

»Ich erwarte gar nichts von euch, aber Geschichtenerzählen ist natürlich eine Option«, sagt Tess. »Manche Gruppen haben Spaß daran.«

»Mir gefällt die Idee«, wirft Claire ein, und der ganze Tisch stimmt ihr kopfnickend zu. »Aber welche Geschichten sollen wir denn erzählen?«

»Chaucers Pilger haben sich Liebesgeschichten erzählt«, sagt Tess. »Sie forderten einander heraus, um zu sehen, wer das Wesen der wahren Liebe am besten darzustellen vermochte.«

»Liebe«, platzt es aus mir heraus. »Seid ihr euch sicher, dass wir den ganzen Weg damit zubringen wollen, über die Liebe zu sprechen?«

»Ihr könnt frei entscheiden, wovon eure Geschichten handeln«, meint Tess. »Ich beschreibe nur die Tradition. Und natürlich sprach man in Chaucers Zeit von der höfischen Liebe, die etwas völlig anderes ist als das, was wir heute unter Liebe verstehen. Höfische Liebe war ein wenig … ich denke, man könnte es mit ›verboten‹ umschreiben. Es war eine verbotene Liebe.«

Eine verbotene Liebe hört sich nach einer dieser Liebesschnulzen an, die man nur online und für den E-Reader kauft, weil es einem unangenehm wäre, wenn jemand das Cover sähe. Aber ich denke, ich weiß, worauf Tess wirklich hinauswill – in den Canterbury Tales spielte der Ehebruch eine große Rolle –, aber die meisten Frauen sehen sie nur verdutzt an. Tess nippt kurz an ihrem Bier und setzt dann zu einem neuen Erklärungsversuch an. »Die höfische Liebe war vergeistigt und rein, aber auch immer zum Scheitern verurteilt. Das Objekt der Begierde war entweder mit einem anderen verheiratet oder gehörte einem anderen sozialen Stand an oder war womöglich sogar schon tot. Das Entscheidende war also, dass die große Liebe unerreichbar war und man sie aus der Ferne anbeten musste, wohl wissend, dass das Begehren nie Erfüllung finden würde.«

»Deprimierend«, murmelt die Sportlerin, leckt sich die Fingerspitzen und pickt ein Stückchen Olive von ihrem Teller. »Wozu die Mühe, ein Spiel zu spielen, das man nicht gewinnen kann?«

Tess lächelt. »Klingt ziemlich deprimierend, nicht wahr? Aber der mittelalterliche Geist war bereits – wie soll ich sagen – von einer ungesunden Beschäftigung mit der Religion umwölkt, sowohl mit Vorstellungen von Hölle und Fegefeuer als auch vom himmlischen Reich. Das bot einen guten Nährboden dafür, vom Unerreichbaren besessen zu sein, und für diese Besessenheit waren auch Chaucer und seine Pilger anfällig.«

»Aber gehören nicht auch einige schmutzige Geschichten zu den Canterbury Tales?«, hake ich nach. »All das Rülpsen und Furzen und das Techtelmechtel mit der Ehefrau des Nachbarn?« Das habe ich gegoogelt, und aus dem gleichen Eintrag habe ich auch entnommen, dass Harry Bailey der Name des Gastgebers war. Die anderen Frauen starren mich jetzt verblüfft an: Ich kam zu spät, hasse die wahre Liebe und weiß jetzt auch noch jede Menge über Chaucer, scheint der generelle Konsens am Tisch zu sein.

Tess nickt. »Ganz genau. Ja, du hast recht. Als sie in diesem Gasthaus zusammensaßen oder in einem, das diesem sehr ähnlich war, haben sich die Pilger wohl vorgenommen, einander unterwegs Geschichten über die höfische Liebe zu erzählen. Als sie dann aber auf der Wanderschaft zu erzählen begannen und sich kennenlernten, kamen alle möglichen Geschichten dabei heraus. Einige, die ziemlich überraschend waren, und … jawohl, auch unzüchtige, genau wie Che sagt.«

»Unzüchtig«, sagt Jean nachdenklich, als müsse sie überlegen, was das Wort bedeutet.

»Also mir gefällt diese Idee«, sagt Valerie und unternimmt dabei einen unwirksamen Versuch, ihr plattes Haar aufzulockern. Offenbar gehört sie zu den Menschen, die glauben, wenn sie sich nur oft genug wiederholen, zählt ihre Meinung für zwei. »Wir können die Geschichten erzählen, die wir erzählen wollen. Wie Leute es schaffen … Oh, ihr wisst schon, alles. Liebe. Tod. Wenn einem der Boden unter den Füßen weggezogen wird, obwohl man sich sicher glaubt. Wie man in dieser beschissenen Welt sein Herz lebendig hält. Ihr wisst schon, alles eben.«

Der 18:42-Uhr-Express nach Canterbury wird mit jeder Minute verlockender.

Beccas Lippen ziehen sich zur Schnute zusammen. »Ich weiß nicht, warum die Geschichten so bedrückend sein müssen«, sagt sie. »Es ist doch nichts dagegen zu sagen, einfach eine schlichte Liebesgeschichte zu erzählen, oder?«

»Natürlich nicht«, sagt ihre Mutter. »Aber gab es bei Chaucer nicht auch eine Art Wette?« Alle nicken. Wir haben alle denselben Wikipedia-Eintrag gelesen.

»Eher einen Wettstreit«, sagt Tess. »Der Gastgeber hat bestimmt, dass der Pilger mit der besten Geschichte nach ihrer Rückkehr aus Canterbury von den anderen zu einem Festmahl eingeladen werden sollte.«

»Dann lasst uns das doch machen«, sagt die Sportlerin, deren Name mir einfach nicht einfallen will. »Ich liebe Wettkämpfe.«

»Und wer hat gewonnen?«, will eine andere Frau wissen. Ich höre ihre Stimme jetzt zum ersten Mal. Sie ist klein, und ihr Haar ist so schwarz, als hätte sie es mit einem Marker aufgemalt. Ihre barsche Stimme klingt nach Jersey oder Long Island oder vielleicht auch nach einem der unbedeutenderen Bezirke. Es ist eine Stimme, die einen an Mafiosi und Pasta und von der Ladefläche eines Lieferwagens verkaufte Fernseher denken lässt. Irgendetwas an ihr kommt mir vertraut vor, vielleicht rührt das aber auch daher, weil ich glaube, ihren Typ zu kennen. »Im Buch, meine ich.«

»Keiner hat gewonnen«, sagt Tess. »Sie sind nie in Canterbury angekommen, weil Chaucer nach der Hälfte der Geschichten aufgehört hat.« Sie zieht die Nase kraus. »Manche sagen, er sei gestorben. Andere meinen, er sei des Projekts überdrüssig geworden und habe sich anderen Dingen zugewandt. Wie auch immer, die meisten Geschichten der Pilger blieben unerzählt.«

»Dann ist es beschlossene Sache«, sagt Claire, und ich glaube, sie lächelt dabei, obwohl ihr Gesicht so straff ist, dass sich das nur schwer feststellen lässt. »Jede von uns wird eine Geschichte erzählen, und ich denke, wir sollten dabei dem Beispiel der ursprünglichen Pilger folgen und die Herausforderung annehmen, darin das Wesen der Liebe zu ergründen. Tess wird dann beurteilen, wer von uns dem Anspruch am ehesten gerecht wird. Müssen die Geschichten wahr sein?«

»Sie hofft, dass die Antwort ja ist«, wirft Silvia ein, und ich schwöre, dass ihr Lachen, als sie ihren Kopf in den Nacken wirft, eher ein Wiehern ist. »Na los doch, meine Liebe. Erzähle ihnen, wie viele Ehemänner du hattest.«

»Nur vier«, sagt Claire ein wenig verschämt und kokett zugleich. Es ist die Art von Stimme, wie sie die meisten Frauen für ein Gespräch mit Männern reserviert haben, aber sie kann wohl nicht anders. Sie erinnert mich an Diana. Verführung ist ihr vorgegebener Modus. Es ist, als hätte sie eine Art sexuelles Tourettesyndrom. »Sind das viele?«

Es sind vier mehr, als ich hatte, aber Silvia ist noch nicht fertig. »Und erzähl ihnen doch auch, wie alt dein derzeitiger Liebhaber ist.«

»Das Alter ist zwischen uns kein Thema«, sagt Claire leichthin, also dürfte es sich dabei noch um einen Jüngling handeln.

»Ich finde, wir sollten nicht festlegen, dass die Geschichten wahr sein müssen«, sagt Jersey. »Es sollte jeder von uns selbst überlassen sein, ob sie etwas Reales oder Erfundenes oder von beidem etwas erzählen möchte. Ganz nach Belieben.«

Becca schielt zu ihrer Mutter hin, und ihr Mund zuckt ein wenig. Ich vermag ihren Ausdruck nicht ganz zu deuten, aber offenbar gärt zwischen ihnen ein Problem. Was nicht verwundert, denn zwischen einem Teenagermädchen und seiner Mutter braut sich immer was zusammen, die Frage ist nur, was. Vielleicht haben sie sich irgendwann darüber gestritten, ob ein spezieller Junge in Frage kommt – oder vielleicht auch, ob irgendein Mädchen der passende Umgang ist. Schwer zu sagen. Becca hat eine androgyne Ausstrahlung, eine sorgfältig kalkulierte Aufsässigkeit, aber das dürfte für Mädchen ihres Alters typisch sein, weshalb ich vermutlich falsche Schlüsse ziehe.

»Ich übernehme gern die Rolle des Preisrichters«, sagt Tess. »Das also sind die Regeln. Die Geschichten müssen nicht wahr oder autobiographisch sein. Und ja, das Wesen der Liebe ist ein würdiges Thema, aber glaubt nicht, dass alle Geschichten romantisch oder erhaben sein müssen. Sie können auch von einer Dummheit erzählen, die der Liebe wegen begangen wurde, oder davon, dass die Liebenden alles füreinander aufgeben. Es kann sogar eine Geschichte sein, in der sie sich niemals begegnen. Und da unsere gemeinsame Zeit in Canterbury endet, wird der Gewinner dort verkündet und von den anderen mit einem wunderbaren Abendessen verwöhnt werden. Ich weiß auch schon wo.« Ihre Stimme und ihr Auftreten sind das einer Lehrerin, die uns eine Aufgabe gibt, und fast rechne ich damit, dass sie, als sie fertig ist, in die Hände klatscht. »Sollen wir Lose ziehen, wer als Erste anfängt?«

»Damit habe ich noch nie was anfangen können«, sagt Valerie und spricht vermutlich für uns alle. »Was für Lose und nach welchen Kriterien?«

»Wer den kürzesten Strohhalm hat?«, schlägt die Sportlerin vor.

»Nein«, sagt Tess, »denn das würde ja bedeuten, dass der Verlierer anfängt, aber das Recht, die Eröffnungsgeschichte der Reise zu erzählen, ist ein großes Privileg. Ihr zieht alle Karten. Wer die höchste Karte hat, fängt an.«

Und dabei zieht sie ein blaues Seidenbündel aus dem Rucksack, dessen Inhalt sich als ein großes und kunstvoll verziertes Kartenspiel entpuppt. Es mutet fast mittelalterlich an, die Figuren sind handgemalt und verblasst, und ich frage mich, was Tess sonst noch in ihrem Gepäck hat. Wenn man derartige Touren führt, muss die Gastgeberin eine veritable Mary Poppins sein, die zugleich unterhalten, belehren und auf Anhieb trösten kann.

Das Kartenspiel macht die Runde, und jede Frau versucht ihr Glück. Ich betrachte meine Karte unter dem Tisch und bin überrascht, dass mein Herzschlag sich beschleunigt. Ich möchte nicht die Erste sein. Die Verantwortung wäre mir zu groß, als würde diese erste Geschichte den Ton für unsere gesamte Pilgerschaft festlegen. Aber die Letzte möchte ich auch nicht sein und bin deshalb mit meiner Herz-Acht ganz zufrieden. Genau in der Mitte der Reihe und somit vermutlich auf der sicheren Seite.

»Jetzt deckt sie auf«, bittet uns Tess.

Die Karten werden aufgedeckt. Gewinnerin/Verliererin ist Jean, weil sie die Karo-Dame gezogen hat. Das passt zu ihr, wie ich finde, genauso wie ein Mittelmaß von Liebe zu mir passt.

Aber Jean hat kein Problem damit. »Das ist leicht«, sagt sie. »Ich kann die Geschichte meines Ehemanns erzählen. Weil ich mit dem perfekten Mann verheiratet war.«

Nun, das ist mal eine Behauptung. Für einen Moment verschlägt es der ganzen Gruppe die Sprache, denn sie impliziert mehr, als sie preisgibt. Dass sie sagte »verheiratet war« anstatt »verheiratet bin«, belegt, dass sie nicht mehr mit diesem Mann zusammen ist … eine Scheidung aber wohl eher unwahrscheinlich ist, nachdem sie ihn als perfekt hingestellt hat. Jean muss Witwe sein, und aufgrund der Gelassenheit, mit der sie gesprochen hat, dürfte die Wunde nicht mehr frisch sein. Ich vermute, dass ihr Gatte schon vor Jahren gestorben ist, und das bedeutet, dass Becca nicht nur die Tochter eines perfekten Mannes ist, sondern auch die halbe Kindheit und Jugend als Halbwaise verbracht hat. Das älteste, das einzige Mädchen, das ihren natürlichen Verbündeten in der Familie verloren hat, als sie ihn am dringendsten brauchte.

»Sprichst du von deinem ersten Ehemann?«, erkundigt sich Claire.

»Von meinem einzigen Ehemann«, erklärt Jean mit Nachdruck, worauf Claire die Stirn runzelt, als frage sie sich, wie so etwas möglich ist.

»Aber der Rest von euch ist verheiratet?«, bohrt sie nach und blickt in die Runde. Mir wird klar, dass wir alle einander so rasch wie möglich einzuordnen versuchen, egal, aufgrund welcher Kriterien. Für Claire scheint die vorrangige Unterscheidung die zwischen Verheirateten und Nichtverheirateten zu sein, und in meiner Brust macht sich die vertraute Enge bemerkbar, die diese Begriffe unweigerlich auslösen. Man geht davon aus, dass jeder früher oder später mal heiratet, selbst die Fadesten, Stumpfsinnigsten und Hoffnungslosesten. Selbst die Leute, die du um drei Uhr morgens durch einen Walmart schlurfen siehst, haben jemanden.

Wie sich herausstellt, sind sowohl Silvia in der Sonne als auch die schwarze Sportlerin verheiratet. Tess und Becca sind Singles, aber sie sind beide ja noch jung. Claire hat den Gang zum Altar, wie wir wissen, schon hundert Mal angetreten, und die Königin von Jersey sagt »Ich bin verheiratet« und ergänzt dann »mehr oder weniger«. Da wartet also eine Geschichte – die wir vermutlich schon sehr bald hören werden –, und Valerie sagt: »Ich bin Jungfer.« Natürlich sagt sie »Jungfer«. Natürlich wählt sie das am meisten belastete Wort, das man nur noch von Quäkern und Amischen oder aus alten Texten kennt, und betont es darüber hinaus ironisch. Stellt somit klar, dass sie den weniger begangenen Pfad gewählt hat, und wir begreifen, dass das Jungferndasein hip ist.

Mich sehen sie als Nächste an, und ich lege sofort los: »Ich war einmal verheiratet, aber das ist so lange her, dass es schon gar nicht mehr wahr ist.«

Das ist eine gute Lüge. Ich weiß es, weil ich sie schon so oft erzählt habe und keiner sie je kritisch hinterfragt hat. Mit Geschiedenen kommen die Menschen gut zurecht, und zwar weitaus besser als mit den Junggesellinnen dieser Welt, und ich beschwöre den Geist dieses abgelegten Ehemanns nun schon seit mindestens zehn Jahren, seit ich die Kurve von fünfunddreißig genommen habe und es plötzlich abnormal fand, Single zu sein. Ich gab ihm sogar einen Namen: Michael, eine Größe: kleiner als ich, einen Beruf: Architekt, und ergänzte manchmal noch: Er hat an Großprojekten wie Flughäfen mitgearbeitet.

»Sollen wir dann unsere Rechnung begleichen?«, fragt Tess. »Draußen wartet ein Kleinbus, der uns zum ersten Gasthaus fährt, von wo aus wir dann fröhlich und frühmorgens unsere Wanderung beginnen.«

Die Rechnung begleichen. Das gefällt mir. So britisch, so altmodisch und goldig. Genau dafür zahlen wir. Ringsum gemurmelte Zustimmung, Kreditkarten werden gezückt, Schals umgelegt, Stühle scharrend gerückt. Ein Summen liegt in der Luft. Aufbruchsstimmung. Soll ich mein Schicksal in die Hände dieser Gruppe von Frauen legen? Denn von jetzt an gibt es vermutlich kein Zurück mehr. Wenn ich den Zug nach Canterbury auf eigene Faust noch erreichen möchte, sollte ich jetzt aufbrechen. Wollte ich aber zum Flughafen und zurück nach Amerika, hätte ich das schon vor einer halben Stunde tun müssen. Ich blicke in die Runde. Ein Kompagnon ist jemand, mit dem man isst – ein recht zufälliger und nicht besonders hoher Standard für eine Freundschaft, aber was soll's.

Wenn die Geschichte uns eins gelehrt hat, dann, dass keine Frau allein nach Canterbury reisen sollte.

Wie Tess es uns versprochen hat, wartet bereits ein Kleinbus auf uns, auf zweifellos unerlaubte Weise in einer Gasse hinter dem George Inn neben einem Müllcontainer geparkt. Der junge Mann, der daran lehnt, sieht aus wie ein Ganove. Pickelig und schlaksig, mit einer Zigarette im Mundwinkel. Aber sobald er Tess und den Rest von uns sieht, die wir unsere Koffer und Taschen über das Kopfsteinpflaster ziehen, richtet er sich auf, schnippt seine Zigarette beiseite und nimmt schwungvoll eine dienstbare Haltung ein. Die vielen Koffer, deren Bandbreite von einer modischen Tasche mit LOUIS-VUITTON-Prägung auf der Seite – vermutlich von Claire – bis zu einem fast schon auseinanderfallenden Tornister im Militärlook reicht – vermutlich von Becca –, richtig zu verstauen, ist eine Kunst. Aber der junge Mann bringt sie mit routinierter Lässigkeit alle unter.

Die Frauen unterzubringen erweist sich als komplizierter. Wir zögern an der Tür, keine möchte als Erste einsteigen. Um mich als guter Kumpel zu erweisen, steige ich ein und zwänge mich in die hinterste Reihe, gefolgt von der Sportlerin und der noch immer schwatzenden Valerie. Die schwarzhaarige Königin von Jersey belegt zusammen mit Jean und ihrer Tochter die Reihe vor uns, so dass für Claire und Silvia die besten Plätze übrigbleiben, neben der Tür und nur zu zweit in einer Reihe. Tess rutscht auf den Beifahrersitz neben den Fahrer, der uns als Tim vorgestellt worden war.

Valerie hat das Bedürfnis zu reden. Sie möchte wissen, woher ich komme, warum ich erst in letzter Minute zu ihnen gestoßen bin und was mich nach Canterbury führt. Meine anfängliche Musterung hat mich davon überzeugt, dass sie so ziemlich die Letzte ist, mit der ich mich anfreunden möchte, und weiß Gott, wie lange wir eingepfercht in diesem Bus sitzen werden. Also nehme ich ihr den Wind aus den Segeln, indem ich ihr vermittle, meine E-Mails lesen zu wollen, bevor wir die Stadt verlassen. Völlig gelogen ist das nicht. Wie ich schon im George sagte, gehe ich davon aus, dass wir auf dem Land nur punktuell Empfang haben werden, weshalb dies womöglich für Tage meine letzte Chance ist. Ich sollte Ned schreiben und ihn wenigstens wissen lassen, dass wir morgen nicht miteinander sprechen werden. So verantwortungsvoll bin ich dann doch, obwohl man mich gerade abserviert hat.

Aber als ich meine Tasche endlich herausgefummelt und auf dem Schoß liegen habe, kann ich mein Handy nicht finden. Systematisch durchforste ich jedes Fach, wobei mit jedem Reißverschluss, den ich öffne, und jedem Winkel, den ich untersuche, meine Panik steigt. Und dann sehe ich es vor meinem geistigen Auge. Wie ich das Handy neben den Mann mit den kurzen Haaren auf den Tresen lege, um meine Rechnung abzuzeichnen. Offenbar habe ich es danach nicht mehr an mich genommen.

»Ich habe mein Handy liegenlassen«, rufe ich. »Ich glaube, es liegt auf dem Tresen.«

Natürlich ist das eine mittlere Katastrophe. Wir haben den Parkplatz verlassen und bewegen uns auf einer Stadtstraße, unterwegs zum Anfang unserer Reise. Wer weiß, wie schwer es sein wird, auf diesen kleinen, verwirrenden einspurigen Straßen die Richtung zu wechseln und wieder zum George zurückzufahren. Und ich habe zum Aussteigen den schlechtestmöglichen Platz im Bus: ganz hinten links. Fünf oder sechs Frauen werden sich in Bewegung setzen müssen, damit ich raus kann. Ich bin nicht nur verspätet zu ihnen gestoßen, habe einen komischen Namen und eine komische Art, sondern halte die Reise jetzt auch noch auf, indem ich alle nerve.

»Nimm meins«, sagt die Sportlerin und zieht ihren Rucksack auf den Schoß, was ihr weitaus eleganter gelingt als mir. »Ruf im Restaurant an und erkundige dich, ob es dort noch liegt.«

»Bist du dir da sicher? Die Roaminggebühren sind horrend.«

»Kein Problem. Ich hab mir eins dieser Programme mit unbegrenzten Auslandsminuten gekauft.« Während sie ihren Rucksack öffnet, um das Handy herauszuholen, erhasche ich einen Blick auf eine goldene Godiva-Pralinenschachtel, die fast in den Falten eines Schals verschwindet. Aha, das also ist ihre Formel. Bestell einen Salat, wenn du in der Öffentlichkeit bist, picke ostentativ darin herum und erteile dabei kleine Lektionen über Antioxidantien und organischen Landbau, sorge dafür, dass alle am Tisch begreifen, was für ein Paradebeispiel für Gesundheit und Selbstkontrolle du bist. Aber ich wette, dass sie nachts, wenn sie allein und im Bett ist, über die Pralinen herfällt, und zwar heftig.

Die Sportlerin hält einen Moment inne, als wäre sie über die Pralinenschachtel genauso überrascht wie alle anderen, und reicht mir dann ihr Handy. »Mach nur«, sagt sie. »Ich habe keine Zeitbegrenzung. Im Ernst.«

Tess ruft mir die Nummer des George zu, und ich tippe sie

ein, aber die Leitung ist belegt. Ich versuche es wieder. Wieder belegt.

»Es tut mir aufrichtig leid«, rufe ich nach vorn, aber Tess ist ganz munter. Sie versteht ihren Job.

»Umkehren ist leichter, als darauf zu warten, bis die Leitung wieder frei ist«, sagt sie über die Schulter und tauscht dann ein paar gemurmelte Worte mit dem Fahrer, während die anderen Frauen sich beeilen, mir zu versichern, dass es ihnen nichts ausmacht, wenn wir kurz umkehren. Da wir noch ganz am Anfang unserer Reise sind, haben wir noch keinen Grund, unhöflich oder auch aufrichtig miteinander umzugehen, und als Tim direkt vor dem George Inn den Bus anhält, steigen alle fröhlich aus und machen Platz für mich.

Außer Atem und mit Herzklopfen erreiche ich die Tür des Pubs. Mir schwirrt der Kopf. Alles, was ich benötige, um in dieser Welt funktionieren zu können, ist in diesem Handy. Kontaktinformationen für alle, mit denen ich zusammenarbeite, meine Flugreservierung für den Rückflug, meine Bankkonten, mein Kompass und meine Kamera und Rechnungen und Musik und Spiele und Schrittzähler. Wenn ich dieses Handy verliere, bin ich völlig verloren. Fast so, als hätte ich nie existiert.

Der lakonische Kellner lehnt noch genau so hinter dem Tresen an der Wand, wie ich ihn verlassen habe. Ich erzähle ihm atemlos meine Geschichte. Beschreibe das Handy mit dem Motiv eines Weinguts auf seiner Hülle und dem Foto von Freddy auf dem Display. Zeige ihm, wo ich gesessen habe. Erwähne den Mann, der neben mir saß und von dem ich das Gefühl hatte, dass er ein Stammgast ist. Aber da ist kein Handy. Er wirft einen Blick unter die Theke, sieht hinten überall nach, spricht sogar mit der Wirtin, kehrt aber mit leeren Händen zurück.

»Wie kann das einfach so verschwinden?«, frage ich ihn. Ich höre, wie schrill meine Stimme klingt. Sie überschlägt sich fast. »Was um Himmels willen soll ich bloß tun?«

Er lehnt sich zurück an den Spirituosenschrein und verschränkt die Arme wieder vor der Brust. »Sie sollten sich ein neues kaufen«, sagt er.

»Verstehen Sie doch, es geht nicht um das Handy an sich. Sondern um das, was darauf gespeichert ist. Meine ganze Welt steckt in diesem Handy. Ich weiß nicht mal, wie ich jetzt nach Amerika zurückkommen soll.«

Er schüttelt den Kopf. »Kein Grund zur Panik, Miss. Heutzutage kann man gar nichts mehr verlieren, nicht, wo doch alles irgendwo gespeichert wird. Alles, was Sie brauchen, befindet sich in der Cloud.«

»Es ist nur … sind Sie sich sicher, dass Sie es nicht gesehen haben?«

»Versuchen Sie es«, sagt er und greift in seine Hemdtasche. »Nehmen Sie meins und rufen Sie sich an.«

»Aber die Roaminggebühren …«

»Schon gut. Es wird ja keiner drangehen. Wir warten doch nur, ob wir den Ton hören.«

Da hat er recht. Ich weiß meine Nummer nicht auf Anhieb, aber dann tippe ich sie ein. Das Freizeichen tutet … und tutet. Mein Klingelton sind Kirchenglocken, warum, weiß ich auch nicht. Vielleicht war es die Voreinstellung, und ich habe mir nicht die Mühe gemacht, sie zu ändern. Der junge Mann dreht das Soundsystem hinter dem Tresen leiser, und wir lauschen beide auf Kirchenglockengeläut.

Kein Glück. Ich höre das Klicken und dann meine eigene Stimme als Mailboxansage und lege auf. Der Kellner zuckt mit den Achseln. »Dann wird es wohl weg sein? Pech.«

»Ja«, sage ich. »Genau. Pech.«

4

Die erste Nacht der Reise verbringen wir in einer Kleinstadt, in deren Nähe der Pilgerweg beginnt. Darauf weist auch das den Canterbury-Pilgern gewidmete hölzerne Denkmal hin, das auf dem Hauptplatz steht. Am nächsten Morgen posieren wir eine nach der anderen mit unseren Wanderstäben in der Hand neben dem Denkmal. Meine Kamera war das Handy, also muss ich mich für meinen Schnappschuss auf andere verlassen.

Die beiden Pilger des Denkmals unterscheiden sich in ihren Gesichtsausdrücken. Der eine blickt ernst und sorgenvoll und hat die Augen niedergeschlagen, während der andere den Kopf mit einem wissenden Grinsen in den Nacken gelegt hat. Tess berichtet, die Schnitzerei sei relativ neu, also stellen die Figuren wohl eher eine zeitgenössische Sicht auf die diversen Arten von Pilgern dar, die zu dieser Wanderschaft aufbrechen. Für die einen ist es eine Bußübung, für die anderen aber eher eine Frühjahrstour – ein Vorwand für den sprichwörtlichen Tapetenwechsel, um eine Weile der Stadt zu entfliehen und dabei die Gelegenheit zu nutzen, zu zechen, zu schwelgen oder mit jemand aus einem anderen Dorf ins Bett steigen zu können.

Der Name der Sportlerin ist Steffi, wie ich inzwischen weiß. Sie fotografiert mich, als ich an der Reihe bin, und verspricht, mir das Foto zuzumailen. Ich zweifle nicht daran, dass sie zu den Frauen gehört, die genau das tun, was sie sagen, aber wir haben den Pfad noch nicht betreten, und schon geht sie allen auf die Nerven. Ständig bombardiert sie Tess mit Fragen, wie weit wir heute gehen, wie viele Höhenmeter wir erreichen werden und wie hoch unsere durchschnittliche Stundengeschwindigkeit sein wird. Sie hat sich eins dieser Fitness-Armbänder umgeschnallt und wirft alle paar Minuten einen Blick darauf, obwohl Tess geduldig erklärt hat, dass es bei dieser Wanderung nicht in erster Linie um den sportlichen Aspekt geht.

»Jede Gruppe muss zu ihrem eigenen Tempo finden«, erläutert Tess, »und der erste Tag hat immer etwas von einem Experiment. Wenn ich heute Abend sehe, wie weit wir gekommen sind, werde ich genauere Angaben machen können.«

Das ist eine sehr unvollständige Erklärung. Wir haben Montag, und wir wissen, dass uns nur fünf Tage Zeit zum Wandern bleiben, bis uns am Samstagnachmittag um drei Uhr in der Kathedrale von Canterbury der Pilgersegen erwartet. Ganz zu schweigen davon, dass unsere Übernachtungen in den diversen Gasthäusern entlang der Route bereits vorgebucht wurden. Damit wir diese Verbindlichkeiten auch erfüllen können, müsste Tess eigentlich ein Gefühl dafür haben, wie weit und wie schnell wir laufen werden. Und auf diese Diskrepanz stürzt sich Steffi auch sofort.

»Dann passt du also die Route der Geschwindigkeit der Gruppe an«, kritisiert sie. Ihre Stimme klingt dabei fast ein wenig schrill, wie sich wohl auch meine angehört haben mag, als der Kellner in London mir sagte, er könne mein Handy nicht finden. »Solltest du sehen, dass wir langsam sind, verkürzt du das Tagespensum einfach um ein Stück, funktioniert das so? Willst du damit sagen, dass wir womöglich gar nicht alles zu sehen bekommen?«

In den letzten achtzehn Stunden habe ich mitbekommen, dass Steffi – offensichtlich – nicht nur schwarz und eine Frau ist, sondern auch, dass sie als Ärztin arbeitet, spezialisiert auf Herzerkrankungen bei Frauen. *Sie ist es gewohnt zu kämpfen*, sage ich mir. *Gewohnt, jeden einzelnen Schritt zu gehen, jeden Hügel zu erklimmen, und sie kriegt die Krise bei der Vorstellung, dass es da draußen etwas gibt, das sie womöglich verpasst. Selbst wenn es sich dabei nur um ein paar Kilometer Farmland handelt, das genauso aussieht wie alles andere ringsum.*

Ich will ihr gerade sagen, dass sie sich keine Sorgen machen soll, da vierundzwanzig Kilometer am Tag die Seele nicht mehr reinigen oder den Körper herausfordern als sechzehn Kilometer, aber dann lasse ich es doch bleiben. Ich bin noch immer die Außenseiterin. Und nicht nur, weil ich das Einstiegsessen im George Inn verpasst habe, sondern auch noch das gestrige Abendessen. Bis wir an Ort und Stelle angekommen waren und das Gepäck ausgeladen hatten, dämmerte es bereits, und der Umstand, dass ich mich für den Nachtflug entschieden hatte, forderte seinen Tribut. Ich hatte mich bei den anderen entschuldigt, nicht mehr mit ins Pub zu kommen, und war dann, den Koffer hinter mir herklappernd, die enge Treppe hinauf zu meinem kleinen Zimmer gestiegen, das an eine Klosterzelle erinnerte.

Vorher hatte ich mir aus der Schale an der Empfangstheke noch eine Banane stibitzt, doch als ich mich aufs Bett setzte, um sie zu essen, sah ich, wie staubig sie war. Offensichtlich war dieses Obst nur zur Dekoration gedacht, nicht als Einladung an die Gäste, sich nach Lust und Laune zu bedienen. Außerdem hat die von unten aus der Schale gezogene Banane womöglich die ganze Symmetrie durcheinandergebracht. Vielleicht ist nun das gesamte Gebilde aus dem Gleichgewicht geraten, und Äpfel und Birnen kullern nach allen Seiten. *Diese durchgeknallten Amerikaner,* werden die Wirte zweifellos denken. *Wenn wir sie nachts nicht in ihren Zimmern einsperren, essen sie womöglich noch das Gebüsch im Garten.*

Ich habe geduscht und mein Nachthemd angezogen, war erschöpft, aber mit dem Gefühl, nur mit Mühe einschlafen zu können. Normalerweise benutze ich mein Handy, um mich abends runterzufahren, indem ich Artikel lese, mit denen Twitter mich verlinkt, meine E-Mails durchgehe oder Angry Birds spiele. Als ich ans Fenster trat und hinaussah, konnte ich das ganze Dorf überblicken, auf das sich eine rauchige Herbstdämmerung herabsenkte. Nur ein menschliches Wesen war zu sehen. Der Pfarrer, der in seinem Ornat aus der Kirche kam und zwischen den Grabsteinen über den Friedhof ging. Auf einmal fragte ich mich, wieso ich hierhergekommen war, an diesen Ort, von dessen Existenz ich vor ein paar Stunden noch gar nichts gewusst hatte, in Gesellschaft von Fremden, ohne klaren Weg zurück zum Flughafen oder nach Amerika oder sonst etwas Realem. Und während ich das Dorf betrachtete, fiel mir plötzlich ein, dass ich ohne Handy nicht mal um Hilfe rufen könnte. Ich könnte nur das Fenster öffnen und schreien … doch außer dem Pfarrer würde es keiner hören, und ich konnte mir nicht vorstellen, inwiefern ein Pfarrer mir helfen könnte.

Auch eine Katze war da. Sie war ans Fenster gekommen, sah mich verzweifelt an und drückte ihre Pfoten gegen die Fensterscheibe. Offensichtlich befand ich mich in ihrem Lieblingszimmer. Ich öffnete das Fenster einen Spalt – es gab keine Fliegengitter –, und sie glitt geschmeidig hindurch und nahm dann ihren Platz auf dem klobigen schmalen Bett ein. Okay, sagte ich mir. Was habe ich alles nicht? Ich habe keine Mutter, keinen Geliebten, kein Handy und auch verdammt noch mal keine Ahnung, warum ich hier bin, wohin ich als Nächstes gehen werde oder was das alles soll. Aber ich habe eine Katze und eine verstaubte Banane und einen Pfarrer gleich gegenüber, mal sehen, welchen Trost ich diesen kleinen Gewissheiten abgewinnen kann. Und lesen könnte ich vielleicht auch noch. Sofern meine Erinnerung mich nicht täuscht, beruhigt es, ein Buch in den Händen zu spüren. Ich war auf dem Treppenabsatz an einem Bücherregal vorbeigekommen, vollgestopft mit allem, was die früheren Gäste des Hauses zurückgelassen hatten.

Also stieg ich die halbe Treppe wieder hinunter und sah die zurückgelassenen Taschenbücher durch, bis ich mich schließlich für einen Thriller mit einem reißerischen schwarz-silbernen Cover entschied, den ich zu Hause nie lesen würde. Und siehe da, gemeinsam mit dem Schnurren der Katze sorgte das Buch dafür, dass ich einschlief. Es war sogar der beste Nachtschlaf, den ich seit langem gehabt hatte, und ich brauchte ihn auch.

Doch jetzt, im hellen Tageslicht, plaudern die anderen Frauen ganz locker miteinander, während ich als Einzige noch nicht mal alle ihre Namen kenne.

»Die erste Geschichte erzählt Jean«, sagt Tess gerade zu

Steffi, die fast in Panik verfällt angesichts der Aussicht, es könnte in England ein Feld geben, durch das wir nicht stapfen. »Also ist sie diejenige, die wandert und dabei spricht, was selbst jemanden, der fit ist, erschöpfen kann. Es lässt sich schwer vorhersagen, in welchen Rhythmus sie verfallen wird, aber die Geschichtenerzählerin ist immer diejenige, die das Tempo der Gruppe bestimmt. Auf der Pilgerreise nach Canterbury gilt die unumstößliche Regel, dass die Zuhörer sich dem Erzähler anpassen und jede Geschichte ihren eigenen Schritt erfordert. Denn Zuhören ist ein wenig wie Tanzen. Man bewegt sich zu der Musik, die im Moment gespielt wird. Das werdet ihr sicher verstehen.«

»Das werdet ihr sicher verstehen« sagt man zu Leuten, die das gerade nicht tun, und als Tess es sagt, wandert ihr Blick demonstrativ von Steffi zu Jean.

Jean weiß um das Geheimnis, wie man mit Kleidung den Körper kaschieren kann, denn wirkte sie gestern im George Inn schlank, sieht sie heute in Wanderstiefeln und Hosen und bei grellem Tageslicht schwerer aus. Anders gesagt, Steffi wird sich einfach zügeln müssen. Mit Jean als unserer Erzählerin werden wir am ersten Morgen keinen Geschwindigkeitsrekord brechen.

»Und wir wandern auch nicht im Gänsemarsch«, erklärt Tess, diesmal an die ganze Gruppe gewandt. »Wenn wir hintereinander in Reih und Glied marschieren, bekommt die vorne nicht mehr mit, was hinten gesagt wird, und umgekehrt. Wir werden wie wahrhafte Pilger Seite an Seite wandern.«

Großartig. Jetzt heißt es nicht nur Reiseweiber, sondern Reiseweiber Seit an Seit. Die Falten auf Steffis Stirn vertiefen sich. Vermutlich denkt sie, dass unser Tempo noch langsamer wird, wenn wir so wandern. Das Beste wäre, sie würde sich dieses Fitness-Armband gleich jetzt abstreifen und in das gleiche kosmische schwarze Loch werfen, das auch mein iPhone verschlungen hat. Ansonsten wird die ganze Reise eine einzige Qual für sie sein.

»Unsere Route ist noch nicht besonders malerisch, bevor wir uns nicht weiter von der Stadt entfernen und aufs offene Land kommen«, ergänzt Tess, als würden wir aus New York herauswandern. Auf mich wirkt das Städtchen äußerst pittoresk und hätte durchaus das Zeug zum Puzzlemotiv. Aber Tess deutet in die Ferne, auf die sanft geschwungenen Hügel in den Farben Salbei, Moos und Gold. Langsam gewinnt das Licht um uns herum an Kraft.

»Ich könnte vielleicht die Gruppe umkreisen, um meinen Rhythmus beizubehalten«, schlägt Steffi vor. »Aber ihr müsst mir versprechen, euch zu melden, falls jemand das irritierend findet.«

Und so brechen wir auf. Wir laufen die steile Straße hinunter, die von der Stadt zu den Feldern führt, und unsere Wanderstiefel rutschen ein wenig auf den Kieselsteinen. Becca hält Abstand, und ich merke, dass ich mich ein wenig aus dem Pulk der Frauen löse und mit ihr Schritt halte.

»Du hast wohl keine Lust, dir die Geschichte deiner Mutter anzuhören?«, frage ich, wohl wissend, was ich da anspreche. Dianas Asche wird in meinem Rucksack herumgeschüttelt, während ich laufe. Ich habe mit mir gerungen, ob ich den Beutel im Koffer lassen und mit Tim zum nächsten Gasthaus auf unserer Route vorausschicken soll, kam dann aber zu dem Schluss, dass auf diese Weise der Sinn der ganzen Reise verfehlt wäre. Sie wollte zu Fuß nach Canterbury gehen und nicht in einem Bus dorthin fahren, also müssen auch ihre Überreste mit mir wandern, zusammengedrückt in ihrem kleinen Beutel.

Becca wirft mir einen verdrießlichen Blick zu. »Ich kenne sie schon.«

Das glaube ich dir gern, denke ich, weil mir bewusst ist, vielleicht mehr als den anderen, dass die Geschichte, die wir von Jean hören werden, keine spontan erzählte, sondern eine schon oft und vor vielen Zuhörern rezitierte ist, eine Schilderung, die im Lauf der Jahre geschliffen und zugespitzt wurde. Deshalb war Jean auch nicht alarmiert, als das Los auf sie fiel. Sie ist mehr als bereit dazu. Und Becca hat sie schon so viele Male gehört, dass ihre Bedeutung sie gleichgültig lässt. Das Mädchen hat schon lange aufgehört, zwischen den Fakten und der Fantasie in den Lieblingsgeschichten ihrer Mutter zu unterscheiden, auch wenn es dabei um Ereignisse geht, deren Zeugin sie war, auch wenn die Ereignisse Becca genauso betreffen wie Jean. Auch meine Mutter war eine begeisterte Sammlerin von Familienlegenden – etwa der Geschichte, wie meine Eltern zu Tante Leticias Obstgarten kamen und das Land rodeten, oder der Geschichte, wie mein Vater die erste Apfelweinpresse aus Kleiderbügeln und einer kaputten Waschmaschine baute. Oder vom Teich hinter dem Haus, der so reich an Fischen war, dass einzelne manchmal von selbst in die Ruderboote sprangen. Oder davon, wie sehr ich diesen Teich geliebt habe und dass ich eher schwimmen als laufen konnte. Konnte ich wirklich schwimmen, bevor ich laufen lernte? Sprangen die Fische tatsächlich in die Ruderboote? Ist das überhaupt wichtig?

Ich denke, die meisten Familien haben ihre offiziellen Geschichten, die sie sich immer und immer wieder erzählen, und jede Wiederholung versichert sowohl dem Erzähler als auch den Zuhörern, dass die Welt ein fassbarer Ort ist. Man könnte sogar die Behauptung aufstellen, dass das Erzählen einer Geschichte ein Glaubensbekenntnis ist, denn es befördert den Glauben, dass das Leben tatsächlich einen Anfang, eine Mitte und ein Ende hat. Den Glauben, dass wir alle irgendwohin unterwegs sind, dass die scheinbar zufälligen Ereignisse in unserem Leben etwas bedeuten und dass das Morgen mehr sein wird als nur eine Wiederholung des Gestern.

»Hier ist das Tor«, verkündet Tess, als wir von der Landstraße abbiegen und auf ein offenes Feld zusteuern. Eine kleine blaue, an den Zaun genagelte Platte, darauf ein Strichmännchen mit Wanderstab und Rucksack. Google hatte recht. Ein solcher Ausgangspunkt eines Wanderwegs lässt sich leicht übersehen.

»Dann beginnt hier also die offizielle Route nach Canterbury?«, erkundigt sich Steffi mit zweifelnder Stimme. Wir hatten uns wohl alle etwas mehr erwartet.

»Unsere Füße sind nun auf dem Weg«, sagt Tess, als wir eine nach der anderen den schlammigen Graben überqueren und durchs Tor gehen. Sie nickt Jean zu. »Du fängst an, wann immer du möchtest.«

Die Erzählung von *Jean*

»Mein Vater fand, dass Allen nicht gut genug für mich war«, beginnt Jean. »Und damit fängt alles an. Vielleicht fangen alle Liebesgeschichten so an. Daddy hatte diesen Hang – er beurteilte jeden in seiner Umgebung sehr kritisch. Natürlich war Allen entschlossen, alles dranzusetzen, um ihm das Gegenteil zu beweisen. Er sagte, er werde für mich und die Kinder sorgen, nicht nur angemessen, sondern überreichlich, das waren seine Worte. Und er werde sich nicht zufriedengeben, bis unsere Kinder auf die besten Schulen gingen, ich nicht zu arbeiten bräuchte und wir in einem Haus wohnen würden … einem Haus, an dem selbst mein Vater nichts mehr auszusetzen hätte.«

Aber dann hält sie inne, als würde sie bereits an dem gerade Gesagten zweifeln. »Natürlich war es nicht nur das. Ich möchte nicht, dass ihr denkt, Allen sei so was wie ein Workaholic gewesen, einer dieser Männer, die im Morgengrauen aufstehen und mit einer Aktenmappe losziehen. Er war immer für uns da, vor allem an den Sonntagen. Das waren unsere Familientage. Hab ich nicht recht, Rebecca?«

»Das ist deine Geschichte, Mom.«

»So ist es. Aber wo beginnt man bei einer Ehegeschichte? Ich könnte erzählen, wie wir uns kennengelernt haben. Es war auf einem Boot, während einer dieser Rundfahrten durch den New Yorker Hafen, was albern ist, aber wenn ich so weit zurückgehe, werden wir schon halb in Canterbury sein, bevor wir mit der ersten Erzählung fertig sind, und das wollen wir doch nicht, oder?« Jean schiebt mit einem nervösen Kichern eine Strähne ihres goldblonden Haars aus dem Gesicht, aber als keiner etwas sagt, fährt sie fort.

»Wir waren zehn Jahre verheiratet, als Allen die Chance bekam, für seine Firma nach Guatemala zu gehen. Er war im Ölgeschäft, wisst ihr. Das Angebot war hervorragend, es wurde ein viel höheres Gehalt bezahlt, und obendrauf gab es noch eine Sonderzulage für jeden, der bereit war, für achtzehn Monate oder länger dortzubleiben. Diese Zulage war so großzügig, dass wir fast sein ganzes Gehalt sparen konnten. Das war unsere Chance, und viele bekommt man nicht. Er wusste das und ich ebenfalls. Die meisten Männer ließen ihre Familien zurück, wenn sie sich für einen solchen Posten verpflichteten, jedenfalls diejenigen, die nach Mittelamerika gingen. Guatemala war damals ein unsicheres Land, vor allem wenn man sich von den Touristenzentren wegbewegte. Amerikaner waren oft das Ziel von Kidnappern, und wir hatten von einer Familie gehört ... Nun, wir kannten die Leute sogar, jedenfalls oberflächlich, und sie hatten eine Tochter, gerade mal vierzehn ...«

»Überspring das doch, Mom«, sagt Becca. »Das braucht keiner zu hören.«

»Du hast recht. Es ist eine schreckliche Geschichte. Es genügt festzuhalten, dass Guatemala für Amerikaner, von denen man wusste, dass sie reich waren, nicht immer sicher war, und nach guatemaltekischem Standard waren alle Amerikaner reich. Allen wollte, dass ich mit den Kindern in Houston bleibe. Doch ich fand den Gedanken, so lange von ihm getrennt zu sein, unerträglich, denn die Kinder würden ihren

Vater höchstens zwei- bis dreimal im Jahr sehen.« Sie seufzt. »Also war das, was uns widerfahren ist, während wir dort unten waren, in gewisser Weise mein Fehler, wisst ihr. Denn ich war diejenige, die darauf bestand, zu packen und ihn zu begleiten. Sogar mit dem Hund. Sogar mit Taffy. Dieser große, lebhafte Golden Retriever war für die Jungs gedacht. Aber er schlief immer bei uns im Bett, erinnerst du dich, Rebecca?«

Becca antwortet nicht. Offenbar hat sie beschlossen, ihre Mutter zu zwingen, diese schuldbeladene Geschichte allein zu erzählen.

Nach kurzer Pause spricht Jean weiter. »Wir mussten so viel mitnehmen und hatten dazu noch den Hund, so dass wir mit dem Auto fuhren. Es dauerte eine Ewigkeit, und mit jeder Straßenmeile, die wir hinter uns ließen, ließen wir auch ein Stück von der Welt zurück, die uns bekannt war. Ich denke, irgendwo im Süden von Mexiko ist mir klargeworden, dass es vielleicht ein Fehler war. So funktioniert das doch immer, oder? Immer mal wieder hat man einen hellen Moment und merkt, dass man den Weg verloren und irgendwo die falsche Straße erwischt hat, aber wenn man es dann merkt ... gibt es kein Zurück mehr. Ich hatte die Kinder aus der Schule genommen, das Haus vermietet. Alles, was wir besaßen, war eingelagert.«

Sie hält im Gehen inne, und automatisch passen wir uns alle ihrem Rhythmus an, bleiben stehen, um unsere Rucksäcke abzusetzen, und bücken uns, um die Socken straff zu ziehen. Wir sind nun lange genug gewandert, um zu merken, wo etwas reibt und womit wir uns beim Anziehen und Packen vertan haben.

»Aber das zeichnet nun mal eine Ehe aus, nicht wahr?«,

wirft Valerie ein. »Was hält sie zusammen? Kommt nicht jedes Paar an einen Punkt irgendwo in Mexiko, wo man merkt, dass es noch schwieriger wäre umzukehren, als einfach weiterzumachen?«

Sie hat vermutlich recht. Es hört sich richtig an. Aber keine der verheirateten Frauen sagt etwas, und das Schweigen lastet auf uns wie ein Ziegelstein. Schließlich meint Valerie achselzuckend: »Ich meine ja nur. Ich werde immer Single sein …«

Okay, die nächste Pause. Wieder ein peinlicher Moment, wir stehen alle im Kreis und sehen einander an, kratzen und strecken uns und trinken Wasser, und Valerie fühlt sich hier draußen im Nirgendwo aufgerufen, uns nicht nur zu verkünden, dass sie Single ist – was sie mit mir und vermutlich einigen anderen gemeinsam hat –, sondern auch immer Single bleiben wird. Das ist etwas völlig anderes und als Aussage schon höchst außergewöhnlich, wenn man eine Tür derart entschlossen zuwirft, und die Ehe ist eine Tür, durch die früher oder später fast alle hindurchgehen.

Vielleicht ist sie lesbisch, überlege ich. *Ich sollte versuchen, sie mehr zu mögen.*

Aber Jean sträubt sich gegen Valeries Bemerkung. »Ich habe niemals ernsthaft in Erwägung gezogen umzukehren«, sagt sie ein wenig schnippisch, während wir alle unsere Rucksäcke hochhieven und den Weg fortsetzen. »Ich habe die Entscheidung getroffen, meinem Mann zu folgen, und ein solches Versprechen bricht eine Ehefrau nicht. Außerdem zeigte sich, dass Guatemala auf seine Weise ein wunderbares Land ist, jedenfalls anfangs, als wir dort ankamen. Wir hatten ein größeres Haus, viel größer als das in Texas, ein regelrechtes Anwesen. Die Vorbesitzer hatten es Paradiso Blanco genannt, und alles war gut abgesichert. Es gab innerhalb der amerikanischen Enklave sogar eine Schule, auf die allerdings nur wenige Kinder gingen, und ich glaube nicht, dass es meinen dort gut gefallen hat. Sie vermissten ihre Freunde in der Heimat, und ich vermisste meine auch, aber wir hatten Bedienstete. Fünf an der Zahl mit dem Chauffeur.«

Und plötzlich lacht sie völlig unvermittelt. »Wenn ich es so erzähle, hört sich das großartig an, nicht wahr? Als hätten wir in einem Film mitgespielt, mit Koch und Gärtner und einem Mädchen für oben und einem für unten und natürlich Antonio, dem Fahrer. Ihn habe ich am besten in Erinnerung behalten, denn er war fast immer bei uns. Allen meinte, ich solle nicht selbst fahren, das sei nicht sicher. Also ließ ich es sein, hatte allerdings, als wir wieder zurück nach Texas kamen, fast vergessen, wie es geht. Ich weiß noch, wie ich zum ersten Mal wieder hinter dem Steuer saß. Nach zwei Jahren, vielleicht auch ein wenig mehr, fiel mir einen Moment lang nicht mehr ein, wie ich den Motor anlassen soll. Natürlich hatte ich es nicht wirklich vergessen. Autofahren geht einem so in Fleisch und Blut über wie Schwimmen oder Atmen, aber anfangs … nun, Guatemala war eine andere Welt und hatte seine Licht- und Schattenseiten. Allen verließ jeden Morgen nach dem Frühstück das Haus mit dem Fahrer, dann kam Antonio zurück und brachte die Kinder zu ihrer kleinen Schule. Er musste sie fahren, obwohl es nur ein Stück die Straße hinunter war. Das Angstniveau war so hoch, wisst ihr, und dann kam Antonio wieder zurück, für den Fall, dass ich irgendwohinwollte.«

Wieder eine Pause. Ihr Gesicht ist rot, und sie atmet schwer. Die Aufgabe, gleichzeitig zu wandern und zu erzählen, hat ihr zugesetzt, genau, wie Tess das vorhergesagt hat. Ich glaube, Jean ist eine Frau, die sich leicht aus der Fassung bringen lässt. Eine Frau, die man völlig aufdröseln kann, wenn man den richtigen Faden findet und daran zieht.

»Natürlich war es ein Problem«, sagt Jean, nachdem sie sich wieder erholt hat, »dass Antonio mir immer zur Verfügung stand, denn ich musste nirgendwohin und es gab nichts zu tun. Fünf Bedienstete hören sich so lange gut an, bis man welche hat. Ich wanderte den ganzen Tag ziellos durchs Haus, aber dann erfuhr ich von einer Kirche, die auf der Müllkippe gute Werke tat. Denn es gibt in den Städten Zentralamerikas diese riesigen Müllhalden, auf denen tatsächlich Menschen leben. Ganze Familien, von den Großeltern bis zu den Kindern, und es ist haarsträubend, aber sie leben davon, den Müll nach Essen und Kleidung und allem, was sie für ihre Behausung brauchen können, zu durchwühlen. Diese Kirche hatte Pläne für eine Klinik und für eine Schule.«

»Mom«, fällt Becca ihr scharf ins Wort. »Das gehört nicht zur Geschichte.«

»Nicht? Da wäre ich mir nicht so sicher. Vielleicht ist das auch noch eine Sache, deretwegen ich mich schuldig fühle. Alle haben mich gewarnt, es sei gefährlich, bei dieser Kirche ehrenamtlich mitzuarbeiten. Die anderen Frauen, die in unserer Enklave lebten, versuchten mir das immer wieder klarzumachen. *Wenn du durch dieses Tor gehst,* sagten sie, *gehst du ein Risiko ein. Warum schickst du nicht einfach deinen Fahrer, wenn du was von draußen brauchst?* Merkwürdigerweise litten sie unter der Isolation nicht so sehr wie ich. Sie waren glücklich mit der Situation oder jedenfalls zufrieden, sie spielten Bridge, richteten Dinnerpartys aus und wechselten drei- bis viermal am

Tag die Kleider. Es war fast, als würden wir in einem dieser britischen Herrenhäuser leben, wie Agatha Christie sie beschreibt – ihr wisst schon, wie in einem ihrer Bücher, die so friedlich beginnen, bis dann jemand erstochen wird? Aber die anderen Frauen waren einfach sehr viel klüger als ich. Sie fanden Wege, ihre Tage zu füllen. Gibt es hier in der Gegend auch Herrenhäuser, Tess?«

»Ein paar«, sagt Tess. »Alte Familienanwesen.«

»Und sind die hübsch?«

»Wir können gern mal anhalten, wenn ihr mögt. Nur leider wird man um diese Jahreszeit in den Gärten nicht viel sehen.«

»Ich würde sehr gern eine Tour durch so eine Gartenanlage machen.«

»Mach weiter, Mom, konzentrier dich«, fordert Becca sie auf. »Du redest jetzt schon seit zwanzig Minuten, und keiner hat auch nur die leiseste Ahnung, worum es in dieser Erzählung geht.«

»Es geht darum, wie ich meinen Ehemann getötet habe«, sagt Jean. »Oder besser gesagt, wie er umkam, weil er mich zu beschützen versuchte. Mich und Rebecca und die Jungs.«

»So ist es nicht passiert, Mom.«

»Natürlich ist es das. Wo war ich stehengeblieben? In der Erzählung, meine ich.«

»Du fandest dich in einem Land wieder, das gleichzeitig gefährlich und langweilig war«, hilft Tess ihr auf die Sprünge. Offenbar ist sie es gewohnt, den Leuten bei ihren Geschichten das Stichwort zu liefern, sie zurück auf den Pfad der Erzählung zu führen, wenn sie abgeschweift sind.

»Und es war alles mein Fehler«, sagt Jean und blinzelt ihre Tränen zurück. »Allen war von Anfang an klar, dass die Kinder und ich nicht mitkommen sollten, dass eine Familie wie wir ein Ziel darstellen würde. Und dennoch stapfte ich jeden Morgen über die Müllhalde und verteilte Handschuhe und Milchkartons und diese bizarren Bibeln, die wie Comichefte aufgemacht waren. Sie waren voll befremdlicher und verzerrter Bilder von Christus. Ich erinnere mich noch gut daran, er sollte offenbar aussehen wie ein Inka, klein und gedrungen und auch ziemlich beängstigend …«

»Mach dir keine Vorwürfe«, sagt jemand. Ich drehe mich suchend um. Es ist Silvia, die wie immer in die Ferne blinzelt, an uns vorbei auf etwas, das nur sie sehen kann. »Diese Leute hatten nichts, und du versuchtest doch nur zu helfen.«

»Ja, ich versuchte zu helfen, wollte den Kindern Milch geben und suchte für mich eine Beschäftigung«, sagt Jean. »Mutter Teresa war ich nicht. Denn das, was die Leute anfangs zu uns hinzog, wisst ihr, war der Anblick unserer verdammten Limousine, die zwischen Paradiso Blanco und der Müllhalde hin und her fuhr. Mit der Nummer 487, auch daran erinnere ich mich noch. Die Amerikaner bekamen immer die niedrigen Zahlen. Nein, die ehrenamtliche Kirchenarbeit war nur eine weitere Fehlentscheidung meinerseits, noch etwas, das ihr Augenmerk auf uns zog. Oder vielleicht hätten sie uns auch so gefunden. Natürlich hatten wir den Fahrer, und die Kinder sind alle so blond …«

Die Kinder waren alle mal blond, überlege ich und sehe dabei Beccas wie mit Wachsmalkreide gefärbten Haarwust an. Das Mädchen hat recht, die Erzählung ihrer Mutter schweift ab und ergibt keinen Sinn, und doch habe ich ein bisschen Herzklopfen, und das nicht nur, weil mich das Erklimmen der letzten Anhöhe so angestrengt hat. Das Versprechen von Tess hat sich bewahrheitet … nachdem wir nun das Städtchen schon einige Zeit hinter uns gelassen haben, öffnet sich vor uns die Landschaft. Die Welt wirkt größer, als hätte Gott ausgeatmet, und die Wiesen dehnen sich in alle Himmelsrichtungen aus. Hier und da sieht man kleine Schafherden, aber ansonsten ist das Land leer und der Jahreszeit gemäß brach. Nichts deutet auf menschliche Besiedlung hin. Keine Häuser, keine Autos, keine Stromleitungen oder landwirtschaftlichen Nutzfahrzeuge. Es könnte genauso gut das Jahr 1515 wie 2015 sein. Nichts verortet uns in der Zeit, nur wir selbst mit unseren Wanderstiefeln und Rucksäcken und glänzenden Wasserflaschen. Und natürlich Jeans Erzählung.

»Gab es einen Entführungsversuch?«, versucht Tess den Erzählfluss wieder in Gang zu bringen.

Jean nickt brüsk und versucht, sich zusammenzureißen. »Natürlich, natürlich. Und natürlich hat man das alles von Anfang an vorhersehen können. Aber es trug sich anders zu, als ihr denkt. Der Angriff richtete sich nicht gegen mich oder die Kinder. Sie verfolgten stattdessen Allen eines Nachts sehr spät, als er und Antonio im Auto unterwegs waren.«

»Wohin fuhren sie?«, will die Königin von Jersey wissen – die kleine Frau mit den kohlschwarzen Haaren und den Augenbrauen, die ständige Überraschung signalisieren, Angelique wird sie genannt. Ich muss einen Weg finden, mir ihren Namen zu merken. Angelique. Sie sieht aus wie ein Engel mit einem Sprung in der Schüssel. Ich male mir aus, dass sie wie ein losgelassener Luftballon gen Himmel stottert und dabei ordinäre Laute von sich gibt und Loopings dreht. Nicht gerade mein bestes mnemonisches Bild, aber es muss reichen.

»Ich wollte gerade dieselbe Frage stellen«, sagt Valerie.

»Wenn die Stadt so gefährlich war, warum war dein Mann dann mitten in der Nacht unterwegs?«

Die Frage scheint Jean zu überraschen. »Das weiß ich gar nicht«, sagt sie schließlich. »Allen hat oft noch spät gearbeitet. Und wegen seines Jobs war er in der ganzen Stadt unterwegs. Es ist nicht so wie hier ... nicht so wie in Amerika, sollte ich wohl eher sagen, vielleicht aber auch hier.« Sie fummelt an ihrem Schal herum, den sie sich wie ein Halstuch umgebunden hat. Er ist aus zartem Stoff, vermutlich Seide, und auch teuer. Jeans zur Banane aufgestecktes Haar sitzt heute nicht so perfekt. Wir sind noch gar nicht lang gelaufen, aber die im Nacken zusammengehaltene Frisur löst sich bereits.

»Wir könnten langsamer gehen«, schlägt Tess vor, »oder gleich eine richtige Pause machen, wenn jemand möchte. Es gibt keinen Zeitplan. Keinen speziellen Ort, an dem wir sein müssen, und keine festgelegte Ankunftszeit.«

Jean schüttelt ungeduldig den Kopf. »Sobald man die Tore unserer Enklave verließ«, sagt sie, »war man sofort dem Elend ausgesetzt. Das ist der Punkt, den ich womöglich nicht deutlich genug hervorgehoben habe und den ihr deshalb nicht sehen könnt. Guatemala ist nicht mit hier oder mit Amerika vergleichbar, wo man sich schon anstrengen muss, um in ernste Gefahr zu geraten. Dort unten prallt eins aufs andere. Im Verlauf eines Häuserblocks wechselt Vernunft in Unvernunft, von der Schule, wo meine Kinder ihre kleinen blauen Uniformen trugen, zu der Straßenecke, wo eine Frau versuchte, ihr Baby zu verkaufen. Ich weiß wirklich nicht, warum Allen an diesem Abend weggefahren ist, nicht genau. Aber er befand sich in einem völlig anderen Stadtteil, irgendwo in der Nähe einer Brücke ...«

Beim Wort »Brücke« wird sie still, und wir gehen weiter, ohne dass jemand etwas sagt. Schließlich beendet Steffi, die uns ständig wie ein Border Collie umkreist, ihre Runde und hält atemlos inne, um das Ende zu hören. *Wir sind an einer Brücke angelangt. Und jetzt muss dort etwas passieren*, sage ich mir.

»Ich fürchte, ich habe ein Stück ausgelassen«, sagt Jean. Meiner Einschätzung nach handelt es sich dabei um ein ziemlich großes Stück – nämlich um die eigentliche Erzählung –, aber sie macht weiter. »Wenn Geschäftsleute ausgeraubt werden, was häufig vorkommt, nehmen die Banditen ihnen ihre Brieftaschen ab. Nicht nur wegen des Geldes oder der Kreditkarten, sondern damit sie an ihre Ausweise mit ihren Adressen kommen. Manchmal befanden sich auch andere Dinge in den Brieftaschen, wie Fotos von den Kindern oder der Ehefrau. Ein Mann war sogar so dumm, sich alle seine Sicherheitscodes für sein Haus aufzuschreiben und dann das Papier in seine Brieftasche zu stecken. Auf diese Weise haben sie sich dieses arme Teenagermädchen geholt. Ihr Vater wurde mit vorgehaltener Waffe ausgeraubt und binnen weniger Stunden, während er noch auf der Polizeiwache war … So schnell … obwohl es noch immer Tag war, als sie kamen.«

»Also wirklich«, fällt Becca ihr schneidend ins Wort. Sie hat ihren Schritt beschleunigt, führt die Gruppe nun fast an und ruft uns über die Schulter hinweg zu: »Waren wir uns nicht einig, nicht über das Teenagermädchen zu sprechen?«

»Das werden wir auch nicht«, sagt Jean. »Ich will damit auch nur sagen, dass man damals, vor vielleicht zehn oder zwölf Jahren, wenn man die Brieftasche eines Mannes hatte, auch dessen Leben hatte. Sie war das, was heute die Handys sind.« Dabei sieht sie mich entschuldigend an, aber ich bin im Geiste bereits durchgegangen, was alles passieren könnte. Habe mir bereits ausgemalt, dass der Londoner Dieb, der sich mein Handy geschnappt hat, nun fröhlich meine Bankkonten plündert und sich mit meiner American-Express-Karte Crystal Meth beschafft. »Und deshalb sagte Allen immer, egal, was passiert, seine Brieftasche würden sie nicht bekommen. Er meinte, lieber würde er sterben, als seine Brieftasche hergeben.«

Diese Geschichte hat auch ihre komische Seite, finde ich. Jean nimmt für sich in Anspruch, sie zu Ehren ihres verstorbenen Ehemanns zu erzählen, und hat darüber hinaus großspurig verkündet, auf unserer Wanderung den Anfang zu machen und uns das Bild eines perfekten Mannes zu zeigen. Aber nach allem, was sie bisher erzählt hat, habe ich von Allen überhaupt kein Bild vor mir. Ich kann nur schlussfolgern, dass er jemand war, der versuchte, das Richtige zu tun. Ein Mann, der vermutlich noch am Leben wäre, wenn er seinem ursprünglichen Impuls gefolgt wäre und seine Familie zu Hause in Houston gelassen hätte. Doch darüber hinaus ist er in seiner eigenen Geschichte merkwürdig abwesend – ein Schatten, jemand, der zu allen Tages- und Nachtzeiten in einer Limousine mit getönten Scheiben kommt und geht. Ohne Gesicht, ohne Stimme, und ich habe den Verdacht, dass selbst seine Kinder ihn hauptsächlich wegen des Geldes in Erinnerung behalten, das er hinterlassen hat.

»Zwei Autos blockierten die Brücke«, sagt Jean. »Eins auf der einen, eins auf der anderen Seite. Das habe ich alles von Antonio erfahren. Sie haben ihn zwar hart rangenommen, aber am Leben gelassen. Er war einer der ihren. Nachdem sie den Wagen angehalten hatten – und ich kannte diese Brücke, wisst ihr. Ich überquerte sie jeden Tag auf meinem Weg zur Müllhalde. Das Wasser war so verseucht, so voller … Dinge, die den Fluss hinunterschwammen. Aber dort haben sie die beiden gestoppt und Allen aus dem Wagen gezerrt. Er gab ihnen sein ganzes Geld. Töricht war er schließlich nicht. Antonio erzählte, er habe es ihnen vor die Füße geworfen und gesagt: ›Nehmt euch alles, aber lasst mich in Frieden.‹ Aber als sie nach seiner Brieftasche griffen –«

»Warf er sie über das Geländer ins Wasser«, sagt Becca. »Und sie haben ihn gleich an Ort und Stelle erschossen.«

Ihre Stimme ist düster und kalt. Hat was Endgültiges. Das kalte, düstere Aufklatschen einer Brieftasche, die unter einer Brücke in Guatemala ins Wasser fällt, vor zehn Jahren, sehr spät nachts.

»Ja, er warf die Brieftasche weg, und sie warfen ihn hinterher«, sagt Jean, die Stimme träumerisch, wo die ihrer Tochter klar ist. Es ist, als würde vor ihrem geistigen Auge ein Film ablaufen. Ein Film, den sie viele Male gesehen hat, mit Dialogen, die sie auswendig kennt. »Erst am nächsten Morgen bargen sie die Leiche. Aber bis dahin …«

Wir sind auf einer Hügelkuppe stehengeblieben, und sie sieht sich um, als wäre sie überrascht, sich unversehrt und sicher und von so viel Schönheit umgeben auf einer englischen Wiese wiederzufinden. »Sobald es möglich war, kehrten wir in die Staaten zurück. Die Versicherungssumme war überwältigend. Viel mehr, als ich mir je erträumt hatte. Ich weiß noch, dass mir an dem Tag, als sie mir die Summe nannten, der Kopf schwirrte. Ich sah den Anwalt an, der mir erklärte, dass die Auszahlung doppelt so hoch sei wie bei einer normalen Police, weil mein Mann während einer Anstellung im

Ausland getötet wurde, aber das Schwirren in meinem Kopf übertönte alles. Die Lippen des Mannes bewegten sich, aber ich konnte ihn nicht hören. Und das Geld von der Versicherung hat uns seitdem ein schönes Leben beschert. Das musste selbst mein Vater zugeben. Dass Allen die Aufgabe, seine Familie zu versorgen, noch von jenseits des Grabes bestens erfüllte.«

Jetzt kennen wir sie. Die Erzählung vom perfekten Mann. Reich und tot und selbstaufopfernd. Jeans Gesicht ist tränenfleckig, aber mir kommt in den Sinn, dass sie uns eigentlich nur die Geschichte eines Redshirts in einem Star-Wars-Film erzählt hat. Von einer eher unbedeutenden Figur, die früh sterben muss, damit der Plot weitergehen kann. Ich schiele zu den anderen hin, aber ihre Gesichter sind über den höflichen Respekt hinaus, den eine so plötzliche und gewaltsame Witwenschaft zu verdienen scheint, nur schwer zu deuten. Becca hat sich die Kapuze tief in die Stirn gezogen, so dass sie ihre Augen verdeckt. Es ist ein peinlicher Augenblick. Wir sind am Ende der ersten Geschichte angelangt, erzählt von einer Frau, die sie uns bereitwillig mitgeteilt hat. Sollen wir klatschen? Was das Erzählerische angeht, hat sie ein wenig versagt, denn ich glaube nicht, dass auch nur eine von uns das empfindet, was wir empfinden sollten. *Dieses Teenagermädchen, über das nicht gesprochen werden durfte,* überlege ich. *Das entführt und höchstwahrscheinlich vergewaltigt, vielleicht auch ermordet wurde. Dieses Mädchen ist die eigentliche Geschichte.*

»Also gut«, sagt Valerie und schlägt ihre Hände zu einem lauten, hallenden Klatschen zusammen. »Eine erledigt, sieben noch offen.«

Das ist unter diesen Umständen eine höchst unbedachte

Äußerung, und Silvia zuckt zurück, als hätte sie einen Schuss gehört. Ich tausche einen Blick mit ihr. *Diese fette Pute,* scheinen wir beide zu denken. Was will sie überhaupt hier? Was hat Canterbury für jemanden wie sie zu bieten? Sie wird die Pilgerin unter uns sein, die ihre Geschichte mit allen Furzen und Rülpsern erzählt, so viel steht fest.

»Es tut mir leid«, sagt Angelique zu Jean, aber es lässt sich schwer sagen, ob es ihr leidtut, dass Allen tot ist, oder ob sie nur Valeries Grobheit ausbügeln möchte. Wir anderen murmeln und geben jene einsilbigen Laute von uns, die nach einem Geständnis wie diesem Mitgefühl vermitteln. Es dürfte sich anhören wie ein Vogelchor.

Die Einzige, die von Valeries Taktlosigkeit völlig unberührt bleibt, ist Jean selbst. »Was ist das dort?«, fragt sie und deutet in die Ferne. »Diese Rankendinger, die wie Wigwams aussehen?«

»Das sind die Überreste der Hopfenernte«, erklärt Tess. »Von diesen Gerüsten werden wir entlang unseres Wegs noch jede Menge sehen. Hier in dieser Gegend baut man hauptsächlich Hopfen und Äpfel an. Wenn wir zum Mittagessen in einem Gasthaus einkehren, werdet ihr auf der Karte viele hier in der Gegend gebraute Biersorten finden, falls ihr sie kosten möchtet.«

»Die sind hübsch, nicht wahr?«, sagt Jean mit Blick auf die Wiese vor uns. Sie hat ihre Tränen noch nicht getrocknet. »Sie sehen so unwirklich aus.«

5

Die Hauptstraße der nächsten Stadt ist zwar verwaist, dafür aber der Parkplatz vor dem Pub gut gefüllt. Wir marschieren eine hinter der anderen durch den »Rauchergarten«, wie Tess ihn nennt. Ein Dutzend Männer und ein paar Frauen hocken auf Plastikstühlen um Picknicktische herum und paffen, was das Zeug hält.

»Wie ihr sehen könnt, ist hier alles recht einfach«, sagt Tess mit weit ausholender Geste, als wir den kleinen Raum betreten. Ein Tresen am einen und ein Tresen am anderen Ende, niedrige Decken mit frei liegenden Balken. »Aber genau an so einem Ort könnten Chaucers Pilger unterwegs Rast gemacht haben. Erinnert euch an diesen Raum, wenn ihr die Kathedrale zum ersten Mal seht, und ihr werdet verstehen, warum jeder, der sie sah, wie geblendet war. Und warum die Legende über so viele Jahre lebendig geblieben ist. Die meisten Leute, die dorthin gereist sind, kannten nicht einmal ein zweigeschossiges Gebäude, weshalb die Erhabenheit eines Ortes wie Canterbury …«

Sie lässt den Satz unvollendet, aber wir wissen alle, was sie sagen will. Wir sind moderne Frauen, gewöhnt an Gewölbedecken und breite Türen, große, prachtvoll ausgestattete

Räume. Canterbury wird uns nicht so in Erstaunen versetzen wie die damaligen Pilger. Niemals mehr wird die Menschheit so leicht in Erstaunen zu versetzen sein.

»Ich wette, dass wir dennoch wie geblendet sein werden«, sagt Valerie und wählt einen Platz am Tischende, wie sie das auch gestern im George Inn getan hat. »Ich wette, dass die Magie von Canterbury noch immer so stark ist wie damals.«

»Der Aufkleber an der Tür besagt, dass es hier Internetzugang gibt«, flüstert Steffi mir zu, sobald wir sitzen. »Kaum vorstellbar, wenn man bedenkt, dass wir fast fünfzig Kilometer von jeglicher Zivilisation entfernt sind. Möchtest du mein Handy nutzen, um deine E-Mails durchzusehen?«

Die Frage ist nett gemeint. Zweifellos hat sie mitbekommen, dass ich den ganzen Morgen meine Taschen auf der Suche nach etwas durchwühlt habe, das nicht da ist, als würde ich an einer elektronischen Version von Phantomschmerz leiden. Doch auch sie selbst zögert nicht, sich ihren Schuss zu verpassen, indem sie die Knöpfe ihres Fitness-Armbands drückt und das eine oder andere berechnet. Sie hat das gleiche Handy wie ich, und als ich es nehme, sehe ich, dass ihr Bildschirmhintergrund einen gutaussehenden Mann zeigt, der mit weit ausgebreiteten Armen über die Ziellinie rennt, offenbar am Ende eines Straßenmarathons. Was auch sonst. Der Ehemann wird natürlich genauso sportlich sein wie seine Frau. Automatisch bewegen sich meine Finger und tippen die vertraute Zeichenfolge ein. Den Namen meines Hundes und mein Geburtsjahr: freddy1967.

Ich habe 119 E-Mails.

119. Wie um Himmels willen können sich seit gestern Nachmittag 119 E-Mails angehäuft haben? Vermutlich über-

prüfe ich sie normalerweise so häufig, dass es nie mehr als zehn sind. Ich überfliege die Betreffzeilen, indem ich meinen Daumen übers Glas ziehe. Mindestens ein Dutzend kommt von Ned. Ned, Ned und noch mal Ned. *Wo bist du?,* fragt die Betreffzeile erst höflich, aber dann beginnt er, seine Fragen in Großbuchstaben herauszuschreien. *VERDAMMT NOCH MAL WO BIST DU?* Und *ERNSTHAFT CHE, NIMM DAS VERDAMMTE TELEFON AB!*

Ich sehe eine andere Nachricht, sie ist von Steffi, die neben mir sitzt und brummelnd die Zahlen der morgendlichen Wanderung auswertet. Sie hat mir bereits das Foto weitergeleitet, das heute Morgen um 8:29 Uhr neben dem Denkmal der Canterbury-Pilger entstanden ist. *Das Foto könnte ich Ned schicken,* überlege ich. Als eine Art Antwort. Es zeigt ihm wenigstens, dass ich noch unter den Lebenden weile, aber ein Foto, das mich neben zwei großen hölzernen Männern mit Wanderstab und stirnrunzelndem Blick zeigt, macht die Sache vermutlich noch verworrener. Mir ist klar, dass mein Schweigen seine besorgte Unsicherheit nährt, aber das hat vielleicht auch was Gutes. Ist es denn so ein Verbrechen, nicht erreichbar zu sein, wenigstens einmal in Schweigen zu verharren? Ich habe Ned noch nie zuvor im Ungewissen gelassen. Ich glaube sogar, noch nie jemanden im Ungewissen gelassen zu haben. Ich beantworte jede Frage, sobald sie gestellt wird, beantworte E-Mails und Textnachrichten so prompt, dass ich die Antwort bereits tippe, bevor die ganze Nachricht heruntergeladen ist. Die Leute loben mich für meine Geschwindigkeit. Ich bin bekannt für meine Effizienz.

Aber Geschwindigkeit und Effizienz sind die Zwillingspferde, die mich zu diesem traurigen Punkt meines Lebens gezogen haben. Ich blicke in die Runde. Keine der Frauen sagt etwas. Keine hat auch nur die Speisekarte zur Hand genommen. Wir sind alle in unsere Nachrichten vertieft, starren in die dunklen, glatten Wasser des Internets und hoffen auf irgendein Zeichen.

Ich gebe Steffi das Handy zurück.

»Nichts Dringendes?«, fragt sie.

»Nichts, das nicht warten kann.«

Die Speisekarte besteht aus einem Faltblatt, nicht größer als eine Einkaufsliste. Darauf steht:

Großer Kabeljau
Kleiner Kabeljau
Kabeljaupasteten
Kabeljausalat

»Wir werden wohl Kabeljau essen«, sage ich.

»Wir könnten ein Musical daraus machen«, schlägt Valerie vor. »Und am Broadway aufführen. *Der omnipräsente Kabeljau von County Kent*.«

Claire lacht.

Tess hebt den Blick von ihrem Handy. »Ich werde eine Folienkartoffel nehmen«, sagt sie. »Die bekommt man in ländlichen Gasthäusern eigentlich immer, obwohl man sich nicht die Mühe macht, sie auf die Speisekarte zu setzen. Und Quiche natürlich.«

»Welche Art von Quiche?«, frage ich, obwohl ich mir sehr gut vorstellen kann, wie die Antwort lauten wird.

»Folienkartoffel?«, fragt Becca nach. »Ist das ein anderes Wort für Ofenkartoffel?«

Wie sich herausstellt, bekommt man eine Ofenkartoffel gefüllt mit Roastbeef und Käse, ein schlichtes, herzhaftes Essen, bei dem man kaum was falsch machen kann. Wir bestellen es achtmal – überraschenderweise schert Jersey aus und nimmt den Kabeljau –, und dann erkundigt sich Valerie, ob es für uns in Ordnung wäre, zum Essen Wein zu trinken. Tess meint, natürlich, es sei unser Urlaub, und wir könnten bestellen, was immer wir wollten. Aber es gibt natürlich keine Weinkarte, weshalb Valerie mit der ältlichen Kellnerin in einem Hinterzimmer verschwindet und kurz darauf mit einer ganzen Flasche – Gott sei uns gnädig – weißem Zinfandel aus Kalifornien wiederkommt.

»Gläser für alle«, fordert Valerie, und die Kellnerin schlurft davon, um dann ein Tablett voller Schnapsgläser zu bringen. Sie schenkt jedem vorsichtig ein, und als das Tablett es bis zu mir geschafft hat, nehme ich mir ein Glas, weil es unhöflich wäre, es nicht zu tun.

»Also gut«, sagt Tess und wickelt ihr Kartenspiel aus, damit Jean die Karodame zurücklegen kann. »Wer ist die Nächste?«

»Ich habe den Kreuzbuben«, meldet sich Jersey. Angelique oder vielleicht Angelica? Nein, Angelique. Mist, ich habe es bereits wieder vergessen. Angelique. Angelique. Der Engel mit dem Sprung in der Schüssel. Ihr Haaransatz bildet eine perfekte Spitze. Angelique. Ihren Namen werde ich mir auch am Ende der Woche noch nicht gemerkt haben.

»Ausgezeichnet«, sagt Tess. »Kann jemand einen Buben übertrumpfen? Nein? Dann heißt das, Angelique ist heute Nachmittag dran.«

»Ich bin ja mal gespannt, was für eine Geschichte uns da erwartet«, murmelt Steffi leise, während die Frauen ihre

Schnapsgläser erheben und trinken. Ich ziehe fragend die Augenbrauen hoch, und sie tuschelt: »Im Ernst? Hast du sie etwa nicht erkannt?«

Ich mustere Angelique. Irgendwann in ihrem Leben dürfte sie sich dem Laserstrahl anvertraut haben, und ihr Gesicht ist mit einem Permanent-Make-up tätowiert – schwarze Lidstriche betonen ihre oberen Augenlider, und ihr übertrieben hoher Augenbrauenbogen ist auch nicht echt. Besonders peinlich ist jedoch die in dunklem Braunrosa nachgezogene Lippenumrandung, ohne dass die Lippen selbst angemalt sind, was fast wie ein schmales Lippenbärtchen aussieht. Abgesehen davon ist ihr Gesicht nackt und wirkt wie die Skizze einer Frau – eine Karikatur, wie man sie sich im Urlaub irgendwo am Strand oder an einem Kai machen lässt, um die Feinheiten dann später zu ergänzen.

Steffi reicht mir unter dem Tisch ihr Handy, und ich werfe einen Blick darauf und sehe, dass sie den Namen Angelique Mugnaio gegoogelt hat. Natürlich. Deshalb kam sie mir so bekannt vor. Sie ist eines dieser Starletts aus dem Realityfernsehen, eine unterbelichtete Berühmtheit, die man unmöglich ignorieren kann, auch nicht, wenn man selbst nicht fernsieht. Sie war in der Sendung über Gefängnisfrauen zu sehen – Frauen, die mit Gangstern verheiratet sind. Man wollte von ihnen wissen, wie sie ihre Zeit verbringen, während ihre Ehemänner wegen Unterschlagung, Erpressung, Betrug oder dergleichen einsitzen. *Patinnen*, nennt man sie so? Oder *Mezzo-Sopranos*? In dem Artikel steht nur, dass sie sich im letzten Monat vom Fernsehsender Bravo getrennt hat, aber ich kann mir keinen Reim darauf machen. Was muss eine Frau anstellen, um aus einer Show geschmissen zu werden, in der ohnehin nur geschrien und geflucht und mit Stühlen geworfen wird? Ich frage mich, warum sie hier ist, und vor allem, warum sie allein ist. Ich hätte nie gedacht, dass Leute wie Angelique auch nur einen Schritt ohne Fernsehteam tun.

»Wie findest du den Wein?«, will Valerie wissen.

Die Frage ist an mich gerichtet, obwohl ich mich bedeckt gehalten und nicht erzählt habe, womit ich mir meinen Lebensunterhalt verdiene. Wenn man den Leuten erzählt, man sei Weinkritikerin, werden sie nervös. Sie fangen an, sich ständig zu entschuldigen, egal, was sie trinken, oder versuchen plötzlich Französisch zu sprechen. Ich nehme das Schnapsglas und koste vorsichtig. Er schmeckt noch schlimmer, als ich gedacht hatte – als hätte jemand ein Hustenbonbon mit Kirschgeschmack in eine Tasse heißes Wasser fallen lassen –, und schon setze ich an, um den Frauen zu erzählen, dass echter Zinfandel granatrot und kräftig ist, nicht rosa und schwach und süß wie dieses Zeug. Das werden sie doch wenigstens verstehen können, oder? Aber wahrscheinlich verstehen sie nicht mal das, und die meisten wollen es wohl auch nicht verstehen. Sie haben bisher gut damit leben können, absolut scheußliche Weine zu trinken, und plötzlich spüre ich ein Rauschen, als würde ein Luftzug durch mich hindurchgehen, wie Wind, der durch ein hohles Rohr bläst. *Hier ist meine Chance,* sage ich mir. *Die Chance, mich inmitten dieser Frauen mit ihren märtyrerhaften oder eingesperrten Männern, ihrem weißen Zinfandel und den Ofenkartoffeln neu zu erfinden.*

Ich zwinge mich, den Wein hinunterzuschlucken, und nicke Valerie dankend zu. Sie ist schließlich mein Kompagnon.

»Che ist ein ungewöhnlicher Name«, sagt Angelique zu mir. »Hat man dich nach dem Stadion benannt?«

»Ich schreibe mich nicht Shea«, sage ich. Ich weiß, worauf sie anspielt, weil ich diese Theorie schon mal gehört habe. Angelique sieht mich mit großen, vertrauensseligen Augen an. Sie muss mal hübsch gewesen sein vor der Zeit, als sie versuchte, sich sexy zu machen. Ihr Gesicht hat etwas Liebliches, das eher an Ballkönigin als an Gangsterbraut denken lässt. Gott schütze sie, wie meine Großmutter aus dem Süden zu sagen pflegte. Gott schütze ihr dummes kleines Herz. »Sondern C-H-E. Ich bin nach einem Revolutionär benannt. Meine Eltern waren Hippies.«

»Und was sagst du nun zu dem Wein, Che-die-nach-einem-Revolutionär-benannt-ist?«, hakt Valerie nach, und dabei umspielt ein Lächeln ihre Lippen. »Ist doch recht gut, oder?«

Okay, nun werde ich tatsächlich herausgefordert. Sie hat mitbekommen, dass ich ihn eigentlich nicht trinken wollte. Sah, dass ich beim Kosten zusammengezuckt bin. Vielleicht hat sie mich sogar unter dem Tisch gegoogelt, während ich Angelique gegoogelt habe. Vielleicht hat sie das Foto auf meiner Website gesehen, wo ich breit lächelnd einem imaginären Kompagnon zuproste, der gar nicht im Bild ist.

»Jemand, der so leicht zufriedenzustellen ist wie du, Valerie, ist mir noch nicht begegnet«, sage ich. »Vermutlich magst du so gut wie alles, was diese Erde zu bieten hat.« Es ist die schlimmste Beleidigung, die ich jemandem an den Kopf werfen kann, aber Valerie lächelt nur.

»Danke«, sagt sie. »Ich bemühe mich sehr.«

Die Erzählung von *Angelique*

»Dieser verdammte Kabeljau stößt mir dauernd auf«, klagt Angelique rülpsend. »Ich hätte im Gasthaus noch mal auf die Toilette gehen sollen.«

»Wir können umkehren«, sagt Tess, worauf ich gerade Protest einlegen will, mich dann aber doch zurückhalte. Eine Umkehr, nachdem wir gerade mal zwanzig Minuten unserer Nachmittagswanderung zurückgelegt haben, käme mir wie ein Eingeständnis von Versagen vor, als hätten wir eine der Canterbury-Regeln gebrochen, bevor wir überhaupt begonnen haben. Aber schließlich mussten alle am ersten Tag doch auch meinetwegen umkehren, oder?

Angelique schüttelt bereits den Kopf. »Ich werde schon einen Busch finden«, sagt sie. »Es muss auf diesem gottverdammten Weg doch auch irgendwelches Gebüsch geben.«

Wir betrachten die Landschaft, aber in der Gegend, die wir durchwandern, scheint Buschwerk eher die Ausnahme zu sein. Es ist wieder ein Hopfenfeld, und Tess hat vor ein paar Minuten an einem der Gerüste angehalten und ein verwelktes Blatt in ihrer Hand zerrieben. Sie hat darauf bestanden, dass wir alle der Reihe nach daran riechen, und meinte dann: »Wenn es heißt, ein Bier sei ›hopfig‹, ist das damit gemeint.« Das Blatt hatte einen erdigen, muffigen Geruch, den ich aus Bars oder vom glücklichen Atem der Männer kenne, aber mir war nie bewusst gewesen, dass ich da wirklich Hopfen roch, denn von Bier verstehe ich nichts, genauso wenig wie Valerie von Wein.

Aber jetzt wird der Duft von Hopfen mich mein Leben lang begleiten. Meine Geschmacksnerven sind ganz gut, mein Geruchssinn aber ist hervorragend – ich erzähle den Leuten gern, dass mich die Nase zum Wein geführt hat und nicht meine Zunge. Wenn ich mal etwas gerochen habe, kann ich es nicht mehr vergessen, selbst wenn ich es versuche. Ned hat mich oft damit aufgezogen, mein olfaktorischer Sinn sei wie ein fotografisches Gedächtnis. »Könntest du mich finden?«, fragte er und hob dabei zum Spaß den Arm, um seine Achselhöhle freizulegen. »Könntest du mich mit verbundenen Augen aus einem ganzen Raum voller nackter, schwitzender Männer herausfinden?«

»Schon möglich … vorausgesetzt, ich wollte es«, hatte ich erwidert, und er musste lachen, denn meine schnippische Art brachte ihn immer zum Lachen. Wir prahlten gern damit, dass wir beide schlagfertig waren und die Schlagfertigkeit des anderen zu schätzen wussten, aber jetzt sehe ich dieses Geplänkel langsam in einem anderen Licht. Für wen hielten wir uns eigentlich – für Figuren in einem Stück von Oscar Wilde? Warum habe ich nie die Wahrheit gesagt – dass ich ihn natürlich gefunden hätte, auch wenn er sich unter Legionen von Männern versteckt hätte, und warum hat er mich nie auf seinen Schoß gezogen und mir gesagt, ich brauche mir keine Sorgen zu machen, denn er würde sich gar nicht erst verstecken? Aber wir scherzten immer, sprachen immer in Kurzschrift. Selbst wenn einer von uns sagte »Ich liebe dich«, sagte der andere immer »dito«, bis wir dahin kamen, nur noch »dito« zu sagen. »Dito« sagte er am Flughafen an einem Sonntagnachmittag, als ich ihn in der Haltespur abgesetzt hatte und er seinen Koffer vom Rücksitz nahm, mir einen Kuss zuhauchte und auf den Gehweg trat. »Dito« rief ich ihm zu, die Augen bereits im Rückspiegel, weil ich mir schon überlegte, wie ich mich wieder in den Verkehr einfädeln sollte.

»So, das hätten wir«, sagt Angelique. Sie kommt hinter einem Hopfengerüst hervor und knöpft sich die Jeans zu. »Nicht das Ritz, aber zum Scheißen im Freien war ich mir noch nie zu fein.«

»Wir hätten umkehren können«, wiederholt Tess matt, ist aber Profi genug, nicht das auszusprechen, was der Rest von uns denkt: *Dann hast du also nicht nur gepinkelt, sondern auch noch geschissen? Im Ernst? Direkt hier auf dem Canterbury-Pilgerweg hinter einem Hopfengerüst, das einem Bauern gehört?* »Aber nachdem du dich jetzt besser fühlst, kannst du vielleicht mit deiner Geschichte beginnen.«

»Es ist nicht nur meine Geschichte«, erklärt Angelique überzeugt. »Es ist eine ganz allgemeine Geschichte. Ich werde euch Mädels ein Märchen erzählen.«

Es überrascht mich, die Königin von Jersey als Märchenerzählerin zu erleben. »Es war einmal in einem weit entfernten Land …«, beginnt sie und hält dann inne. »Vielleicht ist es sogar eher ein Mythos«, sagt sie. »Ja, ein Mythos. Meine Mutter hat ihn mir erzählt, als ich noch klein war. Es ist die Geschichte von Eros und Psyche.«

Sie spricht das *e* in »Psyche« nicht aus, und obwohl Tess so tolerant ist, die Frau eines amerikanischen Gangsters inmitten eines pittoresken englischen Hopfenfeldes ihre Notdurft verrichten zu lassen, kann sie dies dann doch nicht durchgehen lassen. »Es heißt ›*Psyche*‹, mit betontem ›*e*‹«, erklärt sie ihr.

»*Psyche*«, wiederholt Angelique gehorsam, erst leise für sich, dann laut. »Das hat Mama wohl falsch ausgesprochen.« Es scheint ihr nichts auszumachen, vor allen anderen korrigiert zu werden. Womöglich ist ihr das im Lauf der letzten Jahre schon oft passiert, während ihres Aufstiegs aus dem Nichts zur Berühmtheit bei Bravo TV.

»Also gut«, fährt sie fort. »Es war einmal in einem entlegenen Land ein König, der hatte drei Töchter. Die jüngste Tochter wurde Psyche genannt, und sie war so reizend und schön, dass alle anderen Frauen im Königreich eifersüchtig auf sie waren. Auch ihre beiden Schwestern und die Göttin Aphrodite. Aphrodite war sogar so eifersüchtig, dass sie ihrem Sohn Eros befahl, Psyche dazu zu bringen, sich in den falschen Mann zu verlieben. Einen Mann, wie es keinen schlechteren gibt. Den Mann, der ihr todsicher das Herz brechen würde.«

Sie macht eine Pause, aber nur der Wirkung wegen. Sie ist sich bewusst, dass ihr die Aufmerksamkeit aller sicher ist, denn wer unter uns hat in der Vergangenheit nicht schon mal eine absolute Niete gezogen? Wen von uns hat nicht schon der Fluch der Aphrodite getroffen, dazu verdammt, ein Dutzend netter Kerle zu ignorieren, nur weil man sich den einen Mann in den Kopf gesetzt hatte, der dazu ausersehen war, uns das Herz zu brechen?

»Ich glaube, Mama hat mir diese Geschichte erzählt, weil ich das jüngste von drei Mädchen war«, sagt Angelique – eine merkwürdige Erkenntnis für eine Frau, deren Selbstwahrnehmung ansonsten so gering ist, dass sie ihr elementares Bedürfnis, sich zu entleeren, erst inmitten eines Hopfenfeldes bemerkt. »Und weil meine Schwestern früher so gemein zu mir waren. Ihr wisst schon, dass Aphrodite und Eros dieselben Leute wie Venus und Cupido sind? Sie heißen wie die

Damenrasierer und das Engelchen auf den Karten zum Valentinstag.«

»In der Tat«, bestätigt Tess. »Aphrodite und Eros sind die griechischen Namen der Götter, die von den Römern Venus und Amor genannt wurden.« Sie hat ein Händchen dafür, die Dinge ordentlich zusammenzufassen, ohne mit dem Tonfall ihre persönliche Ansicht zu verraten. Vermutlich hält sie uns alle für hoffnungslose Fälle. Vollkommen unfähig, Geschichten von der wahren Liebe zu erzählen, und nicht würdig, in Canterbury das Seelenheil zu erlangen. Ich frage mich, ob wir nicht die hoffnungsloseste Gruppe sind, die sie je geführt hat.

»Vermutlich hat Mama sie deshalb Aphrodite und Eros genannt«, fährt Angelique fort, »weil es eine ernste Geschichte ist. Eros war nämlich kein doofes Baby mit Pfeil und Bogen, er war der schönste aller Götter.« Sie wedelt heftig mit ihren Händen und durchschneidet beim Reden mit ihren Acrylfingernägeln die Luft. Vielleicht hat das was mit ihren italienischen Wurzeln zu tun oder damit, dass sie beim Fernsehen war und unter dem Druck steht, jede Minute ihres Tages kamerawürdig zu machen. Schwer zu sagen. Nervend ist es allemal. Ich habe das Gefühl, ihr nicht nur zuhören, sondern sie auch ansehen zu müssen, als könnte sie jeden Moment innehalten, um eine Szene mimisch umzusetzen. »Also es geschieht Folgendes. Da Psyche von der Liebesgöttin verflucht wurde, wächst sie, obwohl sie absolut vollkommen ist, ganz ohne Liebhaber auf. Und die Jahre gehen ins Land, und kein einziger Mann hält um sie an, nicht einer. Ihre Eltern können nicht begreifen, was los ist, und bringen sie deshalb zum Orakel nach Delphi, was ein Medium und ein Priester in einem ist. Und dieses Orakel sagt, dass Psyche eine Schlange heiraten muss. Eine Schlange.

Ein absolutes Monster, das sie verschlingen wird. Das sagt das Orakel, und dem widersetzt sich keiner.«

Ihre Stimme wird zum Flüstern. »Also ist der Tag von Psyches Hochzeit zugleich der Tag ihrer Beerdigung. Ihre ganze Familie und alle Bediensteten begleiten sie hinauf auf diesen hohen Berg, wo sie auf ihren Schlangenehemann warten muss, und alle weinen und jammern, nicht aber ihre Schwestern. Die sind insgeheim froh, weil sie denken, dass die hübsche Kleine endlich bekommt, was sie verdient hat. Und ihre Eltern lassen sie einfach dort auf dem Gipfel zurück und gehen nach Hause und weinen den ganzen Tag. Aber die Schlange zeigt sich nicht. Psyche wartet, aber bis auf einen Windstoß kommt nichts. Und der hebt sie hoch und trägt sie sanft nach unten zu einem Schloss, das am Fuß des Berges steht. Und als sie dieses Schloss betritt, ist alles ganz wunderbar. Sie hat alle Annehmlichkeiten und bekommt alles, was sie will. Tatsächlich braucht sie sich nur etwas zu wünschen, und *Simsalabim* ist es schon da.«

»Warum habe ich das Gefühl, dass die Geschichte bald umschlagen wird?«, wirft Silvia trocken ein.

»Noch nicht«, sagt Angelique. »Denn wisst ihr, als Eros kam, um Psyche zu zerstören, hat er sich versehentlich an einem seiner eigenen Pfeile verletzt und sich in sie verliebt. Mama hat gesagt: ›Er hat ihn sich selbst hineingesteckt‹ und dann gelacht, aber ich war noch ein kleines Mädchen und habe erst viel später kapiert, was so lustig daran war. Ihr versteht doch den Scherz, oder?«

Wir nicken. Wir verstehen den Scherz.

»Es war also Eros gewesen, der den Wind schickte, um sie zu retten, und der sie in diesem umwerfenden Schloss zur

Frau nahm«, sagt Angelique. »Aber sie kann nicht wissen, dass sie mit einem gutaussehenden Gott verheiratet ist, sondern muss daran glauben, dass die Prophezeiung wahr geworden ist und sie ein Monster zum Ehemann hat. Andererseits darf seine Mutter Aphrodite nicht wissen, dass er es verbockt und sich in eine Sterbliche verliebt hat. Also muss ihre Ehe geheim bleiben. Psyche hat alles, was sie sich nur wünscht, nur nicht das Wissen darum, wer ihr Ehemann wirklich ist, und das ist ganz schön heftig, oder? Megaheftig. Eros kommt nur zu ihr ins Bett, wenn es so dunkel ist, dass sie sein Gesicht nicht sehen kann. Und Nacht für Nacht haben sie heißen Sex – das hat mir meine Mutter nicht erzählt, das habe ich erst später herausgefunden –, aber am Morgen ist er immer weg, und sie ist immer allein. Ich meine, was macht sie den ganzen Tag in diesem Schloss, umgeben von lauter Bediensteten und ohne Möglichkeit, irgendwohin zu gehen?«

Hier macht sie wieder eine Pause und wirft Jean einen mitfühlenden Blick zu, die, wenn ich jetzt darüber nachdenke, nach der Hälfte ihrer Geschichte an fast dem gleichen Punkt angelangt war. Die Frau schafft es, ins Paradies zu kommen, indem sie den perfekten Mann heiratet. Sie lebt im Luxus – in einem Schloss am Fuß eines windumtosten Berges, in einer bewachten Wohnanlage in Guatemala, wo genau, ist eigentlich egal, denn wir haben alle von Kindheit an gelernt zu wissen, dass wir genau das haben wollen. Aber wenn wir es einmal erreicht haben, halten wir es nicht aus. Die Einsamkeit bricht über uns herein … Langeweile, Neugier, Ungeduld, irgendeine Form tiefer und wortloser Unzufriedenheit mit dem Status quo. *Es gibt nur eine weibliche Erzählung*, sage ich mir, und das ist *die originale*. Wir alle sind Evas, entschlossen, aus dem Garten Eden auszubrechen, sobald Gott und unsere Ehemänner uns den Rücken zukehren. *Wo ist die Schlange?*, fragen wir, während wir uns in unseren vollkommenen kleinen Welten umsehen, so einsam und zum Überdruss gelangweilt, dass wir alles tun würden, alles für ein bisschen altmodischen Ärger. *Das ist ja alles ganz schön und gut, aber bringt endlich die Schlange.*

»Psyche fühlt sich so einsam in ihrem Schloss«, sagt Angelique, »dass sie sogar ihre schrecklichen Schwestern bittet, sie zu besuchen. Und da wusste ich, dass ich Psyche war.«

Sie sagt diesen letzten Satz mit einer merkwürdigen Beiläufigkeit und schnippt dabei ihren dunklen Haarvorhang aus ihrem gezeichneten Gesicht. Dann pausiert sie, weil sie gerade über einen der niedrigen Zäune steigt, die wir schon den ganzen Nachmittag überqueren, und ein wenig schwankt, bis ihre Stiefel auf der anderen Seite wieder festen Boden finden. Sie haben kleine spitze Absätze und laufen auch an den Zehen spitz zu, äußerst unpraktisch für diese Wanderung. Aber mir ist aufgefallen, dass kleine Frauen wie Angelique oft Meisterinnen darin sind, in unpraktischen Schuhen zu gehen, weil sie jede Unbequemlichkeit auf sich nehmen, nur um ein bisschen größer zu sein.

»Ihr habt vermutlich alle unser Haus gesehen«, sagt sie und blickt Bestätigung heischend in die Runde. »Es ist das in der Serie, und es verfügt über vier Whirlpools und eine Küche mit Koch, und Nico nannte es sogar The Castle, genau das hat er gesagt. Aber seit wir eingezogen sind, erging es mir wie Psyche. Ich suchte so verzweifelt nach Gesellschaft, dass ich es nicht mehr aushielt und meine Schwestern für eine Woche auf Besuch zu uns einlud. Sie behaupteten, ich hätte es nur getan, um anzugeben, um zu sagen: ›Ach, seht euch doch mal an, wie groß mein Badezimmer ist‹, aber dem war nicht so. Ich vermisste sie wirklich. Es war, als wäre ich gefangen. Was dumm klingt, denn wie kann man in einem Schloss gefangen sein, aber genau so fühlte es sich an.«

»Reichtum und Müßiggang«, wirft Jean ein, »können überraschend hart zu ertragen sein.« Sie lächelt Angelique warmherzig an. Es ist kaum vorstellbar, dass zwei Frauen, die oberflächlich betrachtet nicht weniger gemein haben könnten, in ihren Geschichten eine Verwandtschaft entdecken. Vermutlich ist es ein Geheimnis, das äußerst erfolgreiche Frauen nur untereinander teilen können. Aber wir anderen wollen es weiß Gott nicht hören. Das Geheimnis, dass alles zu haben noch nicht genug ist. Was wir gelernt haben, ist, dass das Ende der Geschichte eigentlich der Anfang ist und dass auch das Paradies zu einer Kiste werden kann, der man entfliehen möchte.

»Als Nico mit mir in The Castle einzog«, sagt Angelique, »bin ich ausgeflippt, als ich all die Bediensteten sah. Und so ging es mir auch eines Tages, als ich unbedingt einen Granatapfelmartini haben wollte. Die gibt es doch auch bei Del Frisco, wisst ihr? Die sind supergut, also ging ich hinunter zu der Bar im Billardzimmer und wühlte auf der Suche nach den Zutaten alles durch, und plötzlich taucht da dieser Kerl aus dem Nichts auf. Er war so was wie Butler und Hausdiener und Bodyguard und Barkeeper in einem und sagt: ›O nein, Ma'am‹ – er nannte mich Ma'am –, und nimmt mir die Eiswürfelzange einfach aus der Hand und bereitet einen großen Krug voller rosa Martinis zu. Aber genau das war der Punkt. Ich wollte gar keinen Krug voller Martinis. Ich war ganz allein. Ich wollte nur einen. Aber die schmeckten so gut, dass ich sie trank, und als ich dann am nächsten Tag von meinem Training komme, steht er schon an der Theke für mich bereit, der nächste Krug mit Granatapfelmartinis. Und danach machte er sie mir jeden Tag für den Fall, ich könnte einen wollen, und ich hätte es gemein gefunden, sie nicht zu trinken, und als Nächstes kommt dann eine ganze Episode, wie ich mich in die Entzugsklinik Promises Malibu einweise, weil ich inzwischen von Granatapfelmartinis abhängig bin.« Sie pausiert, erschöpft von der Aufgabe, simultan zu wandern und zu erzählen, genauso wie Tess es für den Erzähler vorhergesagt hatte. »Die haben aus meinem Leben einen gottverdammten Jux gemacht. Granatapfelmartinis. Habt ihr gesehen, was sie in Saturday Night Life darüber gebracht haben?«

»Du hast von Psyche erzählt?«, gibt Tess ihr das Stichwort. »Dass sie es nicht ertragen konnte, immer so weiterzuleben, ohne das wahre Gesicht ihres Mannes zu sehen.«

»O ja, Psyche«, greift Angelique den Faden auf. »Dieses arme kleine Miststück. Sie hat alles, aber sie kennt das wahre Gesicht ihres Mannes nicht, und ihre Schwestern flippen aus, als sie ihr Schloss sehen. Sind eifersüchtiger denn je. Also bearbeiten sie Psyche. Sicher, nach außen hin sehe alles großartig aus, sagen sie ihr. Du hast Designerklamotten und die Limousine, aber dein Ehemann, der ist im Grunde noch immer eine Schlange. Genau das haben meine Schwestern wortwörtlich auch über Nico gesagt. Hübscher Bettüberwurf, sagten sie. Hübsches Auto, hübscher Mantel, aber dein Ehemann – er gehört zur Mafia, und du bist als Einzige zu blöd, das zu sehen. Und so lebte ich also die Geschichte aus, die meine Mutter mir erzählt hatte, und ich weiß, was ihr alle denkt. Dass ich wirklich strohdumm war, weil ich nicht begriff, was sich da direkt vor meinen Augen abspielte.«

»Keine Frau erkennt ihren eigenen Mythos«, sagt Tess.

»Aber ich hätte es tun sollen«, entgegnet Angelique heftig. »Denn meine Hochzeit war gleichzeitig auch eine Beerdigung, wisst ihr? Als ich ankündigte, ich werde Nico heiraten, sagte mein Vater: ›Dann bist du für mich gestorben‹, und meine Mutter trug Schwarz auf meiner Hochzeit, verfluchtes Schwarz, und für den Fall, dass es jemand noch immer nicht kapiert hat, kamen sie zur Kirche in einer langgestreckten Limousine, die wie ein Leichenwagen aussah. Noch als er mit mir in der Sakristei stand, bevor er mich zum Altar führen sollte, versuchte mein Vater, mir die Hochzeit auszureden. Er sagte, ich würde ein Monster heiraten, genau wie sie das auch dem Mädchen in der Geschichte erzählten, und als meine Schwestern erst mal im Schloss waren und sahen ... als sie all den hübschen Mist sahen, den Nico mir geschenkt hatte, ertrugen sie es nicht. Sie überredeten mich dazu, einen privaten Ermittler einzuschalten, der ihn überprüfen sollte, genau wie Psyche.«

Angelique lächelt bitter. »Oh, ich weiß. Psyche hat keinen privaten Ermittler eingeschaltet. Aber ihre Schwestern überzeugten sie davon, dass sie die Schlange töten müsse, dass sie ihr den Kopf mit einem Messer abtrennen müsse, und obwohl der Sex großartig war, glaubte die dumme Psyche ihnen, denn tief in ihrem Herzen wusste sie, dass es einfach zu gut war, um wahr zu sein. Und wenn es etwas gibt, was eine Frau dazu bringt, mit dem Messer auf einen Kerl loszugehen, dann, wenn sie weiß, dass sein Verhalten einfach zu gut ist, um wahr zu sein.« Inzwischen sind wir alle stehengeblieben, nachdem wir gerade den letzten und höchsten der roh behauenen Zäune überstiegen haben. Wir warten auf das Ende der Geschichte, und Angelique blickt langsam in die Runde und sieht dabei jeder Frau ins Gesicht.

»Psyche weiß, dass sie Eros nicht im hellen Tageslicht töten kann«, sagt sie. »Also wartet sie darauf, bis er im Dunkeln zu ihr kommt, wie er das immer tut, und sie haben wie üblich großartigen Sex. Vielleicht sogar besseren als je zuvor, wer weiß. Ich wette, er war besser als je zuvor, denn manchmal geilt ein wenig Gefahr auf. Und als alles vorbei ist und sie weiß, dass er schläft, nimmt sie eine Öllampe und geht dorthin, wo er liegt. Sie hebt die Öllampe an«, sagt Angelique und verfällt dabei wieder ins Schauspielern, übertreibt jede Bewegung, wie in einem Stummfilm, »und zum ersten Mal erblickt sie sein Gesicht. Man könnte meinen, sie wäre inzwischen dahintergekommen, nach so vielen gemeinsamen Nächten. Sie hätte doch eigentlich den Unterschied erkennen müssen, ob ein Mann oder eine Schlange auf ihr liegt, aber egal, sie nimmt die Öllampe und geht zum schlafenden Eros, und natürlich ist er keine Schlange, sondern der Liebesgott. Wunderschön. Nur ein wunderschöner Mann, der schlafend vor ihr im Bett liegt. Ihre Hand fängt zu zittern an. Sie zittert so heftig, dass heißes Öl aus der Lampe tropft und auf Eros herabfällt, der daraufhin aufwacht. Er ist wütend. Er hat ihr alles gegeben, jeden Luxus, sein ganzes Herz, und jetzt geht sie und missachtet seinen einzigen Befehl. Sie hat ihn als den gesehen, der er wirklich ist.«

»Männer mögen es nicht, gesehen zu werden«, sagt Claire.

»Ach, nicht doch«, wirft Valerie ein. »Das soll wohl ein Scherz sein? Die stolzieren doch herum wie die Pfauen.«

»Das ist nicht dasselbe wie gesehen werden«, sagt Claire.

»Nein, das ist es todsicher nicht«, meint Silvia und legt eine Hand auf die Schulter ihrer Freundin. Es sieht ganz danach aus, als würde Claire Kaschmir tragen, als würde diese Frau in einem Kaschmirpullover wandern gehen. Wir sehen alle ein klein wenig schäbiger aus als gestern in London, abgesehen vielleicht von Valerie, die gestern schon so abgewrackt aussah, dass es nicht mehr schlimmer werden konnte. Doch als Claire heute Morgen aus ihrem Zimmer kam, sah sie aus, als ginge sie zum Fotoshooting von *Town & Country*. Ich frage mich, wie sie ohne einen Föhn oder ein Glätteisen ihre Frisur so hinbekommen hat, aber vielleicht gehört sie zu den Frauen, die so häufig verreisen, dass sie ein ganzes Set an Haarutensilien dabeihaben, die auch mit europäischen Steckern kompatibel sind.

»Eros flog wütend davon«, sagt Angelique und wedelt dabei heftig mit ihren Händen. »Und Psyche steht da mit ihrem Messer und überlegt anfangs, sich selbst gleich auf der Stelle umzubringen. Aber etwas hält sie davon ab. Ich weiß nicht mehr, was es war.« Sie zögert und blickt sich wieder um, diesmal wandert ihr Blick über die ländliche Szenerie, verweilt auf den Schafen, den Scheunen und den schäbigen kleinen Wohnwagen in der Ferne, in denen, wie Tess uns erzählte, die polnischen Wanderarbeiter während der Ernte wohnen. Die Gehöfte, durch die wir kommen, gehören jetzt alle zu großen Konzernen, selbst hier auf diesem Weg, der ins reizende Canterbury führt. Die einheimische Jugend bleibt nach dem Schulabschluss nicht auf dem Land – sie sucht ihr Glück in London oder noch weiter weg. Farmarbeiter aus Osteuropa werden in Bussen hergebracht, um den Großteil des Hopfens und die Äpfel zu ernten, und sie scheren auch die Schafe. All das erledigen die Wanderarbeiter, außer wenn die Londoner an Sonntagen herauskommen, angeblich, weil sie auf den Feldern arbeiten wollen. Tess meint, dies sei der neue Trend unter den pseudo-bescheidenen, ökobewussten, modischen Städtern: Sie fahren für einen Tag mit dem Zug in den Süden und schleppen ihre Gummistiefel und einen Picknickkorb voller Pasteten und Birnentörtchen von Harrods mit. Dann spielen sie ein, zwei Stunden Farmarbeit, machen dabei jede Menge Fotos, um sie bei Instagram zu posten, und kehren anschließend wieder heim, wobei sie den Polen zweifellos mehr Probleme als Hilfe gebracht haben. Aber mir steht keine Häme zu. Schließlich könnte man es auch albern finden, dass jemand dafür bezahlt, irgendwohin zu wandern, und Amerikaner, die Pilger spielen, sind auch nicht besser als Londoner, die Farmer spielen. Ich frage mich, was wohl die einzelne Frau bei den Wohnwagen von uns denkt, als wir vorbeigehen. Sie ist schwanger, und ihre Arme sind voll nasser Wäsche.

»Es gab auch bei mir einen Punkt, wo ich daran dachte, mich umzubringen«, sagt Angelique. »Dr. Drew hat mich davor bewahrt. Ihr habt diese Episode vielleicht gesehen. Vielleicht habt ihr ja auch alles gesehen, weil der private Ermittler, den ich meine Schwestern habe anheuern lassen … der kam an und erzählte diesen Mist über Nico, dass er angeblich der IRS ein Vermögen schuldet. Das ist die Steuerbehörde«, erklärt sie Tess, die daraufhin nickt. »Habt ihr hier auch eine Steuerbehörde?«

»Eine Steuerbehörde gibt es überall«, sagt Valerie.

»Wisst ihr, dass man, wenn man einen Delinquenten der IRS meldet, zehn Prozent dessen bekommt, was diese Person der Regierung schuldet? Je höher also der Zahlungsrückstand einer Person ist, umso üppiger fällt der Zahltag für den Informanten aus.« Sie lacht, ein hässliches Geräusch. Mag Angelique auch über manche Worte stolpern, mit der Sprache des Gerichtssaals hat sie keine Probleme. Begriffe wie *Delinquent* oder *Zahlungsrückstand* gehen ihr ganz leicht über die Lippen. »Und mit Sicherheit war das meinen Schwestern bekannt. Fakten wie diese sind solchen Frauen einfach geläufig. Also gut, ich bin nur die Komparsin in diesem Stück. Ich habe mich überreden lassen, einen privaten Ermittler anzuheuern, und als er dann mit diesem Dreck ankommt, drehen sie den Spieß um und benutzen ihn, um Nico reinzureiten. Er geht ins Gefängnis, und sie gehen nach Barbados.«

»Du darfst dir keine Vorwürfe machen«, sagt Jean, die ihr Leben darauf aufgebaut hat, sich Vorwürfe zu machen.

»Glaubst du wirklich, dass das stimmt?«, will Valerie von Tess wissen. Sie ist plötzlich ernst, macht keinen ihrer dummen Scherze. »Was du gerade eben gesagt hast? Dass jede Frau ihren eigenen verborgenen Mythos lebt?«

Tess zuckt mit den Achseln und nimmt einen Schluck aus ihrer Wasserflasche. »Es ist ein Grundsatz der Kinderpsychologie. Wir erkennen unsere Geschichte, wenn wir noch ganz klein sind, weshalb Kinder auch so begeistert Fantasiespiele spielen. Ihr wisst schon, Superhelden und Prinzessinnen und so. Deshalb wollten wir als kleine Mädchen vielleicht auch ein und dasselbe Märchen immer und immer wieder hören, weil wir irgendwie ahnten, dass es dabei um uns ging. Aber wenn wir älter werden, wird unser Leben komplexer und unscharf, weil zu viele Details dazukommen. Wir erkennen die Muster in uns nicht mehr klar.«

»Meins war Cinderella«, sage ich.

»Also das hätte ich jetzt nicht vermutet«, sagt Valerie leise, eine abfällig gemeinte Bemerkung, auf die ich aber nicht eingehe. Denn plötzlich hat mich mit aller Kraft meine Erinnerung überwältigt.

»Meiner Mutter war das natürlich zuwider«, erzähle ich ihnen. »Sie tat alles, um mich zu einer politisch korrekteren Geschichte hinzulenken. Sie erzählte mir, dass Cinderella auf einer chinesischen Legende beruht und aus einer Kultur stammt, in der man den Mädchen die Füße abband, weil am Ende das Mädchen mit dem kleinsten Fuß den Mann bekam. Und dann musste ich mir jedes Mal, wenn ich mir Cinderella ansehen wollte, vorher diese Dokumentation über das Füßebinden ansehen.«

»Ach, du lieber Gott«, sagt Silvia. »Deine Mutter scheint ja ein echter Spaßvogel gewesen zu sein.«

»Das war sie«, bestätige ich. »Auf ihre Weise. Ihr hättet sie alle gemocht, viel lieber, als ihr mich mögt.«

Das war als Scherz gedacht. Ich weiß auch nicht, warum ich es gesagt habe. Dass keiner mich mag, ist mir einfach so rausgerutscht, aber es folgt ein kurzer, schmerzhafter Augenblick, ohne dass eine es abstreitet. Und dann wirft Jean ein wenig überstürzt ein: »Wenn deine Eltern wirklich Hippies waren, überrascht es mich, dass du überhaupt Disneyfilme anschauen durftest.«

»Sie waren revolutionäre Hippies«, sage ich. »Immer unterwegs, um für die gute Sache zu kämpfen. Ich wurde sehr oft alleingelassen.«

Wir gehen als Gruppe weiter und wandern an der polnischen Frau vorbei, die den Korb mit der Wäsche auf die andere Hüfte verlagert hat und ihr Gesicht nach hinten neigt, um es in der milden Nachmittagssonne zu baden. Sie sieht aus wie gemalt. Vielleicht von Vermeer. Die Wirkung wird leider zerstört, als sie sich umdreht und ich die Ohrstöpsel sehe, wobei die Quelle ihrer Musik offenbar in irgendeiner Tasche steckt. Sie sehen aus wie die, die Becca schon mehrmals hervorgeholt hat, wenn wir lange gewandert sind und sie genug hatte von all diesen alten Frauen, die keine Ahnung von der Liebe haben.

»Und was geschah als Nächstes?«, erkundigt sich Claire schließlich. »Mit Psyche, meine ich.«

»Sie versucht für den Rest ihres Lebens, das zurückzubekommen, was sie verloren hat«, sagt Angelique. »Und ihre Schwestern … nachdem sie Eros und Psyche auseinandergebracht haben, besitzen sie doch tatsächlich die Unverfrorenheit, sich selbst an ihn ranzumachen. Sie bilden sich ein, wenn es für ihre Schwester funktioniert hat, wird es auch bei ihnen klappen, also steigen sie hinauf auf denselben Berg, auf dem sie ihren Schlangenmann erwarten sollte, und springen hinunter, weil sie davon ausgehen, dass derselbe Wind, der Psyche sanft nach unten trug, auch sie hinabtragen wird. Aber das tut er nicht, und so macht es nur platsch, das ist alles, ein lautes Aufklatschen auf der Erde, und ich wünschte, meine Schwestern würden auch von einer Klippe springen, aber das tun sie nicht. Die freuen sich nur diebisch.«

»Sprichst du denn noch mit ihnen?«, will Jean wissen.

»Aber nein, ich spreche nicht mit ihnen. Du kennst wohl nicht die Show. Meine Schwestern sind für mich gestorben. Gestorben«, wiederholt sie und blickt zu Boden.

»Ich sehe die Show«, sagt Valerie zur Überraschung aller. »Ich liebe Fernsehen.« Das dürfte bis jetzt die schockierendste Aussage auf dieser Wanderung sein. Keiner sagt »Ich liebe Fernsehen«, vor allem nicht die Leute, die wirklich gern fernsehen. Ich meine, Fernsehen ist beliebt, wir haben alle unsere kleinen Freuden, denen wir mit schlechtem Gewissen frönen, die Shows, die wir uns spätnachts noch fast zwanghaft reinziehen, aber wir geben es nicht zu.

Wir sagen sogar »Ich sehe nicht viel fern«, auch wenn wir verdammt gut wissen, dass wir mit diesem Zeug groß geworden sind und es sich in unser kollektives Gedächtnis eingebrannt hat. Dass wir jedes der Kinder der *Partridge Familie* beim Namen nennen und ganze Szenen von *Will & Grace* auswendig zitieren können.

Angelique lächelt Valerie zu. Die Möglichkeit, jemand könnte ihre Show gesehen haben, beunruhigt sie, aber ihr ist auch nicht wohl dabei, wenn sie nicht angesehen wird. Denn schließlich hat sie ihr Glück und ihre Familie für den Glamour am Donnerstagabend geopfert, und was nutzt ihr das jetzt hier in diesem einsamen Hopfenfeld, achtzig Kilometer nördlich von Canterbury, wenn wir alle die Köpfe schief legen und sie fragend ansehen? Ich könnte mir vorstellen, dass man sich der Hölle schon sehr nah fühlt, wenn man seine Seele für den Ruhm geopfert hat, dann aber doch nicht berühmt genug ist.

»Ich spiele in der Serie nicht mehr mit«, sagt sie. »Solange Nico sich in der New Jersey State Correctional Facility befindet, reise ich nur noch durch die Gegend, obwohl ich nicht mal weiß, warum. Ich war an der Chinesischen Mauer, auf Island und Kreta und bin durch den Panamakanal geschippert.«

»Psyche war dazu verdammt, auf der Suche nach ihrem Ehemann durch die Welt zu streifen«, sagt Tess. Es überrascht mich nicht, dass sie die Details dieser Geschichte kennt. Je beliebiger und obskurer die Fakten, umso größer scheint die

Chance zu sein, dass Tess sie kennt. »Und offenbar musst auch du jetzt wandern.«

»Es macht mir eigentlich nichts aus«, sagt Angelique. »China hat mir gefallen. Ich habe dort eine Menge billiger Blusen bekommen.« Plötzlich überkommt mich das Bedürfnis, sie zu umarmen, ihren schwarzen, glatten, kleinen Kopf an meine Schulter zu drücken und sie sich ausheulen zu lassen. Mit Sicherheit möchte sie sich schon seit langem ausweinen.

»Wie hat man ihn drangekriegt?«, will Becca wissen. »Nico, meine ich.«

»Ihr seht vermutlich nicht –« Angelique unterbricht sich. »Nein, ihr seid allesamt richtige Damen. Und spielt in einer ganz anderen Liga als ich, so viel steht fest. Natürlich sehen sich die meisten von euch diese Show nicht an. Erzähl du es ihnen, Valerie.« Sie wirkt plötzlich ausgelaugt – traurig und erschöpft von ihrer Erzählung.

»Nico kam zu ihr«, berichtet Valerie. »Nach oben in ihr hohes weißes Schlafzimmer, das wie eine Wolke aussah. Er legte ihr seine Hände auf die Schultern, sah ihr direkt in die Augen und sagte: ›Dann heißt das wohl adios, Babe.‹ Es war wie im Film. Dann ging er doch nach Südamerika, oder? Nach Kolumbien?«

Angelique nickt.

»Aber am Newark Airport hat man ihn geschnappt«, ergänzt Valerie. »Mit dem Pass in der Hand brachte man ihn direkt ins Gefängnis.«

Wir haben den nächsten Hügel erreicht, den größten dieses Tages, und meine Oberschenkel schmerzen bereits. Ein Blick auf Silvias Uhr sagt mir, dass es schon fast drei Uhr ist, und das bedeutet, dass wir heute bereits sechs Stunden gewandert sind, die Mittagspause nicht mitgerechnet. Tess meinte, unser Ziel sei es, auf dieser ersten Etappe unserer Wanderung dreißig Kilometer zurückzulegen, was für eine Gruppe Frauen, die es gewohnt ist, höchstens eine Stunde Sport am Tag zu treiben, schon eine Menge ist. Und da wir über Land gehen, drosselt das unser Tempo noch zusätzlich. Die Landschaft ist hügelig, die Wege sind nicht gepflegt, ganz anders als die gepflasterten Vorstadtstraßen, an die wir gewöhnt sind. Und das heißt, dass wir pro Stunde vermutlich nur knappe fünf Kilometer anstatt der ursprünglich von mir vorhergesagten sechseinhalb geschafft haben. Aber die Geschichten haben mich abgelenkt, was zweifellos von Tess so beabsichtigt war. Meiner Erschöpfung werde ich mir nur bewusst, wenn keiner mehr spricht.

»Kam es denn jemals zu einer Wiedervereinigung von Psyche und Eros?«, erkundigt sich Becca. »Findet sie ihn denn und kann sich dafür entschuldigen, dass sie an ihm gezweifelt hat?«

»Das weiß ich nicht«, sagt Angelique. »Als ich ein kleines Mädchen war und meine Mutter mir diese Geschichte erzählte, schlief ich jedes Mal ein, wenn sie zu dem Teil kam, wo Psyche auf Wanderschaft geht. Sie wanderte sehr weit. Es gab verdammt viele Kapitel. Und ich schaffte es nie, bis zum Ende wach zu bleiben.«

»Ach, hör doch auf«, spricht Steffi sie scharf an. »Du denkst, dein Leben sei mit diesem mythischen Mädchen verbunden, und jetzt sollen wir dir abnehmen, dass du auch nicht die geringste Neugier verspürt hast, das Ende der Geschichte zu erfahren?« Sie holt ihr Handy heraus. »Ich habe hier draußen einen Balken«, sagt sie. »Na ja, wenigstens einen halben.

Möchtest du, dass ich Psyche google? Um hier ein für alle Mal einen Abschluss zu finden?«

Aber Angelique knabbert ängstlich auf ihrer blassen, dunkel umrandeten Lippe herum. Es liegt auf der Hand, dass sie nicht wissen möchte, was aus Psyche wurde. Sie schüttelt ziemlich heftig den Kopf und geht dann schneller. Die anderen Frauen folgen ihr, so dass Steffi und ich ein Stück zurückbleiben.

»Kaufst du ihr das alles ab?«, zischt Steffi mir zu. »Es ist doch offensichtlich, dass sie zwei und zwei zusammengezählt und dabei auf, sagen wir mal, viereinhalb gekommen ist. Nicht die perfekte Antwort, aber nah dran. Sie hat ja nicht versucht, uns weiszumachen, dass zwei und zwei siebenundzwanzig sind oder so. Sie ist nicht annähernd so doof, wie sie im Fernsehen rüberkommt. Warum will sie also nicht wissen, wie Psyches Geschichte ausging, und damit auch, was sie vermutlich in der eigenen Zukunft erwartet?«

»Würdest du das wollen?«

»Was wollen?«

»Wissen, wie deine eigene Geschichte ausgeht?«

»Natürlich. Und du auch.«

»Ich bin mir da nicht so sicher. Mir tut Angelique leid.«

Steffi schnaubt. »Lass gut sein. Egal, wie viel sich die Regierung geholt hat, ich garantiere dir, es ist immer noch genug übrig. Dann noch ein Vertrag für ein Buch und vielleicht noch eine Ablegerserie, wer weiß? Dieses ganze Herumreisen ist doch nur dazu gedacht, aus der Schusslinie zu sein, während ihre Agenten und Manager ihr großes Comeback vorbereiten. Denn sie ist jetzt ein Häufchen Elend, dabei aber sexy, und so etwas kommt bei allen gut an. Außerdem würde ich töten, um die Zukunft zu erfahren«, ergänzt Steffi und macht abrupt größere Schritte, so dass ich neben ihr hertraben muss, um mitzuhalten. »Auf alles, was man kommen sieht, kann man sich vorbereiten. Das ist ein fairer Kampf. Ich möchte einfach nicht, dass sich wieder etwas an mich heranschleicht.«

»Wieder? Wenn es in deiner Geschichte um das erste Mal geht, als jemand sich an dich herangeschlichen hat, dann kann das nur ein Gepard gewesen sein.«

Sie grinst wie ein Schulmädchen. Schnelles Gehen scheint ihr nichts auszumachen, selbst jetzt nicht, wo wir versuchen, die Gruppe einzuholen. »Um das zu erfahren, wirst du noch warten müssen«, sagt sie. »Aber nicht mehr lang. Ich habe die Kreuz-Neun gezogen.«

Als wir zur Gruppe aufgeschlossen haben, unterhält sich diese über die Taktik von Männern, Dinge zu verbergen. Bankkonten, Geliebte, medizinische Diagnosen, Pornos. »Es gibt jede Menge Mythen«, sagt Tess, »in denen die geliebte Frau die Wahrheit über einen Mann nicht erfahren darf, weil diese einen von ihnen oder sogar beide zerstören würde. Diese Geschichten sind der von Angelique und Psyche sehr ähnlich, nämlich dass der Mann nur bei seiner Frau er selbst sein darf, vor allem im Bett, im Dunkeln. Dort kann er in seiner Wachsamkeit nachlassen. Aber jeden Morgen verwandelt er sich wieder in die Bestie oder das Monster oder den Gott oder was auch immer es ist, was sie in der jeweiligen Geschichte jedoch nicht erfahren darf. Überlegt mal. Ein Mann, der seine wahre Identität verbergen muss, ist doch die Grundlage vieler Mythen über Superhelden. Batman, Spiderman, Superman, Was-auch-immer-Man. Findet ihr nicht, dass dies eine ganze Menge über das männliche Ego aussagt? Die Tatsache, dass sie so viele Geschichten dieser Art erfinden, der Mann mit dem gespaltenen und halb verborgenen Selbst?«

»Aber in den Geschichten«, meint Claire, »findet doch wohl jede Frau irgendeinen Weg, um sein Geheimnis zu lüften?«

»Fast immer«, sagt Tess. »Denn sonst gäbe es ja nicht viel zu erzählen, oder?«

»Und wenn sie ihn dann sieht, was macht er dann?«

»Manchmal stirbt er …«, sagt Tess. »Aber in den meisten Fällen muss er sie verlassen, wenn sie hinter die Wahrheit gekommen ist. Das ist ein fester Bestandteil der Erzählung. Dass es die Frau in Gefahr bringt, wenn sie die ganze Wahrheit über einen Mann kennt.«

Ich muss an Ned denken. Die anderen Frauen denken zweifellos an ihre eigenen Männer. Die meisten von denen haben womöglich einen Weg gefunden, für immer im Dunkeln zu bleiben, und das sind dann diejenigen, die wir verzweifelt verlassen haben und als innerlich tot, als kalt oder unbegreiflich bezeichnen. Und dann gibt es die anderen, die wenigen Unglücklichen, bei denen es uns gelungen ist, sie ans Licht zu zerren … und die wir möglicherweise auch verlieren, nur auf andere Weise. Der Mann, der sich vor unseren Augen im Prozess der weiblichen Aufdeckung auflöst und aufhört zu existieren, während wir ihn noch zu analysieren versuchen. Der Mann, der spurlos verschwindet, während wir unsere Freundinnen fragen, was das alles zu bedeuten hat.

»Aber manchmal gehen Männer doch weg und kommen dann zurück«, meint Becca. »Also wirklich, geht denn keine von euch je ins Kino? Es passiert doch ständig, dass das Mädchen glaubt, sie habe den süßen Jungen verloren, aber dann kommt er ganz am Ende doch noch zurück, und dann spielt die Musik. Wie in, wie heißt noch mal der alte Film? *Pretty Woman?*«

»Ist ein Mann erst mal aus meinem Leben verschwunden, ist er für mich gestorben«, erklärt Claire. »Ich glaube nicht an Wiedervereinigungen und zweite Chancen und Gelegenheitssex mit dem Ex.«

»Nico sitzt so lange ein, dass er genauso gut tot sein könnte«, sagt Angelique. »Und ich würde auch gern sagen, dass meine Schwestern nur meine Stiefschwestern sind, weil sie dann ruhig böse sein könnten, aber die Wahrheit sieht leider anders aus. Die sind mit mir blutsverwandt, das weiß ich. Wir hatten alle die gleichen Nasen.« Sie bleibt stehen und spuckt aus, und als sie ihr Kinn wieder hebt, strahlen ihre Augen vor Entschlusskraft. Sie sind blau, ein leuchtendes Blau, wenn das Licht darauf fällt, ein schöner Farbton, und wieder bin ich überrascht von der Schönheit, die manchmal die Maske durchbricht. Priscilla Presley fällt mir ein. Am Tag, als sie Elvis heiratete. Genau so sieht Angelique aus.

»Aber am Ende war es doch wirklich mein Fehler?«, sagt Angelique. »Denn ich und Psyche schafften es einfach nicht, die Dinge auf sich beruhen zu lassen. Deshalb gehe ich auch nach Canterbury. Damit mir ein mit höheren Kräften ausgestatteter Priester vergibt und mir dann sagt, was ich machen muss, damit alles wieder gut wird.«

»Ein Geistlicher der Kathedrale von Canterbury kann dir nicht sagen, wie du es richtig hinbekommst«, erklärt Tess. »Die sind Anglikaner. Er kann dir nicht mal vergeben, nicht wirklich. Er kann dir einen Segen anbieten, aber für einen guten Ausgang der eigenen Geschichte muss jeder selbst seinen Weg finden.«

»Aber deshalb bin ich doch hier«, sagt Angelique. »Wegen eines Segens und vielleicht … ich weiß nicht. Wenn ich zur Kathedrale komme und sie tatsächlich sehe, vielleicht explodiert da ja was in meinem Kopf und sagt mir, was ich als Nächstes tun soll. Mehr verlange ich gar nicht. Aber genug … Genug von mir. Ich habe schon endlos lang geredet. Wer kommt als Nächste dran?«

»Das bin ich«, sagt Silvia. »Ich habe eine Zehn.«

»Ich habe auch eine Zehn«, sagt Claire und lächelt ihre Freundin an. »Ist das nicht komisch?«

»Meine ist Herz«, sagt Silvia.

»Meine ist Karo«, sagt Claire.

»Dann ist Silvia die Nächste«, sagt Tess. »Liebe vor Reichtum.«

»Gut. Es wird Zeit für eine fröhliche Geschichte«, meint Silvia. »Und meine ist fröhlich.«

»Aber meine Geschichte war auch fröhlich«, sagt Jean. Wir starren sie alle an.

»Nun ja, wenigstens eine Weile«, korrigiert sich Jean.

»Und die von Psyche auch«, sagt Angelique. »Ich meine, für eine Weile fröhlich, das ist doch schon was. Ich und Jean, wir haben denselben Fehler gemacht. Wir wussten einfach nicht zu schätzen, wie gut wir es hatten. Wir zerbrachen uns wegen Kleinigkeiten den Kopf, hatten Langeweile und verglichen uns mit anderen Frauen, und von da an geht es dann steil bergab in die Hölle, wisst ihr? Sobald du anfängst, dein Leben mit dem von jemand anderem zu vergleichen.«

»Glück in dem Moment, da du es empfindest, als solches zu erkennen, ist schwer«, sagt Jean. »Du gibst ihm in dem Moment einen anderen Namen, aber später überlegst du: ›*Moment mal. Vielleicht war das mein Glücksmoment, und ich habe ihn verpasst.*‹«

»Es ist das Geheimnis des Lebens«, sagt Tess. »Wäre es uns möglich, das Glück zu erkennen, wenn wir es haben, müsste keine von uns nach Canterbury pilgern.«

Ach, nicht doch, sage ich mir. *Das Leben wird doch wohl mehr zu bieten haben als das.*

»Wie weit sind wir noch von unserer heutigen Herberge entfernt?«, will Valerie wissen. »Meinem Gefühl nach sollten wir inzwischen dort sein.«

»Noch eine Stunde«, sagt Tess. »Vielleicht auch noch etwas länger. Warum? Wirst du müde?«

»Ein wenig«, sagt Valerie. »Ganz plötzlich. Ich weiß nicht, warum.«

6

Unsere nächste Herberge ist sogar noch kleiner. Dagegen war das Haus, in dem wir gestern übernachteten, fast ein Palast. Dem Grundriss nach zu urteilen, schätze ich, dass es früher ein Privathaus war – und vielleicht noch immer ist, denn es gibt keine formale Anmeldung, und die Zimmer werden uns von Tess zugeteilt. Zu neunt müssen wir uns ein einziges Badezimmer teilen, das sich am Ende eines Flurs im Obergeschoss befindet. Und die kleinen Zimmer, die beidseits des Flurs abgehen, sind Relikte aus einer Zeit, als Familien noch ein Dutzend Kinder hatten.

»Klaustrophobisch«, murmelt Silvia, als sie ihres betritt. Direkt gegenüber von Silvias Zimmer kann ich Claire durch eine offene Tür sehen, wie sie drei oder vier dunkle Pullover auf ihr Bett wirft. Noch mehr Kaschmir zweifellos – aber mir will nicht einleuchten, warum sie so viele anscheinend identische Pullover für eine fünftägige Tour mitgenommen hat oder warum sie sich offenbar genötigt fühlt, bei jedem kurzen Stopp entlang des Wegs alle auszupacken. »Du erwartest hoffentlich keinen Schrank«, ruft Silvia über den Flur Claire zu, und ihrer Stimme ist noch immer anzuhören, wie sehr sie das Ambiente bedrückt. Mich hingegen haben kleine Räume nie gestört und auch kleine Betten nicht, aber ich muss zugeben, dass die niedrigen Zimmerdecken ein wenig unangenehm sind. Und der Gang über diesen langen, düsteren Flur entspricht in etwa dem, wie ich mir immer den Tod vorgestellt habe. Was aber wirklich unerträglich ist, als ich schließlich in meinem Zimmer bin und die Tür schließe, sind die Stimmen der anderen, die durch die Wände dringen.

Privatsphäre ist etwas ganz Wesentliches. Ich bin von meinem Naturell her eine Einzelgängerin, wie das auf Einzelkinder wohl häufig zutrifft, aber ich bin außerdem noch in einer Kommune aufgewachsen, wo dreißig Gesichter am Frühstückstisch die Norm waren, zu allen Zeiten Leute kamen und gingen und ihre Präsenz den anderen aufdrückten, ohne auch nur die Höflichkeit einer Einladung oder des Anklopfens zu kennen. Die Philosophie der Kommune forderte unverschlossene Türen und Gemeinschaftsbesitz, und ich habe mir immer geschworen, dass ich mir, sobald ich erwachsen wäre und ein eigenes Zuhause hätte, als Erstes einen Türriegel kaufen würde. Doch als ich mich jetzt auf mein Bett werfe und Silvia auf der einen Seite rumoren und Jeans raue Stimme von der anderen Seite höre, wird deutlich, dass ein Schloss allein nicht reicht, um mein Alleinsein zu schützen. Ich wünsche mir Ruhe.

Auf der Treppe kommt mir Steffi entgegen. »Ich mache einen Spaziergang«, sage ich, bevor sie fragen kann, und sie beäugt mich argwöhnisch. Wir sind schließlich den ganzen Tag gewandert, weshalb dieses Vorhaben meinerseits aller Logik entbehrt und außerdem … wohin? Wir hatten auf dem Herweg Gelegenheit, den Ort kennenzulernen, und zu erkunden gibt es da nicht viel. Es ist ein trostloses Dorf auf dem Land, in dem die ohnehin schon bescheidene Bewohnerschaft stetig abnimmt, weil die Bauern hier ihre eigenen Felder nicht mehr bewirtschaften.

»Wo wir heute übernachten werden, ist es noch ein wenig ländlicher als vergangene Nacht«, hatte Tess gesagt, und ein paar von uns haben gekichert, bis wir merkten, dass es ihr ernst damit war. »Und«, hatte sie ergänzt, »es tut mir leid, aber ich muss euch sagen, dass dieses Dorf nicht für seine Schönheit bekannt ist.« Der einzige Laden war geschlossen, die Post verrammelt. Die Bürgermeisterei war verwaist bis auf eine Notiz, auf der zu lesen stand, dass der methodistische Gottesdienst am Donnerstag stattfinden werde. Donnerstag, nicht Sonntag, was nur heißen kann, dass sich die Bewohner einen Pastor mit Kirchen in anderen Dörfern teilen. Ein Schild, angenagelt an die einzige Straßenlaterne, informierte uns, dass wir, sollten wir die Dienste der Polizei benötigen, eiligst den Constable in Dartford anrufen sollen. Einziges Problem, wir sind nicht in Dartford. Wir sind mindestens fünf Kilometer südlich davon.

Jetzt folge ich der Straße, auf der wir hergekommen sind, bis zum Dorfplatz, wo ich mich auf eine der beiden Bänke setze, den Schnürsenkel eines Stiefels löse, meinen Fuß daraus befreie und meine Socke ausziehe. Ich habe mir diese Wanderstiefel am Morgen meiner Abreise aus den Staaten gekauft, im Taxi auf dem Weg zum Flughafen ausgepackt und die große Schachtel dann auf der Rückbank liegenlassen. Ich hatte keine Zeit, sie einzulaufen, und die sieben Stunden, die wir heute gewandert sind, haben meinen Füßen arg zugesetzt. Die Haut ist zwar nirgendwo aufgeschürft, aber auf dem großen Zeh sitzt eine Blase, und meine Ferse ist rot und aufgequollen. Ich reibe sie und rede mir ein, dass es auch schlimmer sein könnte. Ich habe einen Vorrat an Heftpflaster und irgendwo in meinem Koffer auch diese zweite Haut zum Auftragen dabei. Morgen werde ich mich einfach ein wenig besser schützen müssen, sonst humple ich noch, wenn wir nach Canterbury kommen.

Oder vielleicht passen diese verdammten Zweihundert-Dollar-Stiefel einfach nicht richtig, überlege ich, verdränge den Gedanken aber genauso schnell wieder, wie er gekommen ist. Ein wirklich schrecklicher Gedanke, hier draußen fünfundvierzig Kilometer von aller Zivilisation entfernt zu sein, wie Steffi sagt, und meine Schuhe passen nicht. Was mich zu einer amerikanischen Cinderella machen würde oder, genauer gesagt, zu einer ihrer unsympathischen Stiefschwestern. Denn ich vermute, dass Tess recht hat und sich das Leben jeder Frau am Ende auf ein Märchen reduzieren lässt. Also sitze ich auf einer der einzigen zwei Bänke in dieser merkwürdigen Ortschaft, halte meinen Stiefel in der Hand und starre ins Leere. Wieso eigentlich war Cinderella mein Lieblingsmärchen? Sie ist ein Klischee, die am leichtesten zu durchschauende aller Prinzessinnen, und für gewöhnlich mache ich um Klischees einen großen Bogen. Ich habe mir jedoch diesen Film als Kind so oft angesehen, dass ich jetzt nur die Augen schließen muss und ihn vor meinem geistigen Auge sehe.

Vielleicht mochte ich ihn ja nur, weil es nicht viel anderes gab, was mir hätte gefallen können. Auf unserer Farm konnten wir nur die drei großen Sender empfangen, Kabel gab es damals noch nicht, aber wir hatten einen Videorekorder, was in der damaligen Zeit schon etwas Besonderes war. Ich weiß nicht mehr, wie er zu uns gekommen ist oder warum meine

Eltern, die normalerweise so großen Wert darauf legten, dass alles, was wir hatten, den materiellen Idealen der Kommune als Instandbesetzer entsprach, jemals zulassen konnten, dass so etwas ins Haus kam. Sehr wahrscheinlich hat meine Großmutter das Gerät geschickt, zusammen mit einem Stapel Disneyfilmen, in einem allerletzten Versuch, sicherzustellen, dass wenigstens etwas in meiner Kindheit normal war.

Eines Tages saß ich vor Cinderella, und meine Mutter kam in den Raum. Sie schien ein wenig überrascht zu sein, mich dort zu sehen – eigentlich schien sie immer überrascht zu sein, mich zu sehen, sogar wenn ich mich genau dort aufhielt, wo sie mich zurückgelassen hatte. Wäre ich boshaft, würde ich sagen, dass meine Mutter häufig vergaß, eine Tochter zu haben, aber zu sagen, dass sie generell Mühe hatte, sich an alles Mögliche zu erinnern, trifft es besser. Diana war wie ein Baby, das Guckguck spielt, aber sobald das Gesicht hinter den Händen verschwindet, vergisst, dass es da gewesen ist, und deshalb jedes Mal, wenn es wieder auftaucht, erstaunt und entzückt ist.

»Deine Mutter lässt sich leicht ablenken«, pflegte mein Vater zu sagen, wann immer wir durch einen Wald oder in der Stadt eine Straße hinunterliefen und plötzlich merkten, dass sie nicht mehr bei uns war. Unweigerlich hatte sie sich vom beabsichtigten Weg durch etwas, das Daddy »Dianas hell leuchtende Dinge« nannte, ablenken lassen – einem Buch in einem Schaufenster, einem besonders geformten Treibholz, dem edlen exotischen Gesicht eines mongolischen Flüchtlings, den Knochen eines Kaninchens. Vermutlich hatte sie das, was man heute Erwachsenen-ADS nennt, denn sie sagte beispielsweise »Che?«, wann immer sie mich sah, und zwar in diesem Frageton, als grenze es an ein Wunder, mich nachmittags auf der Couch vor dem Fernseher sitzend anzutreffen.

An diesem speziellen Tag war sie mit dem spirituellen Führer der Kommune zusammen, einem Mann namens David. Mir fällt nicht mehr ein, welchen heidnischen Kult er vertrat – höchstwahrscheinlich war er Druide. Die waren damals sehr populär. Es dürfte Mitte der Siebzigerjahre gewesen sein, da war ich acht, neun oder vielleicht zehn. Der konventionelle christliche Glaube hatte keinen Bestand mehr, und die Kirchen wurden zusammengelegt oder sie schlossen ganz, auch hier draußen in der Pampa, wo sich die Kommune befand. Von Davids sehr speziellen Predigten ist mir vor allem in Erinnerung geblieben, dass er einmal spontan eine Botschaft von jemandes totem Bruder mitten im Liebesopfer überbrachte und dass er ein Lieblingsaxiom hatte, mit dem er jeden Gottesdienst beendete: »Religion«, verkündete er, »ist nichts weiter als das Studium der Erfahrungen, die andere mit Gott gemacht haben. Aber wahre Spiritualität ist die Gelegenheit, deine eigene Erfahrung mit Gott zu machen.«

Es war eine Feststellung, die alle Frauen in der Gemeinschaft in Verzückung geraten ließ und auch die Hälfte der Männer. Mein Vater gehörte nicht dazu. Seine Geduld mit den Davids dieser Welt war begrenzt, und trotz all des Geredes vom brüderlichen Teilen durfte keiner vergessen, dass es Daddys Familie war, die ihm die Farm hinterlassen hatte, auf der wir alle lebten. Dass sein Name auf der Übertragungsurkunde stand. Er hatte einmal rebelliert, und zwar fünfzehn Jahre davor, und jetzt musste er den Bodensatz dieser Rebellion ertragen, all diese kleinen Sedimentflocken, die um ihn herum auf den Grund seines halbleeren Glases sanken. Er verschwand oft – zum Wandern, Angeln, Erfinden und Lesen –, und deshalb war ich weitestgehend den Machenschaften meiner Mutter ausgesetzt, wie das meiner Erinnerung nach die meisten Mädchen meiner Generation waren. Ich denke an Becca, deren Vater von der Brücke gestoßen wurde. Ein brutaler Schock, zweifellos, aber nur, weil es so schnell ging. In gewisser Weise fallen alle Daddys irgendwann von der Brücke.

Mein eigener Vater starb im Wald, wo ihm die Blutgefäße seines Gehirns auf einer seiner ausgedehnten einsamen Wanderungen den Dienst versagten. Überraschenderweise – denn er war ein junger Mann, jünger als ich jetzt bin – hatte er eine Art Testament hinterlassen, mit Anweisungen für seine Beerdigung. Er machte es nicht wie Diana und bat darum, seine sterblichen Überreste zu verstreuen. Nein, er wurde auf eine höchst konventionelle Weise friedlich in einer Kiste zu Füßen seines Vaters beerdigt und von einem presbyterianischen Geistlichen, der ihn nie zu Gesicht bekommen hatte, in schwammigen Formulierungen gepriesen. Seine einzige Forderung war die, dass der Sarg aus Kiefernholz und ganz schlicht sein sollte, aber natürlich gab es beim örtlichen Beerdigungsinstitut diesen Sargtyp gar nicht, weshalb die Beisetzung um eine Woche verschoben werden musste, bis der für viel Geld bei den Amischen bestellte, ostentativ schlichte Kiefernsarg eintraf. Irgendwo in dieser Geschichte ist ein Zeichen verborgen, aber mir fällt nicht ein, welches.

Und bevor Sie es auch nur vermuten können, ich weiß ... ich weiß. Alle Zeichen deuten darauf hin, dass meine Mutter und David wahrscheinlich eine Affäre hatten. In der Kommune wurde genug getratscht, und Diana war weiß Gott der Typ dazu. Ohne BH, schwach und mit einer Moral, die man bestenfalls als »flexibel« bezeichnen kann, hatte sie immer mit dem einen oder anderen Mann was am Laufen. Mehr als einmal wurden spät in der Nacht die Taschen gepackt und sie und ich in jemandes Auto verfrachtet. Es gab Männer, die behaupteten, uns vor der Kommune retten zu wollen, und auch Männer, die uns darüber hinaus vor denen retten wollten, die uns retteten.

Und dennoch glaube ich nicht, dass Diana, wenn es hart auf hart gekommen wäre, meinen Vater verlassen hätte. Er war der Stabile. Der Fels, um den herum alles andere wuchs, und auf diese Stabilität baute sie, aber sie hasste sie auch. Die anderen Männer? Vielleicht waren sie Mittel zum Zweck, um ihn auf die Probe zu stellen, denn meine Mutter flirtete völlig wahllos und war eine Frau, die ihre Sexualität wie eine Waffe einsetzte und mit ihren Charmekugeln unschuldige Beobachter traf und zugleich völlig Unbeteiligte verletzte und verstörte. So schenkte sie ihr anzügliches Lächeln etwa dem Mann, der gerade die Benzinpumpe an der nächsten Tankstelle bediente, oder dem ältlichen Zahnarzt, der unsere Familie behandelte, den Vätern meiner Freundinnen und dann, als ich älter wurde, sogar meinen eigenen Freunden. Es war alles oberflächlich. Sie musste als sexy wahrgenommen werden, das war ihr wichtiger als der Sex selbst.

Jedenfalls vermute ich das. Aber vielleicht liege ich auch falsch. Vielleicht weiß keiner von uns etwas vom anderen, zumal nicht von den eigenen Eltern. Einige Bücher müssen geschlossen bleiben. Aber ich kann sagen, dass egal, ob es eine körperliche Affäre war oder nicht, dieser Unterligaheilige namens David die neueste Eroberung meiner Mutter und auch derjenige war, der als Erster versuchte, mir Cinderella mieszumachen. Er setzte sich an diesem Nachmittag auf die Brokatcouch meiner Großmutter, über die man eine schäbige Decke gebreitet hatte, um die Tatsache zu verbergen, dass meine Familie einmal reich gewesen war, und erzählte mir, dass man in China den Mädchen die Füße bandagierte. Man begann mit diesem grausamen Ritual, wie er sagte, wenn die Kinder nicht älter waren als ich damals. Also kurz bevor sie die Pubertät erreichten, an jenem Punkt, wo junge Frauen am formbarsten sind, wo die Gewalt, die ihnen angetan wird, die nachhaltigsten und schädlichsten Auswirkungen hat.

»Wie würdest du dich fühlen, wenn man deine Füße bandagieren würde?«, hatte David gefragt und dabei unter die Decke gegriffen und meinen linken Fuß hervorgeholt, daran gezogen und geschüttelt, um das Gesagte zu untermauern. Es war eine Frage, auf die es keine Antwort gab, aber das war ihm egal. Durch sein Leben auf der Kanzel war er es gewohnt, Fragen zu stellen, die nicht beantwortet wurden. »Wie würde es dir gefallen, wenn du nicht mal mehr laufen könntest?«

Über seine Schulter hinweg verfolgte ich Cinderella. Wir kamen gerade zu meiner Lieblingsstelle, kurz vor dem Ende. Der Ball ist vorbei, der Zauber wirkt nicht mehr. Man hat Cinderella in einen hohen Turm eingesperrt, und alles scheint verloren. Aber als der Großherzog zum Haus kommt und nach der Besitzerin des Glaspantoffels Ausschau hält, befreien die Tiere sie aus ihrer Zelle und sie kommt in letzter Minute die Treppe hinuntergerannt. Ihre Stiefschwestern haben bereits vergeblich versucht, ihre Füße in den Pantoffel zu zwängen – ihre großen, aufgequollenen, nicht hineinpassenden Füße, deren Zehen in alle Richtungen abstehen. Und als der Großherzog dann den Glaspantoffel Cinderella zum Anprobieren hinhält, bringt die böse Stiefmutter ihn zum Stolpern, so dass das Glas zersplittert und alles eine einzige Katastrophe ist, bis Cinderella mit ihrem unmöglich süßen Stimmchen sagt: »Aber sehen Sie … ich habe den anderen Pantoffel.«

Das war die beste Filmszene überhaupt, jedenfalls dachte ich das als Kind, und selbst jetzt noch, so viele Jahre später, fallen mir keine Szenen ein, die mir besser gefallen hätten. Der Herzog streift ihr den Pantoffel über, er passt perfekt, und gleich darauf wird die ganze Welt zu einer Montage aus Konfetti, Hochzeitsglocken und fröhlich springenden Mäusen.

Und genau an dieser Stelle setzte David sich auf die Couch, zog meinen Fuß unter der Decke hervor und setzte zu seiner langen Rede über die kleinen Mädchen in China an. Wie schmerzhaft die Prozedur des Bandagierens sei, die Infektionen, die gebrochenen Knochen, die Qualen, die frühen Tode, alles nur, um dem verzerrten Ideal weiblicher Schönheit Genüge zu tun. Und unsere westlichen Gehirne, ergänzte er, seien genauso verkrüppelt wie die Füße der Mädchen im Osten. Verächtlich richtete er meinen Fuß auf den Bildschirm. Mochte die Idee für Cinderella auch aus China gekommen sein, sei sie noch düsterer geworden, als sie Europa erreichte. In den alten Märchen, bevor dieser widerlich fröhliche Walt Disney sie gesäubert habe, schnitten sich die Stiefschwestern in ihrem vergeblichen Versuch, ihre Füße in den Schuh zu zwängen, sogar Teile ihrer eigenen Füße ab. So sei man überhaupt erst auf die Idee mit dem Glaspantoffel gekommen, auf diese transparente Möglichkeit, den Beweis zu führen, dass Cinderella die einzig wahre Prinzessin war. Dass ihr Fuß tatsächlich hineinpasste und sie sich in ihrem gierigen Wunsch, den Prinzen zu heiraten, nicht verstümmelt hatte.

Meine Mutter war von Davids Geschichte ganz verzaubert. Sie war vermutlich der einzige Mensch auf Erden, der sich von so einer blutrünstigen Geschichte verzaubern ließ, aber schließlich sammelte sie ja unentwegt Beweise dafür, dass die Frauen während der gesamten Menschheitsgeschichte unter der Faust der männlichen Unterdrückung gelitten hatten. Und davon ließ sie sich auch trotz der Tatsache nicht abhalten, dass es in Davids Geschichte eigentlich um Selbstverstümmelung ging.

»Siehst du, Che«, sagte sie und hockte sich neben ihn auf die Armlehne. »Das ist eine Lektion für dich. Wenn der Schuh nicht passt, dann zieh ihn nicht an«, und dann lachten sie und David lang und laut, als wäre dies eine wahnsinnig witzige Bemerkung gewesen. Dann bot er ihr an, ihr eine Reihe von Videos über die weltweite Misere der Frauen zu leihen, so dass sie mich, wie er sagte, »in eine andere Richtung lenken könne«. Ich war mir nicht sicher, welche Richtung er damit meinte, aber ich wollte auf gar keinen Fall Geschichten von eingebundenen Füßen oder amputierten Zehen hören und gewarnt werden, was einem Mädchen passieren kann, wenn es den falschen Prinzen oder den falschen Schuh wählt. Das Filmmärchen näherte sich seiner Schlussszene. Die kleinen Mäuse trugen ihre Palastuniformen und winkten der abfahrenden Kutsche hinterher, und da war es, das glückliche Ende, und schwebte direkt über der Schulter des heiligen Mannes.

»Alle Mädchen machen ihre romantischen Phasen durch«, sagte meine Mutter stirnrunzelnd mit Blick auf den Fernsehschirm, auf Cinderella und den Prinzen, die sich für ihren ersten und letzten Kuss einander zuneigten. »Aber sie wachsen doch auch bald wieder heraus, oder?«

Ich blicke auf meinen ebenfalls geschwollenen Fuß und frage mich, wie zum Teufel ich zurück zur Herberge gelangen soll. Vielleicht sollte ich den Stiefel anziehen, ohne ihn zuzuschnüren, und zurückhumpeln. Ich war nicht ganz ehrlich gewesen, als ich sagte, es sei mein einziges Paar Schuhe. Ich habe noch ein Paar Schlafzimmersocken, die fast wie Pantoffeln sind, in meiner Tasche, hineingeworfen in letzter Minute. Die kann ich anziehen, wenn ich zum Abendessen runtergehe. Ich kann mir nicht vorstellen, dass es im Pub eine strenge Kleiderordnung gibt, und ich bin entschlossen, mich an diesem Abend zu den Frauen zu gesellen. Um mitzureden, übereinzustimmen, Mitgefühl zu haben und zu erfahren und mit Nachsicht jeden Wein zu trinken, der eingeschenkt wird – und um einmal in meinem Leben nicht ganz so seltsam zu sein.

Aus dem Augenwinkel sehe ich, dass Valerie sich dem Platz aus der anderen Richtung nähert. Merkwürdig. Sie klagte über Müdigkeit und scheint sich doch dafür entschieden zu haben, noch einen Schlenker durch die Stadt zu machen. Hinter ihr geht die Sonne unter, und ich muss blinzeln, um auch nur ihre Umrisse zu erkennen. Als ich das tue, hält sie inne, blickt sich um und sieht, dass diese beiden Bänke die einzigen Sitzmöglichkeiten sind. Trotz all meiner tapferen Vorsätze, mich beim Abendessen von meiner netten Seite zu zeigen, fürchte ich ihr Näherkommen. Im Moment bin ich noch nicht so weit, nett zu sein. Wenn sie zu mir kommt, wird sie mir ihr Handy anbieten oder mich fragen, warum ich meinen Stiefel ausgezogen habe, oder die Wunden an meinem Fuß kommentieren.

Aber sie tut nichts dergleichen. Sie nickt nur und setzt sich auf die Bank, die meiner gegenübersteht.

Jetzt bin ich diejenige, die sich verpflichtet fühlt, etwas zu sagen. Sie zumindest zu begrüßen, vielleicht auch über die beiden Geschichten zu plaudern, die wir heute gehört haben. Zu spekulieren, was sie womöglich über die Frauen aussagen, die sie erzählt haben, aber vielleicht könnten wir auch über uns sprechen. Vermutlich gibt es eine Fülle von Dingen, die Valerie und ich diskutieren, eine Million Worte, die wir auf diesem leeren Dorfplatz ausspucken könnten.

Sie sagt nichts. Wir blicken in entgegengesetzte Richtungen, Valerie weg von der Sonne, ich in sie hinein.

Eine Minute verstreicht. Vielleicht auch zwei. Deshalb sollte man nie stillsitzen. Wenn du stillsitzt, könntest du ins Nachdenken kommen, und wenn du nachdenkst, könntest du … was? Dich an deine Eltern, an deine Kindheit und an jede dumme Kleinigkeit erinnern, die du jemals verloren hast? Wenn du anfängst nachzudenken, wer weiß, vielleicht fängst du dann auch an zu fühlen, und wo diese verschlungene Straße hinführt, ist unvorhersehbar. Deshalb brauchen wir unsere Bücher und Handys und Ohrstöpsel und Liebhaber, selbst wenn es die Falschen sind, selbst wenn sie uns an Orte bringen, an denen wir gar nicht sein möchten. Denn sonst enden wir genau so: Wir sitzen irgendwo im Nirgendwo auf einer Bank und fangen an, ganz bitterlich zu weinen. Sie wissen schon, wenn man auch noch schniefen muss. Ich versuche, die Tränen wegzuwischen … die sich erst kaum spürbar lösen, dann aber herausströmen.

Na gut, jetzt wird sie mich mit Sicherheit gleich fragen, was los ist, überlege ich. *Nichts öffnet die Tür zu weiblichen Bekenntnissen leichter als Tränen – wir stürzen sogar auf der Toilette zu einer weinenden Fremden, um sie zu fragen, ob alles in Ordnung ist. Aber was soll ich ihr sagen, wenn sie mich fragt, was los ist. Dass ich wegen Cinderella weine oder wegen des Sargs von meinem Vater oder darüber, dass man in China kleinen Mädchen die Füße abgebunden hat? Warum muss es von allen Frauen, die mich hier hätten antreffen können, ausgerechnet sie sein?*

Aber sie blickt nicht mal in meine Richtung. Das Schweigen zwischen uns wird immer länger und peinlicher, bis ich schließlich meinen Fuß zurück in den Stiefel stecke und die Straße hinaufhumple, absurd wie ein Schauspieler in einem Spaghettiwestern. Es tut weh, aber ich merke, dass ich meinen Schritt beschleunige, dabei über meine Schnürsenkel stolpere, sie über die bemoosten Pflastersteine schleife und meine Zehen einziehe, um die Stiefel nicht zu verlieren. Als ich unsere Herberge sehe, renne ich fast, um Valerie und dem leeren Schweigen auf diesem Platz zu entfliehen.

7

Wir wollen die Regeln nicht brechen, aber wir brechen sie jetzt doch«, sagt Silvia und lacht dabei. Es ist der nächste Morgen, und wir sind kaum zwanzig Schritte gegangen, das Dorf in unserem Rücken schläft noch. »Wir haben das besprochen. Claire wird anfangen.«

»Ich weiß, Tess hat gesagt, dass Herz vor Karo kommt«, sagt Claire. Die Sonne fällt auf ihr akkurat frisiertes blondes Haar und bricht sich dort wie an einem Helm. Die Farbe des heutigen Rollkragenpullovers aus Kaschmir sieht aus wie Schwarz, erweist sich aber bei genauerer Betrachtung als Schiefergrau. »Und sie hat sicherlich recht. Aber meiner Meinung nach kommt es wirklich nicht darauf an, wer von uns anfängt, weil sich unsere Geschichten so ähnlich sind.«

»Ähnlich?«, fällt Silvia ihr ins Wort. »Meiner Meinung nach sind sie das genaue Gegenteil.«

Meiner Meinung nach sind sie das genaue Gegenteil? Na gut, dann lasst uns alle abwarten und Tee trinken. Silvia scheint zu den Leuten zu gehören, die immer sofort die Sprechmuster und den Akzent der Leute übernehmen, mit denen sie gerade zusammen sind. Ich sollte mich allerdings nicht darüber mokieren, denn ich bin nicht viel besser. Setzen Sie mich in ein Taxi mit einem pakistanischen Fahrer, und ich werde beim Aussteigen im Singsang sagen: »Ich bedanke mich ebenfalls, guter Mann.« Ich versuche, diesem Hang zu widerstehen – denn ich habe immer Sorge, es könnte so aussehen, als wollte ich mich über mein Gegenüber lustig machen –, aber es ist nicht leicht. Kaum laufe ich zwei Tage durch die englische Landschaft, beende ich meine Sätze bereits mit jenem leicht erhöhten Frageton. »Ein schöner Morgen, nicht wahr?«, sagte ich zu dem Mädchen, das uns in der Herberge das Frühstück servierte, indem ich ganz automatisch meine eindeutigen amerikanischen Aussagen mit der englischen Konsenswatte polsterte.

»Aber Gegensätze sind doch ähnlich, im Kern jedenfalls«, widerspricht Claire. »Ist euch das nicht auch schon aufgefallen? Als Silvia und ich heute Morgen beim Frühstück über unsere Geschichten sprachen, wurde uns klar, dass sie um dasselbe Thema kreisen. Treue. Was sie ausmacht und wie sie sich im Lauf der Zeit verändert.«

»Diese Geschichten sind alle viel zu kompliziert«, sagt Becca. Mir ist aufgefallen, dass sie am Morgen immer den Eindruck macht, als litte sie unter Verstopfung und sei verschleimt, und ihre Stimme klingt immer etwas jammernd.

»Die Liebe ist kompliziert«, sagt ihre Mutter zu ihr. »Das Leben ist kompliziert.«

»Nein, das ist sie nicht«, widerspricht Becca mit der Zuversicht der noch nicht auf die Probe gestellten Jugend. »Jedenfalls muss sie das nicht sein. Ist es wirklich so schwer, eine schlichte und einfache Liebesgeschichte zu erzählen?«

Grillen zirpen.

»Wenn du an der Reihe bist, kannst du eine einfache Liebesgeschichte erzählen«, sage ich schließlich. »Dann zeig uns die

Einhörner und den Regenbogen und mach sie so süß, wie du willst.«

»Ich sagte nicht süß«, wehrt Becca ab, und dabei wird ihre Stimme ziemlich schrill und schneidet durch die Morgenluft. Sie trägt heute einen äußerst bizarren Farbcocktail – kirschfarbene Kapuzenjacke, braune Hose, neongrüne Socken. Das ist nicht nur die Nachlässigkeit eines Mädchens, das sich in der Eile wahllos alles übergestreift hat, was gerade zur Hand war. Um so schräg auszusehen, bedarf es einiger Anstrengung. Wir werden hier Zeugen eines orchestrierten Chaos. Eines beabsichtigten und bewussten Anschlags auf die Netzhaut. »Süß ist widerlich. Ich meine glücklich. Sexy. Erinnert sich eine von euch überhaupt noch daran, was sexy ist?«

»Aber meine Geschichte ist ziemlich sexy«, wendet Claire ein. Sie sagt es sanft und dämpft mit ihrer Antwort Beccas Grobheit, erstickt sie völlig, wie ein dickes Handtuch einen Fettbrand. Jean lächelt Claire dankbar an, und sie tut mir in diesem Moment richtig leid. Becca zur Tochter zu haben, dürfte so ähnlich sein wie das Zusammenleben mit einem dieser nichtsnutzigen Freunde, in die jede Frau sich irgendwann einmal in ihrem Leben verguckt – Typen, die dir jeden gesellschaftlichen Anlass vergällen, weil du beklommen nur darauf wartest, dass sie eine blöde Bemerkung machen oder die Gastgeberin beleidigen oder sich über Politik auslassen. »Aber sie ist dennoch kompliziert und wird dir deshalb vielleicht nicht gefallen, meine liebe Becca. Als ich so alt war wie du, hätte sie mir auch nicht gefallen.«

»Nun weich nicht aus«, sagt Silvia. »Lass die Entschuldigungen und Erklärungen. Leg einfach los. So, wie du das immer machst.«

Claire lacht. »Ich war viermal verheiratet, wie ihr alle wisst, und lebe jetzt mit einem jüngeren Mann zusammen. Aber in dieser Erzählung geht es nicht um ihn. Diese Geschichte geht zurück bis zu meinem dritten Ehemann. Als sie sich ereignete, stand ich kurz vor meinem vierzigsten Geburtstag. Ihr wisst schon – vierzig. Dieses äußerst gefährliche Alter. Das Jahr, in dem alles, was du dir bisher aufgebaut hast, plötzlich zerbricht und in deinen Händen zu Staub wird. Ist eine von euch nah an vierzig?«

Sie sieht mich an, was schmeichelhaft ist, weil ich schon ziemlich weit drüber bin. Bis letzte Woche hätte ich gesagt: »Ich bin schon darüber hinaus und in Sicherheit.« Müsste ich raten, wer sonst in der Gruppe in den Lauf dieser speziellen Waffe blickt, würde ich auf Valerie tippen. Und vielleicht auch auf Steffi, obwohl nein, sie dürfte sich wie auch Angelique eher irgendwo in der Mitte dieses langen Nickerchens – der Frau in den Dreißigern – befinden. Tess ist jünger, und natürlich ist Becca noch jünger, wohingegen Claire, Silvia und Jean alle Ende fünfzig, wenn nicht noch älter sind. Ich halte inne und versuche, uns im Geiste einzuordnen. Silvia, Claire, Jean, Che, Valerie, Steffi, Angelique, Tess und Becca – das wäre die Reihe, in die ich uns stellen würde, wenn ich es müsste, mit mir mehr oder weniger in der Mitte, so wie ich das scheinbar immer bin. Aber ich könnte mich auch irren. Es spielen so viele Faktoren eine Rolle dabei, wie gut eine Frau ihr Alter trägt: Geld, Nationalität, Gewicht, Haltung, Botox, Glück.

»Ich bin tatsächlich erst letzte Woche vierzig geworden«, sagt Valerie.

»Wirklich?«, sagt Claire. »Alles Gute zum Geburtstag, und stell dich darauf ein, dass dein ganzes Leben auseinanderbricht, wenn das nicht bereits geschehen ist. Ich war gerade vierzig geworden in der Geschichte, die ich euch erzählen möchte, und anfangs fühlte ich mich sicher, so sicher, dass ich mir gar nicht vorstellen konnte, wie sich alles – du liebe Zeit, was ist das denn?«

Tess' Blick folgt Claires Zeigefinger zu dem Pfad, der vor uns liegt. »Das ist eine Apfelplantage. Die habt ihr in den Staaten doch sicherlich auch.«

»Ja, natürlich habe ich schon mal eine Apfelplantage gesehen«, sagt Claire und bleibt stehen, um ihre übergroße Sonnenbrille hoch auf den Kopf zu schieben. »Ich bin nur überrascht. Jetzt sind wir so lange im Land des Biers unterwegs gewesen, und plötzlich, bumm, biegen wir um eine Ecke und sind im Land der Äpfel. Das ist wunderbar.«

Die Apfelplantage vor uns ist riesig, ordentlich gepflanzte Bäume in Reih und Glied, an einigen hängen die Äste noch voller Äpfel. Das überrascht mich. Ich hätte gedacht, dass die Erntezeit längst vorbei ist, aber es ist heute warm … wenn man die Temperatur wie in den USA in Fahrenheit misst, haben wir fünfzig bis sechzig Grad. Als Tess heute Morgen beim Frühstück fröhlich verkündete: »Heute Nachmittag werden wir an die siebzehn erreichen«, dachten wir erst, sie spricht von Meilen, was schon schlimm genug war. Aber dann wurde uns klar, dass sie von der Temperatur sprach, und da zuckten wir richtig zusammen. Siebzehn Grad hört sich für uns verdammt kalt an. Aber jetzt sind wir noch keine dreißig Minuten gelaufen, und schon haben die meisten von uns ihre Jacken ausgezogen. Sie baumeln oben von unseren Rucksäcken, oder wir haben sie um die Taille geschlungen, und wenn wir zum Mittagessen Pause machen, werden wir sie Tim mitgeben. Es ist schon ein großer Vorteil, einen Bus zu haben, der an jedem Pub, den Tess auswählt, zu uns stößt, so dass wir Socken und Blasenpflaster wechseln und auch unsere oberste Schicht Klamotten ausziehen können, wenn die Temperatur steigt.

»Vierzig zu werden bringt Folgendes mit sich«, sagt Claire. »Ein verändertes Klima, die Sonne wandert über den Wolken ein Stückchen weiter, die Straße macht eine Biegung, und plötzlich, wie durch Zauberei, sieht die Welt anders aus.« Sie setzt ihre Sonnenbrille wieder auf und macht einen jener tiefen, reinigenden Atemzüge, die sie einem im Yoga beibringen, und dann marschieren wir alle weiter.

Die Erzählung von Claire

»Wenn eine Frau so oft umgezogen ist wie ich, wird sie zur Expertin im Ein- und Auspacken«, beginnt Claire, nachdem wir alle unser Tempo gefunden haben. »Mein dritter Ehemann hieß Adam, ein Name, der vermutlich für einen ersten Ehemann besser gepasst hätte, aber was soll man machen? Er war Collegeprofessor mit bestimmt hundert Bücherkisten, und Bücher lassen sich am schwersten transportieren, das wird jeder Profi bestätigen. Adam war als Hilfe nicht zu gebrauchen. Er fing an, eine Kiste auszupacken, hielt dann aber inne, um einen speziellen Band herauszuziehen und darüber zu dozieren. Wenn es ein Roman war, erzählte er, worum es ging, und wenn es sich um ein Sachbuch handelte, berichtete er, wie er in den Besitz dieses Buches gekommen war, denn offenbar ging er davon aus, dass die Thematik meinen Horizont überstieg. Fast alles überstieg meinen Horizont, jedenfalls nach Meinung von Adam. Wir waren erst ein paar Monate zusammen, und schon begann ich, meine Zweifel an ihm zu haben.«

»Auf diesen Hochzeitsfotos siehst du verängstigt aus«, wirft Silvia ein.

»Ich sehe auf all meinen Hochzeitsfotos verängstigt aus. Zeig mir eine Braut, die nicht verängstigt aussieht, und ich werde dir eine Braut zeigen, die betrunken ist. Aber egal, Adam war beim Auspacken keine Hilfe und machte eigentlich alles nur noch schlimmer. Nachdem ich also am ersten Morgen seine Lektionen erduldet hatte, sagte ich ihm, er solle es sein lassen und auf den Campus zurückkehren, ich würde mich um den Rest kümmern. Ich war schon fast fertig, als ich die Kiste mit dem Videoband fand. Jawohl, ein Videoband, und das war der erste Hinweis. Schon damals waren Videokassetten kaum noch in Gebrauch. Fast alle hatten bereits zu DVDs gewechselt, also fragte ich mich ›Was mag das sein?‹ und entdeckte dann den Streifen Klebeband mit einem Namen darauf: *Edith*.«

»Edith«, hakt Becca naserümpfend nach. »Heutzutage heißt doch keine mehr Edith, nicht mal Frauen eures Alters.«

»Genau«, sagt Claire. Sie erweist sich als Expertin darin, nie beleidigt zu sein und einen Pfeil abzulenken, bevor er trifft. Sie weicht so schnell aus, dass die mit dem Bogen vergisst, dass sie ihn abgeschossen hat. Vermutlich ist das ein Erbe der vielen Ehen. »Edith war Adams Ehefrau vor mir. Und wie du schon sagst, Becca, es ist ein so schlichter, ein so altmodischer Name …« Sie zuckt mit den Achseln. »Aber er passte zu ihr. Die beiden waren fast zwanzig Jahre lang verheiratet gewesen, und sie war die Mutter seiner Kinder. Eine Ehefrau wie geschaffen für die Fakultät, nichts als Wohltätigkeitsveranstaltungen und Komitees und Dinnerpartys. Ich kenne diesen Typus haargenau, denn alle meine vier Ehemänner waren mit genau so einer Frau verheiratet, bis sie mich kennenlernten.« Sie lacht, und das ganz automatisch, so wie der Mann mit den kurzgeschorenen Haaren an der Theke des George Inn das vom Lächeln der Amerikaner behauptet hat, und doch klingt es klar und melodisch. Eine Glocke, kein Bellen, und ich beneide sie darum.

»Denn es ist mein Schicksal«, sagt Claire, »die Nachfolgerin der Ediths dieser Welt zu sein, und ich wusste, ohne zu überlegen, dass ich ein Band von ihrer Hochzeit in der Hand hielt. Es machte mich nervös. Adam und ich hatten in Lake Tahoe geheiratet, es war eine dieser Fünf-Minuten-Zeremonien, und er hatte darauf bestanden, mit mir allein zu sein. Kein anderer war zugegen, nicht mal seine Kinder. Er versuchte, es mir als verrückt und romantisch zu verkaufen, aber ich hatte das Gefühl, als würden wir uns davonstehlen. Als würde er sich meiner schämen.«

»Das ist die einzige deiner Hochzeiten, die ich verpasst habe«, wirft Silvia ein.

»Ich habe dir ein Foto geschickt.«

»Das klebt mit einem Magneten an meinem Kühlschrank.«

»Noch immer?«

Silvia nickt. »Ich nehme nie was ab von meinem Kühlschrank. Das ist meine ganz persönliche Zeitkapsel. Und deshalb weiß ich auch, dass du auf diesem Foto verängstigt ausgesehen hast. Aber die Ansicht von Lake Tahoe im Hintergrund ist hübsch.«

»Tahoe ist ganz wunderbar«, sagt Claire. »Tahoe war nicht das Problem.«

»Wenn Edith so lange mit ihm verheiratet war, überrascht es mich, dass er sogar noch ein Videoband von ihrer Hochzeit hatte«, meint Steffi. »Damals hatten die Leute doch gar keine Videorekorder, oder? Jedenfalls nicht so wie heute.« Damit hat sie recht, und vermutlich sollte es mich nicht überraschen, dass sie diejenige gewesen ist, die gerechnet hat und den ersten Fehler in Claires Erzählung entdeckt hat. Denn sie berechnet ständig was.

»Ausgezeichnet«, sagt Claire. »Gut aufgepasst, Steffi. Du bist weitaus cleverer, als ich das war. Ich ging einfach davon aus, dass das Band, das ich in Händen hielt, zwanzig Jahre alt war, doch in Wahrheit waren es nicht mehr als zwei oder drei. Aber auf den Gedanken kam ich damals nicht, und außerdem greife ich voraus. Fest steht, dass ich mir so sicher war, ein Video von Adams erster Hochzeit gefunden zu haben, dass mir gar keine andere Möglichkeit in den Sinn kam. Wir hatten kein Abspielgerät im Haus, also schob ich es in eine Schublade und nahm mir vor, es mir später anzusehen.«

»Und dann hast du es vergessen«, sagt Valerie. Eine merkwürdige Vermutung hinsichtlich dessen, was dann geschah, denn hätte Claire das Band vergessen, hätte sie es nicht in ihrer Erzählung erwähnt. Das hätten wir Becca sagen sollen, denn natürlich werden wir komplizierte Geschichten erzählen. Denn wenn es keine Komplikation gibt, ist es auch keine Geschichte.

»O ja, ich hätte es vergessen sollen«, sagt Claire und begleitet es mit ihrem Glöckchenlachen. »Das wäre das Klügste gewesen. Aber mein Problem ist, ich kann nichts vergessen. Das erklärt wahrscheinlich auch, warum ich so oft verheiratet war. Ich war immer der Ansicht, dass die wichtigste Fähigkeit, die eine Ehefrau besitzen kann, die Fähigkeit ist, gewisse Dinge mit Bedacht zu vergessen, sie einfach willentlich aus dem Gedächtnis zu tilgen. Denn ist es nicht genau das, worüber wir die ganze Zeit gesprochen haben? Die Schwierigkeiten, die wir Frauen haben, die Männer zu verstehen … dass wir sie nie sehen, wie sie wirklich sind, nie wirklich kennen, auch nicht nach Jahren der Liebe und der Ehe? Aber daneben gibt es noch einen völlig anderen Problemkreis: Probleme, die dann auftauchen, wenn man zu viel gesehen hat. Vertraut mir, wenn es um die Ehe geht, ist es viel gefährlicher, zu viel als zu wenig zu sehen.«

Wir verdauen dies zusammen mit ein paar Äpfeln, während wir weiterwandern. Denn fast jede von uns hat sich irgendwann einen von einem Baum gepflückt. Die Äste waren so überladen damit, dass es unhöflich gewesen wäre, es nicht zu tun. Nur Steffi hat sich verweigert und was von Pestiziden gemurmelt.

»Ich kümmerte mich um die Katze einer Freundin, während diese nicht in der Stadt war«, fährt Claire fort und wirft ihren halbgegessenen Apfel weg, »und diese Katze war wirklich unglücklich, wenn sie allein war. Als ich eines Tages zum Füttern ins Haus kam, sah ich, dass meine Freundin einen Videorekorder besaß, und da fiel mir das Band wieder ein. Ich sagte mir: *Warum bringst du es nicht her und siehst es dir hier an? Ich kann es mir gemütlich machen und dem armen, einsamen Kätzchen Gesellschaft leisten, indem ich mir das Band ansehe, und weiß dann, wie Adam auf seiner ersten Hochzeit war.* Als wir heirateten, sagte er mir, er sei Atheist und werde diese alberne Charade nicht noch mal über sich ergehen lassen. Doch ich wusste, dass er diese Charade für Edith auf sich genommen hatte, dass er sich bereit erklärt hatte, den Smoking anzuziehen und ihr Treue zu geloben. Also stellte ich mich darauf ein, mich auf diese Couch zu legen und eine Selbstmitleidsparty zu feiern.«

»Okay, sag die Wahrheit«, wirft Silvia ein. »Das waren mein Haus und meine Katze, nicht wahr? Diese Geschichte hast du mir nie erzählt.«

Während ihre beste Freundin selbst jetzt noch, am zweiten Tag unserer Wanderung, so gepflegt daherkommt wie eh und je, ist Silvia bereits dazu übergegangen, ihr Haar streng nach hinten zu bürsten, so dass es platt am Kopf anliegt und sie aussieht wie eine Schwimmerin, die aus dem Pool auftaucht. Ich arbeitete mal an einem naturwissenschaftlichen Projekt, es muss wohl in der vierten Klasse gewesen sein, bei dem es darum ging, die Zersetzungsgeschwindigkeit von verschiedenen Proben zu messen. Dieses Projekt war wie geschaffen für ein Kind, das in einer Kommune aufwuchs, wo alle davon besessen waren, zu kompostieren, denn ich brauchte nur aus der Küche rausgehen und etwas ausgraben. Aber je organischer die Substanz, umso rascher zersetzte sie sich, das war die Erkenntnis, die ich von meinem kleinen Experiment mitnahm, und diese grundlegende Wahrheit fällt mir jetzt wieder ein. Würden wir hier und jetzt von einem Erdrutsch begraben werden, würde Silvia sich sofort in ihre Bestandteile auflösen, wohingegen zukünftige Archäologen Claire vermutlich noch ziemlich gut erhalten antreffen würden.

»Ich habe diese Geschichte noch nie jemandem erzählt«, sagt Claire. Darin unterscheidet sich Claire von Jean und Angelique, die beide wohl einstudierte Geschichten erzählt haben, die sie offensichtlich schon oft vorgetragen hatten. Es überrascht mich ein wenig, dass es da etwas gibt, was Silvia von Claire noch nicht weiß – sie unterhalten sich sonst meist in Kürzeln, wie nur beste Freundinnen sie benutzen.

»Ich gebe es ja zu. Es waren deine Couch, dein Fernseher, deine Katze und dein Haus, wo all diese Scheußlichkeiten stattfanden«, erzählt Claire weiter. »Vermutlich habe ich sogar deine Eiscreme aus einem deiner Schälchen gegessen. Jedenfalls ging ich am nächsten Nachmittag hin, machte es mir auf der Couch gemütlich, steckte das Band ein und riskierte einen Blick auf ... na, was meint ihr?«

»Porno«, sagen Angelique und Valerie fast gleichzeitig.

»Jawohl, einen Porno«, sagt Claire. »Einen selbstgemachten Porno. Was auch sonst?«

Ich muss mir beschämt eingestehen, dass mir dieser Gedanke gar nicht gekommen ist.

»Dein Ehemann mit seiner ersten Frau?«, hakt Becca nach. »O mein Gott. Das ist zweifellos das Krasseste, was ich in meinem ganzen Leben gehört habe.«

»Mein erster Impuls war derselbe«, sagt Claire. »Stellt euch vor, ich liege in diesem leeren Haus auf viele Kissen gestützt auf der Couch, die Katze auf meinem Schoß, das Schälchen mit Eiscreme auf dem Tisch, in der Erwartung, Kerzen und Rosen und Brautjungfern in pastellfarbenen Kleidern zu sehen. Aber stattdessen springt mich wie eine Horrorhalluzination die splitternackte, lächelnd geradeaus blickende, im Bett liegende Edith an, während er noch die Kamera justiert. Ich rapple mich hoch, schubse dabei die Eiscreme in die eine, die arme Katze in die andere Richtung, und dann tauchte Adam auf dem Bildschirm auf. Oder jedenfalls sein Körper tauchte auf, nicht sein Gesicht, denn die Kamera war aufs Bett gerichtet, aber natürlich wusste ich, dass er es war, natürlich erkannte ich … Nun, ich erstarrte. Ich konnte es nicht fassen.«

»Weil er auf dem Video jünger und schärfer war?«, will Becca wissen. Obwohl sie behauptet, angeekelt zu sein, schwingt ein hoffnungsvoller Unterton mit. Sie wartet noch immer auf eine Liebesgeschichte. Wenn nicht von uns, dann wenigstens von jemand anderem.

»Genau das war das Problem, er war nicht jünger«, sagt Claire. »Jedenfalls nicht sehr viel. Es sah nicht danach aus, als hätte er dieses Sexvideo in den Anfangstagen ihrer Ehe gemacht. Das hätte ich leichter verkraften können. Was ich da zu sehen bekam, war in den letzten paar Jahren entstanden. Vermutlich war es der letzte Versuch, die Ehe zu retten, und es passierte, bevor ich ihn kennenlernte, aber ob so oder so, hier war die Edith, die ich von den Abschlussfeiern der Kinder und den Geburtstagspartys kannte, die Frau, die für mich die ›hausbackene Edith‹ mit den Ringen unter den Augen und der fülligen Taille war. Aber die Art und Weise, wie sie … sich gaben, machte deutlich, dass sie sich schon öfter aufgenommen hatten.«

»Ernsthaft«, sagt Becca und ist nun wirklich entsetzt. »Obwohl sie alt und hässlich waren? Warum sollte jemand so was aufnehmen wollen?«

»Ich habe nie gesagt, dass sie hässlich waren«, sagt Claire. »Und sie dürften kaum älter als vierzig gewesen sein, ein Alter, das mir jetzt jung zu sein scheint. Aber ja, in gewisser Weise hast du recht. Sie sahen sicherlich nicht aus wie typische Pornostars, sie sahen aus wie sie selbst. Und da war

Adam, nackt vor mir auf dem Bildschirm, und er war …« Sie hält inne und streicht sich nachdenklich mit der Fingerspitze über ihre Unterlippe, als würde sie mit sich diskutieren, was sie als Nächstes sagen soll.

»Es muss entsetzlich gewesen sein«, meint Jean mit sanfter Stimme. »Zu sehen, wie dein Ehemann Sex mit einer anderen Frau hat.«

»Oder war es erregend?«, will Angelique wissen. »Oder erregend und entsetzlich, von beidem ein wenig?«

»War er im Umgang mit ihr genauso?«, erkundigt sich Valerie. »Wie wenn er mit dir zusammen war?«

»Nein«, sagt Claire mit scharfer Stimme und wirbelt herum, um Valerie anzusehen. »Danke, denn es ist ein einfacher Gedanke, und doch fand ich keinen Weg, ihn auszudrücken. Aber genau das war der Punkt. Adam war bei ihr ein anderer Mann. Er war laut und ziemlich gewalttätig.«

»Gewalttätig?«, fragt Jean nach. »Du meinst sicherlich nicht gewalttätig?«

»Nein, gewalttätig ist das falsche Wort«, sagt Claire. »Völlig falsch. Es ist nur, dass er sich in dem Video auf eine viel ungehemmtere Weise bewegte, das hatte was Animalisches, oder vielleicht könnte man sogar sagen …«

»Dass er bei ihr leidenschaftlicher war, als er es je bei dir war«, wirft Tess ein. Entweder ist das wieder ihr Trick, alles zusammenzufassen und die Geschichten in ordentliche kleine Schächtelchen zu packen, bevor wir sie überhaupt ganz erzählt haben. Oder aber sie fürchtet sich vor der Art von Erklärung, die wir uns als Kollektiv einfallen lassen würden, sofern sie nicht einschreitet, um eine angemessene zu liefern. Also gibt sie uns ein Stichwort wie »leidenschaftlich«, das nett und sanft und höflich ist und sich somit wie das genaue Gegenteil dessen anhört, was es eigentlich bedeuten soll.

»Leidenschaftlich«, wiederholt Claire bedächtig. »Ja, das wird es wohl sein. Und sie war …«

Eine Pause. Eine lange Pause. Von keinem unterbrochen. Keiner von uns hatte die leiseste Theorie darüber, wie die nackte Edith auf diesem Bett ausgesehen haben mag, nicht mal Tess.

»Sie war wie?«, fragt Valerie schließlich.

»Sie war viel besser als ich. Besser, als ich je war. Besser, als ich jetzt bin.«

»Edith?«, fragt Silvia fassungslos. Offenbar hat sie die Frau irgendwann mal kennengelernt. »Du willst mir doch nicht sagen wollen, dass Edith Morrison, die Königin der Fachschaftstees, Miss Ich-will-meine-Kinder-nicht-impfen-lassen-weil-ich-einen-Bericht-über-Autismus-gelesen-habe, die Frau, die zehn Jahre in Folge die gleiche schwarze Hose getragen und behauptet hat, sie sei noch so gut wie neu … Und du willst mir erzählen, dass diese Frau gut im Bett war?«

»Nein«, sagt Claire. »Ich sage dir, dass sie umwerfend war. Wie heißt diese Zeile in dem Song ›Pinball Wizard‹? *At my usual table, he could beat my best.* Und sie hat mich übertroffen – unvergleichlich, mit Leichtigkeit, ein Volltreffer. Edith Morrison war eine Sexgöttin.«

Wir gehen weiter, mampfen unsere Äpfel und sinnieren wohl alle gleichermaßen über diese Ironie. Dass die hausbackene, zurückhaltende, handfeste erste Frau mehr Sex-Appeal hatte als die dünne, hübsche, elegante zweite Frau. Diese Möglichkeit wirft einen Berg von Fragen auf, die alle nicht tröstlich sind. Denn wenn der Sex in dieser ersten Ehe so gut war, warum hatte sie dann nicht gehalten? Und was genau meinte Claire damit, als sie sagte, Edith sei umwerfend gewesen? Das Wort impliziert Trampolins und Peitschen und Engelschöre – irgendwas, das über den gewöhnlichen Geschlechtsverkehr hinausgeht, etwas, das selbst auf dem Bildschirm eine Frau bis ins Mark zu erschüttern vermag. Und diesmal ist der Mann im wahrsten Sinne des Wortes gesichtslos. So wie Jeans Ehemann auf der Brücke, im Dunkeln, unscharf … Warum haben wir so große Schwierigkeiten, die Männer in unseren Geschichten zu sehen? Wenn wir so weitermachen, werden wir uns bald nicht mehr die Mühe machen, ihnen Namen zu geben. Aber Adam – der intellektuelle, arrogante Adam –, was hat er sich wohl dabei gedacht? War ihm, als er Edith gegen Claire austauschte, eigentlich klar, dass er vor den Augen der Welt zwar aufgestiegen sein mochte, sich schlafzimmermäßig aber verschlechtert hatte? Denn ich glaube Claire, wenn sie sagt, dass sie auf Anhieb wusste, dass Adams sexuelle Bindung zu Edith stärker war als die zu ihr. Solche Dinge wissen Frauen einfach.

»Hast du dir das ganze Video angesehen?«, fragt Steffi.

»Mehrmals. Es dauerte sechzehn Minuten, das weiß ich ganz genau. Sechzehn Minuten, in denen mir klarwurde, dass alles, was ich jemals über meinen Ehemann gedacht habe, falsch war.« Claire seufzt. »Und ich habe es mir auch am nächsten Tag und am übernächsten angesehen. An jedem Tag, an dem ich Silvias Katze füttern sollte. Es entwickelte sich zu einer regelrechten Obsession. Ich drehte den Ton laut für den Fall, dass sie etwas sagten, was ich nicht mitbekam. Taten sie aber nicht. Ich studierte sie aus jedem Blickwinkel. Ich spielte es in Zeitlupe ab. Ich habe das Band sogar rückwärtslaufen lassen, könnt ihr euch das vorstellen? Aber man kann sagen, dass Sex zu den wenigen Dingen im Leben gehört, die rückwärts genauso aussehen wie vorwärts. Es gibt überhaupt keinen Unterschied.«

»Hast du ihm erzählt, dass du es dir angesehen hast?«, will Angelique wissen.

»Natürlich nicht. Wie auch? Wir hatten kein Abspielgerät, weshalb ich auch nie hätte behaupten können, es mir zufällig angesehen zu haben. Ich versuchte, so weiterzumachen, als wäre nichts geschehen, und in der Woche darauf fand ein Bankett an der Highschool statt. Der mittlere Sohn von Edith und Adam bekam eine Auszeichnung im Basketball verliehen. Also waren wir alle dort. Ich trug ein rosa Kleid, das weiß ich noch, ein ärmelloses Kleid von Dior mit passendem Mantel. Es war das beste, was ich besaß – ein Geschenk von meinem ersten Ehemann, wenn ich es mir recht überlege –, und vermutlich viel zu extravagant für ein Sportlerbankett in einer Highschoolcafeteria. Was sage ich da? Natürlich war es völlig fehl am Platz. Aber es war mein Lieblingskleid, und ich trug es wie eine Rüstung. Weil ich wusste, dass ich Edith sehen würde, die mit mir am selben Tisch saß und ihre gute schwarze Hose trug und genauso wie immer aussah und freundlich zu mir war. Wisst ihr, ich glaube, sie hat es mir nie übelgenommen. Jedenfalls hatte ich nie das Gefühl. Wir aßen Hühnchen und grüne Bohnen, und danach wurden die Jungs aufgerufen und die Auszeichnungen verteilt und Reden gehalten. Wir klatschten, machten Fotos, und das war es dann. Ein absolut netter Abend mit der erweiterten Familie, auf dem sich alle angemessen benahmen und die Aufmerksamkeit auf Michael richteten, wie das auch sein sollte. Aber die ganze

Zeit über starrte ich Edith an. Ich konnte nicht anders, obwohl es mit Sicherheit keine Koketterie zwischen ihr und Adam gab. Keine knisternde sexuelle Spannung. Sie gingen höflich miteinander um, und es ging um die Kinder, wie es immer gewesen war. Aber alles hatte sich verändert.«

»Verändert inwiefern?«, fragt Becca. Ihre Frage ist ernst gemeint, nicht mehr rotzig.

»Ich weiß nicht, ob ich es erklären kann«, sagt Claire. »Ich war mein ganzes Leben lang weder die Klügste noch die Talentierteste. War nie irgendwo die Beste. Außer darin, auf Männer anziehend zu wirken. Das war mein einziges gottgegebenes Geschenk. Und bevor ich mir das Videoband ansah, hatte ich noch nie eine andere Frau beneidet. Wahrscheinlich ist mir nie in den Sinn gekommen, dass ein Mann eine andere Frau begehrenswerter finden könnte. Ich weiß, dass ich jetzt in einem ganz schlechten Licht dastehe, aber warum sollten wir diese Geschichten erzählen, wenn wir dabei nicht ehrlich sind? Was würde das bringen?«

»Es würde gar nichts bringen«, sagt Silvia.

»Wir erzählen uns diese Geschichten nicht, um einander zu unterhalten«, sagt Tess. Sie marschiert ausnahmsweise am Ende der Gruppe, weil der Weg hier in dieser Apfelplantage ganz eindeutig ist und sich Jean, so unwahrscheinlich das klingt, an diesem Morgen als die Anführerin entpuppt hat. Und sie läuft schnell, dürfte schon außer Hörweite sein, zieht die Arme wie Dreschflegel durch die Luft und bestimmt mit ihrem Tempo das von uns allen. Tess' Bemerkung ist seltsam. Wenn wir diese Geschichten einander nicht zu unserer Unterhaltung erzählen, warum erzählen wir sie dann? Mich erfasst ein plötzlicher Schwindel. Solche Attacken habe ich manchmal, vor allem, wenn ich beim Autofahren aufblicke und mich umsehe und einen Moment lang nicht weiß, wo ich bin, welche Straße oder sogar welche Stadt das ist. Vielleicht ist es nichts weiter als das, was Claire sagt: die Verwirrung, die eine Frau in ihren Vierzigern überkommt. Doch es ist eine Sache, nicht zu wissen, wohin man will, aber eine ganz andere, zu vergessen, wo man gerade war. Das ist erschreckend. Ich könnte es akzeptieren, im Ungewissen zu sein, wo ich gerade hinwill – das geht jedem irgendwann mal so –, aber das hier ist etwas anderes. Eine weitaus drastischere Form der Desorientierung.

»Tess hat recht«, sagt Valerie. »Die Geschichten sind nicht zur Zerstreuung gedacht oder um uns die Zeit zu vertreiben. Es sind unsere Beichten.«

»Mom«, ruft Becca vor zur Spitze unseres Zugs, »geh nicht so schnell. Du verlierst uns.«

»Was meinst du mit ›Beichten‹?«, blafft Steffi sie an. »Ich war mir gar nicht bewusst, dass ich was zu beichten habe.«

»Warum gehst du dann nach Canterbury?«, kontert Valerie in einem aufreizend ruhigen Ton. Ohne Satzmelodie, nur aneinandergereihte Wörter. Sie hört sich an wie eine Therapeutin.

»Die Kathedrale ist eins der großen Weltwunder«, sagt Steffi, »und als wir sie in der Schule durchnahmen, habe ich mir gelobt, selbst eines Tages –«

»Das mag ja erklären, warum du Canterbury sehen möchtest«, sagt Valerie, »aber es erklärt nicht, warum du eine Pilgerschaft daraus gemacht hast. Es hat doch was zu bedeuten, dass du den ganzen Pilgerweg von Anfang bis Ende läufst, oder? Wir werden doch alle irgendeinen Grund dafür haben.«

»Die Züge verkehren stündlich zwischen London und Canterbury«, höre ich mich sagen. Woher weiß ich das? O ja, von dem Mann mit den kurzgeschnittenen Haaren im George in London. Das war nun schon das zweite Mal in einer Stunde, dass ich an ihn gedacht habe, und in meinem verwirrten Kopf nimmt ein Gedanke Gestalt an. Könnte er womöglich mein Handy genommen haben? Aber warum sollte er so etwas tun? Ich war noch eine ganze Weile im Pub und saß bei den Reiseweibern, nachdem ich mich von ihm verabschiedet hatte. Hätte er mitbekommen, dass ich mein Handy auf dem Tresen zurückgelassen hatte, hätte er es mir doch rüber an den Tisch gebracht. Langsam werde ich paranoid. Erfinde Geschichten aus dem Nichts. Irgendein Kellnerlehrling hat mein Handy geklaut. Es gibt keine kosmische Botschaft hinter seinem Verschwinden. Es war nichts weiter als ein Gelegenheitsdiebstahl.

»Richtig«, sagt Valerie und deutet mit dem Finger auf mich. »Che hat recht. Den ganzen Tag lang fahren stündlich Züge von London nach Canterbury. Aber Züge sind was für Touristen, nicht wahr? Und wir haben uns selbst zu Pilgern erklärt.«

»Mom«, ruft Becca mit schriller Stimme. »Nun bleib doch endlich stehen. Oder willst du mich hier auf diesem Feld zurücklassen?«

Mom.

Mom … Mist, ich hatte sie ganz vergessen. Automatisch wandert meine Hand zu meinem Rucksack und streckt sich der vertrauten Form entgegen. Und die Asche liegt tatsächlich an ihrem Platz, zusammengequetscht in einer Seitentasche. Es geht ihr gut. Sie war die ganze Zeit dort, genau da, wo sie sein sollte, verstaut in ihrem Beutel. Ich werfe einen Blick über meine Schulter auf Tess, die noch immer die Nachhut bildet.

Sie scheint nicht bemerkt zu haben, dass wir uns als Gruppe aufzulösen beginnen. In zu weiten Abständen voneinander gehen, uns fast schreiend miteinander verständigen, und es hat sich, zum ersten Mal, seit wir London verlassen haben, ein Misston eingeschlichen, eine spürbare Dissonanz. Ich warte darauf, dass sie mit ihrer Professionalität auftrumpft und ein paar beschwichtigend neutrale Fakten über Chaucer oder über den Apfelanbau einwirft oder eine kleine Legende erzählt, wie diese kleine Erhebung zu ihrem verrückten Namen gekommen ist. Aber Tess scheint heute genauso weggetreten zu sein wie wir anderen auch, weit weg von ihrem üblichen Selbst, und so fällt es Angelique zu, uns wieder zum Thema zurückzuführen.

»Dann hast du es Adam also nie erzählt?«, fragt sie. »Er hat nie erfahren, dass du das Band gefunden hast.«

Claire schüttelt den Kopf. Die Sonne scheint ihr nun direkt aufs Gesicht, und für einen kurzen Moment sieht man ihr das Alter an. »Was sollte ich auch sagen? Schließlich hatte er sich keines Vergehens schuldig gemacht. Er und Edith waren zu der Zeit, als das Video entstand, noch verheiratet, und wenn sie sich darauf geeinigt hatten, sich zu filmen und es sich später anzusehen, stand mir wohl kein Urteil darüber zu. Außerdem hätte es Adam mit Sicherheit nicht gefallen, dass ich mir das Video angesehen habe. Er hatte seine ganz spezielle Vorstellung davon, wie er von Leuten gesehen werden wollte. Dazu gehörte auch eine gewisse Förmlichkeit, die, wie er behauptete, durch seinen Job bedingt sei. Es wäre ihm äußerst unangenehm gewesen, hätte er erfahren, dass jemand seinen selbstgedrehten Porno zu Gesicht bekommen hatte.«

»Nicht einmal seine neue Frau?«, hakt Angelique nach.

»Vor allem nicht seine neue Frau.«

»Und …« Angelique bleibt überraschend hartnäckig, aber womöglich fühlt sie sich für ein Problem dieser Art einfach eher zuständig als wir anderen. »Hast du es als Herausforderung verstanden? Und versucht, im Bett was Neues auszuprobieren, um ihn zu überraschen?«

Claire lächelt. »Hättest du das getan?«

Angelique nickt. »Ich hätte mir Ediths beste Bewegungen geklaut.«

»Das erklärt vermutlich, warum du nur einmal verheiratet warst und ich vier erfolglose Versuche brauchte. Du gehörst zu den Hartnäckigen, Angelique. Schön für dich. Du bleibst dran, und das bewundere ich. Denn ich habe leider das genaue Gegenteil gemacht. Ich begann, ihm im Bett auszuweichen. Erst mit der einen Ausrede, dann mit der nächsten, bis ich nicht nur darin versagte, dem Vorbild Ediths zu entsprechen, sondern nicht mal mehr eine gute Version von Claire war.«

»Was wurde aus dem Band?«, fragt Steffi.

»An dem Tag, als meine liebe Freundin endlich von ihrer Reise zurückkommen sollte«, sagt Claire und neigt sich dabei Silvia zu, »wusste ich, dass ich es vernichten musste. In ihrem Haus konnte ich es nicht lassen, und mit zurück nach Hause nehmen wollte ich es auch nicht. Aber ich hielt es auch nicht für richtig, es einfach in die Mülltonne zu werfen. Dort würde man es womöglich finden. Man hört ja immer wieder von Leuten, die Sachen aus der Mülltonne holen. Wir wohnten in einer kleinen Universitätsstadt, wo jeder jeden kannte und Adam auch um seinen Ruf auf dem Campus besorgt sein musste. Edith ebenfalls, vermute ich. Also sah ich mir die beiden ein letztes Mal an und ging dann hinaus auf Silvias Einfahrt, legte das Band dort auf den Betonboden und fuhr mit meinem Jeep Cherokee drüber. Mehrmals, hin und her.«

»Du wolltest es wirklich kleinkriegen«, sagt Steffi und verzieht dabei den Mund.

»Aber es ging nicht«, sagt Claire. »Die Hülle zerbrach und wurde platt, aber das Band selbst war noch immer intakt und hing seitlich heraus. Also ging ich zurück in Silvias Haus, nahm eine Schere und zerschnitt es in unzählige Einzelteile, keins davon größer als eine Briefmarke, und ich warf einige davon in die eine Mülltonne und andere in eine andere und so weiter, bis die Einzelteile dieses Videobands auf die ganze Stadt verteilt waren. Ich fuhr einfach von einer Einkaufsstraße zur nächsten und warf eine Handvoll Zelluloid in jede Mülltonne, die ich finden konnte. Und die ganze Zeit sagte ich mir: *Keiner darf je erfahren, dass dieses Band existiert hat.*«

»Dann war es dir also wichtig, seinen Ruf zu schützen?«, erkundigt sich Jean. Sie hat ihr Tempo verlangsamt und sich endlich zu uns umgedreht, aber ihr Gesicht ist gerötet. Es ist diese ungesunde, fleckige Röte, die ich inzwischen schon mit ihr in Verbindung bringe. *Mein erster Eindruck von dir war so falsch,* sage ich mir, als ich beobachte, wie sie sich mit dem Ärmelbündchen ihrer Chambray-Bluse den Schweiß von der Stirn wischt. *Ich hielt dich für Prinzessin Grace, die abgeklärte Königliche Hoheit eines kleineren Königreichs, aber wie sich jetzt herausstellt, habe ich mich nur von deinem Haar täuschen lassen. Sobald sich der Knoten löst, ist nichts Abgeklärtes mehr an dir.*

»Das habe ich mir damals auch gesagt«, erwidert Claire. »Dass ich es nur für Adam tat. Aber im Nachhinein betrachtet versuchte ich nur, meinen eigenen Ruf zu schützen.« Sie sagt dies nüchtern, ohne Schönfärberei. Die beiden Frauen, Jean und Claire, sind so verschieden voneinander. Die eine spinnt eine Geschichte zusammen, dazu gedacht, Neid zu erwecken, und die andere liefert eine so grundehrliche Geschichte, dass es einem in der Seele weh tut. Ungeachtet ihrer Pullover und ihrer Frisur und des Schmucks und der Figur und des offensichtlichen Reichtums wird mir klar, dass es das ist, was ich an Claire vor allem bewundern sollte. Ihre Bereitschaft, das Gewand ihres Lebens völlig umzukrempeln, so dass die ausgefransten Säume und eilig vorgenommenen Änderungen sichtbar werden. Sie wird liebenswert durch ihre Fehler. Das darf ich nicht vergessen.

»Ich war die zweite Frau, die Trophäe«, ergänzt Claire. »Es war meine Aufgabe, die Granate zu sein, und ich habe kläglich versagt. Da hatte ich es geschafft, einen erotisch unglaublich attraktiven Mann zu heiraten und ... ich hatte es nicht mal bemerkt. Also ging mein erster Schritt dahin, den Beweis zu vernichten, und mein zweiter, Adam aus dem Weg zu gehen.«

»Diese Ehe hat nicht lang gehalten«, sagt Silvia leise. »Nicht ganz zwei Jahre, oder?« Sie hatte auf den letzten beiden Kilometern nicht viel gesprochen, und ich vermute, dass Claires Geschichte sie mehr als alle anderen schockiert hat. Die Erfahrung, dass du deinen Ehemann oder Liebhaber nicht richtig kennst, ist eine Sache. Eine gegebene Tatsache. Und ich denke, die meisten Frauen würden zugeben, dass sie auch ihre Mütter oder ihre Töchter nicht sehr gut kennen. Aber es ist ein Tritt in die Magengrube, die Möglichkeit in Betracht ziehen zu müssen, dass wir vielleicht unsere beste Freundin nicht kennen.

»Ja, das war die kürzeste Ehe von allen vieren«, sagt Claire. »Nicht mal zwei Jahre vom Anfang bis zum Ende, genau, wie

Silvia es sagt. Adam zu verlassen, war ganz einfach. Ich bin gut darin, Männer zu verlassen. Ich kann auf der Stelle einpacken und auspacken, wie ihr euch erinnert. Aber die Ironie dabei ist, dass es mir nie ganz gelungen ist, Edith zu verlassen. Noch immer habe ich das Bild von ihr auf diesem Bett im Kopf, und egal, wie oft ich es auch versuche, ich werde es nicht los. Es ist, als hätte ich sie, indem ich sie zerschnitt und in der ganzen Stadt verteilte, nur stärker gemacht. Vielleicht gehört sie zu den Science-Fiction-Figuren, die nach ihrem Tod alles Mögliche werden. Wer war das noch mal?«

»Obi-Wan Kenobi«, sage ich.

»Genau«, sagt Claire. »Edith war der Obi-Wan Kenobi des Sex. Ich schlug sie nieder, und sie wurde nur umso mächtiger.«

»Hast du sie jemals wiedergesehen, nach deiner Scheidung?«, erkundigt Steffi sich. »In echt meine ich.«

»Nie mehr«, sagt Claire. »Nein, Moment mal, das stimmt so nicht ganz. Ach, was sage ich da? Ich bin ihr vor nicht allzu langer Zeit in einem Buchladen über den Weg gelaufen. Dazwischen liegen natürlich Jahre, und sie hatte nach Adam einen neuen Ehemann, und ich war mit meinem neuen Mann Jeremy unterwegs. Er ist dreißig Jahre jünger, also ist das alles etwas gewagt und anrüchig. Hat als unser Pooljunge angefangen, was sich jetzt hoffentlich nicht so anhört, als wollte ich ein Klischee aus ihm machen oder ihn nur dazu benutzen, um die Leute zu schockieren.«

»Ich bin mir ziemlich sicher, dass auch Jeremy dich in gewisser Weise benutzt, um die Leute zu schockieren«, wirft Silvia ein und streift sich mit ihrer schmuddeligen Hand durchs Haar. Da uns jetzt allen warm geworden ist und wir unsere Jacken ausgezogen haben, sehe ich, dass sie eine Hemdbluse in

Übergröße trägt, aber nicht die gewollte Übergröße, die eher als Jacke daherkommt, sondern eine, die einfach zu groß ist für ihre Figur. Es ist ein abgelegtes Männerhemd, das Arbeitshemd eines Ehemanns, der nicht mehr arbeitet, mit krumm und schief aufgekrempelten Ärmeln und offenem Kragen. Silvia ist eine der drei Pilgerinnen unter uns, die noch verheiratet ist – offensichtlich auch glücklich. Wer würde sonst schon das Hemd des Ehemanns mit auf Reisen nehmen?

»Da hast du zweifellos recht«, sagt Claire. »Aber Jeremy und ich sind Edith in der Kochbuchabteilung einer Buchhandlung zufällig über den Weg gelaufen. Die Jahre haben es mit Edith nicht gut gemeint, und eine Schönheit war sie ja nie. Ich erkannte sie sofort, aber als ich auf sie zuging, hatte ich komischerweise das Gefühl, als wüsste sie nicht, wer ich war. Ich stellte ihr Jeremy vor, und als ich ihm später erzählte: *Diese Frau und ich waren mit demselben Mann verheiratet*, war er derjenige, der schockiert war. Er fand die richtigen Worte, meinte, ich sei tausendmal hübscher und begehrenswerter und hätte mehr Sex-Appeal. Aber während er mir das ins Ohr flüsterte, bezahlte Edith bereits ihre Bücher und ging. Als sie zur Tür kam, rechnete ich fest damit, dass sie sich umdrehen und mir noch mal einen Blick zuwerfen würde. Noch einmal die Frau ansehen würde, die sie ersetzt hatte. Aber das tat sie nicht. Sie ging einfach hinaus. Ich bedeutete ihr gar nichts, aber sie hatte mein Leben verändert.«

»Dein Leben verändert?«, staunt Silvia. »Das ist aber sehr drastisch formuliert.«

»Mag sein, aber es trifft zu. Denn weißt du, als ich Adam heiratete, war ich auf dem richtigen Weg. Ich war zweimal geschieden, aber viele Leute sind mehrmals geschieden. Und ich hatte an der Uni ein paar Verehrer gehabt ... aber auch das ist nichts Außergewöhnliches. Ich war nicht so eigentümlich, wie ich das jetzt bin.«

»Eigentümlich?«, hakt Silvia nach. »Was soll das nun wieder heißen?«

»Andere Frauen nennen mich eine Schlampe, meine Liebe«, sagt Claire, und ihr Glockenlachen hallt durch den Apfelhain. »Vielleicht nicht dir gegenüber, weil du so unerbittlich loyal bist, aber das tuscheln sie hinter meinem Rücken, und ich muss zugeben, dass sie nicht ganz unrecht haben. Ich hatte viele Männer, und es waren nicht immer die richtigen oder auch nur die nahezu richtigen Männer. Insgesamt dürften es bestimmt mehr sein, als ihr anderen alle zusammen hattet. Versteht mich nicht falsch. Ich entschuldige mich nicht für meine Vergangenheit oder suche nach Ausreden, aber es hat was mit Edith zu tun. Sie hat mich in meinen Grundfesten erschüttert. Ich bin also in den vergangenen zwanzig Jahren von einem Mann zum nächsten gewandert, jedes Mal in der Erwartung, dass er mir sagt, ich sei die hübscheste und habe am meisten Sex-Appeal, und ihr Lob wirkt wie eine kleine Pille, wisst ihr? Ich nehme sie und fühle mich eine Zeitlang besser, aber tags drauf brauche ich schon wieder eine kleine Pille. Ich muss zugeben, dass ich, seit ich sechzig bin, etwas ruhiger wurde, aber nicht so sehr, wie ihr Jüngeren euch das vorstellt.«

Du liebe Güte, sage ich mir. *War es etwa das, was Diana all die Jahre mit all diesen Männern in all diesen Autos getan hat? War es nichts weiter als eine Selbsttherapie?*

»Du hattest nicht mehr Männer als wir alle zusammen«, tadelt Silvia. »Du übertreibst wieder mal, wie immer.«

»Du hast versprochen, es würde eine fröhliche Geschichte sein«, klagt Becca. Sie sollte sich diesen Satz auf ein T-Shirt drucken lassen.

»Habe ich das?«, fragt Claire. »Ich dachte, ich hätte gesagt, es wird eine sexy Geschichte. War es nicht so?«

»Ich denke, du hast fröhlich gesagt«, sagt Angelique, und ihr Gesicht spiegelt, was der Rest von uns sehr wahrscheinlich denkt – dass Claires Geschichte nämlich weder besonders fröhlich noch besonders sexy war. Aber anders war sie, das muss ich ihr lassen.

»O Gott«, sagt Becca. »Das ist alles so deprimierend. Bei allem, was ich bisher gehört habe, möchte ich wirklich nicht alt werden.«

»Wer denkt ihr, wird gewinnen?«, fragt Steffi.

»Gewinnen?«, wiederholt Becca verwirrt. Steffi hat die Frage an uns alle gerichtet, aber Becca schien angenommen zu haben, sie sei auf sie gemünzt.

»Wer den Erzählwettbewerb bisher gewonnen hat?«, verdeutlicht Steffi und verlangsamt ihr Tempo. »Für das kostenlose Abendessen in Canterbury?«

»Ach du liebe Zeit«, sagt Jean. »Was ist das denn?«

Wir haben einen kleinen Fluss erreicht. Man kann ihn an seiner schmalsten Stelle mit vielleicht zehn Schritten durchqueren, und wie es aussieht, werden wir das wohl hintereinander tun müssen. Tess watet mutig hinein, um uns die am wenigsten heimtückische Route zu zeigen. Sie bewegt sich von einer seichten Stelle zur nächsten, aber je näher sie dem anderen Ufer kommt, umso tiefer wird das Wasser und reicht fast bis an den Rand ihrer Wanderstiefel. Wir beobachten sie alle nachdenklich vom Ufer aus.

»Seht ihr?«, sagt sie. »Ihr braucht etwas Schwung, aber es ist gut zu schaffen.«

»Ich hatte ganz vergessen, dass wir einen Wettbewerb vereinbart haben«, sagt Claire zu Steffi.

»Ich auch«, wirft Silvia ein. »Und die drei Geschichten, die wir bisher gehört haben, waren alle völlig verschieden. Man kann sie gar nicht miteinander vergleichen.«

»Die beste Möglichkeit, einen Wettkampf zu verlieren«, sagt Steffi, »ist zu vergessen, dass man sich in einem befindet.«

»Elf«, verkündet Valerie.

»Elf?«, ertönt das Echo von Tess. Sie hat die Uferböschung auf der anderen Seite erklommen und deutet von dort auf die seichten Stellen im Fluss und versucht, Jean zu zeigen, wo sie hintreten soll. Mir fällt auf, dass Tess' Stiefel fast bis oben hin nass sind, aber die Wasserlinie hört kurz unter ihrem Hosensaum auf. Sie durchquert Flüsse genauso kompetent, wie sie auch alles andere angeht.

»Mit so vielen Männern habe ich geschlafen«, sagt Valerie. »Claire hat uns doch den Fehdehandschuh hingeworfen, oder? Ich habe keine Angst, mich der Herausforderung zu stellen. Elf.«

»Bei mir sind es nur sechs«, sagt Angelique. »Das sind nicht viele, oder? Wenn ich bedenke, woher ich komme? Ich wette, dass die meisten Mädchen auf meiner Highschool schon sechs Jungs hatten, bevor sie überhaupt in die zehnte Klasse kamen.«

»Nur dieser eine«, sagt Jean und kreischt dann auf, als Wasser über ihren Stiefel schwappt und die Socke durchnässt.

»Nicht doch, Mom«, sagt Becca. »Du brauchst meinetwegen doch nicht zu lügen. Mir ist es egal, wenn du seit Daddy noch mit anderen Männern geschlafen hast. Und natürlich hast du das. Wenn nicht, würde mir nämlich auf der Stelle übel werden.«

»Einer«, wiederholt Jean verbissen, und Tess streckt die Hand aus, um ihr auf die Böschung zu helfen. Jeans linke Seite ist bis zum Knie nassgespritzt, und als sie auf dem Trockenen ist, sucht sie sich eine moosige Stelle und öffnet ihren Rucksack. Auf den Rat der Reiseweiber hin hat jede von uns ein zusätzliches Paar Socken dabei, das wir heute vermutlich alle benötigen werden.

»Nun, dann ist es bei mir auch einer«, gibt Becca zurück und starrt ihre Mutter trotzig an, doch die hat ihren Blick abgewendet.

»Hast du denn jetzt einen Freund?«, erkundigt sich Angelique. Sie ist als Nächste in den Fluss gestiegen, hat sich aber selbst eine Route ausgesucht. Doch obwohl sie Jean sehr genau beobachtet hat, um aus ihren Fehlern zu lernen, scheint Angelique nicht viel besser hinüberzukommen. Tatsächlich hat sie erst die Hälfte zurückgelegt, doch ihr rechter Stiefel ist bereits nassgespritzt und ein hässliches Algenband hat sich um den Wildlederrand gelegt. »Du hast nie davon gesprochen.«

»Es gibt jemanden«, sagt Becca. »Mom mag ihn nicht. Mom denkt, er sei nicht gut genug für mich. Wen wundert's?«

»Hast du nicht gesagt, dass es in deiner Geschichte um Treue geht?«, sagt Jean zu Claire und ignoriert Becca geflissentlich. Sie hält ihren schlammigen Stiefel in den Händen mit den perfekt geformten Fingernägeln, passend lackiert zu ihrem Teint. Ihre schlammverkrusteten Socken liegen verlassen am Ufer.

»Sie handelt davon, wie ich meine Treue verlor«, sagt Claire mit einer so freundlichen Stimme, als würde sie sich übers Wetter unterhalten. »Es ist die Geschichte, wie ich von einer respektablen, wenn auch im Lauf der Jahre etwas abgenutzten Frau zur Dorfhure wurde. Und alles nur, weil ich versucht habe, dem Bild einer Frau auf einem Video nachzueifern. Das ist doch lustig, oder?«

»Irrsinnig witzig«, erwidert Jean trocken und schüttelt eine ihrer schlammigen Socken aus.

»Du bist nicht die Dorfhure«, sagt Silvia. »Ganz ehrlich, Claire, du sagst wirklich hanebüchene Dinge. Und außerdem denke ich, dass ich die durchschnittliche Anzahl auch allein nach oben bringe. Meine Liebhaber belaufen sich auf, glaubt es oder nicht, siebzehn.« Sie sagt dies voller Stolz, und ihre Anzahl ist in der Tat höher, als ich vermutet hätte. Ich weiß natürlich, dass Schönheit kein Kriterium dafür ist, Männer zu finden, die bereit sind, mit einem zu schlafen. Männer werden mit jeder Frau schlafen, selbst mit einer, die aussieht wie eine von Chaucers Pilgerinnen. Er beschrieb sie alle auf so grausame Weise: zahnlückig, mit Pockennarben übersät, bucklig und von Geschwüren übersät. Aber all diese Schönheitsfehler kann eine Frau haben und noch mehr dazu und dennoch flachgelegt werden. Das ist der einzige Vorteil unseres Geschlechts, vermute ich – das und dass man uns vor den Männern in die Rettungsboote lässt. Aber es ist dennoch seltsam, über ein Universum nachzudenken, in dem eine Frau, die wie Silvia aussieht, mehr Liebhaber hat als eine so hübsche Frau wie Jean. Siebzehn Mal mehr, um genau zu sein.

»Ich war sehr lange Zeit Single, wisst ihr«, sagt Silvia und lächelt, als hinge sie ihren Erinnerungen nach. »Zwischen den

Ehemännern eins und zwei genauer gesagt.« Sie gehört zu den Frauen, die weniger attraktiv sind, wenn sie lächeln, denn ihr Gesicht schiebt sich zusammen wie ein Origami und ihre Augen verlieren sich fast in den Falten ihrer Haut.

»Seht mich an«, sagt Jean. »Ich sehe ja wirklich fürchterlich aus.«

»Bevor das hier vorbei ist, werden wir alle fürchterlich aussehen«, sagt Claire mit der Zuversicht von jemandem, der in seinem ganzen Leben noch nie fürchterlich ausgesehen hat.

»Das mag ja sein«, sagt Jean. »Aber ich wollte dabei nicht die Vorreiterin sein.«

Ich habe viel Zeit darauf verwendet, Vergleiche anzustellen, wie die älteren Frauen sich auf dieser Wanderung halten, und nutze jetzt, da wir hier am Ufer herumstehen, die Gelegenheit, die anderen zu betrachten. Es ist sicherlich fair zu sagen, dass Valerie, die kein Make-up trägt und ihrem Äußeren keine große Aufmerksamkeit schenkt, noch ziemlich genauso aussieht wie in London. Steffi hat ihren Stadtglamour abgelegt und sich mit geübter Souveränität in eine Landsportlerin verwandelt, steckt das Haar geflochten auf und hat ein von Feuchtigkeitscreme glänzendes Gesicht. Sie ist bei weitem besser ausgerüstet als wir alle und könnte mit ihrer Hightechjacke und den Wanderstiefeln von Patagonia nicht nur durch die englische Landschaft spazieren, sondern sogar Gletscher erklimmen. Die jüngsten drei Frauen wirken völlig unverändert – Angelique, weil ihr Gesicht tätowiert ist, Tess, weil sie weiß, wie man sich für solche Wanderungen rüstet, und Becca allein wegen ihrer jugendlichen Belastbarkeit.

Ich frage mich, wo mein Platz ist, ob die anderen denken, dass die Wanderung mir gut bekommen ist oder mir zugesetzt hat. Vermutlich hat sie mir zugesetzt. Ich habe heute Morgen einen kurzen Blick in den kleinen runden Badezimmerspiegel geworfen und mich dann abgewandt. Länger zu verweilen, war nicht nötig – ich habe außer Zahncreme und meinen üblichen Pflegeprodukten nichts dabei, auch sind selbst meine kleinen Eitelkeiten in letzter Zeit scheinbar verschwunden. Make-up hält nicht auf meinem Gesicht, und meine Haare richten sich nach vorherbestimmten Mustern. Meine Kleider sind Strickwaren und Basics und so neutral, dass sie untereinander fast völlig austauschbar sind. Ich habe das Äußere einer ernsthaften Frau, aber als ich jetzt in diesem kleinen Fluss stehe und Angelique auf ihrem Weg zum anderen Ufer beobachte, kommt mir plötzlich der Gedanke, dass ich mir vielleicht doch mal was Farbiges kaufen sollte. Egal, in welcher Farbe. Angelique trägt eine übergroße Mütze, so eine schlaffe, wie die Rastafari sie tragen. Sie ist türkis und hat ein eingewebtes Goldband, und seitlich hängt eine kleine Quaste herab. Hier im Sonnenlicht verwundert einen der Anblick einer solchen Kopfbedeckung.

»Jetzt bist du an der Reihe, Tess«, sagt Angelique. Sie hat es weniger schlammig als Jean ans andere Ufer geschafft. Nun steht sie auf der Böschung und zeigt Becca, die nach ihr kommt, die Stellen, wo sie ihren Fuß hinsetzen soll, doch diese ignoriert Angeliques gutgemeinte Ratschläge völlig. »Wie viele Männer hast du gehabt?«

»Als Leiterin der Gruppe und Jurorin muss ich mich leider aus dem Wettbewerb heraushalten«, sagt Tess. »Oder jedenfalls werde ich meine Profession als Ausrede dafür benutzen. Was dieses Rinnsal angeht, tut es mir leid. Mir war nicht bewusst, dass es so angeschwollen sein würde.«

»Was ist denn ein Rinnsal?«, fragt Becca und überwindet äußerst geschickt die tiefste Stelle, indem sie sich von einem schlüpfrigen Stein zum nächsten hangelt.

»Auch ich kann nur mit einem aufwarten«, sagt Steffi. »Ich habe bei meinem ersten Versuch ins Schwarze getroffen.«

»Jesus«, sagt Angelique. »Was sind wir nur für brave Mädchen. Lügt ihr etwa alle?«

»Ich nicht«, sagt Steffi und schwankt einen Moment, bevor sie ihr Gleichgewicht wiederfindet. »Und trotz der unzähligen Gelegenheiten, die sich mir im Medizinstudium und während meiner Assistenzarztzeit geboten haben, ist es nur einer gewesen. Ihr kennt doch die Arztserien im Fernsehen, wo alle immer mal für einen Quickie in der Wäschekammer verschwinden? Oder Sex auf den Krankenliegen in der Notaufnahme haben? All das kommt tatsächlich so vor, wenn auch die meisten Assistenzärzte nicht aussehen wie John Stamos oder Patrick Dempsey.«

»Geschafft«, sagt Becca, ohne die ausgestreckte Hand von Tess zu beachten, und springt in einer fließenden Bewegung ans Ufer. Sie streift sich die Füße resolut am samtigen Moosteppich ab und wischt die kleinen Schlammspritzer weg. »So muss man das machen.«

»Ich bin mir nicht sicher, ob ich all diese Steine treffe«, verkündet Valerie fröhlich. »Ich habe nicht deine Schrittlänge. Ach verdammt, versuchen kann ich's ja«, und platscht dann direkt in den Fluss und sinkt schon bei ihrem ersten Schritt knöcheltief ein, was bei Tess einen unwillkürlichen Aufschrei der Bestürzung auslöst. Man hört einen schmatzenden Laut, als Valerie darum kämpft, ihren Fuß freizubekommen, doch beim nächsten Schritt sinkt sie noch tiefer ein. *Sie wird hoff-*

nungslos vom Schlamm durchnässt sein, überlege ich. *Ihre Stiefel, die Socken, die Hosenbeine ihrer Jeans. Die kann sie auswaschen, wenn wir ins nächste Gasthaus kommen, aber Jeansstoff trocknet nicht schnell, was also wird sie morgen tun?* Valerie ist ein verrücktes Huhn, daran besteht kein Zweifel. Sie scheint nicht einmal den Versuch zu unternehmen, einen leichteren Weg einzuschlagen.

Als ich aufblicke, starren Becca und Steffi mich beide ostentativ an.

»Oh, okay«, sage ich. »Ich bin dran. Möglicherweise mache ich Punkte gut für das Team, das gegen Claire antritt. Ich habe gerade versucht, die genaue Anzahl zu bestimmen, aber bei dreißig verliere ich immer den Überblick.«

»Dreißig?«, sagt Becca. »Du verlierst bei dreißig den Überblick? Wie alt warst du denn, als du zu zählen aufgehört hast?«

»Es sind doch immer die, von denen man es am wenigsten vermutet«, bemerkt Silvia gelassen, was man wahrscheinlich als Beleidigung auffassen könnte, vielleicht sogar als doppelte Beleidigung, wenn man innehält und die Aussage aufdröselt.

»Ich war schon einige Zeit auf der Universität, bevor ich meine Jungfräulichkeit verlor, das ist also keine Entschuldigung.« Ich senke den Blick aufs Wasser und überlege, wie ich jenen ersten kritischen Schritt mache. Wo ist Sir Walter Raleigh, wenn man ihn braucht? Jetzt würde ich sein Cape annehmen. Ich würde grinsen und kichern und flirten und ihm fraglos die zehn Pfund geben, denn obwohl ich so lange Zeit hatte, die anderen zu beobachten, habe ich noch immer keine Ahnung, wie ich diesen lächerlichen Bach überwinden soll. »Ich hatte einfach ein paar Jahre, in denen einer auf den anderen folgte.«

»Also, da haben wir das Ergebnis«, sagt Silvia. »Ich habe mitgezählt. Vor Che, die, wie sie sagt, mit dem Rest des Teams gegen Claire antritt, waren wir bei siebenunddreißig. Wenn wir jetzt also für sie geschätzte dreißig ansetzen, ergibt das insgesamt siebenundsechzig, und das kannst du unmöglich toppen, egal, wie durcheinander du wegen dieser Edith-Geschichte warst.« Sie ist hinter Valerie in den Fluss gestiegen und bewegt sich schnell, tritt rasch von einer Stelle zur nächsten, verfolgt ihre eigene Route und bestätigt meine Vermutung, dass sie sich überwiegend im Freien und in der Natur aufhält. Seltsam, dass sie diejenige ist, die alle Zahlen im Kopf behalten und addiert hat, aber sie scheint noch immer sauer auf Claire zu sein, dass diese eine ihr unbekannte Geschichte erzählt hat, noch dazu eine solche. Sie möchte den zahlenmäßigen Beweis antreten, dass ihre Freundin nicht wirklich die Dorfhure ist.

»Diese Edith-Geschichte … mir gefällt die«, sagt Valerie und stolpert endlich ans Ufer. Sie ist von oben bis unten mit Schlamm bespritzt, und ich kann mir nicht vorstellen, wie sie es schaffen soll, sich so weit zu säubern, dass sie zum Mittagessen ein Pub betreten kann. »Sie steht für all die Frauen, mit denen wir uns vergleichen, für all die Filme, die wir in unserem Kopf abspulen und uns sagen, dass es jemanden gibt, der besser ist als wir.« Und als sie sich umdreht, sieht sie mich mit diesem irritierenden leichten Grinsen an. Ich bin mir sicher, dass ich ihren Blick mit genau dem gleichen Gesichtsausdruck erwiderte, als sie den weißen Zinfandel bestellte. Ich übe im Geiste Kritik an ihrer plumpen Flussüberquerung. Solange man jedoch selbst noch am Ufer steht, ist es leicht, sich über andere lustig zu machen, die mit Schlamm bedeckt sind. Wenn man noch nicht mal einen Anfang gemacht hat und nicht weiß, wie viele Male man ausrutschen wird, bevor die

Reise zu Ende ist. Ich habe mir einen Überblick sowohl flussaufwärts als auch flussabwärts verschafft und einen Baum mit einem tiefhängenden Ast entdeckt, der nicht weit weg ist. *Ich werde einfach da runterspazieren und mich daran festhalten,* überlege ich. *Ihn benutzen, damit ich nicht ausrutsche, wenigstens für die ersten paar Schritte.* Aber dann kommt unweigerlich der Punkt auf halber Strecke, an dem ich loslassen muss, und dann … wer weiß? Bei meinem Glück federt der Ast womöglich zurück und trifft mich im Gesicht oder fegt mich mit dem Hintern voran ins Wasser. Ich habe das Gefühl, dass einige der Frauen an diesem Anblick ihre Freude hätten.

»Siebenundsechzig Männer«, sagt Silvia, als sie die andere Seite des Flusses erreicht hat und neben Steffi, die sich nicht vorhandenen Schlamm von ihren Stiefeln wischt, ans Ufer tritt. »Das ist eine bewundernswerte Anzahl von Eroberungen für eine Gruppe sanftmütiger Pilgerinnen. Wie du siehst, liebe Claire, ist deine Anzahl gar nicht so schockierend.«

Aber Claire folgt gerade konzentriert demselben Pfad über den Fluss, den auch Becca genommen hat, und ungeachtet der Tatsache, dass sie mehr als vierzig Jahre älter als das Mädchen ist, schafft sie es auf bewundernswerte Weise, von Stein zu Stein zu springen. Wir sehen zu, wie sie allen Fallen ausweicht und dann Tess' Hand ergreift und sich ohne den kleinsten Spritzer auf ihren hellgrauen Wanderstiefeln ans Ufer ziehen lässt.

»Aber ich führe noch immer«, sagt sie sanft, als ihre Füße das Moos berühren.

8

In jener Nacht bin ich seit einer Ewigkeit zum ersten Mal erregt.

Es dauert eine Weile, bis ich mir dessen bewusst bin. Ich werfe mich unruhig im Bett herum. Zähle meine Atemzüge, stelle mir Wellen vor, die sich am Strand brechen, lege mir ein Kissen unter die Knie. Wende alle meine Standardtricks an, um wieder einzuschlafen, aber keiner davon funktioniert. Und selbst als ich mich endlich aufsetze und zugebe, dass etwas mit mir geschieht, nenne ich es nicht Erregung. Ich gebe ihm alle möglichen Namen, die mir einfallen – Schlaflosigkeit, Verdauungsprobleme, Angst, Tristesse. Selbst Heimweh nach Freddy.

Ich bin wirklich gut eingeschlafen. Natürlich vermisse ich jedes Mal mein Handy, aber zum ersten Mal seit Beginn unserer Wanderung brauchte ich nicht mal ein Kapitel meines Thrillers zu lesen, um zu entspannen. Verglichen mit der vergangenen Nacht sind wir diesmal besser untergebracht. Unser Gasthaus liegt am Hauptplatz einer hübschen Kleinstadt, die alle Fantasien von englischer Landidylle befriedigt. Rosen in den Blumenkästen vor den Fenstern, schlafende Setter vor dem Kamin, etwas in dieser Art. Beim Abendessen war das

Pub rammelvoll, und es mussten Tische und Stühle zusammengeschoben werden, um unsere Gruppe von neun Leuten unterzubringen. Es waren außer uns noch zwei andere amerikanische Kleingruppen zu Gast, eine Familie mit Teenagern und drei ältliche Schwestern – Mary, Margaret und Martha oder so ähnlich –, die in einem Bentley mit Privatchauffeur unterwegs waren. Wir hatten beim Essen über die Tische hinweg mit ihnen geplaudert, und sie waren fasziniert, als sie erfuhren, dass unsere Gruppe zu Fuß nach Canterbury pilgert.

Steffi war die Erste gewesen, die unsere kollektive Mission verkündet hatte. Als eine der alten Damen fragte, was uns zusammengebracht habe, lehnte sich Steffi in ihrem Stuhl zurück und erklärte ziemlich stolz: »Wir sind Pilgerinnen auf dem Weg zur Kathedrale von Canterbury.«

Interessant. Während unserer Wanderung am Nachmittag hatte sie auf diese Bezeichnung noch sehr zurückhaltend reagiert, aber plötzlich konnte sie es kaum erwarten, sich eine Pilgerin zu nennen. Vermutlich ist genau das der Grund, warum sie dabei ist. Nicht, um ihre Verfehlungen zu beichten oder um den Segen zu bekommen – sie wandert nur nach Canterbury, um zu Hause erzählen zu können, dass sie es getan hat. Und in der Tat hatten die Gesichter der anderen Amerikaner aufgeleuchtet, als sie davon sprach. *Wieso nicht,* hatten ihre Gesichter vermittelt. *Das sollten wir auch tun. Uns auf einen mühevollen Weg begeben, zu einem klar umrissenen, sinnvollen Ziel aufbrechen, anstatt mit einem Privatchauffeur durch die Gegend zu zockeln. Wir brauchen eine Reise, von der wir unseren Freunden bei unserer Rückkehr vorschwärmen können.* Canterbury mag zwar nicht das spektakulärste Reiseziel sein, aber um sich damit interessant zu machen, taugt es allemal.

Es war ein sehr netter, entspannter Abend, wie wir bisher noch keinen genossen haben. Das Pub hatte schmackhafte Gerichte zu bieten und eine recht anständige Weinkarte, und Tess bestellte ein paar Flaschen für den Tisch, die, wie sie meinte, das Reiseunternehmen bezahle. Mein Fuß hatte sich während der Tagesetappe besser gehalten als befürchtet, aber jetzt klagten ein paar der anderen über Blasen und wunde Stellen, vermutlich unserer Flussüberquerung geschuldet, deretwegen wir die letzte Stunde in nassen Schuhen hatten laufen müssen. Nachdem wir alle unseren Kaffee getrunken und den Nachtisch gegessen hatten, schien uns alle gleichzeitig die Müdigkeit zu überwältigen, und so gingen wir schon sehr zeitig, nämlich gegen halb neun, nach oben.

Steffi bot mir ihr Handy an, bevor sie auf ihr Zimmer ging. Das hat sie noch jedes Mal getan, wenn es irgendwo WLAN gab, und ich weiß, dass sie es gut meint. Aber jetzt bin ich schon mal auf Entzug und möchte nicht rausgebracht werden. Zweieinhalb Tage Nachrichtenabstinenz ist mein persönlicher Rekord, und außerdem ist mir noch immer schleierhaft, was ich Ned sagen soll. Man könnte denken, dass ich ein grausames Spiel mit ihm treibe, indem ich ihn, um es ihm heimzuzahlen, in sorgenvoller Ungewissheit lasse, aber dem ist nicht so, ich schwöre es. Mich hat einfach eine Ungewissheit gepackt, die in der Bar in London ihren Anfang nahm und mit jedem Schritt auf dieser Reise zugenommen hat. Wenn ich weiß, was ich zu tun habe, dann werde ich es auch tun.

Und es ist ja nicht so, dass ich Ned so fürchterlich habe zappeln lassen. Immerhin ist er Anwalt. Sofern seine Sorge groß genug ist, um Ermittlungen anzustellen, sollte es ihm möglich sein, herauszufinden, dass ich meine Post zurückhalten lasse, Freddy in einer Hundepension untergebracht, meinen Hausmeister von meiner Abwesenheit informiert und ein Ticket von Philly nach Heathrow gekauft habe. Ich weiß zwar nicht genau, wie er all das herausfinden könnte, aber ich zweifle nicht daran, dass ein Anwalt über tausend Wege verfügt, in jemandes Privatleben herumzuschnüffeln.

Um 20:45 Uhr war ich im Nachthemd und zog die Bettdecke hoch. Gesicht gewaschen, Zähne geputzt, Füße mit Vaseline eingeschmiert und in dicke, flauschige Socken gesteckt. Vermutlich bin ich sofort eingedöst, aber mein Zimmer liegt direkt über dem Pub, und es fällt schwer, die von unten heraufdringenden Geräusche alle auszublenden. Das Lachen und die lauten Stimmen der Zechenden, Türenschlagen, die Geräusche aus dem Fernseher, wo ein Rugbyspiel übertragen wird, die Jubel- oder Entsetzensschreie, wenn das eine oder andere Team einen Punkt erzielt. Geräusche wie diese dringen scheinbar durch die Dielenbretter hindurch in meinen Schlaf ein, und ich denke, dass ich wohl vom Pub geträumt habe oder insbesondere von einem der Männer, den ich dort gesehen habe, als ich aus dem Schlaf aufschreckte.

Und hier liege ich nun und versuche verzweifelt, wieder in den Schlaf abzutauchen, bevor ich endgültig wach bin. Ich probiere alle meine Atem- und Kissenschütteltricks aus, aber ich bin anscheinend im schlimmstmöglichen Szenario gefangen – wenn du nämlich gerade mal eine oder zwei Stunden Schlaf hattest, aber erholt genug bist, um zu wissen, dass es eine Weile dauern wird, bis du wieder zurückfindest. Wäre ich jetzt zu Hause, könnte ich arbeiten. Aber ich bin nicht zu Hause, und es gibt keine Arbeit. Außerdem stimmt was nicht mit mir. Doch ich kann es nicht benennen.

Ich schlüpfe in Jeans und Sweatshirt, steige dann über die schmale, steile Treppe hinunter und gehe zurück in den Pub. Ich fühle mich nicht ganz wohl dabei, in aller Öffentlichkeit in meinen dicken Flauschsocken herumzulaufen, aber ich möchte diese Wanderschuhe keine Sekunde eher anziehen als unbedingt nötig. Außerdem werde ich die Leute hier nie wiedersehen. Sollen sie mich also ruhig auslachen.

Aber das tun sie nicht. Sie bemerken mich gar nicht. Es ist noch immer recht viel los im Pub, und ich quetsche mich auf einen Platz am Ende des Tresens, jenem wenig erstrebenswerten Platz direkt vor der Registrierkasse, und bestelle mir ein Glas von dem ganz anständigen Cabernet, den wir bereits zum Abendessen hatten. Der Mann, von dem ich geträumt habe, ist noch immer da, und das ist doch komisch, oder? Er spielt Darts und ist der Einzige im Pub, der mich überhaupt bemerkt, und zwar weil selbst ein blinder Mann den Blick einer Frau spürt, der durch einen vollen Raum auf ihn gerichtet ist. Ich überlege sogar, ihm zuzurufen: »Hören Sie, Sie sind der Mann meiner Träume.« Die Einzelheiten des Traums fallen mir nicht mehr ein, nur dass er darin vorkam und eine Art Kamera trug.

Eine Kamera. Ja, der Mann machte Fotos von mir, das stimmt.

Ich beobachte, wie er den Dartpfeil wirft. Leichthin und in einem tiefen, langgestreckten Bogen. Die Bewegung ist mühelos und elegant, vermutlich das Ergebnis abendelanger Übung. Der Pfeil landet, wie es aussieht, in der Mitte der Zielscheibe, was aus meinem Winkel allerdings nicht genau zu erkennen ist. Dann dreht der Mann sich um und sieht mich jetzt ganz unverhohlen an, nicht mit beiläufigem Interesse, sondern ganz direkt, als wolle er sich vergewissern, dass ich sein Talent auch bemerkt habe. Ich lächle und hebe mein Glas.

Nein, Fotos hat er nicht von mir gemacht. Das war es nicht. Nicht ganz.

Aber er hat Fotos von irgendetwas gemacht. Von etwas Unanständigem und Verbotenem. Denn als ich versucht habe, durch die Kameralinse zu schauen, hat er sie weggezogen und laut gelacht. Ein Piratenlachen. Und gesagt: »Das braucht jemanden wie Sie nicht zu interessieren.«

Das braucht jemanden wie Sie nicht zu interessieren. Davon bin ich wach geworden, von seiner Stimme und dem flüchtigen Bild eines Mannes, der hinter einer Kamera hockt, ein Bild, das eindeutig aus Claires Geschichte übernommen ist. Sie sagte, sie sei von dem Videoband ihres Ehemanns und dessen erster Frau besessen gewesen, und ich frage mich, ob es mir wohl genauso ginge. Wenn ich die Chance hätte, Ned und ... wie hieß sie noch mal ... zu beobachten? Also das ist schon merkwürdig. Nach den Regeln der Liebe müsste ich diese Frau hassen. Eigentlich müsste ich allen erzählen, dass sie mein Leben kaputtgemacht oder jedenfalls mein Leben verändert hat. Und für eine Frau wie mich gibt es keinen großen Unterschied zwischen kaputtmachen und verändern. Das ist austauschbar. Aber nach kaum einer Woche, seit ich von ihrer Existenz weiß, habe ich bereits ihren Namen vergessen.

Er fing mit einem R an, glaube ich. Rebecca? Nein, das ist der vollständige Name unserer Becca. Das ist ihrer Mutter ein paarmal so herausgerutscht. Rhonda? Robin? Rachel? Rachel. Das klingt noch nicht ganz richtig, aber das muss reichen.

Also … wenn ich die Chance bekäme, einen Film von Ned und Rachel im Bett zu sehen, würde ich sie ergreifen?

Ich weiß, wie die Antwort lauten müsste. Ich müsste sagen »Natürlich nicht«, denn Neugier führt zu Vergleichen, und Vergleiche führen in die Katastrophe. Wenn uns die Erzählung von Claire eins gelehrt hat, dann doch dieses. Und dennoch, wenn ich mir die beiden jetzt ansehen würde, wie sie direkt vor mir und Gott und allen hier in diesem durch und durch britischen Pub das Ungeheuer mit den zwei Rücken machen würden, wüsste ich, dass, ganz gleich wie Ned sich im Umgang mit Rachel verhielte, er nicht mein Ned wäre. Er wäre eine dunklere, wildere Version von Ned. Die Hälfte des Mondes, die man nie zu sehen bekommt.

Und würde ich diesen ehrlichen Gedankenfluss weiterverfolgen, müsste ich hinzufügen, dass der Gedanke an Ned und Rachel auf diesem zerkratzten Holzboden mich nicht eifersüchtig macht, er macht etwas anderes mit mir. Noch bin ich nicht ganz bereit dazu, das Wort *erregt* zu verwenden, aber diese Vorstellung lenkt mich ab. Lenkt mich genügend ab, um nicht zu bemerken, dass der Mann seine Dartscheibe verlassen und sich der Theke genähert hat. Er steht neben mir, hat eine Hand auf die Lehne meines Hockers gelegt und wedelt mit der anderen, in der er eine Pfundnote hält, der Barfrau zu und sagt: »Wie ich sehe, ist es Ihnen gelungen, Ihre Freundinnen loszuwerden, nicht wahr, meine Liebe?«

Ich sehe ihn verdattert an.

»Durch unseren Ort kommen eine Menge Amerikaner«, sagt er. »Hauptsächlich Mädels, aber immer in Gruppen. Und es ist schwer, ein Vögelchen herauszulösen, wenn es mit einem ganzen Schwarm unterwegs ist.«

»Wir wandern nach Canterbury«, erzähle ich ihm.

Er nickt ungeduldig, als wollte er sagen: »Aber ja doch, was auch sonst.« Offensichtlich verdankt dieser Pub hier dieser Pilgerroute bereits seit tausend Jahren seine Existenz, als Hauptanlaufziel auf halber Strecke zwischen London und Canterbury.

»Wie sieht eure Route morgen aus?«, erkundigt er sich, vermutlich eher aus Gewohnheit als aus besonderer Neugier. Er ist kleiner als mir an Männern gefällt, vermutlich kaum zwei Zentimeter größer als ich, wenn ich von diesem Hocker rutschen und mich ihm gegenüberstellen würde. Seine Hände sind dick und rau – er sieht nach Lastwagenfahrer aus, vielleicht auch Lieferant, jemand, der den ganzen Tag Waren hebt und schleppt. Aber sein Gesicht ist sehr lebhaft, die Augenbrauen wandern beim Sprechen nach oben und unten, sein Mund ist sehr beweglich und ausdrucksvoll. Er ist locker. Die Sorte Mann, bei der man alles gleich auf den ersten Blick erkennen kann.

»Ich weiß gar nicht genau, wohin wir morgen gehen«, sage ich und bin von dieser Antwort selbst überrascht. Aber es stimmt. Bei jeder unserer vorangegangenen Stationen, ob zum Mittagessen oder Abendessen, hat jemand aus der Gruppe, für gewöhnlich Steffi, Tess mit Fragen über den weiteren Weg gelöchert. Wie viele Stunden wir laufen werden, wie viele Kilometer wir zurücklegen, die Namen der Orte, durch die wir kommen werden. Aber heute Abend hat keiner daran gedacht, zu fragen.

»Ich weiß nicht, wie man eine Wandergruppe auf Pilgerschaft nennen würde«, sage ich zu dem Mann, der einfach dasteht und lächelnd den Dartpfeil in seiner Hand wiegt. Ich spiele auf Zeit und versuche herauszufinden, ob er attraktiv ist. Ich finde, ja, jedoch auf eine Weise, die definitiv nicht meinem üblichen Typ entspricht, aber auch das hat sein Gutes – wie ein gelegentlicher Schluck weißer Zinfandel? Er strahlt jene von Testosteron strotzende Selbstsicherheit aus, die ich nicht gewohnt bin, und in einem Flashback bin ich wieder auf meiner Tour durch die Weinberge in Sonoma im letzten Sommer. Sie haben mich den Lastwagen fahren lassen. Einen großen, schwankenden Lastwagen, vollbeladen mit Weintrauben, und die Straße war holprig. Wir dort versammelten Weinkritiker hatten allesamt »bei der Lese geholfen«, genauso wie die reichen Londoner an den Sonntagen rauskommen und »bei der Hopfenernte helfen«. Die echten Arbeiter in den Weinbergen dürften uns dafür gehasst haben, aber es hat Spaß gemacht, diesen riesigen Lastwagen zu fahren.

Ich hätte nichts dagegen, noch mal einen Lastwagen zu fahren.

»Jeder weiß, dass man einen Haufen Gänse eine Schar nennt«, quassle ich weiter, und jetzt ist er derjenige, dessen Gesichtsausdruck immer unsicherer wird. »Aber es gibt Gruppenbezeichnungen bei Tieren, vor allem bei Vögeln, die sehr klug sind. So spricht man bei den Lerchen vom Lerchenaufstieg. Bei den Raben von den Totengräbern oder Unglücksvögeln, was doch sehr treffend ist. Die Krähen sind Krächzerinnen. Die Störche sind Glücksbringer. Haben Sie das schon mal gehört? Mich hat das schon immer fasziniert. Kolibris werden auch Schwirrvögel genannt.«

Er streicht mit der Spitze des Dartpfeils über seine Handinnenfläche. Es ist, als würde ich in einer Fremdsprache sprechen.

»Wussten Sie, dass Flamingo von Flamenco abgeleitet ist?«, versuche ich es noch mal. »Und wie finden Sie Eulenparlament?«

Ich weiß nicht, warum ich immer wieder versuche, mit Männern ins Gespräch zu kommen. Es geht selten gut. Und dieser arme Kerl steht jetzt mit offenem Mund vor mir. Nein, wir sind nicht füreinander geschaffen. Er ist nicht wie der Mann in London mit den kurzgeschorenen grauen Haaren, wieder eine Person, an deren Namen ich mich nicht erinnern kann, vielleicht wusste ich ihn aber auch gar nie. Dieser Mann und ich hatten ernsthafte Themen angeschnitten. Ich hatte ihm vom Sterben meiner Mutter erzählt und dass Ned mich verlassen hat. Dieses Gespräch hier wird damit nicht vergleichbar sein.

Stattdessen zieht der Mann einen Barhocker heran, und wir tauschen Belanglosigkeiten aus. Oder vielleicht sollte ich sagen, dass er Belanglosigkeiten erzählt und ich immer mehr trinke. Er sagt, er sei an diesem Pub beteiligt, als eine Art stiller Teilhaber, und er erzählt mir Geschichten von den Leuten, die hier abgestiegen sind. Er bietet mir an, mir ein Bier auszugeben, obwohl ich eindeutig Wein trinke. »Sie mögen doch ein Glas, oder?«, fragt er, und ich merke, dass ich nicke, bevor die Frage überhaupt bei mir angekommen ist. Also steht am Ende ein Bier links von mir und das Glas Wein rechts von mir.

Er sagt das Übliche, das, was er vermutlich meint, sagen zu müssen. Dass ich ihm gleich von Anfang an in der Gruppe aufgefallen sei, weil ich der Blickfang am Tisch war. Das stimmt nicht, und selbst wenn dem so wäre, schwindet meine Zuneigung zu ihm gleich ein wenig, weil er offenbar das Gefühl hat, sich derart einschleimen zu müssen. Auf Schmeichelei reagiere ich mit reflexartiger Ablehnung. Das war schon immer so. Das ist auch eine Macke, die ich Diana zu verdanken habe. Sie verstand ein Kompliment zu genießen, wie ich einen guten Bordeaux genieße, indem sie es sich auf der Zunge zergehen ließ und mit geschlossenen Augen und erwartungsvollem Gesichtsausdruck ein wenig daran schnupperte. Seit ich gestern begonnen habe, darüber nachzudenken, habe ich eine kleine Bestandsaufnahme vorgenommen, und wenn meine Erinnerung mich nicht täuscht, hat sie meinen Vater dreimal wegen anderer Männer verlassen, die behaupteten, Dinge in ihr zu sehen, die mein Vater nicht erkannte. Diese Speichellecker schafften es jedoch jedes Mal, sie binnen Tagen, manchmal sogar Stunden, nachdem sie abgehauen war, zu enttäuschen. Am Ende kehrte sie immer wieder in die Kommune zurück, kam ohne Erklärung die Treppe hoch und ließ ihre Tasche auf den Schaukelstuhl neben der Tür fallen. Ihre Erfahrung mit diesen Kurzzeitmännern schien sie weder trauriger noch klüger zu machen, und manchmal habe ich das Gefühl, als sei ich meine ganze Kindheit hindurch die Geisel einer Reihe von unbedeutenden Fremden gewesen, die zufällig meiner Mutter ein Kompliment über ihre Schönheit machten.

Fremde, wie dieser unbedeutende Mann, der jetzt neben mir sitzt und mit seinem Dartpfeil eine Figur in das Holz des Tresens ritzt. Ein S, wie es aussieht. Vielleicht versucht er, meinen Namen zu buchstabieren.

»Sagen Sie mir jetzt bloß nicht, dass ich attraktiv bin«, sage ich, nicht weil ich mich für unattraktiv halte. Frauen, die ständig behaupten, sie seien hässlich oder fett oder dumm, langweilen mich. Sie sind die größten Egoistinnen, weil sie versuchen, aus einem Kompliment gleich zwanzig zu machen. Aber kommen Sie nicht auf die Idee, ich sei zurückhaltend. Ich spiele weder das Dummchen, noch lasse ich mich im Straßenverkehr abdrängen, und ich suche auch nicht zwanghaft nach Fettpölsterchen, die ich dann vor meinen Freundinnen zum Wabbeln bringe und dabei jammere: »Was sagt ihr dazu?« Ich leugne nicht, dass ich gelegentlich klug, witzig, talentiert, gut im Bett und – ja sogar – begehrenswert sein kann, aber ich habe noch nie einem Mann geglaubt, der irgendwas davon behauptet. Weil ich seit meiner Kindheit weiß, dass Schmeichelei der erste Schuss ist, der im Kampf der Geschlechter fällt. Ich kann mich nur allzu deutlich daran erinnern, dass mir, sobald ich einen Neuling in der Kommune zu Diana sagen hörte, wie besonders sie doch sei, und dabei sah, wie sie ihre Augen schloss, sonnenklar war, ich würde schon bald wieder auf dem Rücksitz eines fremden Autos sitzen.

»Also gut«, sagt der Mann mit dem Pfeil. »Sie können ruhig hübsch sein, und ich kann darüber schweigen, und wir können beide noch einen Drink nehmen. Weil die ganze Welt hübscher wird, wenn man einfach noch einen Drink nimmt, hab ich nicht recht, meine Liebe?«

Und angeheizt von diesem philosophischen Ausbruch wird aus halb elf erst elf, dann halb zwölf Uhr, und wir sitzen immer noch Schenkel an Schenkel, bis sich auf meiner linken Seite drei leere Biergläser und auf meiner rechten Seite zwei Weingläser angesammelt haben und er irgendwann teils befehlend, teils flehend sagt: »Kommen Sie doch mit mir in den Rauchergarten.«

Komm mit mir in den Rauchergarten. Genau die Einladung, die jedes Mädchen hören möchte. Aber ich bin zu diesem Zeitpunkt schon ziemlich betrunken und rutsche also vom Barhocker herunter und schwanke, als meine Kuschelsocken den Holzboden berühren. Hand in Hand verlassen wir die Theke, und unser Verschwinden fasziniert offenbar die Grüppchen von Einheimischen, die noch immer dort verweilen. Köpfe wenden sich uns zu, und einer der Männer an der Dartscheibe kichert, aber ich ignoriere es. Ich habe mich darauf eingelassen. Wir gehen den Flur hinunter und durch die Küche, wo ein junger Mann Geschirr spült. Dann hinten hinaus, wo die Fliegengittertür hinter uns zuschlägt, und schon sind wir im Rauchergarten.

Es ist dunkel. Nur zwei funzelige Lampen, eine über der Tür und die andere weiter weg, wo sie flackernd den Parkplatz erhellt. Mir ist kalt. Ich habe keine Jacke. Aber das ist egal, denn es geht gleich zur Sache. Er schlingt seine Arme um meinen Körper und küsst mich. Es ist gut. Besser als gut. Ein ganzes Stück besser, aber Moment mal … wie kann das gut sein? Denn dass dieser Kuss so gut ist, widerspricht jeglicher Logik. Ich kenne diesen Mann doch kaum. Und er kennt mich sogar noch weniger. Wir haben einander noch nie zuvor gesehen. Wir werden einander nie wiedersehen. Aber vermutlich ist er genau deshalb gut, dieser Kuss, weil er keine Vergangenheit und keine Versprechen kennt.

»Möchtest du mit mir kommen?«, fragt er. Er sagt das grob, wie in meinem Traum.

Ich bin benebelt, sowohl vom Kuss als auch von der mir langsam dämmernden Wahrnehmung, dass ich es irgendwie geschafft habe, nicht nur betrunken, sondern richtig stockbesoffen zu werden, so wie schon seit Jahrzehnten nicht mehr. Viel schlimmer als an dem beschwipsten Nachmittag im

George Inn. Was macht dieses Land nur mit mir? Es lässt mich ausrutschen und taumeln und mich mein Gleichgewicht mit jedem Schritt, den ich mache, ein bisschen mehr verlieren. Ich kralle meine Zehen in den Kuschelsocken in die kalten, feuchten Ziegel, mit denen der Hof gepflastert ist, und versuche, mich zu konzentrieren. Er sagt, er möchte mit mir irgendwohin, aber wohin? Mir scheint, wir sind bereits am einzigen Platz dieses Orts, wo man hingehen kann. Inzwischen dürfte es kurz vor Mitternacht sein. Fast das ganze Dorf schläft schon. Die Pilgerinnen oben ebenso. Was der Fremde von mir erwartet, ist, dass ich zu ihm ins Auto steige und mit ihm eine dunkle Straße hinunterfahre. Wo wir dann auf einem Feld parken und schnellen, anonymen Sex haben werden.

Was natürlich völlig verrückt ist. Unverantwortlich. Grob. Riskant. Aber vermutlich genau das, was ich brauche.

Der Mann, der vor mir steht, strotzt vor Selbstsicherheit. Er interpretiert mein Schweigen als Zustimmung. »Ich werde meinen Wagen holen«, sagt er, und nach einem weiteren kleinen Kuss, der die Abmachung besiegelt, einem kurzen Streifen meiner Unterlippe mit seiner salzigen Zunge, verschwindet er durch den Bogen eines Spaliertors. So ein Ding, das im Frühjahr zweifellos von Kletterrosen umrankt ist, so kitschig wie wonnig. Aber wir haben keinen Frühling, wir haben Herbst. Das ist die Jahreszeit, in der alles abfällt, die Zeit des Loslassens. Das Spalier vor mir ist von Ranken überzogen, deren braune Dornen in dem schummrigen Licht kaum zu erkennen sind.

Ein schönes Schlamassel. Vermutlich werde ich gleich vergewaltigt und umgebracht werden, und ich habe nicht mal ein Handy, um den Constable von Dartford anzurufen. Ich bin auf dem Weg zum Tor, wohl in der Absicht, einen Blick auf den Parkplatz zu werfen und mich zu vergewissern, dass dies alles real ist, dass es wirklich einen Mann gibt, der seinen Wagen holt, als ein greller, schneidender Schmerz meine Fußsohle durchbohrt.

Ich bin in Glas getreten. In eine Bierflasche, die jemand zerbrochen hat. Dieser Hof ist zweifellos eine einzige Ansammlung von Zigarettenasche, Dornen und Glassplittern. Ich stehe auf einem Fuß und hebe den anderen an, zucke zusammen, als ich mich torkelnd auf einem betrunkenen Bein bewege. Ich spüre, wie das Blut meine Socke durchtränkt, und wahrscheinlich haben sich auch Splitter der Flasche in meinen Fuß gebohrt, und ich habe es diesmal völlig verbockt. Einen kurzen Moment lang glaube ich, mich übergeben zu müssen oder in Ohnmacht zu fallen, aber ich wehre beide Impulse ab und setze schließlich meinen Fußballen auf den Boden – der schlimmste Schaden ist an meiner Ferse – und gehe auf Zehenspitzen zurück zur Fliegengittertür. Dann zurück durch die Küche, den Flur hinunter und wieder in den Pub, wo meine hastige Rückkehr aus dem Rauchergarten, solo und außerdem noch halb auf einem Bein hoppelnd, alle Anwesenden zum Verstummen bringt.

Valerie ist da. Sie sitzt am Tresen und trinkt eine Tasse Tee. Sie sagt: »Mein Gott, was ist denn mit dir passiert?«

»Ich weiß gar nicht, wo ich anfangen soll«, sage ich. Ich klettere unbeholfen auf den Hocker neben ihr und zeige ihr meinen Fuß. Sie flucht, als sie das Blut sieht. Wir lösen die Socke, während eine der Kellnerinnen mir ein mit Eiswürfeln gefülltes Handtuch reicht und die andere losgeht, um das Verbandszeug aus dem Erste-Hilfe-Kasten des Pubs zu holen.

»Was hast du denn in Socken da draußen gemacht?«, erkundigt sich Valerie, während sie sich über meinen Fuß beugt und Glassplitter wegschnippt. Sie scheint glücklicherweise nicht zimperlich zu sein.

»Einen Einheimischen geküsst. Er ist weg, um seinen Wagen zu holen. Er denkt, ich werde mit ihm auf ein Hopfenfeld fahren und dort Sex mit ihm haben.«

»Wieso zum Teufel sollte er das denken?«

»Weil ich es ihm gewissermaßen zugesagt habe.«

»Das kann nur unser Randolph Robbie gewesen sein«, sagt die Barfrau, die mit einer verrosteten weißen Kiste voller Verbände, Alkohol und Jodtinktur zurückkehrt. Dem Aussehen nach zu urteilen, ist die Kiste schon oft im Einsatz gewesen. »Er hat eine Schwäche für die Damen.«

»Könnten Sie vielleicht nach hinten gehen und ihm sagen, er soll nach Hause fahren, weil ich mir was in den Fuß getreten habe«, sage ich völlig aufgelöst. Selbst einem Vergewaltiger im Rauchergarten fühle ich mich noch zu Erklärungen verpflichtet.

»O keine Sorge, meine Liebe«, versichert sie mir. »Er ist es gewohnt, dass die Mädchen nicht dort auftauchen, wo sie versprochen haben zu sein.« Auch sie beugt sich über mich und hält ein sauberes Taschentuch bereit, in das Valerie die Glassplitter legen kann. Die Splitter sind groß und scheinen im Ganzen herauszukommen, ich habe wohl Glück gehabt. »Randy Boy ist schon von so vielen Bräuten auf unterschiedlichste Weise versetzt worden. Er wird sich einfach nach Hause trollen und sich dort einen runterholen, wie er das immer macht.«

»Er sagte, ihm gehöre diese Bar.«

»Wirklich?« Sie hat noch ein Handtuch dabei, eines mit dem verblassten Gesicht der Princess of Wales, und sie hält es vorsichtig unter meinen Fuß, während Valerie Alkohol über meine Ferse schüttet. Es brennt höllisch und treibt mir Tränen in die Augen, aber ich halte tapfer jeden Laut zurück. Sie ist sehr nett – sie sind alle sehr nett, wenn man bedenkt, dass längst Sperrstunde sein muss und ich ihnen hier die Bar vollblute. »Hast du das gehört, Lucy? Randy Boy Robbie wird uns von jetzt an unseren Lohn auszahlen. Scheint unser neuer Boss zu sein.«

Die andere Kellnerin schnaubt verächtlich. *Randy Boy Robbie,* wiederhole ich im Geiste. *Das passt ja perfekt. Mag Claire auch die Dorfhure sein, so habe ich gerade vom sexgeilen Dorftrottel den besten Kuss meines Lebens bekommen.*

»Was schulde ich Ihnen?«, frage ich. »Da er nicht der Barbesitzer ist, gehe ich davon aus, dass diese Getränke nicht aufs Haus gehen?«

»Mal sehen. Drei Gläser Bier und zwei Wein, das macht … zwölf Pfund.«

»Im Ernst? Das ist aber nicht viel.«

»Wir sind hier nicht in London.«

»Können Sie das auf mein Zimmer schreiben? Ich übernachte hier mit den –«, aber sie schüttelt bereits den Kopf. Wir haben ein Gesamtpaket gebucht, das alle Mahlzeiten und Übernachtungen mit einschließt, und es wird vermutlich kompliziert, wenn wir anfangen, unsere Extras jetzt einfach mit dazuzunehmen. Valerie greift bereits nach der Geldbörse in ihrer Handtasche. Sie hängt über der Lehne des Barhockers, und es ist eine Handtasche von Coach. Ich habe sie immer nur mit ihrem Rucksack gesehen, und ein solch modisches Accessoire ist so ziemlich das Letzte, womit ich bei ihr gerechnet hätte. Sie zieht die Nase kraus.

»Die Tasche war ein Geschenk«, sagt sie.

»Ein hübsches Geschenk«, sage ich.

»Ja?« Sie stellt die Handtasche auf den Tresen und studiert sie. »Vermutlich hast du recht. Aber meine Mutter ... immer schenkt sie mir diese teuren, eleganten Sachen, die ich gar nicht haben will. Sie versteht mich einfach nicht.«

»Mütter verstehen einen nie. Ich schulde dir etwa vierzehn Dollar. Oder fünfzehn. Vielleicht auch sechzehn. Alles in allem sollte ich wohl ein anständiges Trinkgeld geben.«

»Mach dir deswegen keine Gedanken«, sagt Valerie. »Das regeln wir später.« Sie verliert kein Wort über meine Bereitwilligkeit, mit Randy Boy mitzugehen, und auch nicht über mein Geständnis von heute, dass ich schon dreißig Männer hatte. Das Lustige daran ist, dass ich bis zu diesem Moment dreißig eigentlich gar nicht viel fand. Man könnte sogar argumentieren, dass dreißig Männer im Lauf von dreißig Jahren ein ziemlich sexarmes Leben ergeben, aber den Blicken nach zu urteilen war klar, dass alle Frauen auf der Stelle ihre Einstellung mir gegenüber korrigierten. Wie gut, dass ich es bei dreißig habe bewenden lassen und behauptete, dann den Überblick verloren zu haben, denn ich glaube, dass es eher an die vierzig gewesen sein dürften.

»Die Sache ist, ich kann mich nicht erinnern, wann ich mich das letzte Mal so betrunken gefühlt habe«, plappere ich drauflos, als würde Valerie ein Urteil über mich fällen, obwohl ich genau weiß, dass sie in unserer Gruppe dafür als Letzte in Frage käme.

»Ganz im Ernst. Wenn ich auf einem dieser großen Festivals bin, habe ich kein Problem damit, von frühmorgens bis Mitternacht Weine zu testen, ohne auch nur im Geringsten beschwipst zu werden. Aber wie ich sehe, bist du ein braves Mädchen, du trinkst Tee.«

Sie verzieht wieder das Gesicht, wie sie das schon bei der Coach-Tasche gemacht hat. »Es ist Pfefferminztee. Es heißt, er soll bei Übelkeit helfen.«

»Du fühlst dich nicht wohl?«

»Vielleicht bin ich guten Wein einfach nicht gewohnt.« Sie reckt sich. »Vielleicht wird mir übel, wenn ich etwas trinke, was mehr als zehn Dollar die Flasche kostet, genauso wie vom Tragen einer Coach-Tasche. Aber ich glaube, dass ich jetzt schlafen kann. Was ist mit dir? Brauchst du Hilfe, um nach oben zu kommen?«

»Mir geht es gut«, sage ich. »Die Schnittwunde hat mich nüchtern gemacht.« Aber dann wird mir klar, dass sie von meinem Fuß spricht. Die Wunde scheint nicht allzu groß zu sein, aber sie ist tief. Ein Einstich, ein einziger Blutfleck wie ein Stigma, aber die Barfrau hat meine Ferse mit einer Kompresse gepolstert und diese dann mit Heftpflaster befestigt. Sie hat wirklich gute Arbeit geleistet. Ich sollte morgen wieder in der Lage sein, mitwandern zu können.

Die Treppe schwankt wie eine Hängematte, aber ich schaffe es hinauf in mein Zimmer. Schiebe den Riegel vor und setze mich auf mein Bett. Knülle die ruinierten Socken zusammen und werfe sie Richtung Papierkorb, den ich verfehle. Dann starre ich auf die Tür. *Zwischen mir und der Welt ist so ein dünnes Brett,* überlege ich. *Sperrholz. Pappe. Jeder Fremde könnte jeden Moment einbrechen.* Und ich frage mich, warum wir uns manchmal sicher fühlen – beispielsweise wenn wir die Autobahn hinunterbrettern –, obwohl wir uns eigentlich in ziemlicher Gefahr befinden, und warum wir in anderen Situationen, wenn wir wirklich sicher sind, Herzklopfen bekommen und die Welt sich scharfkantig und trügerisch anfühlt. Es brauchte eine zerbrochene Bierflasche, um mich heute Abend vor mir selbst zu retten, und all das sieht mir so überhaupt nicht ähnlich, ist mir so fremd …

Ein Geräusch. Es kommt von draußen, von unter meinem Fenster.

Ich humple hin und sehe hinunter. Natürlich ist es Randy Boy, aber woher zum Teufel weiß er, dass das mein Zimmer ist? Er schreit von unten hoch wie ein betrunkener Romeo mit offenem Mund – oder nein, vielleicht doch eher wie Stanley, der nach seiner Stella ruft, denn er brüllt immer wieder meinen Namen. Er wird noch alle aufwecken. All die anderen Frauen meiner Gruppe. Das ganze Dorf.

Als er mein Gesicht am Fenster sieht, hält er inne. Hält den Kopf schief und fragt: »Hast du mich vergessen, Schatz?«

Wahrscheinlich werde ich das nie. »Ich komme nicht runter«, zische ich.

»Dann werde ich hochkommen. Diesen Kamin habe ich schon ein Dutzend Mal erklommen, weißt du.«

Irgendwie bezweifle ich das nicht im Geringsten. »Ich habe mich verletzt«, sage ich.

»Und ich weiß, wie ich das heilen kann«, sagt er. Er breitet seine Arme aus und fängt an, sich mit in den Nacken geworfenem Kopf langsam um die eigene Achse zu drehen. Er sieht aus wie ein Kind, das auf seiner Zunge Schneeflocken einzufangen versucht.

»Nein«, sage ich. »Ich komme nicht runter, und du kommst

nicht rauf. Ich habe mir den Fuß an einer Glasscherbe geschnitten. Es ist vorbei. Man hat mir gesagt, du würdest einfach nach Hause gehen und dir einen runterholen.«

»Was?«, sagt er und bleibt abrupt stehen, die Stirn in Falten gelegt. »Sie haben dir *was* erzählt?«

Falsch. Es war falsch, das zu sagen. Ich will ihn nicht auf die Palme bringen. Möchte nicht, dass er wieder anfängt, meinen Namen in die Dunkelheit zu schreien. Ich versuche eine neue Taktik.

»Du hast mich zum Narren gemacht«, sage ich. »Indem du mich hast glauben lassen, dass dieser Pub dir gehört, und jetzt sagt die Barfrau mir, das sei gelogen.«

Er schüttelt den Kopf. »Sie ist so verbittert, diese Lorrie. Oder war es Lucy? Ist auch egal, die sind beide total verbittert.«

»Das mag ja sein, aber sind sie auch Lügnerinnen?«

Schweigen aus der Dunkelheit unter mir. Dazu fällt ihm nichts ein.

»Ich bin nur mit dir mitgegangen, weil ich dachte, du seist ein wohlhabender Mann«, erzähle ich ihm. »Ich dachte, du hättest eine angesehene Stellung in der Gemeinde und könntest mir ein Zuhause und eine angemessene Zukunft bieten. Aber du hast gelogen, und jetzt ist es aus zwischen uns.«

Er nickt bedächtig. Das ist eine Zurückweisung, die er verstehen und akzeptieren kann.

»Dann zieh dahin, Che de Milan«, sagt er sanft. »Mach dich auf nach Canterbury mit deiner Pilgerschar.«

»Ade!«, sage ich und schließe das Fenster, wobei ich zu meiner Überraschung ein wenig Bedauern empfinde. Denn dies alles hatte etwas zu bedeuten, dieses merkwürdige Zusammentreffen von Ereignissen heute Abend, auch wenn ich noch nicht sagen kann, was. Heute Abend mag es sich verrückt angefühlt haben, aber wenigstens habe ich etwas empfunden, und dieser Teil hat mir gefallen. Was soll ich außerdem mit all diesen Männern anfangen, die mich der Reihe nach auf meinen Weg schicken? »Ich wünsche dir nur das Beste«, sagt der eine. »Gehabt Euch wohl«, sagt ein anderer oder »Dann geht es jetzt also los, wenn ich das richtig sehe?« oder »Dann zieh dahin, Che de Milan«. Es gibt so viele Arten und Worte, mit denen ein Mann eine Frau verabschieden kann, aber mir kommt es so vor, als hätte ich in der vergangenen Woche alle gehört.

»Wie hast du das immer gehandhabt, Mom?«, sage ich laut zu meinem Rucksack in der Ecke, zu der Tüte mit der Asche, die dort verstaut ist. »Wie hast du mit so vielen Männern Umgang pflegen können, ohne dass es dir aus dem Ruder lief?«

Aber sie behält ihren Rat für sich, wie sie das auch tat, als sie noch lebte.

Zum dritten Mal in dieser Nacht krieche ich zurück ins Bett. Vielleicht habe ich eine Art seelischen Zusammenbruch, ein verzögertes posttraumatisches Belastungssyndrom nach Neds Brief. Denn nur wenige Minuten später wäre ich bereit gewesen, mit einem mir völlig unbekannten Mann in ein Auto zu steigen. In die Dunkelheit zu fahren, auf einer leeren Straße. Zuzulassen, dass dieser Mann mich über seinem Sitz ausbreitet, seinen Körper in meinen schiebt, seinen Kopf in den Nacken wirft und den milchigen Mond anbellt. Wenn man es so sieht, klingt es nach Wahnsinn, aber Claire war immerhin verheiratet und musste dennoch entdecken, dass sie mit einem Mann schlief, den sie nicht kannte. Vielleicht sind dies alles nur verschiedene Stadien ein und desselben Wahnsinns. Das Einzige, was ich mit Sicherheit weiß, ist, dass ich bald einschlafen muss, sonst wird der morgige Tag ein Alptraum. Ich schalte das Licht aus und drehe mich auf die Seite. Versuche, aus den steifen Steppdecken und dünnen Kissen ein behagliches Nest zu machen. Atme geräuschvoll und langsam aus, genau so wie die Meditationsbänder einem das nahelegen.

Renee. Die Erinnerung überfällt mich ungebeten, aber so heißt sie – die junge Frau, für die Ned mich verlassen hat. Nun, Gott segne sie, jetzt hat sie ihn. Ich vermute, dass sie tatsächlich ihren ganz persönlichen Ned hat, aber meinen Ned hat sie nicht, denn das ist unmöglich, wie ich mir das vorhin an der Bar bereits überlegt habe. Es ist wie dieses Sprichwort *Man kann nicht zweimal in denselben Fluss steigen*. Wer hat das gesagt? Konfuzius? Nein, ich denke, es war ein anderer, ein Grieche. Aber es stimmt, also gehe ich auch davon aus, dass zwei Frauen nicht zweimal in denselben Ned steigen können, o Gott, sage ich mir, entweder bin ich immer noch betrunkener, als ich dachte, oder ich werde jetzt wirklich tiefsinnig. Denn plötzlich packt mich die Erkenntnis, dass es unmöglich ist, etwas zu verlieren, jedenfalls nicht im Kern. Dass alles, was wir für tot halten oder wovon wir glauben, es verloren zu haben, nur weitergezogen ist und eine andere Gestalt angenommen hat.

Ned ist jetzt eine neue Person, sage ich mir. *Und das Beste daran ist: Für den Moment jedenfalls komme ich damit verdammt noch mal prima zurecht.*

Ich wälze mich auf die andere Seite. Die Matratze hängt in der Mitte durch, so dass ich in einer weichen Furche liege. Meine Ferse pocht wie ein Pulsschlag, und ich bin sehr, sehr müde. Die Geräusche von unten sind jetzt gedämpfter. Das Zuschlagen einer Autotür unter meinem Fenster – einer der letzten Aufrechten verlässt endlich das Pub. Gott segne dich,

Fremder aus der Bar. Komm gut nach Hause. Gott segne Randy Boy und Valerie und Lorrie und Lucy, die verbitterten Kellnerinnen, und Allen in dem Fluss in Guatemala – oder ist er in Honduras von der Brücke gestürzt worden? Egal. Gott segne alle Männer, die ins Wasser fielen, wo auch immer sie waren, und Nico im Gefängnis und Tess, die auf diesen Wanderungen schon so viel gesehen und gehört haben muss, dies aber alles in ihre Blusentasche stopft, den Kopf senkt und die Hände faltet wie eine Nonne. Gott segne auch die zauberhaften Schwirrvögel, die mit ihren kleinen Flügeln um die Welt flattern, und Gott segne Diana über mir im Himmel und hier unten in ihrer Tüte, und Gott segne mich. Ich denke, ich könnte den Segen Gottes gebrauchen. Ich denke, ich brauche ihn mehr als alle anderen. Denn heute Nacht, als ich draußen im Rauchergarten, in dieser Welt aus Asche, Bier, Dornen und Glas stand, ist mir noch etwas anderes widerfahren. Etwas, das mir andere wahrscheinlich längst voraushaben, ein offensichtliches Zeichen, das der immer so kritisch-aufmerksamen Che de Milan irgendwie entgangen ist. Eine weitere Veranschaulichung dessen, was Tess gesagt hat: So leicht es uns fällt, die Geschichten der anderen zu analysieren, uns selbst ist es fast unmöglich, die Bedeutung unserer eigenen zu erfassen.

Als meine Mutter mir sagte, es sei nie zu spät für die Heilung, hatte sie nicht von sich gesprochen.

9

»Ich kann nicht glauben, dass keine von euch ihn gehört hat«, sage ich am nächsten Morgen zu den anderen, während wir die Landstraße entlanglaufen, um zum Ausgangspunkt unserer heutigen Wanderstrecke zu gelangen. »Er stand direkt unter meinem Fenster und hat meinen Namen gerufen.«

»Wie in *Romeo und Julia*«, sagt Becca. »Das ist mein Lieblingsstück von Shakespeare.«

Eine recht unpassende Wahl für ein Mädchen, das behauptet, auf der Suche nach einer glücklichen Liebesgeschichte zu sein, aber schließlich besucht Becca auch erst die Highschool. Außerdem ist *Romeo und Julia* womöglich das einzige Stück von Shakespeare, das sie je gelesen hat, und dank seiner Idee, dass die beiden, deren Liebe unter einem schlechten Stern stand, in alle Ewigkeit hätten glücklich sein können, wenn ihre blöden Eltern ihren Scheiß nur besser geregelt bekommen hätten, war es dafür ausgelegt, Teenager anzusprechen.

»Auch mir kam *Romeo und Julia* in den Sinn«, berichte ich ihr. »Aber dann überlegte ich, dass er eher wie Stanley in *Endstation Sehnsucht* war. Randy ist ein wenig zu kantig, um den Romeo zu geben.«

Ich habe beschlossen, gleich die ganze Geschichte zu beichten. Denn wenn nicht, käme Valerie womöglich darauf zu sprechen, und wer weiß, wie schlimm ihre Version meines Abenteuers mit einem Fremden aussähe – das Herumknutschen in Socken im Rauchergarten, das Blut, das ich überall im Pub verteilte, und die Zeche, die ich mangels Bargeld nicht bezahlen konnte. Was ja auch alles stimmt, deshalb ist meine einzige Hoffnung, ihr zuvorzukommen, und als ich am Ende meines Abenteuers angelangt bin, lachen alle. Es ist ein mitfühlendes Lachen, das mich mit einschließt.

Am besten laufe ich den ganzen Tag herum und beichte meine Fehler, überlege ich. *Liste sie in alphabetischer Reihenfolge auf, wie die Hauptstädte der Bundesstaaten. Oder vielleicht auch in chronologischer Abfolge und dann in aufsteigenden und absteigenden Schweregraden. Ergänzt durch Akzente und Gesten während des Sprechens könnte ich ihnen zeigen, wie es aussah, als ich durch die Bar humpelte oder wie Randy den Dartpfeil warf. Das ist eine ganz wesentliche Information aus einer anderen Lebensphase, die ich mir immer wieder neu ins Gedächtnis rufen muss – dass dich die Leute nämlich, wenn du ihnen ganz genau erzählst, wie und wann du was vermasselt hast, nur umso mehr lieben. Alle Erfolge dieser Welt bringen dir nicht so viele Freunde ein wie eine peinliche Geschichte. Ich erinnere mich, einmal zwei Baristas in einem Café belauscht zu haben, die hinter der Theke standen, Milch aufschäumten und den Schaum mit dem Löffel abschöpften. Eins der Mädchen sagte zum anderen: »Was hast du denn gestern Abend gemacht?«, worauf die Angesprochene sagte: »Das Falsche.« Sie hatten gelacht, genau so wie die Frauen auf unserem Wanderweg jetzt auch lachen, im Geiste jener echten Kameradschaft, die nur unter denen zu finden ist, die Abstürze kennen. Es ist die Art von Freundschaft, die nur aus der Asche des Versagens entsteht.*

»Er mag beschränkt gewesen sein«, sage ich, »aber er war

ein verdammt guter Küsser.« Und da brechen Claire und Valerie erneut in Gelächter aus, das als Echo die ganze Gruppe erfasst. An diesem Morgen sind alle in Hochstimmung. Die Sonne lacht, die Luft ist frisch und klar, die Temperatur fühlt sich trotz November eher an wie Oktober, und wir haben gerade eine Markierung passiert, die laut Tess anzeigt, dass wir bereits mehr als die Hälfte des Wegs nach Canterbury zurückgelegt haben. Die Kombination aus einer in einem bequemen Gasthof mit genügend Duschen verbrachten Nacht und einem Frühstück aus Eiern und Würstchen im Magen und dazu noch die Geschichte meines mitternächtlichen Stelldicheins hat uns alle aufgemuntert.

»Was hat dich überhaupt dazu bewogen, hinunter ins Pub zu gehen?«, will Angelique wissen.

»Ich wurde wach, weil ich etwas wirklich Merkwürdiges geträumt hatte. Ich denke, Claires Geschichte hat mich wuschig gemacht.«

Darauf folgen weiteres Gelächter und auch ein paar Protestrufe, weil wir alle wissen, dass Claires Geschichte nicht dazu gedacht war, jemanden aufzugeilen.

»Es ist doch krank, auf so etwas abzufahren«, sagt Becca, aber ausnahmsweise kichert auch sie.

»Lass dir kein schlechtes Gewissen einreden, Che«, sagt Claire. »Ihr wisst alle nicht, was ich getan habe, während ich mir das Video ansah.«

Jetzt ertönt ein Chor ablehnender Stimmen: Steffi brüllt: »So genau wollte ich es gar nicht wissen!«, Becca sagt: »Das ist krass«, und Silvia stöhnt: »O Gott, meine arme Katze.« Wir laufen schweigend weiter, aber wir lächeln alle in uns hinein.

»Heute haben wir die Wahl«, sagt Tess. »Eine Route von

zehn Kilometern, die einen Umweg über ein paar Stallungen macht, oder die direktere mit sieben Kilometern. Vorschläge?«

»Die zehn«, sagt Steffi. »Ich möchte alles sehen.«

»Ich auch«, sage ich. Das kommt ganz automatisch, obwohl wir schließlich nur davon sprechen, eine Stallung zu sehen, und ich ein wenig in Sorge bin, ob meine Füße mitmachen werden, nachdem ich jetzt sowohl eine Blase am Zeh als auch eine Schnittwunde an der Ferse habe.

»Müssen wir denn schneller laufen, wenn wir den weiteren Weg wählen?«, will Valerie wissen.

»Ein bisschen«, sagt Tess.

»Dann bin ich mir nicht sicher, ob wir mehr sehen«, sagt sie.

»Natürlich werden wir das. Je schneller man geht, eine umso größere Strecke legt man zurück und umso mehr sieht man auch«, sagt Steffi. Langsam und in einem Ton, wie ihn die meisten Menschen Kleinkindern gegenüber anschlagen. »So funktioniert das.«

»Ich bin mir nicht sicher, ob ich dem zustimmen kann«, sagt Valerie, und Jean und Silvia geben ihr recht. Selbst Claire. Es sei in Ordnung, langsamer zu gehen, murmeln sie. Hier und da eine Verschnaufpause einzulegen. Und wir müssten ja nicht jede Stallung in Kent umkreisen, um uns was zu beweisen. Manchmal würden wir zu schnell laufen.

Steffi sieht mich an, und ich zucke mit den Achseln, wie um zu sagen, dass mir das keinen Streit wert ist. Und das ist es auch nicht. Zehn Kilometer bringen einen nicht notwendigerweise weiter als sieben. Dreißig Männer lehren dich nicht notwendigerweise mehr als einer. Je näher wir an Canterbury herankommen, umso mehr dämmert mir, dass egal, welche Antwort ich gesucht habe, sie nicht numerisch zu erfassen ist.

Ich weiß noch immer nicht, was genau Erfolg im Leben ist, aber ich kann fast Dianas Stimme hören, wie sie einen ihrer Glückskekssprüche aufsagt: *Wenn du es zählen kannst, zählt es nicht.*

»Ist deine Tetanusimpfung denn noch aktuell?«, erkundigt sich Steffi, und ich brauche einen Moment, um zu begreifen, wovon sie spricht. Von der Schnittwunde an meiner Ferse. Natürlich beschäftigt sie das als Ärztin. Ich nicke.

»Ich verdiene mir meinen Lebensunterhalt damit, durch Weinberge zu streifen«, sage ich. »Und kümmere mich darum, diesbezüglich immer up to date zu sein.«

»Sagtest du nicht, deine Eltern hatten einen Weinberg?«, fragt Valerie. »Ich finde es irgendwie süß, dass du in ihre Fußstapfen getreten bist.«

»Sie hatten eine Obstplantage.«

»Das ist doch mehr oder weniger das Gleiche«, sagt sie. »Oder nicht?«

Ist es das? Verdammt. Sie hat recht. Es liegt auf der Hand. Von Äpfeln zu Weintrauben, so weit habe ich es gebracht. Da dachte ich immer, der Welt meiner Eltern entkommen zu sein, aber vielleicht bin ich gar nicht so weit gekommen, wie ich dachte.

»Woher wusstest du, dass dein Randy beschränkt war?«, will Angelique wissen. Wir sind wieder in Bewegung, und sie wirft mir die Frage über die Schulter hinweg zu. »Was hat er getan, um sich zu verraten?« Sie sagt das leichthin, aber in ihrer Stimme schwingt ein besorgter Unterton mit. Man hat sie vom ersten Moment an, als sie mit ihrer Fernsehshow begann, als beschränkt abgestempelt, überlege ich. Sich in jeder Zeitschrift über sie lustig gemacht, und jeder Talkshowmoderator in Amerika hat sie durch den Kakao gezogen, aber sie ist nicht dumm, überhaupt nicht. Und sie hat mehr Herz als die meisten von uns hier auf dieser Wanderung.

»Es lag nur an mir, weil ich mich albern und unsinnig benommen habe, wie immer«, sage ich. »Ich habe damit angefangen, ihm die Bezeichnungen für Vogelgruppen aufzuzählen. Ich weiß, ich weiß, das ist erbärmlich, aber ich hatte schon immer ein Faible dafür, Substantive zu sammeln, die sich auf eine Gruppe von Tieren beziehen. Mehrere Fasane nennt man ein Bukett. Es gibt ein Pfauengepränge. Eine Nachtigallenwacht, ein Turteltaubenerbarmen.«

»Das ist doch nicht dein Ernst«, sagt Valerie. »Ein Erbarmen? Das ist doch völlig verrückt und ausgefallen.«

»Und nerdig«, sage ich.

»Und nerdig«, stimmt sie mir zu. »Ist das deine ganz normale Art, Typen in einer Bar aufzugabeln?«

Wir lachen alle wieder, denn einmal mehr hat sie den Nagel auf den Kopf getroffen. Ich bin ein Nerd, und das hat, jetzt bei Tageslicht betrachtet und einigermaßen nüchtern und in Gesellschaft von Frauen, durchaus was Komisches. Sie können es mir auf den Grabstein schreiben: HIER LIEGT EIN NERD, SIE KÜSSTE DIE FALSCHEN MÄNNER. Und darunter können sie dann in kleineren Buchstaben einmeißeln: UND SIE SUCHTE DEN SEGEN GOTTES.

Keine schlechte Grabinschrift. Die werde ich nehmen.

Tess lächelt. »Che hat mit Chaucer etwas gemeinsam«, sagt sie. »Er hat ein Gedicht mit dem Titel *Das Parlament der Vögel* geschrieben.«

»Wie nennt man denn eine Gruppe von Pilgern?«, erkundigt sich Jean.

»Ich glaube nicht, dass es dafür ein besonderes Wort gibt«, sagt Tess.

»Ich werde es mal googeln«, sagt Steffi und zückt ihr Handy. »Mist, wir haben hier gar keinen Empfang.«

»Vielleicht sind wir ein Google von Pilgern«, schlägt Angelique vor.

»Wir können meinetwegen gern ein Parlament von Pilgern sein«, sagt Valerie. »Nehmen wir den Begriff doch direkt von Chaucer.«

»Er passt ja auch gewissermaßen«, sagt Tess. »In Anbetracht dessen, dass am Ende ein Urteil über die Erzählungen gefällt wird. Apropos, sind wir bereit für die nächste? Und wer kommt danach? Silvia hat eine Zehn gezogen.«

»Ich habe eine Acht«, sage ich.

»Neun«, sagt Becca.

»Ich auch«, sagt Steffi. »Neun.«

Also das ist schon merkwürdig, überlege ich. Ich war davon ausgegangen, mit meiner Acht irgendwo in der Mitte zu sein, aber ich gehöre zu den Letzten. Nach mir bleibt nur noch Valerie übrig.

»Ich bin die Letzte«, sagt Valerie, ein Echo meiner Überlegungen. Sie schiebt ihre Hand unter ihre Jacke und zieht aus ihrer Blusentasche eine Karte hervor, was ich schon wieder höchst seltsam finde, denn wer trägt schon jeden Tag seine Karte mit sich herum. Es ist ein Pik-Ass.

»Gütiger Gott, Mädchen«, sagt Silvia. »Ein Ass ist die höchste Karte. Du hättest den Anfang machen müssen.«

»Ein Ass ist eine Eins«, sagt Valerie. »Also bin ich die Letzte.« Sie blickt in die Runde, als wollte sie sich einen Überblick verschaffen. »Stimmt doch?«

Gemurmel und Kopfschütteln, aber der allgemeine Tenor ist, dass das Ass die höchste Karte im Spiel ist. Mir ist nicht klar, warum im George Inn niemandem aufgefallen ist, dass sie ein Ass hatte. Das war erst vor drei Tagen, aber es kommt mir schon vor wie vor drei Wochen. Auf der Wanderung dehnt sich die Zeit, wird elastisch, wie das immer der Fall ist, wenn man Ferien hat und fern des Alltagsgeschehens ist. Ein einziger Morgen kann sich riesengroß anfühlen.

»Du solltest jetzt gleich mit deiner Geschichte loslegen«, sagt Silvia. »Es schafft schlechtes Karma, dass wir die Reihenfolge nicht eingehalten haben. Nein, im Ernst, sieh mich nicht so an. Ich kann warten. Wenn du bereit bist, deine Geschichte zu erzählen, dann raus damit.«

Valerie wirkt ein wenig nervös und überrascht, sich im Mittelpunkt wiederzufinden, aber sie nickt. »Ich habe mir, seit wir mit der Wanderung begonnen haben, überlegt, was ich erzählen möchte, aber meine Geschichte ist anders als die, die bisher erzählt wurden. Ich meine, es ist nicht meine Geschichte, es ist nur eine Erzählung. Über Sir Gawain, einen der Ritter der Tafelrunde. Ich dachte, es wäre ganz lustig, mal was Althergebrachtes zu erzählen, in die Klassikerkiste zu greifen.« Sie sieht Tess an, die aufmunternd strahlt und offensichtlich begeistert ist, dass wir uns wenigstens einen Vormittag mit Camelot anstatt mit Pornographie beschäftigen. »Aber das Thema passt zu allem, worüber wir gesprochen haben.«

»Und du ziehst die Erzählungen der Tafelrunde einfach so aus dem Hut?«, frage ich.

»Ich habe mich für die Reise in die Canterbury Tales vertieft«, sagt Valerie. »Eigentlich habe ich sogar eine Menge mittelalterliche Literatur gelesen, was wohl mein nerdiges Vergnügen ist, wie dein Pfauengepränge. Das ist die Geschichte, auf der die Erzählung des Weibes von Bath beruht.« Sie hält ihren Kopf schief und mustert Claire einen Moment, bevor sie fortfährt. »Sie heißt ›Sir Gawain und die hässliche Alte‹, und mir gefällt das Original besser als Chaucers Version. Ich hoffe, dass ich jetzt nicht vom Blitz erschlagen werde, nur weil ich das zugebe.«

Tess lächelt immer noch, es ist das befriedigte Lächeln, das sie schon den ganzen Morgen mit sich herumträgt, und ich denke nicht, dass es allein an Valerie liegt, die sich mit ein bisschen König Artus bei ihr einschleimt. Als unsere Reiseleiterin dürfte sie die Veränderung in der Gruppendynamik stärker empfinden als alle andern, und es scheint ihr zu gefallen, dass wir uns nun zum Parlament erklärt haben und nicht mehr nur ein zufällig zusammengewürfelter Haufen von Wanderern sind. »Tatsächlich«, sagt Tess, »kam die Chaucer-Version zuerst, aber ich gebe auch der späteren von Malory den Vorzug. Und das sage ich nun schon seit Jahren, und mich hat noch nie der Blitz getroffen. Bist du bereit? Möchtest du die nächste Erzählerin sein?«

»Wenn Silvia wirklich nichts dagegen hat, wieder übersprungen zu werden«, sagt Valerie. »Aber es ist nicht … wisst ihr, es ist keine Beichte.«

»Leg los«, sagt Becca. »Ich bin die Beichten leid. Ist es eine fröhliche Geschichte?«

»›Hässliche Alte‹ hört sich nicht gerade fröhlich an«, sagt Claire.

»Es ist ein Rätsel«, sagt Valerie.

»Ein Rätsel?«, hakt Jean nach. »Ich denke, wir sind bereit für ein Rätsel. Unbedingt ja, Becca hat recht. Leg los.«

Die Erzählung von Valerie

»Es war einmal«, beginnt Valerie, »im Königreich Camelot. Arthur war unterwegs im Wald, um Wild aufzuspüren, und kam dabei in eine Gegend, die nicht mehr zu seinem Land gehörte. Dies war ihm nicht bewusst gewesen, aber als er schoss und einen Hirschbock erlegte, trat sofort der Besitzer auf den Plan. Es war der furchterregende Schwarze Ritter.

Wildern war ein schweres Vergehen, selbst wenn man der König ist, und Arthur war allein, getrennt vom Rest seiner Leute und in einfacher Jagdkleidung. In anderen Worten, er war ohne die normalen Insignien seines Amtes und im Moment der Konfrontation nur ein gewöhnlicher Mann. Der Schwarze Ritter sagte, Arthur müsse für sein Vergehen enthauptet werden, es sei denn, er könne ein Rätsel lösen. Um dem Tod zu entgehen, müsse er in genau einem Jahr zurückkehren und eine einzige Frage beantworten: Was ist es, was die Frauen am sehnlichsten wünschen?«

Ein Summen geht durch die Gruppe. Eine schwierige Frage. Die knifflige Frage eines Weisen. Valerie, erfreut von unserer Reaktion, nickt und setzt ihre Geschichte gleich mit etwas mehr Elan fort.

»Als er die Rätselfrage hört, ist Arthur verzweifelt. Er ist schon viele Jahre mit Guinevere verheiratet, lang genug, um zu wissen, dass es keine leichte Aufgabe ist, eine Frau zufriedenzustellen. Er vermutet sogar, dass es keine Antwort auf diese Frage gibt und er tatsächlich gerade sein Todesurteil erhalten hat. Er kehrt zu seiner Jagdgesellschaft zurück und versucht, so zu tun, als wäre nichts passiert. Aber einem jungen Ritter fällt auf, dass der König in Gedanken versunken und besorgt ist. Es ist Sir Gawain, der nicht nur zu Arthurs engsten Freunden gehört, sondern auch sein Neffe ist. Schließlich schafft es Gawain, Arthur die Geschichte zu entlocken, und als der König ihm von dem nicht zu beantwortenden Rätsel erzählt, lacht Gawain. Er glaubt nicht, dass das so schwierig sein kann. Er ist jung und gutaussehend und unverheiratet und sich sicher, dass es nicht so schwer sein kann, die Damen zu ergründen. Er schlägt vor, dass sie beide auf getrennten Wegen ein Jahr lang Camelot vom einen bis zum anderen Ende durchstreifen und nach einer Antwort suchen. Gawain bricht also in die eine, Arthur in die andere Richtung auf, und sie wenden sich an jeden Gelehrten und Zauberer, auf den sie unterwegs treffen. Und immer fragen sie: ›Was ist es, was sich die Frauen am sehnlichsten wünschen?‹ Aber die Antworten, die sie darauf bekommen, sind alle widersprüchlich.«

»Typisch«, sagt Silvia. »Eine Frau zu fragen ist ihnen nicht eingefallen?«

»Ist euch aufgefallen«, sagt Steffi, »dass in diesen alten Mythen und Märchen der Böse immer so ähnlich heißt wie der Schwarze Ritter? Diese Tendenz ist so stark in unserer Kultur verwurzelt, dass sie gar keinem mehr auffällt.«

»Seid still«, sagt Claire streng. »Alle beide. Lasst Valerie ihre Geschichte erzählen.« Und damit ist eine neue Regel festgelegt. Keiner darf der Geschichtenerzählerin ins Wort fallen, bis sie ihre ganze Geschichte erzählt hat.

»Gawain sucht rastlos nach der Antwort«, fährt Valerie fort, »und bekommt es zunehmend mit der Angst zu tun, als Wochen und Monate ins Land gehen und der Tag, an dem der König Rechenschaft ablegen muss, immer näher rückt. Arthur hingegen fühlt sich wieder zu dem dunklen Wald hingezogen, wo er den Hirsch getötet hat und sein Problem seinen Anfang nahm. Dort trifft er auf ein hässliches altes Weib, das auf einem hohen weißen Pferd sitzt. Sie ist die hässliche Alte, nach der die Erzählung benannt ist. Sie behauptet, über sein Problem Bescheid zu wissen und auch die Antwort zu kennen, nach der er sucht. Aber es gibt einen Haken. Sie werde das Rätsel nur lösen, wenn er ihr verspricht, dass sie Sir Gawain zum Ehemann bekommt.

Natürlich ist Arthur entsetzt. Gawain ist einer seiner besten Freunde, einer seiner loyalsten Ritter. Er hat es nicht verdient, gegen seinen Willen dieser schrecklichen Alten angetraut zu werden. Arthur bietet ihr alles an, worüber er verfügt – Länder und Schlösser und Geschmeide und Titel, aber die hässliche Alte besteht darauf, sich mit nichts anderem als der Ehe mit Sir Gawain zufriedenzugeben.

Arthur weiß, dass Gawain alles tun wird, um seinen König und das Königreich zu retten. Und tatsächlich willigt Sir Gawain kurzerhand ein, als er von dem Handel erfährt, den die Alte fordert. Und als sich der Tag jährt, an dem die Aufgabe gestellt wurde, führt Arthur die hässliche Alte vor den Schwarzen Ritter, und sie sagt, dass die Frauen sich nichts sehnlicher wünschen als Souveränität. Das heißt, sie wollen die Kontrolle über ihr eigenes Leben haben.« Valerie hält inne und blickt in die Runde. »Was sich heute von selbst versteht, nicht wahr? Wenn du sagst, du willst die Kontrolle über dein Leben haben, dann ist das, als würdest du sagen, dass du Luft und Wasser willst. Es scheint ein ganz grundlegendes menschliches Bedürfnis zu sein. Aber das war das Mittelalter. Zu behaupten, eine Frau wolle die Kontrolle über ihr eigenes Leben, war radikal und schockierend. Dennoch akzeptiert der Schwarze Ritter die Antwort der Alten. Arthur ist aus der Patsche, aber jetzt sitzt Gawain in einer.

Der Tag der Hochzeit steht fest. Während der Zeremonie und dem darauffolgenden Bankett schluckt Gawain seinen Stolz hinunter und behandelt seine Braut mit großer Höflichkeit, als wäre sie die begehrenswerteste Frau im ganzen Land und er wäre hocherfreut, sie als seine Ehefrau zu haben. Er schenkt ihr Wein ein und fordert sie zum Tanz auf. Keiner im weitläufigen Bankettsaal, am wenigsten Arthur, darf sehen, wie tief seine Verzweiflung ist. Eine lächelnde Miene zu behalten, ist schwer, denn natürlich tuschelt man im ganzen Saal über diese bizarre Ehe, und alle sagen ›Armer Gawain‹. Nichts ist so schwer, wie das Mitleid der Freunde zu ertragen, genauso formuliert es der Erzähler dieser Geschichte. ›Nichts ist so schwer, wie das Mitleid der Freunde zu ertragen‹, schreibt er, und dem kann ich nur zustimmen. Denn die hässliche Alte ist nicht nur alt und hässlich. Sie ist auch unglaublich vulgär – sie furzt und rülpst und flucht inmitten all der hochwohlgeborenen Damen, und es heißt in der Erzählung, dass ›der Anstand an Arthurs Hof durch die Anwesenheit dieser Frau in höchstem Maße auf die Probe gestellt wurde‹. Die hässliche Alte würde nie nach Camelot passen, so viel stand fest. Aber Gawain erfüllt nicht nur seinen Teil des Handels, sondern er erfüllt ihn mit Anmut, indem er allen Wünschen seiner Braut nachkommt.

Als dann für die beiden der Zeitpunkt gekommen ist, in das Brautgemach zu gehen … nun, Gawain kann einem nur leidtun. Er trinkt sich Mut an. Diesen Teil lässt die Erzählung aus.

Den habe ich hinzugefügt. Als er den Bettvorhang zurückzieht und sich dem Brautbett nähert, findet er darin nicht das hässliche Geschöpf, das er erwartet. Stattdessen wartet auf ihn die schönste Frau, die er je gesehen hat. Sie ist nicht nur schön, sondern auch sanft und anmutig, die passende Gefährtin für einen Ritter seines Standes, und sie erklärt ihm, dass der Schwarze Ritter sie mit einem Fluch belegt habe. Sie sei dazu verdammt worden, so lange eine widerliche, hässliche Alte zu sein, bis ein guter Mann sich bereit erkläre, sie zu heiraten. Und dank ihm sei der Fluch nun zum Teil von ihr genommen. Es sei ihr erlaubt, die Hälfte der Zeit ihr wahres Selbst zu sein, entweder am Tag oder in der Nacht. Und da Gawain seinem Teil der Abmachung nicht nur nachgekommen sei, sondern sie auch mit äußerster Höflichkeit behandelt habe, lege sie die Entscheidung in seine Hände. Wolle er sie lieber schön haben, wenn sie nachts allein und in der Zurückgezogenheit ihres Schlafgemachs waren, oder während des Tages, wenn sie sich unter den anderen Rittern und Damen des Hofes aufhielten? Und jetzt kommt das Rätsel. Nicht das, womit ihr gerechnet habt, über das, was Frauen möchten, sondern ein anderes: Wie, glaubt ihr, hat Gawain ihre Frage beantwortet?«

Einen Moment lang sagt keine etwas. Ich lasse meinen Blick über die Felder wandern – die jetzt flacher und silbriger sind und hinter denen man den Schein einer Stadt erahnt, die wohl Canterbury sein muss. Zu welchem Schluss wir auch gelangen, wir müssen ihn im Laufe des heutigen oder morgigen Tages finden, denn in zwei Nachmittagen von jetzt an werden wir nacheinander die Kathedrale betreten und unseren Segen erhalten, ob verdient oder nicht. Tess hat uns erzählt, dass sie sich um eine weibliche Geistliche bemüht hat – bei den Anglikanern gibt es das –, was auch passend zu sein scheint. Wenn wir schon von Frau zu Frau beichten, ist es nur rechtens, wenn unsere Suche auch mit der Vergebung durch eine Frau endet.

Aber jetzt geht es erst mal um Gawain und seine Zwickmühle. Die Zeile, die mich in Valeries Erzählung besonders betroffen gemacht hat, war die, die sie wiederholte, nämlich wie schwer es ist, das Mitleid der Freunde zu ertragen. Diese Wahrheit brennt wie ein in eine Wunde gegossenes Desinfektionsmittel, denn ich vermute, dass meine rasche, wortlose Flucht aus Philadelphia nach London genauso viel damit zu tun hatte, meinen Freunden aus dem Weg zu gehen, wie mit meiner Pflicht, die Asche meiner Mutter zu zerstreuen. Ich konnte es nicht ertragen, ihnen die Geschichte von Neds böswilligem Verlassen zu erzählen, jedenfalls jetzt noch nicht. Aber irgendwann muss ich zurückkehren. Schon bald. Tatsächlich werde ich bereits in einer Woche mein normales Leben wiederaufgenommen haben, und alle unsere gemeinsamen Freunde werden in Scharen zu mir kommen und mir sagen, was für ein Arschloch Ned gewesen ist. Einige jedenfalls werden das sagen, und andere werden hinter meinem Rücken mit ihm reden und ihm versichern, er habe gut daran getan, denn sie hätten sich schon immer gefragt, wie er es mit einer Frau, die so fordernd und sturköpfig sei wie ich, so lange habe aushalten können. Und dann wird es natürlich auch die geben, die beides tun, mich trösten und im gleichen Atemzug ihm gratulieren. Und auf diese Weise fängt es dann an – das Aufteilen der Paare, mit denen wir uns getroffen haben, genauso wie wir unsere Möbel und Bücher und das Geschirr aus unserem Strandhaus aufteilen werden. Anwälte und Immobilienmakler und Steuerberater werden davon in Kenntnis gesetzt werden, dass unsere Wege sich getrennt haben. Meine Freundinnen werden zu mir kommen und meine Geschäftsweine bis auf den letzten Tropfen austrinken. Manche werden sich berufen fühlen, mir zu erklären, wie viel einfacher es doch für einen Mann sei, sich anderweitig umzusehen. Verdammt, er hat es doch schon getan. Meine Nachfolgerin war doch schon eingestellt, bevor ich entlassen wurde. Während für eine Frau irgendwo in ihren mittleren Jahren … nein, meine Atempause von der romantischen Liebe wird sich in die Länge ziehen, vielleicht auf ewig. Das wissen sie auch alle, und ich weiß es auch. Und dann werde ich das Aufblitzen des Mitleids in ihren Augen sehen, und dieses Mitleid wird in vielerlei Hinsicht schwerer zu ertragen sein als der Stich, den Neds Abgang mir versetzt hat.

»Ich weiß, warum du mich vorhin so angesehen hast«, sagt Claire zu Valerie, und ihre Stimme klingt ganz anders als sonst, beißend und unangenehm. »Du denkst, das sei meine Geschichte. Und deshalb hast du dich plötzlich daran erinnert, dass du ein Ass in der Tasche hast. Du wolltest als Nächste drankommen.«

Valerie sieht ehrlich überrascht aus. »Das ist nicht deine Geschichte. Es geht nicht im Entferntesten um dich. Warum sagst du das?«

»Weil sie paranoid ist«, sagt Silvia.

Claire fummelt an ihrer Sonnenbrille herum, schiebt sie hoch und dann sofort wieder runter. »Du denkst, Gawains Wahl sei die gleiche, die Adam hatte? Nur dass Adam keine Frau hatte, die im Laufe eines Tages hin und her wechselte, er hatte tatsächlich zwei Frauen. Ich war diejenige, die in der

Öffentlichkeit akzeptabel war, aber im Schlafzimmer eine Enttäuschung, wohingegen Edith während des Tags eine hässliche Alte, dafür aber im Bett schön war.«

»Das ist doch verrückt«, sagt Silvia.

»Du hast mich direkt angesehen, bevor du mit deiner Erzählung begannst«, sagt Claire kategorisch zu Valerie. »Und das weißt du auch.«

»Mag sein, einmal vielleicht, als wir darüber sprachen, woher die Erzählung kommt«, sagt Valerie. Sie kommt heute schmuddeliger daher als je zuvor. Trägt ein engsitzendes orangefarbenes T-Shirt über einer weiten grauen Hose. Ihr schmutzbraunes Haar, das sich weder in der Farbe noch in der Länge auf einen Nenner bringen lässt, hat sie heute zum ersten Mal mit so einem großen Clip am Hinterkopf hochgesteckt, wie ich einen benutze, wenn ich mir das Gesicht wasche. »Denn in den Canterbury Tales war es das Weib von Bath, das eine Version dieser Geschichte erzählte und sie ... also gut, ich gebe eins zu. Ich fand, sie ist dir ein bisschen ähnlich. Der Gedanke kam mir schon in London, im George Inn, als wir uns alle vorstellten. Du sagtest, du seist viermal verheiratet gewesen und hättest einen jüngeren Liebhaber ... und da dachte ich mir, ja natürlich, die muss unser Weib von Bath sein.« Valerie sieht sich um und unterwirft sich der Gnade der Gruppe. »Also vier Ehemänner? Ihr müsst doch zugeben, dass das ein wenig ungewöhnlich ist, oder?«

Es ist sehr ungewöhnlich.

»Wenn ich überhaupt etwas andeuten wollte, dann das«, sagt Valerie. »Dass du mit der Erzählerin Dinge gemein hast, nicht mit der Erzählung. Auf gar keinen Fall halte ich dich für ein hässliches altes Weib. Davon bist du von allen von uns am weitesten entfernt. Ich würde sagen, dass es unter uns einige gibt, die dem viel näher kommen. In der Tat –«

»Was denkt denn nun der Rest von euch?«, mischt sich Tess ein, bevor Valerie eine zweite Krise heraufbeschwören kann in ihrem Versuch, die erste kleinzureden. »Wie lautete Gawains Antwort? Ist es wichtiger, in der Öffentlichkeit den perfekten Partner zu haben, jemanden, der den Erwartungen entsprechend aussieht und agiert und vielleicht den eigenen Status in den Augen der Freunde hebt? Ist dies das Geheimnis einer glücklichen Ehe? Oder ist es wichtiger, wie der Partner sich im Privaten verhält, hinter verschlossenen Türen?«

»Ich möchte beides«, sagt Becca. »Jemanden, auf den ich stolz sein kann, und jemanden, der gut zu mir ist.«

»Natürlich willst du beides«, sagt Claire. »Wir wollen alle beides. Aber du hast doch gehört, was Valerie gesagt hat. Es liegt ein Fluch auf ihr.« Ihre Stimme klingt noch immer schnippisch. Sie war nicht im Geringsten beschwichtigt durch diese Weib-von-Bath-Erklärung.

»Ich denke, er würde eine Frau wählen, die in der Öffentlichkeit reizend ist«, meint Jean bedächtig. »Aber nicht aus den Gründen, die man erwarten würde. Gawain war kein seichter Mensch. So edel, wie er war, wollte er bestimmt nicht, dass Arthur jedes Mal ein schlechtes Gewissen bekommt, wenn er an das Opfer erinnert wird, das sein Freund auf sich genommen hat. Denn das hier ist keine Liebesgeschichte, nicht wirklich. Es geht gar nicht um den Ritter und das alte Weib. Sie ist nur ein Requisit. Im Kern geht es in dieser Geschichte um Gawains Aufopferung für Arthur und darum, dass er nicht nur bereit war, sein eigenes Glück zu opfern, um seinen König zu retten, sondern dass er Arthur über das wahre Ausmaß seines

Leids im Unklaren lassen wollte. Wenn es also heißt, dass die hässliche Alte den Frieden von ganz Camelot störte, kann Gawain das nicht gewollt haben. Ich denke, er wäre selbstlos genug gewesen, sich für die Öffentlichkeit eine vorzeigbare Ehefrau zu wünschen und somit die hässliche Alte in seinem Bett zu akzeptieren.«

Das ist eine plausible Haltung, jedenfalls von meiner Perspektive aus betrachtet, aber Steffi kontert sofort.

»Ich bin auch der Ansicht, dass er der Schönheit bei Tage den Vorzug gibt«, sagt sie, »aber da stecken keine noblen Beweggründe dahinter. Wir legen alle mehr Wert auf das Aussehen der Dinge als auf die Dinge selbst. Es ist viel wichtiger, den Anschein eines perfekten Lebens zu erwecken, als tatsächlich ein perfektes Leben zu führen.«

»Nein«, sagt Claire. »Ihr liegt beide falsch. Eine Frau mag vielleicht so denken. Wir würden auch mitten in der Hölle bleiben, solange sie nur hübsch hergerichtet ist, aber ein Mann nicht. Für ihn gibt der Sex den Ausschlag. Und da kommt es nicht darauf an, ob wir uns im Mittelalter oder in der letzten Woche befinden. Wir können über so großartige Ideen wie Ritterlichkeit und Höflichkeit und Loyalität sprechen, aber am Ende wird die Welt von zwei Kräften angetrieben: von Sex und Geld. Die mögen jeweils viele verschiedene Gesichter annehmen, aber gemeinsam sind sie die Motoren, die das ganze Universum antreiben. Irgendwas anderes vorzugeben … das ist einfach wahnwitzig. Ein junger Kerl wie Gawain? Der hätte dem den Vorzug gegeben, was im Schlafgemach gut funktionierte, und nicht dem, was im Bankettsaal gefiel. Glaubt mir.«

Die Gruppe verfällt wieder in Schweigen. Unsere jeweiligen Rhythmen haben sich in den letzten Tagen derart synchronisiert, dass wir unsere Pausen ohne Absprache machen, und jetzt halten wir an einer Wegbiegung an und alle greifen simultan nach den Wasserflaschen. Den Rucksack abzusetzen und ihn jedes Mal wieder auf die Schultern zu hieven ist eine Qual, und so bin ich inzwischen ziemlich geschickt darin, nach hinten zu greifen und blind die richtige Tasche zu finden. Ich ziehe am Reißverschluss, aber er will sich nicht öffnen, also ziehe ich fester daran und verdrehe dabei meine Schulter ein wenig. Steffi sieht mich an, als wollte sie fragen, ob ich Hilfe benötige. Ich schüttle den Kopf. Ich weiß selbst nicht, warum ich bei solchen albernen Kleinigkeiten so stur bin und meinen Rucksack nicht auf dem Boden absetze wie alle anderen auch, um ihn in aller Ruhe zu durchwühlen. Es brennt in meiner Schulter, deshalb bin ich ganz vorsichtig, als ich meine Hand erneut nach hinten schiebe und die Wasserflasche herausziehe.

»Moment mal«, sagt Angelique. »Wie hieß noch mal das Wort? Soveränität? Und was bedeutet das noch mal?«

»Souveränität«, sagt Tess. »Es leitet sich vom mittellateinischen *superanus* ›darüber befindlich, überlegen‹, ab und bedeutet, dass jeder Mensch über das eigene Leben bestimmen möchte.«

»Im Sinne von eigene Entscheidungen treffen?«

»Ja«, sagt Tess. »Im Kontext dieser Erzählung ist genau das damit gemeint.«

»Dann weiß ich vielleicht die Antwort auf das Rätsel«, sagt Angelique und steckt ihre bonbonrosa Wasserflasche zurück in den Rucksack. Sie schwankt ein wenig, als sie ihn sich wieder auf die Schultern wuchtet. »Gawain erinnerte sich an das, was die Alte dem Schwarzen Ritter gesagt hat. Dass das, was die Frauen sich am meisten wünschen, die Chance ist, eigene Entscheidungen zu treffen. Also hätte er ihr die Entscheidung nicht abgenommen, sondern, als er sich zwischen ihrer Tag- und ihrer Nachtgestalt entscheiden sollte, geantwortet: ›Was immer du möchtest, mein Schatz. Es liegt ganz bei dir.‹«

Das ist wirklich verdammt brillant.

»Wow«, sagt Valerie. »Du bist wirklich umwerfend, Angelique. Du hast das Rätsel hervorragend gelöst, und das schafft kaum einer. Alle lassen sich so sehr vom Aussehen der Alten ablenken und von der Frage, ob Gawain sich vor der Hofgesellschaft geschämt hat, dass sie den ursprünglichen Kern der Erzählung darüber völlig vergessen. Die Antwort auf das zweite Rätsel ergibt sich aus dem ersten: Was wollen Frauen?«

Als wir wieder loswandern, strahlt Valerie vor Begeisterung. »Gawain sagt der Alten, sie solle die Wahl ganz allein treffen, und als sie noch darüber staunt, mit dem einzigen Mann überhaupt verheiratet zu sein, der je auf das gehört hat, was eine Frau sagt, wird, puff, im selben Moment der Fluch von ihr genommen. Die hässliche Alte darf nun sowohl am Tag als auch in der Nacht schön bleiben, und sie und Gawain führen eine wunderbare Ehe, und ganz Camelot jubelt. So endet es.«

»Das glückliche Ende«, sagt Tess. »Da haben wir es, meine Damen. Endlich glücklich.«

»Eine schöne Geschichte«, sagt Steffi. Ich glaube, es wurmt sie noch immer, dass nicht sie auf die Lösung gekommen ist.

»Aber ist es wirklich das, was wir Frauen wollen?«, fragt Silvia. »Ich habe über einen längeren Zeitraum meines Lebens allein gelebt und gebe gern zu, dass ich es manchmal leid war, ständig meine eigenen Entscheidungen zu treffen. Wenn ich eine schlechte traf, hatte ich nicht mal jemanden, dem ich dafür die Schuld geben konnte.«

»Ich habe auch schlechte Entscheidungen getroffen«, sagt Valerie. »Aber das heißt doch nicht, dass ich lieber hätte, dass ein anderer sie für mich trifft.«

»Ich will damit nur sagen, dass es ganz nett ist, sich mit jemandem auseinandersetzen zu können«, meint Silvia. »Dass man in seinem Leben an einen Punkt kommt, an dem man anfängt, die Kameradschaft um ihrer selbst willen wertzuschätzen. Man lernt das pure Vergnügen schätzen, einen anderen Menschen um sich zu haben. Und dabei erwartet man von der Liebe auch gar nicht mehr so viel, wie man das früher mal getan hat.« Sie sieht sich um. »Aber vielleicht bin ich als Einzige alt genug, um da schon angekommen zu sein.«

»Was meinst du, Mom?«, fragt Becca und dreht sich um zu Jean, die ein paar Schritte hinter ihr geht. Eine Tochter, die ihre Mutter fragt, was sie denkt, ist noch merkwürdiger als ein Mann, der seine Frau fragt, was sie möchte. Also halte auch ich einen Moment inne und beobachte ihre identische Körpersprache, während Becca wartet, dass ihre Mutter aufschließt, die Entfernung zwischen Mutter und Tochter vorübergehend geringer wird.

»Was würdest du tun«, fährt Becca fort und schlägt dabei einen künstlich süßen Ton an, »wenn du dich entscheiden müsstest zwischen einem Mann, den oberflächlich alle bewundern, oder einem Mann, der hinter verschlossenen Türen ein guter Ehemann und Vater ist? Und was wäre, wenn du wirklich nicht beides haben könntest? Wärst du dann bereit, mit dem Ungeheuer zu schlafen, nur um vor den Augen der Welt dein Ansehen wahren zu können?«

»Ich weiß nicht, wovon du sprichst«, sagt Jean. Ihre Stimme ist leise und angespannt, und sie blickt zu Boden. Sie ist auch über irgendetwas wütend, vielleicht ist sie aber auch Beccas ewiges Herumgehacke leid.

»Wir sind nur noch einen guten Kilometer von unserer Mittagsrast entfernt«, sagt Tess. »Übrigens müssen wir Ausschau nach dem Tor halten, das zur Hauptstraße führt. Wir werden heute früher zu Mittag essen, weil es in einem Dorf eine Kirche gibt, die ich allen zeigen möchte. Die ist an sich nicht bemerkenswert, aber sie ist typisch für die Plätze, an denen Chaucers Pilger entlang ihres Wegs haltmachten. Jene Pilger, die sich keine Herberge leisten konnten, schliefen nämlich in Kirchen entlang des Wegs. Oder in Hospizen. Wir werden auch an einem solchen vorbeikommen. Morgen.«

»Che«, spricht Steffi mich an. »Dein Rucksack ist nicht ganz zu. Du verlierst etwas.«

Ich greife nach hinten zum Rucksack, und meine Finger tasten über die vertraute Hügellandschaft, all die kleinen Reißverschlusstaschen, in denen ich mein Wasser und etwas Obst, zusätzliche Socken, die Lesebrille und den Sonnenschutz verstaut habe. Und zu meinem Entsetzen finde ich – die einzige offene Tasche ist die mit der Asche meiner Mutter. Die dünne Tüte ist eingerissen, wahrscheinlich ist es passiert, als ich bei der Trinkpause am Reißverschluss zerrte. Ich ziehe meine Hand zurück und sehe, dass auf meinen Fingerspitzen irgendwas silbern und golden schimmert, wie Metallicfarben. Sie riechen leicht salzig, wie der Ozean. Die Körner sind klein und weich und erinnern eher an Puder als an Asche.

»Was ist das?«, will Steffi wissen. »Hoffentlich nichts Wertvolles.«

Ich schnippe mit den Fingerspitzen und sehe zu, wie die Stäubchen sich in der klaren Landluft verteilen, sehe zu, wie sie sich vor meinen Augen in nichts auflösen. »Ist schon gut«, sage ich. »Ich habe unterwegs nur winzige Teilchen meiner Mutter verloren.«

10

Am ersten Tag unserer Wanderung hatte Tess uns aufgefordert, uns in die Pilger zur Zeit Chaucers hineinzuversetzen. Damals seien die meisten Gebäude klein und geduckt gewesen, erklärte sie uns, den Proportionen der Menschen angepasst, die aufgrund generationenlanger Mangelernährung und Krankheit im Wachstum zurückgeblieben waren. Dies wird jetzt deutlich, als wir vor der Sakristei einer alten Kirche in der Nähe des Dorfes stehen, in dem wir Mittagspause gemacht haben. Der Eingang zur Sakristei ist so niedrig, dass selbst eine Gruppe Frauen mittlerer Größe wie wir die Köpfe einziehen muss, um eintreten zu können. Auch drinnen entspricht alles diesem reduzierten Maßstab: Die Kirchenbänke sind schmal, die Stufen für kleine Füße ausgelegt, und der Altar ist zwar etwas erhöht, aber nicht geeignet, um Ehrfurcht zu erwecken oder den Priester allzu hoch über seine Gemeinde zu erheben.

»So dürften zu Chaucers Zeit fast alle Kirchen ausgesehen haben«, erläutert Tess und zeigt dabei auf den Raum mit den Holzwänden, mit dicken, schmucklosen Fenstern und herabhängenden Leuchtern. »Schlichte, grob gezimmerte Gebäude, dazu gedacht, allen Aspekten des Gemeindelebens Genüge zu tun. Gebaut für ein menschliches Maß. Und wenn wir davon ausgehen, dass sie an so etwas gewöhnt waren, dann hilft uns das bei der Vorstellung, wie sehr sie der erste Anblick der Kathedrale von Canterbury überwältigt haben muss.« Sie hatte uns bereits erklärt, dass wir an diesem Nachmittag einen Abstecher machen würden, der uns Richtung Küste führt und so weit vom Kurs abweicht, dass wir dann am Samstag die Stadt im selben Winkel wie Chaucers Pilger betreten und in etwa denselben Anblick haben würden wie diese damals. Sofern man sich die Autobahnen und Kraftwerkstürme wegdenkt.

Die kleine Kirche wird trotz ihres Alters noch immer genutzt, und als ich mich umsehe, finde ich genügend Beweise dafür, dass die Gemeinde sie weiterhin als zweites Zuhause begreift. Anscheinend wird derzeit gerade eine Art Kunstausstellung von Schülern gezeigt, denn die Arbeiten der Gewinner, die wilde, lebendige Kunst kleiner Kinder, zieren die dunklen Wände. Die wilde, lebendige Kunst kleiner Kinder findet sich auf Papier. Selbst der Altar ist mit einbezogen und präsentiert Skulpturen aus Pappmaché: die Büste einer Mutter mit einem Mund voller spitzer Zähne, ein Apfel, eine schlafende Katze und ein Mobile der Planeten, das von der zentralen Deckenlampe herabhängt und von den Saturnringen nach unten gezogen wird, so dass das ganze System jede Minute vom Himmel zu fallen droht. Und schließlich streckt sich neben dem Altar auch noch ein violetter Drache aus, so groß wie eine Badewanne. Es freut mich, dass man die Türen der Kirche für all dies öffnet und die Blumen auf dem Altar – spärlich und schon ein wenig welk, ein Abgesang auf den Sommer – eindeutig aus dem Garten eines Gemeindemitglieds stammen. Selbst die Kissen auf den Bänken sind handbestickt, zweifellos die Handarbeit älterer Damen aus dem Dorf. Ich frage mich, ob es mir, wenn ich an einem solchen Ort leben würde – einfach und nett und weit weg von dem Leben, das ich mir aufgebaut habe –, leichter fiele, gläubig zu sein. Denn in meinem jetzigen Leben ist mein Glaube den Gezeiten unterworfen. Manchmal überspült er mich mit einer gewaltigen Woge, dann zieht er sich wieder zurück, wobei er besonders leicht entschwindet, wenn ich die Schlagzeilen lese oder den Fernseher anschalte. Ich sage jedem, dass mir die institutionalisierte Religion verhasst ist. Weil ich hasse, was sie der Welt angetan hat. Mir scheint, dass sich neunzig Prozent der menschlichen Missstände bis zur Kanzel zurückverfolgen lassen. Und ich kann nicht genug betonen, dass die Kirche der Feind des göttlichen Geistes ist, womit ich mich womöglich ein wenig im Fahrwasser von Dianas Freund David bewege, aber hier … hier in dieser Kapelle der Drachen und des Saturns, der verwelkenden Chrysanthemen und schlafenden Katzen und guten verlässlichen Nachbarn spüre ich, dass ich zur Ruhe komme. Etwas in mir beginnt loszulassen.

Wir setzen uns auf die Bänke, nicht nebeneinander, sondern verteilt über den ganzen Raum. Einige der Frauen scheinen zu beten, und auch ich habe das Gefühl, ein Ritual zu brauchen. Etwas, das mir helfen wird, dieselbe Ruhe wiederzufinden, wenn ich nächste Woche wieder zu Hause bin und die Realität mich einholt. Vielleicht kein Gebet. Vermutlich denken Sie, dass ich auch vergangene Nacht schon gebetet habe, und das stimmt auch, aber die letzte Nacht war ein ganz besonderer Anlass, ein flüchtiger Mystizismus, geboren aus einer Mischung aus Geilheit und Trunkenheit und einem Stigma, und diese Mischung werde ich höchstwahrscheinlich nicht auf regelmäßiger Basis reproduzieren können. Ich könnte es natürlich mit Meditation versuchen. Das ist der für meine Generation naheliegende Trost und wartet mit seiner anklagenden Miene ständig in den Kulissen, direkt neben dem Vegetarismus, dem Recycling, der Unterstützung lokaler Händler und der Begleichung der Kreditkartenschulden. Diesen modernen puritanischen Werten, denen wir uns öffnen sollen, Tugenden, welche einige Menschen besser dastehen lassen als andere. Gewiss, ich habe zu meditieren versucht, aber jedes Mal, wenn ich ganz entspannt und ruhig bin, fällt mir etwas ein, was erledigt werden muss. Stille macht mir Angst. Sie ist ein Ozean. Ein Ozean, den zu überqueren ich nie in der Lage sein werde. Vielleicht sollte ich einfach nur dasitzen.

Das ist es. Ich sollte es schaffen, einfach nur friedlich im Stillen dazusitzen, wie das offenbar alle anderen um mich herum tun, einige mit gesenkten Köpfen, andere mit starrem Blick auf Jesus am Kreuz. Er wirkt angesichts seiner Umstände merkwürdig fröhlich, wie alles andere auch in dieser Kirche. Warum kommt mein Geist nicht zur Ruhe? Warum dreht sich mir ständig alles im Kopf? Die Ruhe bereitet mir so große Probleme. Sie macht mir Angst. Sie fühlt sich zu sehr nach Tod an. Ständig redet meine innere Stimme dazwischen, störend und ärgerlich. Warum gelingt es mir nicht, einfach nur ein paar Minuten dazusitzen, ohne zu reden und ohne zu denken?

Und dann ist da natürlich die Sache mit Diana. Meine Mutter, die Frau, die ich, um ihr Andenken zu ehren, hergebracht und dann völlig vergessen habe.

Jetzt befindet sie sich in einer Fish&Chips-Tüte. Nachdem

feststand, dass ich den ursprünglichen Plastikbeutel tatsächlich aufgerissen und die Hälfte ihrer Asche bereits unterwegs verstreut hatte, bat Tess in dem Pub, in dem wir unser Mittagessen einnahmen, um ein Behältnis, und was dabei herauskam, war das hier. Dieser Plastikbeutel, geflickt mit einigen gespendeten Heftpflastern, ruht nun in einer weißen Papiertüte mit dem aufgedruckten Konterfei eines fetten, bärtigen Kellners. Vorne drauf steht HARRY'S HIDEAWAY, auf der Rückseite findet man die Handynummern für den Lieferservice zusammen mit einer schielenden Katze, die »Mhm, lecker!« denkt. Wohl kaum ein angemessenes Medium, um die kürzlich Verstorbene nach Canterbury zu tragen, aber das lässt sich im Moment wohl nicht ändern. Beccas Gesicht spiegelte regelrecht Neid, als ich den anderen stammelnd erzählte, dass ich an diesem Vormittag Teile meiner Mutter unterwegs verloren habe, und mir war klar, dass ihr in den Sinn kam, sie wäre gern in der gleichen Lage wie ich. Sie ist zu jung, um zu wissen, dass es auf eine Art leicht ist, Mütter zu verlieren, auf eine andere aber unmöglich.

Aber nachdem ich Diana jetzt schon so weit mitgeschleppt habe, möchte ich wenigstens noch einen Teil von ihr nach Canterbury bringen, und damit muss es dann auch gut sein. Ich falte die Tüte, stecke sie zurück in eine Reißverschlusstasche und versuche noch einmal, meine Gedanken zur Ruhe zu bringen.

Ich bin traurig, denke ich. Dieses Wort trifft mich wie ein Schlag, als hätte mir jemand eine heiße Kartoffel in den Schoß geworfen. Es ist ein schlichter Gedanke, aber echt, und hier, in der Stille dieses Heiligtums, kann ich ihn beichten, kann ich dieses gefürchtete Wort benutzen und mir selbst eingestehen, dass ich traurig bin. Schlicht und einfach traurig, so traurig, wie ein Kind die Traurigkeit malt, nur dunkle Linien und wilde, grobe Striche mit dem Farbstift, wobei Rot und Gelb und Orange über die vorgezeichneten Gebilde hinausschießen und bis an die Ränder des Papiers reichen.

Ich bin traurig. Aber … tief in mir drinnen glaube ich, dass ich nicht ewig traurig sein werde.

Ich betrachte den Drachen am Altar. Er scheint zu lächeln, und ich lächle zurück. Der Zeitpunkt, meine Geschichte zu erzählen, kommt rasch näher, obwohl die merkwürdige Auslegung der Kartenrangfolge bedeutet, dass ich die Letzte bin. Meine Geschichte werden die Pilgerinnen hören, wenn wir die Tore der Stadt umkreisen und nach dem besten und historisch genauesten Weg suchen, um Canterbury zu betreten. Ich möchte mir selbst nicht allzu viel Druck machen, aber mir scheint, die letzte Erzählung sollte die beste sein, oder wenigstens die schlüssigste. Es fällt mir zu, für den roten Faden zu sorgen, der alle anderen Erzählungen miteinander verbindet.

Nein. So darf ich nicht denken, sonst werde ich verrückt.

Außerdem habe ich bis jetzt noch gar keine Geschichte parat. Im Moment weiß ich überhaupt nicht, was ich erzählen soll.

Ein paar Frauen fangen an, sich zu dehnen und zu bewegen. Valerie und Claire stehen auf und nähern sich dem Altar. Becca und Silvia gehen hinaus auf den Friedhof, gefolgt von Tess, die, nervös wie ein Collie, der Angst hat, eins seiner Schafe zu verlieren, in die Runde blickt. Steffi stupst mich an.

»Wir haben Empfang«, flüstert sie, und einen kurzen Moment lang verstehe ich nicht, was sie damit meint. Stelle mir vor, dass ein Pfarrer eintreten und uns allen eine Predigt halten wird. Doch als ich sitzen bleibe und sie ratlos anstarre, ergänzt sie: »Möchtest du dir mein Handy ausleihen?«

Mir liegt auf der Zunge, ihr zu sagen, dass ich auch so zurechtkomme. Dass ich kaum noch daran denke, mein Handy verloren zu haben. Aber Jesus und der Drache sehen mich beide an, und vor ihnen will ich nicht lügen. In Wahrheit ist keine einzige Nacht vergangen, in der ich mich nicht irgendwann im Dunkeln auf die Seite gedreht und mit meiner Hand instinktiv zum Nachttisch gegriffen habe, bevor ich überhaupt ganz wach war. Um in der Dunkelheit nach der vertrauten Form zu tasten, der kartenartigen Oberfläche. Also nehme ich ihr Handy und nicke dankbar. Sie steht auf und geht nach draußen, lässt mich allein.

Ich lege meinen Finger auf das kleine violette Symbol eines Mikrophons, und schon ist Siri bereit. *Womit kann ich dir helfen?*, fragt sie mich wie immer. Sie ist ein hervorragender Schutzengel, immer zur Hand, wenn ich sie brauche, und wenn nicht, schweigt sie.

Und ich sage, was ich immer sage, nämlich mein ganz persönliches Gebet. Valerie und Claire stehen noch am Altar, also sage ich es ganz leise, aber Siri hört mich.

Was ist der Sinn des Lebens, Siri?

Sie antwortet: *Über Fragen wie diese nachzudenken.*

Ha. Der Satz ist gut.

Am Eingang tut sich etwas, und ich drehe mich um. Die nächste Touristengruppe betritt mit ihrem Führer die Kirche. Sehr wahrscheinlich Amerikaner, denn sie haben Angelique erkannt. Sie stehen in der Sakristei, umgeben von den Wundern Gottes und der Menschen, aber ihre Aufmerksamkeit ist einzig und allein auf diese eine Frau gerichtet, entkleidet von ihrer Pracht und ihrer Macht, aber offensichtlich noch immer berühmt genug. Sie gibt Autogramme, und sie lassen sich mit ihr zusammen fotografieren, erst jeder einzeln, dann in Gruppen von zweien und dreien. Ich beschließe, mit dem Aufbruch zu warten, bis sie sich zerstreut haben, aber es ist merkwürdig, sie in ihrem Element zu beobachten und zu sehen, wie gut sie sich in ihrer traurigen Berühmtheit eingerichtet hat. Diese mag zwar ihre Ehe zerstört haben, aber auf einer anderen Ebene gibt der Ruhm ihr auch Auftrieb. Nachdem die Touristen sie endlich in Ruhe lassen und die Kirche betreten, stehen wir anderen auf und verteilen uns. Ich trete an den Altar, öffne die Seitentasche und wühle in der Fish&Chips-Tüte, bis ich eine Fingerspitze unter das Heftpflaster und in den Beutel schieben kann. Ich nehme ein paar Körnchen meiner Mutter heraus und schnippe sie auf den Drachen, danach reibe ich obendrein ein paar in die Wundmale an den Füßen Jesu.

Das ist zwar nicht Canterbury, aber mir gefällt es hier. Und ich denke, Diana hätte es auch gefallen.

Draußen treffe ich Silvia an, die an einem Grabstein lehnt und einen ihrer Wanderstiefel ausgezogen hat, um ihren linken Fuß zu inspizieren. Sollte man jemals eine neue Statue zu Ehren der heutigen Pilger errichten, sollte sie genau diese Pose einnehmen. Eine Frau, die mit ihrem Stiefel in der Hand auf einem Grabstein sitzt und mit verzerrter Miene ihre Fußsohle betrachtet. Silvia scheint, natürlich abgesehen von meiner Wunde an der Fußsohle, dieselben Schäden wie ich davongetragen zu haben. Ich biete ihr mein Blasenpflaster an, aber sie schüttelt den Kopf. »Ich werde meine eigenen Vorräte aufstocken«, sagt sie, »solange wir uns in einem größeren Ort befinden.«

»Es gibt einen Drogisten an der Ecke«, sagt Tess.

»Ein Drogist?«, wiederholt Angelique. Sie strahlt noch immer von ihrer Autogrammstunde. Glättet sich das Haar und überprüft ihr Spiegelbild im Messingkreuz an einem der Grabsteine. »Klingt seltsam, wenn du das sagst.«

»Das ist in England der Apotheker«, erklärt ihr Jean.

»Das weiß ich«, sagt Angelique. »Es ist nur, weil Nico so immer das Meth-Labor bezeichnet hat. Ist doch lustig, oder?«

»Ist das lustig?«, fragt Jean. »Wenn du das sagst, glaube ich dir. Ich habe ein Problem damit, Scherze zu verstehen.«

11

Unsere Nachmittagswanderung zieht sich in einem Bogen entlang des Küstenwalls, wie Tess ihn nennt. Er ist selbst aus der Ferne leicht auszumachen, wenngleich ich das Meer bis jetzt weder hören noch sehen kann. Ich habe mich ausreichend informiert, um zu wissen, dass die Küste Südenglands immer wieder steil zum Meer hin abfällt und über weite Strecken Stein oder Kalk freilegt, wie die weißen Klippen von Dover. Und so erreichen wir nun eine dramatische, felsige Landschaft, ganz anders als die sanften Hügel, die wir bis jetzt durchstreift haben. Und obwohl wir vom zweiten Teil unserer heutigen Wanderung bisher gerade mal eine Stunde zurückgelegt haben, ist der Pfad bereits unwirtlich, denn immer wieder ragen Felsbrocken aus dem Boden. Der Wind trägt den Geruch von Meer und Seetang herbei, und in der Ferne kreisen Möwen und verständigen sich kreischend in der hohen, kalten Luft.

»Wie nennt man denn eine Gruppe von Möwen?«, fragt mich Claire.

»Eine Schule, einen Schwarm, manchmal auch eine Kolonie«, sage ich. »Das ist ein bisschen kompliziert. Die meisten Menschen sprechen von Schar, aber das ist nicht der richtige Begriff dafür.«

»Also«, beginnt Silvia und lässt ihre Fingerknöchel knacken, ohne auf die Erlaubnis zu warten. »Wir kehren leider wieder zu einer autobiographischen Erzählung zurück. Sie handelt davon, wie eine Ehe sich im Lauf der Jahre verändert und dabei ihre Hochs und Tiefs hat. Und auch davon, wie manchmal alles wieder zum Ausgangspunkt zurückkehrt, wenn man es am wenigsten erwartet. Es ist meine eigene Geschichte, so wahrhaftig, wie ich sie in Erinnerung habe, aber ich werde sie so erzählen, als ginge es dabei um jemand anderen. Ich meine, ich erzähle sie in der dritten Person. Weil ich denke, dass es mir dann leichter fällt. Und ich würde es begrüßen, wenn ich nicht unterbrochen werde. Spart euch eure Fragen und Kommentare bis zum Schluss auf, wie wir das auch bei Valerie getan haben.« Das ist das erste Anzeichen, dass sie womöglich nicht ganz so entspannt ist, wie es immer den Anschein hat.

»Der Erzähler bestimmt über die Erzählung«, sagt Tess.

»Die dritte Person?«, fragt Angelique. »Was heißt das?«

»Dass ich mich selbst ›sie‹ und nicht ›ich‹ nenne«, sagt Silvia. »Das schafft Distanz. Und Distanz ist hilfreich.«

»Gegen Distanz ist nichts einzuwenden«, sagt Claire. »Und Tess hat recht. Es ist deine Geschichte. Du sollst sie so erzählen, wie du es für richtig hältst, oder was meint ihr, meine Damen?«

Wir nicken. In der Ferne kreischen die Möwen.

Die Erzählung von Silvia

Sie lernten sich auf dem College kennen, sie stand am Anfang ihres Studiums, er am Ende. Doch studierten beide Musik im Hauptfach und saßen in der Streicherabteilung des Studentenorchesters nebeneinander. Erste und zweite Geige.

Wie die Geigen schien auch alles andere in ihrem Liebeswerben vorherbestimmt. Sie waren sich so ähnlich. Beide groß und schlank und aus dem Mittleren Westen. Still, am liebsten im Freien, Lehrerkinder. Mit genügend Talent, um die Musik zu ihrem Beruf zu machen, aber nicht talentiert genug, um Stars zu werden. Oder vielleicht war das auch eher eine Frage des Temperaments, denn keiner von beiden hatte die Persönlichkeit eines Stars. Ihre Namen alliterierten, Silvia und Steven, und wenn man jung ist und noch keine Erfahrungen in der Welt gesammelt hat, kann selbst ein alberner Zufall wie dieser als Wink des Schicksals verstanden werden.

Nach ihrem Hochschulabschluss heirateten sie, wie das auch alle erwartet hatten, und begannen dann, ihre Liste abzuarbeiten. Eine bescheidene Methodistentrauung, ein erstes Zuhause in einer Vorstadt, die Geburt von Zwillingen. Ein Junge und ein Mädchen – was wunderbar effizient war, hatten sie doch gleich alles in einem Aufwasch. Dann kamen der Kleinbus, die Reisen nach Disneyland, die Halbmarathons, die geretteten Hunde. Im zehnten Jahr ihrer Ehe zogen sie von Kansas nach Texas. Ein anderer Breitengrad, helleres Licht, aber dieselbe Zeitzone.

Kurz nach ihrer Ankunft in Houston starb eine Verwandte. Entfernt zwar, aber kinderlos, wie man es sich besser nicht denken konnte, und dank dieses unverhofften Erbes, das wie Manna vom Himmel fiel, konnten sie sich ein größeres Haus leisten. Aber mit dem Glück ist das so eine Sache, nicht wahr? Im Rückblick sollte Silvia sich manchmal fragen, ob dies nicht der Punkt war, wo sie zum ersten Mal vom Kurs abwichen – mit dem Kauf des größeren Hauses, das sie sich aus eigenen Mitteln nie hätten leisten können. Sie fühlten sich in ihrem Viertel immer ein wenig wie Eindringlinge, denn sie waren umgeben von lauter reicheren, älteren Paaren, die völlig anderen Berufen nachgingen und, was noch entscheidender war, für ein Wertesystem standen, das nie richtig zu passen schien. Es war nur eine winzige Kursänderung, aber ihr wisst ja, was man sagt. Ein Pilot, der seinen Kurs nur um einen Grad verändert, landet mit seiner Maschine womöglich in Phoenix anstatt in Denver.

Steven leitete das Orchester an der örtlichen Highschool, Silvia gab Klavierunterricht und war Begleitmusikerin am Theater der Gemeinde. Wie das bei Eltern von Zwillingen häufig der Fall ist, wurden sie sehr versiert darin, sich in ihren Aufgaben abzuwechseln. Die ihrer Herkunft geschuldete angeborene praktische Veranlagung half ihnen, mit diversen Kniffen jede Stunde des Tages in den Griff zu bekommen – Steven nannte es den *Plan*. Der *Plan* bestimmte über Schlafenszeiten, häusliche Aufgaben und das Haushaltsbudget, sogar über die korrekte Art, das Auto für Ausflüge zu packen.

Es war ein gutes Leben, und manchmal spätnachts oder auch wenn sie von Partys zurückkamen, auf denen sie sich gezwungenermaßen das Unglück anderer, weniger glücklicher

Paare live und in Farbe ansehen mussten, beglückwünschten sie sich dazu. Die Liz-und-Dicks der Welt, nannten sie diese anderen Paare. Die Scott-und-Zeldas. Paare, die sich anschrien, mit Weingläsern warfen, Konkurs anmeldeten, einen Entzug machten, Leute, die sich überall ausweinten und herumhurten. Die entschlossen schienen, ein großes, chaotisches Leben zu führen, wohingegen ihr eigenes Leben, da waren Steven und Silvia sich einig, genau die richtige Größe hatte.

Und dann, nach siebzehn Jahren, passierte das Unmögliche. Steven verliebte sich.

Die Frau war die Vorsitzende des Fördervereins für das Orchester an der Highschool, an der Steven unterrichtete. Ihre Kinder waren etwa im gleichen Alter wie die Zwillinge, die zu diesem Zeitpunkt fünfzehn waren. Ihre Töchter hatten sich sogar gegenseitig zu den Geburtstagspartys eingeladen. Sie hieß Carol.

Carol war nicht Teil des *Plans* gewesen.

Und dennoch war sie plötzlich da. Erschreckend und unvermeidlich wie ein Baum, der während eines Sturms durch dein Dach fällt, so dass du plötzlich von deinem Bett nach oben blickst und etwas so völlig Unerwartetes wie den Himmel siehst. Carol schien eine ganz gewöhnliche Frau zu sein, so sahen es jedenfalls die meisten Menschen. Silvia jedenfalls fand sie gewöhnlich und war sich ihrer Existenz nur auf jene periphere Weise bewusst, wie man Leute eben kannte, die Kinder im gleichen Alter hatten. Sie hatte nie besondere Notiz von ihr genommen. Carol … nun, Carol war ein wenig so wie Edith. Sie wirkte nicht wie eine Bedrohung. Sie war weder jünger noch dünner noch vollkommener als Silvia, und genau das war Teil des Problems. So furchtbar es sein mag, wenn dein Ehemann dich für eine Zweiundzwanzigjährige vollbusige Blondine verlässt – es gibt wenigstens eine Erklärung dafür. Er ist ein Arschloch, einer, der sich was Besseres sucht, ein Mann in der Midlife-Crisis, die Pointe eines Scherzes, der nicht lustig ist.

Aber als Silvia ihren Freundinnen erzählte, Steven werde sie für diese Frau, diese Carol, verlassen, sprudelte es aus ihnen heraus: »Sie hat dickere Schenkel als du«, ein Satz, der vermutlich alles darüber aussagt, wie das Leben in einem Vorort der gehobenen Mittelschicht in Houston, Texas, im Jahr 1982 aussah. Und es stimmte auch. Egal, über welche besonderen Kräfte Carol verfügte, sie waren mit dem bloßen Auge nicht zu erkennen, und doch teilte Steven Silvia mit – Zitat: *Ich habe noch nie so empfunden. Ich kann es gar nicht beschreiben. Allein im selben Raum mit ihr zu sein, ist mir schon genug.*

Und dann ergänzte er noch mit jener sanften Grausamkeit, die nur ein Mann, der frisch verliebt ist, aufbringen kann: *Und Silvia, meine einzige Hoffnung ist, dass auch du eines Tages erfährst, wie sich das anfühlt.*

Und natürlich war es genau das, was unverzeihlich war. Doch in all den darauffolgenden Jahren hat Silvia keinem erzählt, was er gesagt hat, nicht bis zu diesem Moment ihrer Wanderung durch die englische Landschaft mit ihrer Freundin Claire – die, wie sich herausstellt, ebenfalls ihre Geheimnisse hatte – und diesem Parlament der Vögel. Das war der peinlichste Teil ihrer peinlichen Geschichte, und als sie damals ihren Freundinnen erzählte, dass Steven sie verlassen werde, verschwieg sie ihnen an jenem Tag Anfang der Achtzigerjahre, was er beim Hinausgehen gesagt hatte. *Allein im selben Raum mit ihr zu sein, ist mir schon genug.* Die anderen Frauen sollten nicht erfahren, dass sie mit einem Mann verheiratet war, der so etwas von sich gab, oder dass sie sich damals auf dem College für eine derart lächerliche Person entschieden hatte. Also vergrub sie diese letzte Aussage, dieses Geständnis, das zu viel preisgab, tief in ihrem Herzen. Es war schon schlimm genug, dass Steven sie nicht mehr liebte, aber dass er dann auch noch andeuten musste, sie nie geliebt zu haben – jedenfalls nicht auf jene gewaltige, allumfassende Weise, mit der er jetzt Carol liebte … Sie erzählte ihren Freundinnen alles andere, aber das Schlimmste behielt sie für sich.

Sie machte weiter. Entsprach Silvias Leben in den Sechziger- und Siebzigerjahren mit Steven einem Klischee, so entsprach ihr Leben in den Achtziger- und Neunzigerjahren einem anderen. Es fiel ihr nicht schwer, nach ihrer Scheidung wieder auf die Füße zu kommen. In der nach oben hin mobilen Nachbarschaft, in der sie jetzt lebten, waren mehrere Eheschließungen die Norm, und es wurde sogar als schockierende Fantasielosigkeit angesehen, wenn man mit seinem ursprünglichen Partner zusammenblieb. Die meisten Leute unternahmen gerade ihren zweiten, dritten oder sogar vierten Anlauf im Eheglück und hatten eine Menge Stiefkinder und Halbgeschwister im Schlepptau. Wenn Steven die Kinder hatte, kamen ihre Freundinnen am Freitag zu ihr auf Besuch, sie tranken zu viel Wein, schauten sich Liebesfilme an und verfluchten die Jungs ihrer Jugend. Nachdem die Kinder das College abgeschlossen hatten, kam die eine oder andere Freundin fast jeden Abend vorbei. Sie kochten gemeinsam, wobei jede Frau mitbrachte, was sie im Kühlschrank fand oder im Drive-in besorgte. Verurteilt wurde keine. Man heuchelte nicht. Silvia ließ sich die Haare kurz schneiden, nahm ab und adoptierte zwei weitere Hunde. Inzwischen hatte sie fünf, was schon eine prekäre Anzahl war, ein Anzeichen dafür, dass sie kurz davor stand, sich aus der feinen Gesellschaft zurückzuziehen. Wenigstens waren es keine Katzen.

Als glücklich empfand sie sich nicht. Aber auch nicht als unglücklich. Diese Art von Sprache hatte sie nie benutzt. Aber dennoch begann Silvia im zehnten oder elften Jahr ihres Singledaseins, die Möglichkeit in Erwägung zu ziehen, dass Steven recht gehabt hatte. Dass er ihr, indem er sie verließ, tatsächlich – wie das sein behauptetes Ziel gewesen war – genauso einen Gefallen tat wie sich selbst. Ja, es hatte fast ein ganzes Jahrzehnt gedauert, aber endlich sah sie die Dinge klarer. Sie und Steven waren nie ein Liebespaar gewesen. Ganz und gar nicht.

O ja, gepasst hatten sie zueinander. Sie waren perfekt aufeinander abgestimmt und ein ebenbürtiges Gespann. Aber geliebt hatten sie sich nicht. Sie hatten stattdessen fast wie Bruder und Schwester gelebt, zwei Menschen, die dieselben Erinnerungen teilten, dieselbe Verwandtschaft ertragen hatten … fast war es, als hätten sie die siebzehn Jahre auf dem Rücksitz desselben Autos gesessen. Eines Autos, an dessen Steuer ein anderer saß, vielleicht jener strenge und freudlose Erwachsene namens »Ehe«, und sie konnte nur sagen: »Sind wir schon da?«, wohl wissend, dass die Tatsache, diese Frage stellen zu müssen, bereits der Beweis war, dass man noch nicht angekommen ist. Selbst die Umstände ihrer ersten Begegnung vor so langer Zeit auf dem Collegecampus hatten für Silvia eine andere Bedeutung angenommen. Sie hatte die Geschichte immer gern erzählt – er die erste Geige, sie die zweite –, aber nachdem sie jetzt nicht mehr darüber nachdachte, kam ihr dieses einst zauberhafte kleine Detail düster und wie ein schlechtes Omen vor.

Die Feministinnen sahen es richtig. Sie hatte für diesen Mann vom ersten Tag ihrer Begegnung an die zweite Geige gespielt.

Und als sie am Rande der hohen Klippe stand, die man fünfzig nennt, erkannte sie noch etwas anderes – denn hier hat Claire unrecht, nicht mit vierzig wird das Leben einer Frau in Stücke gerissen, das passiert mit fünfzig. Vielleicht sagt man aber besser, dass mit vierzig die Umstände im Leben eines Menschen auf den Kopf gestellt werden und du dir die Frage stellst, ob du auch das Richtige getan hast. Aber mit fünfzig zieht es dir die Rippen auseinander, es reißt am Herzen und in dir wächst der unangenehme Verdacht, dass selbst, wenn es dir gelungen sein sollte, das Richtige zu tun, es langsam so aussieht, als hättest du das Richtige aus den völlig falschen Gründen getan.

Silvia hatte inzwischen eine Brust an den Krebs verloren – ja, selbst dieses Klischee wurde ihr nicht erspart –, und zum ersten Mal in ihren fünfzig Jahren auf dieser Erde stand sie im frostigen Schatten ihrer eigenen Sterblichkeit. Vielleicht war es dieser Hauch des Todes, der sie großzügig werden ließ. Denn sie konnte sich nunmehr eingestehen, dass Steven nicht nur richtig gehandelt hatte, indem er sie verließ, sondern dass er mehr Mut besessen hatte als sie. Er war derjenige, der bereit gewesen war, den Schlag einzustecken. Bereit, für die Kinder und ihre erweiterten Familien der Böse zu sein, bereit, seinen Job an der Highschool zu verlieren, als herauskam, dass er mit der Mutter einer seiner Schülerinnen ein Techtelmechtel hatte. All die Jahre hindurch hatte er klaglos Alimente gezahlt und die Kinder unterstützt und ihr das Haus überlassen, obwohl es seine tote Verwandte war, deren Erbe sie es zu verdanken hatten. Und in dieser Zeit war es erlaubt gewesen, das Opfer zu spielen. Sich in der kuscheligen Rolle der verlassenen Ehefrau auszuruhen.

Und dann erkannte Silvia noch eine letzte Wahrheit. Dass sie als Alleinstehende viel glücklicher gewesen war als während ihrer Ehe.

Und als sie einmal tief durchgeatmet und sich aufrichtig eingestanden hatte, dass sie glücklich war, öffnete sich ihr Leben und offenbarte seine Möglichkeiten. Wenn sie Lust dazu hatte, setzte sie sich mit einem Buch in ein Restaurant und aß dort. Unternahm organisierte Reisen wie diese. Strich eine Wand rot an, beschloss dann aber, dass sie ihr nicht gefiel, und strich sie violett. Sie fing an, Marathon zu laufen, keine halben mehr, sondern ganze, und da seit Jahren keiner mehr ihre Präsenz an Wochenenden eingefordert hatte, meldete sie sich bei einer Agentur an, die tourende Bands mit Backup-Musikern versorgte. Die Entscheidung, diesen undankbaren Job anzunehmen, traf sie aus einer Laune heraus, weil sie darin die Möglichkeit sah, an den Instrumenten, die sie vernachlässigt hatte, wie ihre Geige und ihr Cello, wieder fit zu werden. Doch sie bekam wesentlich mehr Arbeit zugeteilt, als sie vermutet hatte. Oftmals kam sie zu einem Auftritt oder einer Aufnahme und wusste nicht einmal, was von ihr verlangt wurde – Klassik, Bluegrass, Gospel oder Rock. Aber es machte Spaß, aus dem Bauch heraus zu spielen und zu riskieren, dass sie auch mal einen Fehler machte oder auffiel, weil sie die einzige Grauhaarige in der Band war.

Und dann kam es zum zweiten unwahrscheinlichen Ereignis. Silvia verliebte sich.

Er war ein schwarzer Saxophonspieler in einer Jazzgruppe mit dem überraschenden Namen Willem. Als Kind aus Afrika adoptiert, von holländischen Eltern großgezogen, ein Vagabund, ein Waise, ein Kind der großen weiten Welt. Und diesmal sagte sich Silvia, wenn ein Mann, der scheinbar perfekt zu ihr passte, sie enttäuschen konnte, dann könnte das Gegenteil ebenfalls wahr sein. Und ein Mann, der gar nicht zu passen schien, könnte sich als der Richtige erweisen.

Sie und Willem seien seit nunmehr siebzehn Jahren zusammen, erzählt sie uns, während wir am Meereswall entlangwandern, der uns von einem unsichtbaren Meer trennt, während ein feiner Regen sich auf unsere Haare legt. Ihr Leben sei von perfekter Symmetrie bestimmt gewesen. Siebzehn Jahre mit ihrem ersten Ehemann, dann siebzehn allein und jetzt siebzehn Jahre mit ihrem zweiten. »Ich erspare euch die Rechnerei«, ergänzt sie, »ich bin dreiundsiebzig.«

Das überrascht mich. Und ich denke, es überrascht uns alle. Ihr Gesicht ist wettergegerbt, aber ihr Körper ist jung. Sie läuft nicht nur flott, sondern schreitet kräftig und frei aus, wobei ihre Schultern bei jedem Schritt locker mitschwingen und ihre Hüften sich im geschmeidigen Rhythmus einer Frau bewegen, die niemals wirklich altern wird.

Ihre Kinder seien längst verheiratet, berichtet sie. Sie habe fünf Enkelkinder, zwei davon Musiker und drei Sportler. In all den Jahren seien Steven und Carol immer zu ihren Konzerten und Wettkämpfen gekommen, was nicht überrascht. Aus dem in seine Kinder vernarrten Vater wurde ein ebensolcher Großvater. Und es war während des Fußballspiels eines ihrer Enkel, dass Silvia zum ersten Mal die Veränderung entdeckte. Sie und Willem saßen bereits auf ihren Plätzen direkt am

Spielfeld, Steven und Carol hatten sich verspätet. Steven nickte ihr zu, wie er das immer tat, wenn sie sich sahen, und stieg dann nach oben, um seinen Lieblingsplatz auf der Tribüne einzunehmen, weiter oben als sie und mehr in der Mitte. Aber an diesem sonnigen Nachmittag hatte er Carol untergehakt, als sie nach oben gingen. Nicht, um ihr über die Stufen zu helfen, sondern eher, um sie zu führen.

Und als Silvia sich umwandte und ihren langsamen und vorsichtigen Aufstieg zur Tribüne verfolgte, überschlug sich alles in ihrem Kopf. Stevens Nicken war nicht anders gewesen als sonst auch, oder? Doch Carols Blick war abwesend gewesen. Steven hatte verbissen dreingeblickt. Und da ging ihr ein Licht auf.

Er tat ihr leid. Alzheimer ist eine grausame Krankheit.

Die Jahreszeiten wechselten sich ab. Basketball, das Winterkonzert, Softball, Abschlussfeier, Sommerkonzerte. Und im Verlauf dieses Jahres verfolgte Silvia Carols Verfall und Stevens Mühe, sich um sie zu kümmern. Beim Schwimmfest am vierten Juli konnte er sie nicht mal mehr allein lassen, um sich einen Snack zu holen oder auf die Toilette zu gehen. Eins der Kinder oder Enkelkinder musste neben ihnen sitzen, und trotzdem schrie Carol auf, sobald Steven sich erhob, um kurz wegzugehen. Es war der klägliche Schrei eines Tieres, das verlassen wird, und er verkündete ihr Schicksal allen, die in ihrer Nähe saßen. Die Leute wandten sich ab.

Er kann sie weder mitnehmen noch zurücklassen, erzählt Silvias Sohn ihr. *Papa sitzt in der Klemme.*

Sie zeigt keine Schadenfreude. Zu ihrer eigenen Überraschung bricht ihr die Geschichte von der verlorenen Liebe ihres ersten Ehemanns das Herz, je länger sie darüber nachdenkt. Ihr Sohn berichtet ihr, es gebe Tage, an denen Carol nicht mehr wisse, wer Steven ist, Tage, an denen sie versuche, vor ihm wegzulaufen oder sich an ihn zu klammern, Tage, an denen sie vor Wut auf ihn losgeht und ihm das Gesicht zerkratzt.

Was wird aus ihnen werden?, fragt sie ihren Sohn, und er sagt, das wisse er nicht. Steven ziehe jedenfalls nicht in Erwägung, Carol in ein Heim zu bringen. Er nehme auch keine Hilfe an.

Und dann kam der Tag, an dem Willem sich im Einkaufszentrum verirrte.

Anfangs war das keine große Sache. Sie hatten ausgemacht, sich in der Elektronikabteilung zu treffen, und sie war dort gewesen und hatte ihn nicht gefunden. Daraufhin hatte sie den Laden Gang für Gang abgesucht, bis über den Lautsprecher eine Durchsage kam mit der Bitte, sie möge zur Imbisstheke kommen. Dort traf sie einen aufgeregt hin- und herlaufenden Willem, der sowohl verängstigt als auch wütend war und sie beschuldigte, am falschen Ort gewartet zu haben. Er beharrte darauf, dass sie sich am Imbiss hatten treffen wollen, aber seine Hände zitterten, als er das sagte. Sie beeilte sich, ihm recht zu geben. Natürlich hätten sie vereinbart, sich am Imbiss zu treffen. Es sei ihr Fehler. Sie habe es durcheinandergebracht.

Das war das erste Mal und womöglich ein Zufall, aber bald schon gab es andere Vorfälle, und nach und nach kamen sie mit verräterischer Regelmäßigkeit. Pfannen wurden auf der heißen Kochplatte vergessen, Verkehrszeichen übersehen, es kam zu Wutausbrüchen wegen einer heruntergefallenen Tasse, und immer öfter rief er einen speziellen Enkel beim Namen seines Vaters.

Sie hätte womöglich den Rest ihres Lebens damit zugebracht, sich Gedanken über diese Ironie des Schicksals zu machen, ohne sich aufgerufen zu fühlen, etwas zu tun. Silvia war in ihren Reaktionen schon immer ein wenig langsam gewesen. Und so war es natürlich Steven, der mit dem *Neuen Plan* herausrückte. Denn eines Tages, auf einem Weihnachtskonzert, anderthalb Jahre nachdem ihr Carols abwesender Blick zum ersten Mal aufgefallen war, stellte Steven in der Lobby des Auditoriums Silvia zur Rede. Sie hatte sich mit Willem gestritten und auf ihn eingeredet, ihr den Autoschlüssel zurückzugeben. Sie wollte ihn nicht mehr ans Steuer lassen – das kam überhaupt nicht mehr in Frage –, aber in der Öffentlichkeit hielt er gern die Schlüssel und spielte damit wie ein Kleinkind. An diesem speziellen Tag jedoch war er ein quengelndes Kleinkind, und Silvia war so damit beschäftigt, ihn zur Herausgabe des Schlüssels zu überreden, dass sie mit Verärgerung darauf reagierte, als Steven sich ihr näherte. Er hatte Carol am Arm, so wie sie Willem an der Hand hielt, und als sie aufblickte, hatte Steven gesagt: »Vielleicht finden wir einen Weg, wie wir einander helfen können, das durchzustehen. Wir sind mit den Zwillingen doch immer gut zurechtgekommen.«

Und danach gingen sie überall zu viert hin. Anfangs nur zu Aktivitäten, die sich um ihre gemeinsamen Enkelkinder drehten, aber bald schon erkannten sie, dass alles einfacher war, wenn sie zusammen was unternahmen. Steven fuhr vor, ließ Silvia mit Carol und Willem aussteigen, und zu dritt setzten sie sich dann auf eine Bank, während er einen Parkplatz suchte. Während der Veranstaltung nahmen Silvia und Steven ihre zweiten Ehepartner in die Mitte, und wenn es Zeit zum Heimfahren war, wiederholte sich das Muster. Silvia wartete mit

Carol und Willem, während Steven den Wagen holte. Nach einer Weile schlug Steven vor, sie sollten, was er Spieletreffs nannte, mit ins Programm aufnehmen, dann setzte er Carol bei Silvia ab, um Einkäufe zu erledigen oder einen Arzttermin wahrzunehmen, und ein paar Tage später passte er für sie auf Willem auf. Silvia nutzte diese Zeit nicht immer produktiv. Sie wusste, dass sie es tun sollte, aber meistens verbrachte sie ihre kostbaren freien Nachmittage mit einem Spaziergang im Park, wo sie die Eichhörnchen und Vögel beobachtete. Sie genoss die gesunde Umgebung, wo sie Gelegenheit hatte, ein paar Minuten mit ihren Gedanken allein zu sein. Die bloße Tatsache, dass sie sich wenigstens für einen Nachmittag um niemand anderen als um sich selbst sorgen musste.

Die drei Stunden von Willems Spielenachmittag vergingen zwar wie im Flug, aber selbst die kürzesten Ruhepausen waren eine Erleichterung. Ein einziges Jahr der Fürsorge um Willem hatte Silvia so erschöpft, dass sie sich nicht vorstellen konnte, wie Steven das ganz allein und dreimal länger geschafft hatte. Ein Ehepartner mit Alzheimer ist wie ein Kind, das nie erwachsen werden wird – eigentlich ein Kind, das sich rückwärts entwickelt und im Lauf der Zeit die Fähigkeit zu sprechen und zu gehen verlieren wird, am Ende Windeln benötigt und in einem hohen Gitterbett liegt. Aber der Kummer über all dies wurde von Stevens Präsenz und seiner wortlosen Empathie für ihre Situation abgemildert.

»Ich möchte sie nicht wegstecken«, platzte es eines Nachmittags aus ihm heraus, als sie und Willem aufbrachen. »Als sie zum ersten Mal merkte, dass sie einen Fehler gemacht hatte, musste ich ihr versprechen, sie nie in eine dieser Einrichtungen zu bringen. Du weißt schon, diese Erinnerungszentren, wo alle in Schaukelstühlen sitzen und Babypuppen halten, sogar die Männer.«

Silvia sagte nichts. Dasselbe hatte auch sie Willem versprochen.

»Ich klammere mich an diese Nachmittage«, sagte Steven. »Du bist diejenige, die das Ganze erträglich macht.«

Und von da an ließ sich gar nicht mehr genau sagen, wer von ihnen die nächste Idee hatte. Ob er es zu ihr sagte oder sie zu ihm, ob sie es im Wagen diskutierten oder im Wartezimmer des Arztes oder bei einem Ballspiel.

Wenn wir zusammenziehen, können wir sie beide zu Hause behalten.

Jetzt teilen sie sich ein Haus – Carol und Steven und Willem und Silvia. Die Liebe seines Lebens und die Liebe ihres Lebens. An den meisten Tagen können die Lieben ihres Lebens sich weder an die Liebe noch an das Leben erinnern, also müssen Silvia und Steven das Erinnern für alle übernehmen. Steven erzählt ihr von seinen Jahren mit Carol, den guten und den schlechten. Und verflucht, sie waren meist gut, erzählt sie uns lachend. Und sie beschreibt ihr Leben mit Willem, ihr eigenes spätes Abenteuer, das wie ein Herbststurm über sie hereingebrochen war. Sie feiern gemeinsam ihre erfolgreichen Ehen, denn wer sollte es sonst tun? Das Arrangement mag unorthodox sein, aber es ermöglicht eben auch gewisse Dinge wie diese Reise. Silvia hätte nie daran gedacht, Willem alleinzulassen, um zwei Wochen im Ausland zu verbringen, wüsste sie ihn nicht sicher und glücklich versorgt von Steven. Sie ermöglicht Steven das Gleiche, wenn er im Herbst zwei Wochen zum Zelten geht. Gemeinsam sorgen sie dafür, dass es weitergeht. Und keiner kann sich mehr vorstellen, wie sie sonst überleben könnten. Sie feiern Weihnachten bei sich zu Hause, was es für die Enkelkinder einfacher macht, und was die Zwillinge betrifft, können sie ihnen nun das erste Mal seit dreißig Jahren wieder ein gemeinsames Zuhause bieten. An den Wänden hängen Fotos. Carol und Steven, die auf Eseln in den Grand Canyon hinunterreiten, Silvia und Steven auf einer Kreuzfahrt und dann Silvia und Willem auf einer Kreuzfahrt, sogar Steven und Willem zusammen mit den Enkeln auf einem Kai, wo sie Angeln spielen, und das ist in Ordnung so, weil es in Ordnung sein muss.

Ihre Freunde fragen sie, wie sie mit dieser Situation zurechtkommt. Wie sie es schafft, die Windeln einer Frau zu wechseln, der ihr Ehemann den Vorzug gegeben hat. Selbst ihre Tochter hatte ein Problem damit, als Steven und Carol bei ihr einzogen. »Das ist doch verrückt, Mom, einfach nur verrückt«, hatte sie gesagt, und manchmal gibt Silvia auch zu, dass es verwirrend ist, mit beiden Ehemännern zusammenzuleben, zu versuchen, das den Anwälten und Ärzten und der Finanzbehörde zu erklären. Aber je länger Silvia in dieser zerbrochenen Welt lebt, umso klarer wird ihr, dass sich oft mit Situationen, die sich ganz einfach beschreiben lassen, schwer leben lässt, wohingegen manches, was völlig bizarr klingt, tatsächlich ganz einfach funktioniert.

Manchmal macht sie Fehler. Einmal nannte sie Steven »Willem«, und er erwiderte darauf: »Ach du liebe Zeit, nicht auch noch du«, und sie mussten beide lachen. Lachten völlig hysterisch in der Küche, ein Lachen, das schon fast ein Schluchzen war, bis Carol und Willem sich, aus verschiedenen Richtungen kommend, zögernd zu ihnen gesellten. Und dann standen sie eine Weile zusammen und hatten ihre Arme einander über die Schultern gelegt. Weinten, schrien, torkelten, und keiner der vier wusste mehr, worüber sie eigentlich lachten.

Nun hält Silvia inne. Setzt ihren Rucksack ab und wühlt in einer der Taschen, bis sie mit einem Foto von vier alten Leuten vor uns steht, die in einem luxuriösen Innenhof voller bunter Blumen sitzen. Zwei der beiden drehen die anderen beiden sanft in Richtung Kamera. »Das ist meine Familie«, sagt sie schlicht.

»Ich möchte ja nicht unterbrechen …«, meint Tess.

»Du unterbrichst mich nicht«, sagt Silvia. »Ich bin fertig. Das war alles.«

»Und es war eine schöne Geschichte«, sagt Tess. »Aber ich hätte da eine Frage. Wie sieht es mit eurer Kondition aus? Denn wir kommen jetzt an eine Weggabelung und müssen eine Entscheidung treffen. Wenn wir uns beeilen, können wir heute Nachmittag noch einen Abstecher nach Dover schaffen, bevor wir für die Nacht einkehren. Und uns die Klippen ansehen. Aber wenn ihr müde seid, können wir gleich direkt die Stadt und unser Gasthaus anpeilen.«

Wir haben alle Mühe, zu verstehen, was sie uns fragt. Meine Gedanken sind noch in der Küche bei den vier Leuten, die sich alle mit den Armen umfassen, und ich vermute, dass auch die anderen noch bei diesem Moment großer Schönheit und ebenso großem Schmerz verweilen. Fast, als würde man am helllichten Tag aus dem Kino kommen und vergessen haben, wo man den Wagen geparkt hat.

»Wenn wir so nahe an Dover dran sind …«, sagt Steffi schließlich. Es wurmt sie noch immer, dass wir diese verdammte Stallung verpasst haben.

Aber diesmal stimmt Jean ihr zu. Sie nickt. »Es wäre eine Schande, wenn wir die Klippen nicht sehen würden. Schließlich sind wir so nah dran.«

»Genau«, sagt Tess. »Genau das habe ich mir auch gedacht. Sie liegen im National Trust, also ist es eine Wanderung durch Parklandschaft, und dann geht es einen ziemlich steilen Abhang hinunter, aber wenn wir dann unten sind … also wenn wir nicht wieder hochsteigen wollen, können wir immer noch Tim anrufen, damit er uns mit dem Bus abholt. Außerdem gibt es oben auf der Klippe einen reizenden kleinen Tearoom in einem alten Leuchtturm, der vom Krieg übriggeblieben ist. Sie servieren dort Gebäck und Pasteten und so. Na, hört sich das nicht gut an?«

Wir stimmen ihr zu, aber dann nimmt Tess mich, Silvia und Jean ins Visier. »Ihr Damen mit den wunden Füßen«, sagt sie. »Haltet ihr durch?«

Es ist das erste Mal seit Stunden, dass ich wieder an meine Ferse denke. Wir nicken alle und holen dann auf Tess' Empfehlung hin unsere Pullover und Anoraks aus den Rucksäcken. Denn der Wind ist stärker geworden und weht von Minute zu Minute heftiger. Steffis Handy piept, und als sie einen Blick darauf wirft, sagt sie, es habe sie gerade in Frankreich willkommen geheißen. Tess bestätigt, dass wir tatsächlich so nah an Calais dran sind. Wenn sich das Wetter hält, sollten wir vom Dover Beach aus die Küste Frankreichs sehen können, in schwimmbarer Entfernung auf der anderen Seite des Ärmelkanals. Frankreich. Es klingt romantisch. Fremdländischer als England. Die Vorstellung spornt uns an, ein bisschen schneller zu laufen.

In all der Betriebsamkeit hat sich der Zauber von Silvias

Geschichte verloren. Ich hoffe nur, es verletzt ihre Gefühle nicht, dass wir nicht darüber sprechen. Es scheint sie aber nicht zu stören, vielmehr hat sie wie alle anderen Frauen, die ihre Erzählung beendet haben, die Ausstrahlung von jemandem, der sich reingewaschen hat. Aber ich vermute, dass Silvias Erzählung von allen am längsten nachwirken wird. Denn hätten das nicht auch Ned und ich sein können, wenn wir zusammengeblieben wären? Wenn wir uns zur Ehe entschlossen hätten, weil es das Logischste gewesen wäre. Aus uns wären Silvia und Steven geworden, auf absurde Weise perfekt zueinander passend, aber nie richtig glücklich, und dann wäre er nicht mehr gewesen als mein erster Ehemann. Der Mann, der mich verließ, den ich verließ – darauf kommt es gar nicht an, und es zeugt von Mut, dass Ned die Reißleine gezogen hat, bevor es so weit kam. Ich ziehe den Kopf ein. Der Wind ist brutal, kalt und salzig. Er macht jedes Gespräch unmöglich, selbst wenn eine von uns etwas zu sagen hätte.

12

Als Tess ankündigte, der Abstieg zum Fuß der Klippen sei steil, hat sie nicht übertrieben. Wir rutschen ängstlich die für Autos angelegte Schotterstraße hinunter, auf der eine Kehre der anderen folgt, bis meine Schienbeine gegen die Anstrengung rebellieren, bei jedem Schritt den Schwung auszubremsen. Ich sehe schon Bilder vor mir, wie ich den Halt verliere und ganz hinunter in den Ärmelkanal rolle.

Während des Abstiegs informiert Tess uns schreiend über Geschichtliches und berichtet, dass Dover im Zweiten Weltkrieg unter ständigem Bombardement stand. Wenn die deutschen Piloten von ihren Luftangriffen auf London noch irgendwelche Munition übrighatten, wollten sie diese vor der Landung loswerden, aber nicht mit einem Abwurf überm Meer vergeuden. Also warfen sie ihre übrigen Bomben über dem winzigen, wehrlosen Dover ab und zerstörten ganz beiläufig den letzten Rest britischer Erde, an dem sie vorbeikamen, bevor sie zurück nach Hause flogen.

»Für eine Stadt dieser Größe waren die Zerstörungen immens«, sagt Tess und deutet dabei vage in den Nebel. Ich vermute, dass die Stadt in dieser Richtung liegt, dort, woher wir gekommen sind. »Und es gab auch viele zivile Opfer.«

Als wir endlich unten ankommen, erstreckt sich vor uns ein schmaler, hässlicher Strand, eine steinige graue Sandsichel, die ein flaches Meer umfängt. Eine Schulklasse macht eine Exkursion, aber die Kinder achten nicht auf ihren Lehrer, der die Unterschiede zwischen Schicht- und Erstarrungsgestein herunterleiert. Auch Touristen mit Kameras sind unterwegs. Hauptsächlich Vertreter der geburtenstarken Jahrgänge der Nachkriegszeit, womöglich die Nachfahren von Soldaten des Zweiten Weltkriegs, die nun jene Plätze aufsuchen, wo ihre Väter und Großväter gekämpft haben und gestorben sind. Aber die Klippen sind tatsächlich so weiß, wie immer behauptet wird, und als die Sonne für einen Moment durch die Wolken bricht und auf die Kalkwände fällt, wenden wir uns alle blinzelnd ab und halten die Hände schützend über die Augen. Jenseits des Strands liegt ein noch aktiver Hafen voller Öltanker und Frachtschiffe. Das eigentliche Dover sei wirklich sehr idyllisch, wie Tess sich beeilt, uns zu versichern, und ich nehme ihr das ab. Sie hat bisher noch nichts falsch dargestellt. Aber die Küstenlinie hat so gar nichts gemein mit den breiten, sandigen amerikanischen Stränden, die ich gewöhnt bin, und meine Gedanken schweifen nach Cape May ab und verweilen dort kurz.

»Das ist doch unfair«, sagt Jean. »Eine hübsche kleine Stadt in Schutt und Asche zu bomben, nur weil sie zur falschen Zeit am falschen Ort steht.« Ein paar der Frauen holen ihre Handys heraus und halten sie auf die Klippen, aber es ist alles zu groß, zu weiß und zu nah, so dass ich mir die Bilder nicht vorstellen kann, die dabei herauskommen werden.

War der Weg nach unten schon langsam und qualvoll, würde der Rückweg sehr wahrscheinlich noch schlimmer werden, weshalb Tess unseren Fahrer Tim anruft, der nach kurzer Zeit mit dem Bus kommt. Mit quietschenden Reifen, die in jeder Haarnadelkurve protestieren, bringt er uns wieder hinauf auf die Klippen. Der Leuchtturm, der dort oben thront, ist alt, aber so weiß angestrichen, dass er fast genauso blendet wie die Kreidefelsen von Dover. Wir klettern aus dem Bus, laufen durch den Nebel und treten ein durch eine rote Bogentür, die aussieht wie aus einem Märchenbuch. Das Café drinnen ist klein und rund und derart überheizt, dass ich mich sofort meines Schals entledige.

An einem halben Dutzend Tische sitzen ältere Damen in Twinsets. Sie sehen alle aus wie Angela Lansbury, bis auf ... nun, eine sieht aus wie Maggie Smith. Auch die Rolle der Kellnerin ist gut besetzt, blond, vollbusig und mit rosigen Wangen bringt sie uns eine dreistufige Etagere mit raffinierten kleinen Desserts. Tess erklärt uns, worum es sich dabei handelt, und verwendet dazu Namen wie Sillabub, Trifle und Fruchtcreme. Dies ist das erste Mal, dass wir am Nachmittag auf einen Kuchen einkehren – man sagt wohl eher »zum Tee« –, und alle scheinen davon begeistert zu sein. Wir essen zu viel, plaudern und zögern den Aufbruch hinaus, da wir ja wissen, dass draußen der Bus wartet, um uns zur nächsten Herberge zu bringen. Keine von uns drängt darauf, auf den Wanderweg zurückzukehren. Die Zeiten, wo wir uns etwas beweisen mussten, sind vorbei. »Du hast hoffentlich nicht das Gefühl, dass wir deine Erzählung haben verpuffen lassen«, sagt Valerie zu Silvia. »Es war eine gute Geschichte. Vielleicht die hoffnungsvollste, die wir bis jetzt gehört haben.«

»Danke, dass du das sagst«, erwidert Silvia. »Viele Menschen denken, dass ich mich in einer bedauernswerten Situation befinde, und das ärgert mich. Nichts ist schlimmer, als selbst absolut glücklich zu sein, aber Leute um sich zu haben, die einem sagen, man solle die Hoffnung nicht aufgeben, irgendwann werde es auch mal wieder besser. Außerdem«, ergänzt sie und greift kühn nach dem letzten Gebäck auf dem Tablett, »müssen wir das Erzähltempo wohl etwas steigern, oder?«

»In der Tat, denn ich fürchte, wir müssen die drei noch verbleibenden Geschichten alle morgen erzählen«, sagt Tess und wischt sich ein wenig Sahne von der Unterlippe. »Steffi, Becca und Che. Tut mir leid, wenn ihr das Gefühl habt, reingequetscht zu werden, aber ich möchte den letzten Vormittag für unseren Weg nach Canterbury freihalten. Es gibt nämlich noch ein paar Kleinigkeiten über Chaucer und die Kathedrale zu erzählen, die ich den Gruppen immer so lange vorenthalte, bis wir die Stadt betreten, und natürlich werden wir am Samstagabend unser Festmahl in meinem Lieblingsrestaurant in der Stadt einnehmen. Es heißt Deeson's und ist ziemlich vornehm. Kein Pubfraß mehr für uns, was einige von euch sicherlich sehr gern hören.«

Damit meint sie wahrscheinlich Steffi, die bei jeder Einkehr über den Mangel an frischen Produkten klagt und auf die Speisekarten der Pubs mit Entsetzen reagiert, wenn dort vollmundig angekündigt wird, man werde uns »Dosentomaten« und »Erbsenmus« servieren. Steffi, die jeden Morgen mit viel Trara ihre Multivitamintabletten nimmt und verkündet: »Normalerweise ist das eine Vorsichtsmaßnahme, aber auf dieser Tour ist es eine Notwendigkeit.« Als würde sie nach sechs Tagen, in denen sie nicht wie gewohnt ihren Brokkoli und ihr Quinoa bekommt, gleich dem Skorbut erliegen. Steffi, die sich, seit wir Kompagnons geworden sind, durch jede Mahlzeit quält und die arme Kellnerin jedes Mal ausfragt, wie diese zubereitet wurde. Die Antwort lautet immer gebacken, gekocht oder gebraten, weshalb ich nicht weiß, warum sie überhaupt noch fragt. Und sie versäumt es niemals, auf die Ironie hinzuweisen, dass die Briten es in einem Land, das so grün ist, tatsächlich sogar das grünste Land, in dem sie je gewesen ist, scheinbar nicht schaffen, irgendwas Grünes auf ihre Teller zu bekommen.

Andererseits könnte Tess aber auch von mir und meinen Manieriertheiten sprechen, von meinem blödsinnigen Beharren darauf, dass wir jeden Wein erst atmen lassen, bevor wir ihn kosten, selbst jene, die schon tot sind, wenn sie uns vorgesetzt werden. Oder sie könnte auch Becca meinen, die nach so langer Zeit in Gesellschaft von Älteren jedes Mal mit den Hufen scharrt und vom Tisch aufspringt, sobald sie ihren letzten Bissen hinuntergeschluckt hat, und weiß Gott wohin entschwindet, ohne sich herbeizulassen, uns noch auf einen Nachtisch oder einen Kamillentee Gesellschaft zu leisten. Wir drei, die wir unsere Geschichten noch erzählen müssen … Wir sind die Nervensägen, jede auf ihre Art. Die Karten haben uns zu Schlusslichtern bestimmt, und das ist auch ziemlich passend. Aber ich frage mich, ob die anderen Frauen womöglich den morgigen Tag fürchten, wenn wir auf sie losgehen wie die drei Geschichtenerzähler der Apokalypse.

Und hier ist der Clou. Ich weiß noch immer nicht, was ich erzählen werde. Ich könnte vielleicht eine der Geschichten meiner Mutter erzählen. Ich weiß, dass die anderen Frauen sich schon fragen, was mit ihr ist. Als ich heute die Asche auf dem Weg verstreut habe und in Panik geriet, kam schon genug von der Wahrheit heraus, und alle wissen nun, warum ich nach Canterbury gekommen bin. Die Information reichte aus, sie neugierig zu machen, ich könnte es also erzählen, aber … Mist! Ich hätte sie auch an den Klippen von Dover verstreuen sollen, dort hätte es ihr gefallen – die trotzige Hässlichkeit dieses von Touristen überlaufenen kleinen Strandes mit seinem Geruch nach Öl und Teer. Vielleicht bleibt noch Zeit, mich kurz davonzustehlen und noch ein bisschen von ihr über die Klippe zu werfen.

Aber nachdem sie nun wissen, warum ich in letzter Minute zur Gruppe gestoßen bin, sind sie sicherlich auch neugierig, etwas über die Frau zu erfahren, die solche Umstände bereitet, und es mangelt schließlich nicht an guten Geschichten mit Diana de Milan als Hauptperson. Sie war ein Geschöpf, das sich mit Geschichten schmückte – einmal tanzte sie mit Elvis Presley, das war auf dem College, als er eine Campus-Tour machte, um eins seiner Musicals zu promoten. Sie fuhr per Anhalter auf der Route 66, verbrannte ihren BH vor dem Weißen Haus, schrieb ein Buch, in dem ein ganzes Kapitel der Beschreibung gewidmet war, wie eine Frau ihre eigene Klitoris findet, nahm an einem Intensivsprachkurs teil und behauptete danach, sie habe an einem einzigen Wochenende brauchbares Russisch gelernt. Sie züchtete Birnen in Flaschen, trommelte und konnte ganze zwei Minuten lang unter Wasser die Luft anhalten. Ihre Tochter zu sein, war anstrengend. Noch anstrengender als die Wanderung zu den Klippen von Dover, und wenn ich es mir genau überlege, wurde auch meine Mom regelmäßig bombardiert. Sie war eine Meisterin darin, danach wieder alles aufzubauen, sich aus dem Staub zu erheben und ihr Leben immer wieder neu zu erfinden. Ich hätte besser aufpassen sollen, wie sie das machte. Aber mir kam nie in den Sinn, dass ich von Diana etwas hätte lernen können, das kam erst nach ihrem Tod. Und jetzt war es zu spät, sie zu fragen.

Tess sagt, das Leuchtturmcafé habe nur eine einzige Toilette, und wie wir aus vergangenen Erfahrungen wissen, bedeutet dies eine zwanzigminütige Aufbruchszeremonie. Also beschließe ich, mir die Tatsache, dass Frauen zum Pinkeln Zeit brauchen, zunutze zu machen und einmal kurz in den Geschenkeladen reinzuschauen. Er befindet sich in einem Alkoven, der früher einmal die Vorratskammer des Leuchtturmwärters gewesen sein dürfte. Es gibt hübsche Keramiksachen, angefertigt von einem ortsansässigen Kunsthandwerker, wie mich die Kärtchen informieren. Ich greife nach einer schmalen, geschwungenen Schale, die wie ein dünnes Blatt geformt, aber von hellblauer Farbe ist, und wiege sie in der Hand. Genau so etwas würde Ned gefallen. Dezent, solide, gutes Handwerk. Wir könnten sie im Gästebad des Strandhauses für Seife benutzen oder in der Küche für Oliven.

Wenn wir Läden aufsuchten, ließen wir beide immer Vernunft walten und zögerten, unser Geld auszugeben. Ned hatte einmal lachend gemeint, dass uns nichts stolzer mache, als den ganzen Tag einkaufen zu gehen und dann mit leeren Händen nach Hause zu kommen. Doch die Schönheit dieser kleinen Schale hätte ihn angesprochen, dessen bin ich mir sicher. Wäre er noch immer mein Lebenspartner, würde ich sie ihm als Souvenir mitbringen. Ich stelle mir vor, wie sie in seiner Hand liegt, wie seine langen, schlanken Finger die zarte ovale Form umfassen … und es ist doch seltsam, dass ich mich automatisch gefragt habe, ob die Schale Ned gefallen würde, mich aber nicht gefragt habe, ob sie mir gefällt. Ich denke, sie gefällt auch mir. Und obwohl er mich verlassen hat und ich allein bin, gibt es doch immer noch Seife und Oliven auf der Welt, oder? Und ich brauche womöglich etwas, worauf ich sie ablegen kann. Ich reiche der jungen Frau an der Kasse eine Zehn-Pfund-Note, winke ab, als sie mir das rätselhafte britische Wechselgeld herausgeben möchte, und werfe einen Blick Richtung Toilette. Wir kommen sogar noch langsamer voran als gedacht. Jean, Becca und Steffi warten noch vor der Tür.

Das ist meine Chance, mich ein paar unbeobachtete Minuten wegzustehlen, und ich verstaue meine neue Schale im Rucksack, ziehe Mantel und Kappe an und schlüpfe scheinbar ungesehen durch die Tür. Diana muss auch hier vertreten sein. Wer weiß, vielleicht weht ein bisschen was von ihr sogar über den Ärmelkanal und findet seinen Weg nach Frankreich, ebenfalls ein Wunschort von ihr, den sie gern besucht hätte. Es sind schon merkwürdigere Dinge geschehen, und nachdem ich mich an die Vorstellung gewöhnt hatte, dass ich sie unterwegs verstreut habe, fand ich dies genau passend. Der kaputte Reißverschluss war möglicherweise einer jener vorherbestimmten Zufälle. Eine eingeäscherte Leiche ergibt eine Menge Asche. Ich kann es mir erlauben, ein wenig von ihr nach Gutdünken entlang des Wegs zu verstreuen, und habe immer noch genug für Canterbury übrig.

Eine weite Rasenfläche führt zu den Klippen. Der Nebel, der an diesem Aussichtspunkt viel dichter ist, verschluckt meinen Blick auf Frankreich, und der Wind bläst hier oben so heftig, dass es mir fast den Atem raubt. Ich wage mich nicht allzu dicht an den Rand, aus Angst hinabgefegt zu werden und wie Psyche auf die Felsen hinunterzustürzen. Schließlich gab es auf dieser Reise schon genug Drama. Ich ziehe meine Handschuhe aus, und meine Fingerspitzen verlieren in der Kälte fast sofort jegliches Gefühl. Ich stecke sie in die Fish &Chips-Tüte, wobei ich eins der Heftpflaster abreiße, um diesmal eine richtige Prise Diana zwischen die Finger zu bekommen. Dann werfe ich die Asche in die Luft und sage: »Flieg davon nach Frankreich«, aber in dem Moment kommt eine neue Bö, und sie wird zurückgeweht, mir direkt ins Gesicht, und ein paar Körnchen von ihr landen in dem Moment, als ich »Frankreich« sage, in meinem Mund.

Na klar. Was sonst? Ich spucke sie aus und drehe mich um zum Bus, in dem Tim geduldig auf dem Fahrersitz wartet, mich beobachtet und vermutlich überlegt, ob ich einen Selbstmordversuch vorhabe. Ich wette, dass diese hier in Dover vor dieser düsteren Kulisse und angesichts der trostlosen Geschichte des Orts keine Seltenheit sind. Aber ich bin alles andere als selbstmordgefährdet. Ich bin das genaue Gegenteil davon. Mein neues Motto lautet: Hallo, grausame Welt. Rück beiseite, mach Platz, denn vielleicht will ich ja doch mitkommen. Ich spucke den Rest von Diana aus und kehre dann zum Bus zurück.

Unsere Herberge für diese Nacht liegt direkt in Dover und besteht anders als sonst nicht aus einem alten Gebäude, das man zu einem Bed & Breakfast umgebaut hat, sondern aus einer Reihe kleiner Cottages. Die Frauen scheinen von der Vorstellung, dass jede von uns ihr eigenes kleines Häuschen haben wird, sehr angetan zu sein. Aber das Einchecken dauert eine Ewigkeit, weil die Angestellte am Empfang uns alle um den offensichtlich einzigen Plan dieser Unterkunft versammelt, um uns den Weg zu den verschiedenen Zimmern zu zeigen, und dabei ständig wiederholt: »Und Sie sind dann hier.«

Das hört sich bei ihr ungeheuer kompliziert an, viel komplizierter, als neun kleine Häuschen sein können. Ich nehme meinen großen Messingschlüssel und gehe hinaus auf den gepflasterten Hof, wo ich Tim über den Weg laufe, der gerade die Taschen anschleppt. Sein Leben dürfte sich wie ein Hamsterrad anfühlen. Er erkundigt sich, in welchem Cottage ich untergebracht bin – ich bezweifle, ob ich seine Stimme im Laufe der Woche öfter als drei- oder viermal gehört habe –, sage ihm »Eden« und schlängle mich dann zwischen den Gebäuden hindurch. Diese sind weitläufig verteilt und offensichtlich alle so ausgerichtet, dass sie einen besonderen Ausblick bieten, sofern es die Sonne jemals schaffen sollte, auf Dover zu scheinen. Als Erstes komme ich an Claires Cottage vorbei, und durch das breite, niedrige Fenster kann ich erkennen, dass Tim ihr auf jeden Fall schon die erste ihrer Taschen gebracht hat. Dass sie mit leichtem Gepäck unterwegs ist, kann man von ihr nicht behaupten, aber sie winkt mich herein.

An ihrer Tür steht »Churchill«, also dürften die Häuschen nach Premierministern und nicht nach Utopien benannt sein. Ich nehme auf dem einzigen Stuhl im Zimmer Platz, weißes Korbgeflecht mit einem Kissen, dessen Bezug ein nautisches Muster hat, und sehe ihr zu, wie sie Kleidung aus ihrem Koffer in den Schubladen einer Kommode verstaut.

»Machst du das jeden Abend?«, frage ich sie, obwohl ich weiß, dass es so ist. Es ergibt keinen Sinn für mich.

»Das ist nur einer meiner kleinen Tics«, sagt sie mit ihrem glockenhellen Lachen. »Ich komme nur dann zur Ruhe, wenn ich das Gefühl habe, mich richtig niedergelassen zu haben, und für mich bedeutet das, dass ich nicht aus Taschen leben möchte.« Stirnrunzelnd betrachtet sie den schwarzen Rollkragenpullover aus Kaschmir in ihren Händen und meint leise zu sich selbst: »Der hat seine besten Zeiten hinter sich.« Und wirft ihn dann zu meinem Entsetzen Richtung Papierkorb neben dem Bett.

»Du wirfst ihn weg?«

»Er hat einen gezogenen Faden.«

Vermutlich spiegelt mein Gesicht mein Erstaunen, denn sie ergänzt rasch: »Es sei denn, du hättest ihn gern.«

Ich gehe zum Papierkorb und hebe den Pullover auf, halte ihn an mein Gesicht und spüre die beneidenswert weiche Wolle. Ich habe noch keine lange Erfahrung mit Kaschmir, aber sie reicht, um zu erkennen, dass es sich hierbei nicht um Ausverkaufsware für neunundneunzig Dollar handelt. Es ist das Wahre und Echte, das Pulloveräquivalent zu einem guten Bordeaux. Der Wolle haftet noch ein Hauch von Claire an, ein Parfüm, das ich schon mal gerochen habe, aber nicht benennen kann. Es ist eigentlich nicht meine Art, Kleidungsstücke einer anderen Frau aus dem Müll zu ziehen; ich habe auch noch nie in einem Laden mit Kommissionsware eingekauft oder auch nur Schuhe mit Freundinnen getauscht. Aber die Lässigkeit, mit der Claire diesen Pullover entsorgt hat, finde ich schockierend. Es fühlt sich moralisch falsch an, und mir kommt der Gedanke, dass Claire womöglich zu den Frauen gehört, die in einem einzigen Jahr mehr wegwerfen als die meisten von uns in einem ganzen Leben. Ein winziger Makel, und schon wirft sie etwas weg, sei es ein Pullover oder ein Apfel oder ein Mann, und ich kann mich nicht entscheiden, ob diese lässige Missachtung die Quelle ihrer Kraft oder die Quelle ihrer Verletzung ist.

»Dann hast du also deine Mutter verloren«, sagt sie. Während sie spricht, legt sie die anderen Pullover zusammen, Pullover, die genauso aussehen wie der, den sie weggeworfen hat.

»Ich versuche es. Ich denke, dass ich heute Fortschritte gemacht habe.«

»Wann war das?«

Ich muss nachdenken. »Vor über einem Monat.«

Sie murmelt, dass es ihr leidtue, während ich mir den Pullover noch mal an die Wange halte und überlege, ob es seltsam wäre, ihn gleich hier vor ihr anzuziehen. Dann stellt sie mir eine Frage, die mich überrascht.

»Was hat sie dir beigebracht? Deine Mutter, meine ich. Mädchen lernen doch immer etwas von ihren Müttern, selbst wenn sie versuchen, es nicht zu tun.«

Komisch. Genau diese Frage habe ich mir im Leuchtturmcafé auch gestellt, aber keine Antwort darauf gefunden, genauso wenig wie jetzt. *Sie brachte mir bei zu verachten, was leicht und naheliegend war,* kommt mir in den Sinn. *Sie brachte mir bei, immer Ausschau nach etwas Besserem zu halten, etwas Feinerem, das hinter der nächsten Biegung wartet.* Aber ganz stimmt das nicht. Das ist sowohl mir als auch Diana gegenüber unfair, und so schinde ich Zeit, indem ich die Frage an Claire zurückgebe. »Was hast du von deiner Mutter gelernt?«

Sie braucht keine Bedenkzeit. Offenbar hat sie darüber bereits nachgedacht, aber bevor sie antwortet, wirft sie erst einmal einen Blick in den Spiegel. Ihre halblangen weißblonden Haare rollen sich an den Enden perfekt nach innen, was bemerkenswert ist, denn wir sind immerhin den ganzen Nachmittag durch den Regen gelaufen, und wir anderen kamen entweder mit krausen oder mit schlaffen Haaren in Dover an. Aber sie geht dennoch mit der Bürste drüber und sagt: »Dass es das Wichtigste für eine Frau ist, schön zu sein.«

»Nicht reich?« Die Frage klingt ein wenig unverschämt, was ich gar nicht beabsichtigt hatte, aber reich ist sie ganz offensichtlich, diese Frau, die Kaschmir wegwirft wie Bonbonpapier. Sie hat sich mit jedem Ehemann verbessert, so viel steht fest, bis sie ein Niveau erreichte, auf dem sie es nicht mehr nötig hatte, sich zu jedem Preis zu verkaufen. Das Niveau, das es ihr erlaubte, zur Shopperin zu werden. Und sie es sich leisten konnte, sich einen knackigen jungen Poolboy zu schnappen.

»In der Welt meiner Mutter wurde eine Frau, die schön war, automatisch reich«, sagt Claire und setzt sich aufs Bett, so dass wir nun auf gleicher Augenhöhe und fast Knie an Knie sitzen. »Die Aufgabe eines Mädchens war es, hübsch zu sein. Und wenn sie ihren Job gut machte, verdiente sie einen Mann, der seinen Job gut gemacht hatte, und sein Job war es, Geld zu machen. Dieser Logik zufolge wurde jedes hübsche Mädchen unweigerlich reich. Ich weiß, das klingt fürchterlich altmodisch.«

»Hast du was dagegen, wenn ich diesen Pullover gleich anziehe?«

»Natürlich nicht«, sagt sie, und ihr Mund lächelt dabei, wenn auch ihre Augen traurig aussehen. Durchs Fenster sehe ich Tim mit meiner Tasche vorbeigehen.

Ich ziehe mir den Rollkragenpullover über den Kopf und lasse das alles auf mich wirken – das weiche Material, den Geruch von Geld. Und plötzlich fällt es mir ein. »Meine Mutter lehrte mich, dass es nie zu spät ist.«

»Also das ist schon sehr außergewöhnlich, wenn eine Frau das ihrer Tochter mit auf den Weg gibt«, sagt Claire in einem Ton, der offenlässt, ob sie glaubt, die Lektion meiner Mutter sei hilfreich oder sogar zutreffend. »Und was genau ist es, wozu es für dich noch nicht zu spät ist?«

Ich stehe auf. »Das ist die Frage, die ich noch nicht ganz geklärt habe.«

13

Am nächsten Morgen ist es noch dunkel, als wir aufbrechen. Wir sind nicht früher dran als sonst, aber die Wolken hängen so tief, dass acht Uhr sich anfühlt wie mitten in der Nacht. Wir starten in einer Richtung, die Tess mit Nordwesten angibt, gehen denselben Weg zurück, den wir hergekommen sind, und entfernen uns wieder vom Meer. Ich hoffe, dass wir später nicht mehr so dicht gedrängt laufen müssen, dass wir wieder normal wandern und sprechen können. Wegen des eisigen Regens marschieren wir jetzt noch dicht gedrängt, Schulter an Schulter, und fast im Gleichschritt. Diese Bedingungen sind fürs Erzählen von Geschichten nicht gerade ideal, aber wir müssen heute drei davon schaffen, und kaum haben wir unseren Abstieg von Dover hinter uns, wendet Tess sich schon an Steffi.

»Du hast eine Erzählung?«, fragt sie, und Steffi nickt.

Sie ist bereit. Natürlich ist sie das.

Die Erzählung von *Steffi*

In meiner Kindheit und Jugend«, beginnt Steffi, »gab es in meiner Familie eine Sache, von der jeder wusste, über die aber nicht laut gesprochen werden durfte. Jedenfalls nicht in der Öffentlichkeit. Als glaubten meine Eltern, wenn wir nicht darüber sprächen, würde auch keinem auffallen, dass meine Schwester fett war.

Für eine Mutter wie meine war eine fette Tochter eine einzige Schande«, fährt sie fort und dreht beim Sprechen ihren Kopf von einer Seite zur anderen und schreit fast gegen den Wind an. »Klug oder auf die eine oder andere Weise talentiert zu sein, schadete nicht, auch nicht, wenn man ein hübsches Gesicht hatte, aber darauf kam es nicht an. Nur dünn sein zählte.«

Wir nicken synchron und wischen uns die Tropfen aus dem Gesicht. Es ist fast, als hätte die ganze Gruppe zu weinen begonnen, und schon nach diesen wenigen Worten hatte Steffis Erzählung eine Menge erklärt. Ausgerechnet an diesem Morgen hatte man uns zum Frühstück etwas serviert, das Schottisches Ei genannt wurde und sich als ein um ein gekochtes Ei gewickeltes und dann frittiertes Würstchen entpuppte. Die harten braunen Ovale waren wie Bälle über unsere Teller gerollt, und Steffi hatte zu dem armen Gastwirt gesagt: »Sie haben mir einen Teller voller Tod gebracht.«

Ein Teller Tod. Es war wirklich ein merkwürdiges Frühstück, und keine von uns hatte recht gewusst, wie wir das runterkriegen sollten, aber das macht wohl kaum einen Teller Tod daraus. Jetzt können wir Steffis Essensmarotten eher verstehen.

»Meine Mutter war vor ihrer Heirat und bevor sie uns bekam Model gewesen«, sagt Steffi. »Nicht wie Beverly Johnson, nicht so weit oben in der Nahrungskette, aber in den Siebzigern posierte sie für eine Reihe von Anzeigen in Zeitschriften wie *Mademoiselle* und *Glamour* und *Seventeen*. Sie war ein schwarzes Mädchen, das man immer in die Gruppenaufnahmen ihrer weißen Freundinnen integrierte. Ihr wisst schon, diese Fotos, die ein Maß an multikultureller Vielfalt suggerieren sollen, die in Wirklichkeit so nicht existiert. Ich bin mir sicher, dass ihr der äußere Schein deshalb so wichtig war. Wenn man die Einzige ist …«

Sie bleibt stehen und löst eine Haarsträhne, die an ihren dick eingecremten Lippen klebt. »Das Problem dabei war, dass keiner eine richtige Vorstellung davon hatte, wie viel meine Schwester aß, weil sie die meiste Zeit allein aß. Sie trug Essen in ihr Zimmer, und einmal hörte ich sogar, wie sie mit ihm sprach. Wie mit einem Freund. Was sich verrückt anhört, wenn man nicht bei uns zu Hause aufgewachsen ist und nie erlebt hat, wie schnell ein Esstisch sich in ein Schlachtfeld verwandeln konnte. Während des Essens hatte meine Mutter uns alle im Blick und rechnete im Kopf die Kalorien aus, die wir verzehrten. Den Schaden, wie sie es nannte. Ein Donut verursachte einen Schaden von vierhundertfünfzig Kalorien. Eine Orange nur einen Schaden von fünfundfünfzig. Schon komisch, dass ich mich nach so vielen Jahren noch an so viele ihrer Kalorienberechnungen erinnere.«

»Wie heißt deine Schwester denn?«, erkundigt sich Valerie.

»Tina«, sagt Steffi sehr langsam. »Benannt nach meiner Mutter, die Christina heißt, und das machte alles noch schlimmer. Ihr müsst wissen, dass meine Mutter alles andere leichter ertragen hätte als das Stigma, eine dicke Tochter zu haben. Ein Kind, das dumm war, einen Ehemann, der sie schlug, Insolvenz, Drogen, Affären ... all das wäre besser gewesen, denn das ließ sich alles verstecken. Aber Fett lässt sich nicht verstecken. Tina brauchte nur einen Raum zu betreten und das Spiel war aus. Sie war der unmittelbare Beweis, dass wir keine perfekte fotogene schwarze Familie waren, wie das damals die Huxtables waren oder heute die Obamas sind, und dass wir niemals perfekt sein würden, egal, wie sehr Mom sich auch anstrengte.«

Sie wartet darauf, dass wir nicken, bevor sie fortfährt. Wir gehorchen. Wir nicken. Nichts ist so ätzend, wie dick zu sein, und es gibt keinen Grund, so zu tun, als hätten wir das nicht verstanden.

»Tinas Demütigungen waren endlos«, sagt Steffi. »Die regulären Gymnastikanzüge der Schule passten ihr nicht. Es musste extra einer bestellt werden. Als wir nach Disneyland fuhren, musste sie ganz allein in ihrem Dumbo fahren. Dumbo. Eigentlich war sie noch ein kleines Mädchen, aber sie war zu schwer, um mit uns anderen in einem Elefanten mitzufahren. Könnt ihr euch also vorstellen, welche Scherze die Leute machten? Und wenn ein dickes Mädchen die Straße hinuntergeht und eine Kugel Eiscreme isst ...« Steffi schüttelt sich. »Fremde bleiben stehen und starren, und manche sprechen dich sogar an. Ich erinnere mich an ein Mal, da wollte der Eisverkäufer ihr keine Kugel geben, aber Eiscreme war doch ihre Lieblingsspeise, was Mom natürlich wusste und aus diesem Grund nie welche im Haus hatte. Und deshalb steuerten wir, sobald wir mal unbeobachtet waren, was selten vorkam, weil Mutter wie ein Habicht über uns wachte, direkt den Park an. Dieser Mann … er lebte davon, Eiscreme zu verkaufen, das ist der eigentliche Punkt. Ihm gehörte der Eiswagen. Es war sein Job, Eiscreme zu verkaufen, aber er weigerte sich, sie ihr zu verkaufen. Er hielt ein Bällchen Himbeereis hoch – das war ihr Lieblingsgeschmack – und sagte: ›Du brauchst das nicht‹ und gab die Kugel dann mir.«

»Hast du sie genommen?«, will Becca wissen.

»Ich schäme mich, es zuzugeben, ja«, sagt Steffi. »Er war ein Erwachsener, und ich war ein Kind und wusste nicht, was ich sonst hätte tun sollen. Ich bot ihr das Eis an, sobald wir außer Sichtweite waren, aber da hatte ich schon dran geleckt und es war bereits weich. Sie muss mich gehasst haben. Und hat sicherlich das Gefühl gehabt, dass ich der Liebling war, und das alles furchtbar ungerecht gefunden. Und das war es ja auch. Wenn man ein dickes Mädchen ist, ist nichts gerecht.«

Wir gehen ein Stück schweigend weiter, nur umtost vom Wind.

»Während ihrer ganzen Highschoolzeit hatte sie nur eine einzige Verabredung«, sagt Steffi. »Es war der Sohn eines Freundes meines Vaters und eine vollkommen arrangierte Angelegenheit. Die vier Eltern setzten sich zusammen und überredeten ihn dazu. Oder bezahlten ihn, ich weiß es nicht. Er ging auf eine andere Schule und nahm wohl an, dass keiner seiner Freunde je davon erfahren würde, dass er mit jemandem ausgegangen war, der wie Tina aussah, aber um auf der sicheren Seite zu sein, besuchte er mit ihr ein Restaurant außerhalb der Stadt. Irgendein Lokal unten am Strand, wo es

Meeresfrüchte gab, und er erklärte es ihr damit, dass der Fisch dort frischer sei, aber sie durchschaute es. Natürlich. Sie aß nur ganz wenig, weil sie wusste, dass das von Mädchen erwartet wurde, die ein Date hatten, und anschließend brachte er sie direkt nach Hause.

Als sie in die Küche kam, war sie am Verhungern. Nicht nur, weil sie an diesem Abend nichts gegessen hatte. Sie hatte seit Wochen keine richtige Mahlzeit mehr zu sich genommen, weil sie sich auf ihre große Verabredung vorbereitet hatte. Meine Mutter hatte darauf gepocht, dass sie sich anstrengte und bis dahin ein paar Kilo verlor, und sperrte die Küche ab – Moment mal. Habe ich euch das erzählt? Mama hielt nichts von Naschereien zwischendurch. Und sie sagte auch jedes Mal, wenn die Küche geschlossen sei, bleibe sie auch geschlossen, und dann sperrte sie tatsächlich alles ein, bevor sie zu Bett ging.« Steffi lacht, ein hohles Lachen. »Erst auf dem College wurde mir klar, dass das nicht normal war, dass anderer Leute Mütter keine Vorhängeschlösser an Schränken und Kühlschränken anbrachten.

Tina kam also gegen neun Uhr nach Hause und war aufgewühlt. Es war ein entsetzlicher Abend gewesen und sie war hungrig, aber es gab weit und breit nichts zu essen. In unserer Familie stand nicht einmal eine Obstschale auf der Küchentheke. Sie konnte in der ganzen Küche nichts finden außer Hundefutter.«

Steffi macht eine Pause, eine Pause, die kein Ende zu nehmen scheint. Die ganze Gruppe ist spürbar angespannt. Es dürfte unter uns keine sein, die nicht bereits herausgefunden hat, dass Steffi gar keine Schwester hat, jedenfalls keine dicke namens Tina. Steffi ist es, die eine schlimme Verabredung mit einem Jungen hatte, der sich ihrer schämte, sie war diejenige, die sich keine Kugel Eiscreme kaufen durfte und allein im Dumbo fliegen musste. Sie hatte die ganze Zeit von sich gesprochen, und das einzig Spannende an der Geschichte war die Frage, wie lange es dauern würde, bis sie zugab, sowohl die Erzählerin als auch die Hauptperson der Erzählung zu sein.

»Sie hatte darin schon Erfahrung«, sagt Steffi. »Immer, wenn etwas nicht so gut lief, griff sie in den großen Sack und nahm sich eine Handvoll Trockenfutter. Das Hundefutter war das einzig Essbare im Haus, das wegzusperren meiner Mutter nie in den Sinn kam. Aber dieser Abend war besonders schlimm, und Tina hatte das Gefühl, etwas essen zu müssen. Und zwar richtig viel. Ihr müsst wissen, dass sie, wann immer sie so drauf war, eine völlig Getriebene war, eine Abhängige, die ihre Dröhnung brauchte. Als ihr Blick auf den Hundenapf fiel, sah sie, dass darin Reste von Schweinekoteletts lagen. Und das bedeutete, dass wir uns während ihrer Abwesenheit ein Festmahl einverleibt hatten, denn auch Schweinekoteletts gehörten zu ihren Leibspeisen. Deshalb machte meine Mutter sie auch nie, außer zu ganz seltenen Anlässen, wenn sie wusste, dass Tina nicht dabei sein würde. Es war ein weiterer Schlag ins Gesicht, dass die ganze Familie Schweinekoteletts gegessen hatte, während sie zu ihrer schrecklichen Verabredung unterwegs gewesen war, und dass selbst der Hund Schweinekoteletts bekam …«

Steffis Stimme verliert sich, wird leise und vom Wind davongetragen. »Das Schlimmste aber ist, dass der Junge sie dabei ertappte. Er war aus irgendeinem Grund zurückgekommen. Er hatte seine Schlüssel oder einen Handschuh oder einen Hut oder weiß Gott was vergessen. Er hatte sie bis zur

Tür gebracht, ihre Hand geschüttelt und war dann zu seinem Wagen gegangen, aber aus irgendeinem Grund kam er zurück. Er sah durch die Glasscheibe der Küchentür und wollte gerade klopfen, als er Tina vor dem Hundenapf kniend entdeckte, wo sie an einem Knochen nagte.«

Die ganze Gruppe atmet aus. Und wir wenden uns alle ab, aus Angst, uns ansehen zu müssen. Wir hatten gewusst, dass etwas Schlimmes bevorstand, aber ich denke, wir waren alle überrascht, dass es so schlimm kommen würde. Abgesehen von Valerie mit ihrem kleinen Speckröllchen, das sie jedoch ziemlich trotzig trägt, würde man keine von uns als dick bezeichnen. Aber in gewisser Weise sind alle Mädchen dicke Mädchen. Wir haben alle unsere überweiten Blusen, sind darin geübt, unseren Bauch einzuziehen, und machen instinktiv vor der Kamera eine Dreivierteldrehung. Jede von uns versucht, etwas Hässliches zu verbergen, weshalb das Bild dieses Jungen, der Steffi durchs Fenster betrachtet und sie aus dem Hundenapf essen sieht … es war harter Tobak.

»Warum sagtest du, es sei eine Liebesgeschichte?«, fragt Becca, obwohl inzwischen selbst sie dieser Frage überdrüssig zu sein scheint. »Es geht doch um alles andere als die Liebe.«

»Aber ich bin doch noch gar nicht fertig«, sagt Steffi. »Gib mir Zeit. Es ist eine Liebesgeschichte, weil ein Mann sie gerettet hat. Sie aus ihrem Fettgefängnis befreit hat. Ihrem Fettturm, sollte man vielleicht besser sagen. Denn wenn es stimmt, dass wir alle ein Märchen ausleben, dann war Tina Rapunzel, weggeschlossen von der Welt. Der Prinz war ein Arzt, der vertraglich an ein Pharmaunternehmen gebunden war, das eine medizinische Studie über Fettleibigkeit durchführte, und sie war eins seiner Versuchskaninchen. Sie trafen sich dreimal in der Woche, wie das vorgesehen war, und dann schenkte er ihr plötzlich am Valentinstag eine Schachtel Godiva-Pralinen. Kein Mann hatte ihr je etwas geschenkt, und schon gar keine Godiva-Pralinen.« Sie bleibt stehen und wischt sich den feuchten Nebelfilm von der Stirn. Ich muss an die goldene Schachtel denken, die ich an jenem ersten Tag in London in ihrer Tasche entdeckt habe. Damals schien sie völlig überrascht darüber, dass sie die Schachtel dabeihatte.

»Das ist ja fürchterlich. Dann hat er wohl versucht, sie um ihren Erfolg zu bringen, bevor sie die Studie zu Ende geführt hatte«, sagt Claire. »Weil er insgeheim auf dicke Frauen stand. Im Internet hab ich von solchen Männern gelesen. Sie nennen sich Pummeljäger. Diese Mistkerle.«

»Ich finde das grausam«, sagt Jean. »Da hast du einen Mann, der von gewichtigen Frauen besessen ist, und was macht er, er beschäftigt sich natürlich mit der Untersuchung von Fettleibigkeit. Ein ergiebiges Feld. Und er findet jemand, dieses arme Mädchen, das nie wirklich geliebt wurde und dies auch nicht für möglich hält, und er sabotiert sie. Wählt sie aus, füttert sie mit Schokolade, gibt ihr das Gefühl, etwas Besonderes zu sein, und sorgt dafür, dass sie so bleibt, wie sie ist.«

»Nein«, sagt Steffi. »Ihr liegt beide falsch. Oder vielleicht habe ich es falsch beschrieben, denn es war ganz und gar nicht so. Tina hat die Pralinen nie gegessen. Sie brauchte es nicht. Es reichte ihr, zu wissen, dass er sie ihr geschenkt hat, dass er wollte, dass sie die Schokolade bekam. Nach einem Leben, in dem das Essen immer weggesperrt war, ihr von der eigenen Mutter vorenthalten wurde … Nein, sie behielt sie einfach. Die Pralinen waren ein Symbol dafür, dass er durch das Fett hindurch den wahren Menschen sah. Denn er hatte getan, was ein normaler Mann tut, wenn er ein normales Mädchen liebt. Er schenkt ihr was Süßes. Das ist jetzt fünfzehn Jahre her, und sie hat die Schachtel noch immer. Wisst ihr, wie Pralinen nach fünfzehn Jahren aussehen? Sie werden weiß. Sie werden wie Stein. Aber sie hat sie noch immer. Sie weiß, was sie bedeuten.«

»Und was bedeuten sie?«, fragt Claire. »Ich fürchte, ich komme nicht mehr mit.«

»Vielleicht ist das ja auch die Geschichte von der Schönen und dem Ungeheuer«, erwidert Steffi. »Jawohl, nicht Rapunzel, ich weiß auch nicht, warum ich das gesagt habe. Tinas Geschichte ist vielmehr wie ›Die Schöne und das Biest‹, und ich kann es dir nicht verdenken, dass du das nicht erkannt hast, denn ich habe es ja selbst nicht erkannt, jahrelang nicht. Um das Wunder der Verwandlung zu bewirken, muss etwas geliebt werden, bevor es wirklich liebenswert ist.«

»Wie bei Sir Gawain und der hässlichen Alten«, sagt Valerie.

»Auch da«, sagt Steffi. »Wir erzählen alle die gleiche Geschichte in unterschiedlicher Form. Als ich gestern Abend unter der Dusche stand, habe ich darüber nachgedacht. Denn es gab da doch diese kleinen Überschneidungen, nicht wahr?« Ohne eine Antwort abzuwarten, spricht sie achselzuckend weiter. »Gut, vielleicht sehe nur ich das so. Aber damit ein verhextes Wesen schön werden kann, der Zauber wirken kann, muss doch jemand erkennen, dass es bereits schön ist, darum geht es doch. Denn in dem Moment, als der Arzt ihr diese Pralinen gab, verlor sie den Geschmack daran. Sie hatte nie wieder ein Verlangen nach Schokolade.«

»Das kann nicht sein«, widerspricht Claire kategorisch. »Alle Frauen haben ein Verlangen nach Schokolade.«

»Nein, alle Frauen haben ein Verlangen nach dem Verbotenen«, sagt Steffi. »Und wenn Essen nicht mehr verboten ist, hat es auch seine Macht über sie verloren. Zum ersten Mal in ihrem Leben entdeckte sie, dass sie auch an andere Dinge denken konnte. Weil jemand sie so geliebt hat, wie sie in dem Moment war, im Hier und Jetzt und nicht als Projektion, wie sie vielleicht eines Tages sein könnte, wenn sie sich nur ein wenig Selbstkontrolle aneignete.«

»Also wenn das Magie ist, dann nur deshalb, weil ein Mann dahintersteckt«, sagt Claire. »Frauen lieben täglich das nicht Liebenswerte. Wir verlieben uns in das Potential eines Mannes und heiraten dann seinen schlampigen Arbeitslosenhintern. Wir behandeln ihn wie ein Haus, das wir umzugestalten versuchen, ein renovierungsbedürftiges Haus, und reden uns ein, dass es dazu nur etwas Fantasie und Muskelschmalz braucht. Auf diese Weise bleiben wir hängen. Und haben am Ende dann diese Loser um uns, die auf unserer Couch schlafen. Männer hingegen verlieben sich nie in das Potential einer Frau. Sie sind dazu einfach nicht fähig – die Schönheit einer Frau muss ihnen auf dem Silbertablett serviert werden, damit sie diese erkennen, aber die halbe Zeit können sie das nicht. Und du sagst, dieser Mann sei ein Arzt, das heißt also, er war erfolgreich, und das wiederum bedeutet, er hätte jede haben können. Dass ein solcher Mann durch den dicken Körper hindurchsieht und sich in die Frau verliebt, die darin verborgen ist … tut mir leid, aber ich finde deine Geschichte einfach unglaubwürdig.«

Jean runzelt die Stirn. »Aber wenn eine schöne Frau sich in einen übergewichtigen Mann verliebt, fändest du das nicht unglaubwürdig?«

»Natürlich nicht«, sagt Claire. »Darum geht es mir doch. Die Frauen als soziales Geschlecht haben einfach mehr Erfahrung darin, das nicht Liebenswerte zu lieben.«

»Und zwar, weil wir schwanger werden«, sagt Angelique. Diese Feststellung ist so typisch für sie. Aus dem Nichts und auf schräge Weise genial. Das kann sie. Sie sagt kilometerlang nichts und haut dann eine dieser unglaublichen Äußerungen heraus, die sie jedes Mal mit ihrer komischen Jersey-Stimme präsentiert.

»Was hat das denn jetzt mit Schwangerwerden zu tun?«, wirft Becca ein, aber Jean kommt ihr zuvor.

»Es stimmt«, sagt sie. »Frauen müssen ein Leben schützen, das noch gar nicht ganz da ist. Unsere Biologie programmiert uns darauf, uns für einen Zellenhaufen zu opfern, was nur ein anderer Aspekt davon ist, etwas wegen seines reinen Potentials wertzuschätzen.«

»Du magst das zwar für unglaubwürdig halten, aber ich schwöre, dass es genau so passiert ist, wie ich es erzählt habe«, sagt Steffi und sieht dabei noch immer Claire an. »Er war ein Mann und hat sie geliebt, obwohl sie dick war. Ich versichere euch, es ist alles wahr. Oder das meiste davon.«

»Dann ist sie jetzt dünn?«, hakt Jean nach.

Steffi nickt. »Wie sich herausstellte, ging es ihr die ganze Zeit nicht ums Essen, sondern einfach um die Erlaubnis zu essen.«

»Mein Vater war auch so«, werfe ich ein, und die Worte sprudeln aus mir heraus. »Er war Alkoholiker, obwohl dieses Wort niemand benutzt hat, weil er nur Bier trank und auf Bier keiner achtete, jedenfalls nicht in einer Zeit, wo so viel schlimmeres Zeug im Umlauf war. Aber ich vermute, dass es eine

Menge Bier gewesen sein muss, denn er sagte eines Tages zu meiner Mutter: ›Ich gehe jetzt in den Wald, und in drei Tagen komme ich entweder nüchtern zurück, oder du findest mich dort tot.‹« Mir wird schlagartig klar, wie das damals für meine Mutter gewesen sein muss. Mein Vater, der zu einem der Hüter des Feuers designierte Mitbegründer der Kommune, ließ sie oft allein und verschwand, um gegen seine Dämonen zu kämpfen. Er war ein Wanderer, was ich vermutlich auch bin, obwohl ich hier zum ersten Mal über diese spezielle Wesensähnlichkeit nachdenke. Einmal wanderte er so weit, dass er am anderen Ende des Waldes völlig orientierungslos herauskam und dann feststellen musste, dass er sich in einem ganz anderen Bundesstaat befand. Er fand eine Telefonzelle am Parkplatz eines Truckerstopps, rief meine Mutter an und bat sie, ihn abzuholen. Aber als sie ihn fragte: »Wo bist du?«, musste er einen der Lastwagenfahrer fragen. Sie lachte jedes Mal, wenn sie erzählte, wie Rich sie aus New York angerufen hatte, aber ich frage mich, wie lustig das tatsächlich war, so oft alleingelassen zu werden, ohne zu wissen, wohin er gegangen war und wann er zurückkehren würde. Das wirft ein völlig anderes Licht auf die Davids dieser Welt.

»Genau«, sagt Valerie. »Das habe ich zu verdeutlichen versucht, dass man nämlich, wenn man sich etwas versagt, eine Obsession dafür entwickelt. Aber wenn man weiß, man kann es haben, dann muss man es gar nicht mehr haben, und das ist schließlich der Schlüssel fürs ganze Leben, oder? Und wenn dir ein Mann das anbietet, was dir immer vorenthalten wurde, das eine, das selbst deine eigene Mutter dir nicht geben wollte … natürlich verliebst du dich dann in ihn.«

Das ist ein verräterischer Moment. Valerie sagt »du« anstatt

»sie«, aber Steffi ignoriert diesen Wechsel der Pronomina und spricht weiter.

»Ich will damit nicht sagen, dass es leicht war«, sagt sie. »Sie hat im Verlauf eines Jahres über sechzig Kilo verloren, aber der Tag, an dem der Arzt ihr die Pralinen schenkte, war der Anfang. Und sie kehrte schließlich wieder zurück auf die Schule und führte ihr Leben weiter, heiratete den Arzt, und wenn ihr ihnen heute begegnen würdet … ihr würdet nie vermuten, dass sie als die Schöne und das Ungeheuer begonnen haben, ihr würdet einfach denken ›Was für ein attraktives Paar‹. Oh, und nachdem sie abgenommen hatte, musste sie sich am ganzen Körper die überflüssige Haut wegoperieren lassen. Hauptsächlich um Hüften und Taille und auch ein wenig an den Armen und Beinen. Mehr als sechs Kilo wurden entfernt, könnt ihr euch das vorstellen? Sechs Kilo bloße Haut?«

»Dann hat ihre Geschichte also ein glückliches Ende?«, meint Becca.

»Das glücklichste«, bestätigt Steffi. »Sie wiegt jetzt fünfundfünfzig Kilo, und ich denke, ein glücklicheres Ende kann es für eine Frau nicht geben. Wir sollten alle Märchen neu schreiben – ›Cinderella‹, ›Schneewittchen‹, ›Rapunzel‹ und ›Die kleine Meerjungfrau‹. Vergesst die Prinzen und Schlösser. Tippt einfach die Zeile: ›Und sie wog danach glückliche fünfundfünfzig Kilo‹, und wir würden alle das Buch mit einer Träne und einem Seufzer schließen.«

»Woher weißt du das alles?«, hakt Valerie nach. »Woher weißt du, was sie dachte und fühlte und dass sie das Hundefutter, aber nicht die Pralinen gegessen hat?«

»Ich bin wohl doof, oder?«, sagt Steffi und bleibt stehen. Lässt ihren Rucksack zu Boden fallen, zieht ihre Bluse aus dem Bund ihrer Jeans und hebt sie hoch. »Hier. Ihr könnt es ruhig sehen.«

Die Narben sind im Lauf der Zeit zu einem wässrigen Beige verblasst, bleiche Schnitte auf ihrem straffen braunen Bauch. Zwei Stück, eine rechts und eine links, die sich von beiden Seiten über ihre Taille ziehen und sich sowohl im Rücken als auch vorne fast berühren. Es ist der Körper einer Frau, die an einem Punkt in ihrem Leben wortwörtlich entzweigeschnitten wurde.

14

Unser letztes Mittagessen nehmen wir in einem so kleinen Dorf ein, dass es keinen Namen hat. Es ist wirklich nicht mehr als die Aufblähung der Straße, ein Ort, wo neben der Hauptstraße plötzlich ein Gehweg auftaucht, aber Tess meint, dass sich dort eines der ältesten Hospize von ganz Kent befindet. Sie führt uns durch das Gerippe eines verlassenen Gebäudes, und ich gehe am Ende der Reihe, als wir an den bröckelnden Mauern und zerborstenen Türrahmen vorbeigehen. Mir fällt auf, dass in der Ecke des größten Raums sogar ein Baum wächst. Er ist größer als ich und schiebt sich durch die Reste des Steinbodens.

»Man nennt sie Hospize, weil man hier Gastlichkeit finden konnte«, erläutert Tess, »und im Lauf der Zeit entwickelte sich daraus unser modernes Wort *Hospital*. Erinnert euch bitte, dass Canterbury im Ruf stand, medizinische Wunder zu vollbringen, und das bedeutet, dass viele unserer Pilger bereits krank waren, als sie sich auf ihren Weg machten. Man kann sich sehr gut vorstellen, dass die Härten des Wegs sie überfordert haben dürften. Die Kirchen in den diversen Dörfern entlang der Route eröffneten diese Hospize als Zeichen des guten Willens, als ein Dankeschön an die Wanderer, die den Handel in ihren Ortschaften belebten, aber auch, um sich damit bei Gott anzubiedern, wie das der damaligen Denkweise entsprach. Wenn man es sich nicht leisten konnte, selbst eine Pilgerreise zu unternehmen, wurde es als beinahe ebenso tugendhaft angesehen, denen zu helfen, die dem Ruf folgten.«

Bevor sie weiterspricht, geht sie neben den Wurzeln des Baums in die Hocke und blickt hoch zum Himmel. Es ist doch noch ein klarer Tag geworden, denn über uns hat sich das Grau in Blau verwandelt. Schwache Sonnenstrahlen scheinen auf ihr Gesicht, als sie das Kinn hebt und genüsslich für einen Moment die Augen schließt. Sie seufzt, bevor sie ihre kleine Rede fortsetzt: »Die meisten Pilger blieben nur eine oder zwei Nächte im Hospiz, um auszuruhen und Kräfte zu sammeln, bevor sie ihren Weg fortsetzten, aber für einige der Schwerkranken ... Auf diese Weise entstanden aus diesen Rastplätzen entlang der Straße die ersten Krankenhäuser. Aus Aufzeichnungen wird ersichtlich, dass nicht wenige Pilger auf dem Weg nach Canterbury verstarben und auf fremden Friedhöfen ihre letzte Ruhe fanden – wieder ein Akt der Nächstenliebe. Auf den Gräbern war oft nur ein Kreuz aufgestellt, weil die Menschen, die die Pilger pflegten und beerdigten, nicht mal ihre Namen erfuhren.«

Sie macht eine ihrer professionellen Gesten und deutet mit einer eleganten kleinen Bewegung auf die größte Lücke in der größten Wand, offenbar die Stelle, wo einst der Eingang war. Durch sie hindurch können wir einen kleinen, verwahrlosten Friedhof sehen. Keine von uns drängt es, dorthin zu gehen, bis auf Valerie, und selbst sie kommt umgehend wieder zurück. Grabsteine, welche die Lebensgeschichte eines Menschen erzählen, können interessant sein, ebenso solche mit

Gedichten oder Sinnsprüchen, die zum Nachdenken anregen. Aber jedes nicht markierte Grab ist auf seine besondere Weise entmutigend und weist nur auf einen weiteren Pilger hin, der nie seine Geschichte erzählt hat.

Nachdem wir im Hospiz umhergeschlendert sind, kehren wir in das benachbarte Café zu einem frühen Mittagessen ein. Drinnen gibt es drei Tische, wovon zwei belegt sind, aber draußen auf dem Gehweg stehen ein paar ungleiche Stühle um einen langen Tisch. Als die Besitzerin Tess sieht, wird sie sofort aktiv, denn offenbar kommt Tess regelmäßig mit ihren Gruppen hier vorbei. Die beiden fangen sofort ein Gespräch an, das so schnell geführt wird, dass man kaum folgen kann.

Aber die Besitzerin deutet auf die Straße, was nur bedeuten kann, dass sie unserer Gruppe von neun Leuten den Tisch draußen zuweist. Seit dem Morgen ist es milder geworden und der Wind hat sich gelegt, aber für alle Fälle holt die Besitzerin des Cafés hinter der Theke einen Stapel Decken hervor, dünn und abgenutzt, aber ordentlich gefaltet. Wir nehmen uns jede eine und gehen dann nach draußen.

»Das ist merkwürdig«, murmelt Becca, und wir flüstern alle abwechselnd, dass es doch ganz in Ordnung sei, aber natürlich hat sie recht. Es ist merkwürdig.

Tess breitet eine der Decken über ihre Beine und versichert uns, dass dieses Café, obwohl es so klein ist, den besten Rindfleischeintopf der ganzen Grafschaft Kent serviert. Eine Schüssel davon werde uns aufwärmen. Wir nicken, breiten wie sie die Decken über uns und starren geradeaus, obwohl es nichts zu sehen gibt. Seit wir in dem kleinen Ort angekommen sind, ist kein einziges Auto vorbeigekommen, und wäre da nicht der kleine Junge auf seinem Fahrrad, offenbar das

Kind der Besitzerin, wäre der Ort wie ausgestorben. Seine Mutter scheint ihn angewiesen zu haben, auf dem Gehweg zu bleiben, denn er fährt mit seinem Fahrrad bis zu dessen äußerstem Ende, steigt dann ab, wendet sein Fahrrad und fährt dann so weit es geht ans andere Ende. Vermutlich macht er das den ganzen Tag so.

Wir bekommen umgehend unseren Eintopf serviert, kochend heiß und so lecker, wie Tess uns das versprochen hat.

»Wie geht es deiner Mutter heute da drin?«, erkundigt Valerie sich leise, während die anderen Frauen anfangen zu plaudern und zu essen.

»Noch immer tot«, sage ich.

»Wird es in deiner Geschichte darum gehen?«, bohrt Valerie nach und reicht mir einen Laib Brot zum Abbrechen. Es ist alles sehr biblisch. »Um das Sterben deiner Mutter?«

»Falls mir nichts Besseres einfällt. Ich hoffe noch.« Was ein wenig gelogen ist. Nach Dover habe ich angefangen, die Geschichte in meinem Kopf einzustudieren. Ich denke, ich habe eine gute erste Zeile. Täuschend einfach, aber mit wirklich emotionaler Schlagkraft. »Meine Geschichte beginnt mit dem Tod meiner Mutter …« Das wird sie packen.

Valerie lächelt. »Irgendwie hab ich das Gefühl, dass deine Mutter dich mit vielen Geschichten versorgt hat.«

»O ja, das hat sie. Wenn ein Narzisst stirbt, reißt das ein großes Loch in die Welt.«

»Deine Mutter war eine Narzisstin?«

»Nachweislich.«

»Verdammt. Meine auch. Wer hätte das gedacht?«

»In Anbetracht dessen, wie wir geraten sind, ist es nicht so überraschend.«

»Möchtest du den Wein bestellen, Che?«, fragt Tess, und ich kann nur annehmen, dass sie es scherzhaft meint. Ein Lokal, in dem es nicht mal eine Speisekarte gibt, wird keine Weinkarte haben. Diese arme Frau, die ständig ihren Sohn auf seinem Fahrrad im Auge behält, während sie um unseren Tisch geht und die dampfenden Schüsseln nachfüllt, scheint Inhaberin, Köchin, Kellnerin, Kassiererin und Spülerin dieses Restaurants zu sein.

»Bringen Sie uns den Wein, den Sie haben«, sage ich ihr. »Roten, wenn möglich. Oder weißen. Auch rosé ist gut.«

»Was meinst du, Becca?«, sagt Tess und wendet sich ihr mit einem Lächeln zu. »Macht es dir was aus, mit deiner Erzählung beim Mittagessen anzufangen, da wir am Nachmittag noch zwei Geschichten zu erzählen haben?« Aber Becca ist mit ihrem Handy beschäftigt und dreht es auf der Suche nach einem Balken hierhin und dorthin und antwortet nicht.

»Sie fängt gern an«, sagt Jean.

»Also wirklich, Mom«, sagt Becca und schüttelt noch immer ihr Handy. »Sie hat mich gefragt, nicht dich.«

»Und du hast nicht geantwortet. Also habe ich für dich geantwortet.«

Becca sieht Tess lächelnd an, ganz reizend und kooperativ. »Natürlich tue ich das.«

»Konzentrier dich noch fünf Minuten auf dein Essen«, wirft Jean ein. »Dann musst du nicht mit vollem Mund sprechen.«

»Vielleicht will ich aber mit vollem Mund sprechen«, sagt Becca, und los geht es, eine Mutter und eine Tochter im Streit über etwas, das keine von beiden benennen kann. Doch genauso sinnlos wie der Streit wäre jeder Versuch unsererseits, die beiden aufzufordern, doch einen Moment innezuhalten und einander einfach gernzuhaben, da sie doch wissen, dass ihre gemeinsame Zeit begrenzt ist. Denn das Mädchen wird eines Tages erwachsen werden und die Mutter nicht mehr da sein. Aber vorerst müssen die beiden bei jedem Schritt entlang des Wegs miteinander kämpfen. Es ist die Aufgabe einer Mutter, mit Engelszungen auf ihre Tochter einzureden, genauso wie es die Aufgabe der Tochter ist, nicht auf sie zu hören. Jede Frau muss ihre eigenen Fehler machen. Und auf demselben Weg zurückgehen, den auch ihre Mutter gegangen ist, und zum ersten und millionsten Mal die nicht übertragbaren Lektionen des Frauseins lernen.

Die Erzählung von Becca

»Im letzten Jahr, in der elften Klasse«, beginnt Becca, »bekam ich die Hauptrolle in unserem Theaterstück. Okay, vielleicht auch nicht. Mist, schon lüge ich.« Sie blickt in die Runde, wo die meisten von uns bereits den Eintopf essen und sich Brot abbrechen und mit der kräftigen gelben Butter bestreichen, die das Pub zu jeder Mahlzeit serviert. *Echte* Butter und unwiderstehlich! Die werde ich vermissen, wenn ich wieder zu Hause bin.

»Eigentlich wurde ich nicht für die Rolle auserwählt«, räumt Becca ein. »Ich war die Zweitbesetzung, aber dann wurde das Mädchen, das man wirklich haben wollte, krank, und ich nahm seinen Platz ein. Das Mädchen hieß Hillary McAllister. Heißt vermutlich noch immer so. Und als ich ›Theaterstück‹ sagte, entsprach auch das nicht ganz der Wahrheit. Wir inszenieren im Dramakurs jedes Jahr zwei Stücke, eins, das nur für die Schülerschaft gedacht ist, und eins, mit dem wir in die Grundschulen vor Ort gehen. Darin hab ich mitgespielt, im Kinderstück. *Dornröschen*. Und das spielte ich auch. Dornröschen.« Sie blickt sich wieder um am Tisch. »Herrgott. Das ist schwerer, als ich gedacht hatte, euch meine eigene Geschichte zu erzählen.«

»Die Rolle wurde mit Hillary besetzt«, sagt ihre Mutter tonlos, »und dann wurde Hillary krank. Eine Art von Mononukleose.«

»Ich hätte nicht gedacht, dass Kinder heute noch Pfeiffersches Drüsenfieber bekommen«, sagt Silvia.

»Aber natürlich«, sagt Jean. »Das wird genauso wenig unmodern wie Küssen.«

»Ich glaube, dass all die alten Krankheiten wiederkommen«, sage ich. »Ich kenne sogar eine Frau, der man neulich ihren Blinddarm herausoperiert hat.« Tess kommentiert dies mit einer Grimasse vom Tischende.

»Die Seuchenschutzbehörde in Atlanta verwahrt eingefrorene Zellen von allen möglichen alten Krankheiten«, wirft Valerie ein. »Sogar von der Beulenpest. Und man fragt sich, was passieren würde, wenn jemand beispielsweise das Gefäß fallen lässt.«

»Oh, inzwischen bekämpft man die Beulenpest womöglich mit Penicillin«, meint Silvia. »Es gab damals einfach noch nichts, um dagegen vorzugehen.«

»Glaubst du wirklich?«, sagt Valerie. »Penicillin?«

»Das ist absolut möglich«, sagt Steffi. »Wir haben inzwischen weitaus mehr Waffen im Kampf gegen die Viren, und wir –«

»Hallo«, meldet Becca sich zu Wort. »Erinnert ihr euch, dass wir die Regel aufgestellt haben, keiner darf den Erzähler unterbrechen? Und lasst uns darauf zurückkommen, wie Hillary das Pfeiffersche Drüsenfieber bekommen hat, denn in dieser Geschichte geht es ums Küssen und wie ich es bis in die elfte Klasse geschafft habe, ohne jemals geküsst worden zu sein. Es ist schlimm, das zugeben zu müssen, und klingt, als wäre ich zurückgeblieben. Und spar dir deine Puste, Mom, ich weiß, dass ich ›zurückgeblieben‹ nicht in diesem Zusammenhang sagen soll. Aber die meisten Mädchen … In der elften Klasse hat jede, die halbwegs hübsch ist, schon mal Sex gehabt, und das ist die Wahrheit. Und wenn sie so alt sind wie ich, haben sie bereits abgeschlossen, womit ich noch nicht mal begonnen habe, und ich wäre gestorben, wenn jemand die Wahrheit erfahren hätte. Jungfrauen werden links liegengelassen.«

Hier hält sie inne und tippt eine Fingerspitze in einen Klecks Butter auf ihrem Teller. Und leckt diese dann genüsslich ab. Fast, als rechnete sie damit, dass jemand etwas sagt, als warte sie nur auf einen Proteststurm der älteren Frauen. Darauf, dass wir alle über sie herfallen und ihr versichern, Jungfrauen werden nicht links liegengelassen, sondern seien vielmehr diejenigen, die die Wahl haben. Denn Keuschheit sei für eine Frau manchmal der beste Weg, über ihr sexuelles Schicksal zu bestimmen. Das Mädchen erwartet von uns zu hören, dass in der Zurückhaltung die Macht liege. Dass es klug sei, auf den Richtigen zu warten. Ihn auf die Probe zu stellen, sicherzustellen, dass er es wert ist, bevor man sich hingibt.

Becca zögert also beim nächsten Bissen, ihr Löffel kratzt über den Boden ihrer Schale. Eine Flasche Wein – glücklicherweise ein Roter – steht plötzlich neben mir, und ich entkorke und verteile ihn, aber keine sagt etwas. Die Frauen im Parlament gehen mit sich zu Rate, ob Jungfräulichkeit ein erstrebenswerter Zustand ist oder nicht. Und obwohl Becca eine stille Bühne gefordert hat, sehe ich ihr an, dass unsere Verweigerung, darauf anzuspringen, sie verblüfft hat. Seit wir London verlassen haben, hat sie auf eine einfache Liebesgeschichte gewartet, aber keine von uns konnte ihr damit dienen. Kilometer um Kilometer, Stunde um Stunde ist sie durch die englische Landschaft gewandert und hat sich Geschichten angehört, in denen es um Kompromisse und Neuerfindung, um eifersüchtige Schwestern und königliche Flüche, um Demenz und Pornographie ging. Denn eine Frau, die ein gewisses Alter erreicht hat – dreißig? Fünfundzwanzig? Oder, Gott steh uns bei, vielleicht sogar noch jünger ist? –, ist gezwungen, die Tatsache zu akzeptieren, dass es in Liebesdingen nie wieder einfach sein wird. Einfache Liebesgeschichten sind was für Jungfrauen oder besser noch für diejenigen, die ohne Bewusstsein sind. Natürlich spielte sie Dornröschen. Was sollte ein Mädchen wie Becca auch sonst verkörpern?

»Wenn ihr glaubt, es stehe mir nicht zu, Schadenfreude darüber zu zeigen, dass Hillary McAllister krank wurde, lasst es gut sein«, sagt Becca. »Denn sie war immer gemein zu mir. Gemein zu allen. Sie hat es verdient, krank zu werden. Das ist nur gerecht, und es ist nicht falsch, Gerechtigkeit zu fordern.«

Wieder meldet sich keine zu Wort, um diese letzte Bemerkung entweder zu bestätigen oder zu korrigieren. Es finden keine Debatten statt, die Gerechtigkeit gegen Gnade abwägen. Wir stellen nur die Suppenschalen zusammen, zum Zeichen, dass wir den Eintopf aufgegessen haben, um uns dann dem Wein zuzuwenden. Valerie schiebt ihren Stuhl zurück und stemmt ihr Knie gegen die Tischkante. Das Mittagessen dient schließlich nicht nur der Nahrungsaufnahme, sondern gibt uns auch Gelegenheit auszuruhen. Wir sind inzwischen darin geübt.

»Wenn man die Hauptrolle in *Dornröschen* spielt«, fährt Becca fort, als ihr endlich klar wird, dass keiner vorhat anzubeißen, »bedeutet das, dass man die ganze Zeit auf der Bühne ist, sich aber nicht viele Zeilen merken muss. Du sagst was im ersten Teil, wo Dornröschen sich in den Finger sticht ... schon wieder dieses Wort, stechen. Hat sich nicht auch in einer der anderen Geschichten jemand gestochen?«

Eros, überlege ich, *in Angeliques Geschichte. Er hat sich an seinen eigenen Pfeilen gestochen, wie Dornröschen sich an ihrem Spinnrad stach. Sie brachten sich ihre Verzauberung selbst bei, offenbar zufällig, aber doch wohl eher schicksalhaft. Denn das ist doch die eigentliche Geschichte, oder? Die wir alle immer wieder erzählen müssen. Dass das Ende der Anfang ist und der Anfang über das Ende bestimmt. Dass egal, wie weit oder wie schnell wir gehen, am Ende alle wieder zum Anfang zurückkehren. Und sich dem stellen müssen, vor dem sie zu fliehen versuchten.*

Aber ich sage nichts. Keine sagt etwas. Und je länger wir im Schweigen verharren, umso stärker lastet es auf uns.

Becca zuckt mit den Achseln und plustert ihre Haare auf. Normalerweise liegen sie glatt nach hinten gekämmt um ihren Kopf, aber heute, vielleicht als Zugeständnis an den morgendlichen Regen, trägt sie sie anders. Sie hat die Haare als Stirnfransen nach vorne gebürstet, und als sie unter dem orangeroten Pony hervorlugt, sieht sie noch jünger aus als sonst. »Der Prinz«, sagt sie, »wurde von Josh Travis gespielt, und es gibt keinen Jungen auf der ganzen Schule, der besser aussieht als er. Ich habe vergessen, euch das zu erzählen, aber es ist wichtig, dass ich einen guten Prinzen bekam und keinen beschissenen. Denn im Dramakurs gibt es nicht viele Jungs, und man weiß nie, wen man bekommt.« Jemand hat auch ihr ein Glas Wein hingestellt, und sie hält wieder inne und betrachtet überrascht die unerwartete Geste. Bei den vorangegangenen Mahlzeiten ist die Flasche immer an ihr vorbeigewandert und der Alkohol floss von Frau zu Frau, nicht aber von Frau zu Mädchen. Ein wichtiger Moment also. Sie hebt das Glas, trinkt einen kleinen Schluck und vermeidet dabei jeden Blickkontakt mit ihrer Mutter. Becca ist wie alt – siebzehn? Höchstens achtzehn? Zu jung, um in einem amerikanischen Restaurant zu trinken, aber wir sind hier in England, wo diese Regeln nicht gelten, außerdem scheint ihre Mutter keine Anstalten zu machen, sie aufzuhalten. Sie sieht ihre Tochter nicht einmal an, sondern starrt auf das Kind auf der Straße. Eine andere unausgesprochene Regel auf dem Pilgerpfad nach Canterbury ist wohl, dass der Erzähler trinken darf.

Becca setzt mit nachdenklich gerunzelter Stirn das Glas ab. »Da wären wir also. Hillary wird krank und bleibt krank, und ich bekomme meine Chance. Während der Proben liege ich jeden Nachmittag auf dem Bett und tue so, als befände ich mich im Koma, während um mich herum alles in Aktion ist. Und ich weiß, dass alles auf den großen Kuss zusteuert, auch wenn wir diese Stelle nie proben. Unser Lehrer, Mr Grayson – ich denke, er ist schwul, also sagen wir alle Gayson Grayson –, meint, wir sparen uns den Kuss für die erste Vorstellung auf, weil er auf diese Weise unverbraucht und frisch ist. Die einzige Empfehlung, die er mir gibt, ist die, dass ich nicht allzu rasch darauf reagieren darf. Dass ich, wenn Josh sich zu mir herabbeugt und mich küsst, daran denken muss, dass ich lange Zeit geschlafen habe und ganz langsam aus dem Zauber erwache, der auf mir liegt. ›Du musst den Zauber schichtweise abstreifen‹, meinte er. ›Wie ein Schmetterling, der seinen Kokon verlässt.‹ Vielleicht war er ja tatsächlich schwul, denn so was zu sagen ist schwul. Aber der Punkt ist, dass ich während des Stücks die meiste Zeit auf dem vom Werkkurs gebauten Sperrholzbett liege und darauf warte, geküsst zu werden.«

Becca streicht mit der Fingerkuppe über den Rand ihres Weinglases. »Ihr denkt sicher alle, dass ich nicht die Richtige für die Rolle des Dornröschens bin«, sagt sie mit ihrer üblichen Abwehrhaltung, aber ich denke das ganz und gar nicht. Denkt man sich ihre grellgefärbten Haare und die dunkle Brille, die übergroßen Ohrlöcher und die Schlabberklamotten weg, ist Becca eine wahrhaftige Schönheit. So hübsch, wie ihre Mutter in ihrer eigenen Jugend gewesen sein dürfte. Es ist die Schönheit einer Porzellanprinzessin, die keine auch noch so heftige Rebellion völlig ausmerzen kann. »Aber ich bekam eine lange blonde Perücke und ein langes blaues Kleid, und ich denke –«, sie hält inne. »Ich kann nicht mit Sicherheit sagen, ob Josh mich küssen wollte. Er rechnete damit, Hillary zu küssen, und sie war für einen Jungen wie ihn genau der richtige Typ Mädchen. Sie gingen bereits miteinander. Hatten es vermutlich schon miteinander getan. Bis zum Letzten. Ich weiß nicht.«

Sie zögert wieder. Wir machen sie nervös, sage ich mir, indem wir einfach dasitzen und sie anstarren. Es ist von Nachteil für sie, ihre Geschichte im Café anstatt während der Wanderung erzählen zu müssen. Offenbar redet es sich leichter, wenn man nebeneinander hergeht, als wenn man sich gegenübersitzt. Also verlagere ich mein Gewicht zur Straße hin und beobachte so wie Jean den kleinen Jungen auf seinem Fahrrad. Gebe Becca ein wenig Zeit, ihren Wein zu trinken und ihre Fassung zurückzugewinnen.

Der Junge ist nicht älter als sechs oder sieben und scheint ein Neuling in der Kunst des Balancehaltens zu sein. Es sieht ganz danach aus, als hätte er sich erst vor kurzem von den Stützrädern getrennt, denn er wackelt, wenn er über die Risse im Gehweg fährt, und weicht erst in der einen, dann in der anderen Richtung aus. Manchmal neigt sich das ganze Fahrrad und sein Fuß fliegt vom Pedal, um im letzten Augenblick sein Gewicht aufzufangen, bevor er umkippt. Der Gehweg ist nicht nur voller Risse, sondern auch abschüssig mit Grasbüscheln, die an verschiedenen Stellen herausstehen. Kaum die optimale Bahn für einen Anfänger auf dem Fahrrad. Er bleibt kurz stehen und wirft einen Blick zur Tür. Sie ist geschlossen. Seine Mutter ist drinnen, für den Moment jedenfalls.

Ich leere mein erstes Glas Wein und schenke mir das nächste ein.

»Die Leute denken immer, ›Dornröschen‹ sei eine alberne Geschichte«, greift Becca schließlich den Faden wieder auf. »Schlicht und dumm, selbst für ein Märchen. Das Mädchen legt sich schlafen, der Junge weckt sie auf. Bumm. Das Ende. Aber ich war glücklich, diese Rolle bekommen zu haben, und glücklich zu wissen, dass ich Gelegenheit bekam, Josh zu küssen. Am Tag der Premiere wurden wir zusammen mit den Requisiten in einen Bus verfrachtet und zur Grundschule gefahren, einer von mehreren. Es gibt sieben in unserem Bezirk, und wir würden in jeder spielen, aber das war die erste. Hillary begleitete uns. Damit hatte ich nicht gerechnet. Sie konnte nicht Dornröschen sein, hätte es nicht geschafft, so lange auf der Bühne zu sein, und natürlich durfte sie Josh nicht küssen, aber sie war nun die dritte Woche krank und wieder so weit bei Kräften, dass sie mitkommen und zuschauen durfte. Während der ganzen Fahrt warf sie mir böse Blicke zu.«

Der Junge schiebt das Fahrrad vom Gehweg an den Rand der verbotenen Straße und wirft uns einen schuldbewussten Blick zu. Beißt sich auf die Lippe, als versuche er, einen Entschluss zu fassen. Einzuschätzen, was unsere Gegenwart für sein Leben zu bedeuten hatte. Wer sind diese Damen, die dort im Freien Wein trinken – Verbündete oder Verräter, Freund oder Feind? Wird eine von uns seiner Mutter verraten, dass er gegen ihre einzige Regel verstoßen hat?

»Auf der Highschool haben wir das Stück immer in Abschnitten geprobt«, erklärt Becca. »Wir haben es nie von Anfang bis Ende durchgespielt. Und es war ein gutes Gefühl, als wir unsere Kulissen aufbauten – das Spinnrad und das Bett –, und alle Feen, die guten wie die böse, trugen ihre Kostüme. Es gestaltete sich alles viel besser, als ich je gedacht hatte. Aber in der Hälfte des Stücks, als ich bereits mit geschlossenen Augen flach auf dem Rücken liege und höre, wie die Geschichte um mich herum ihren Lauf nimmt, fange ich an zu überlegen: *O Gott, jetzt ist es so weit. Josh wird mich küssen. Ich werde hier und jetzt gleich meinen ersten Kuss bekommen, und das vom süßesten Jungen der ganzen Schule.* Und ich fange an zu zittern. Kriege es nicht mehr unter Kontrolle. Ich lag mit meiner blonden Perücke auf meinem Bett und zitterte so heftig, dass ich mir sicher war, die Kinder im Publikum könnten es sehen und denken: *Die schläft ja gar nicht, sie hat eine Art Anfall.* Ich versuchte, an etwas anderes zu denken. Ich sagte das Alphabet im Kopf rückwärts auf. Aber es wurde nur noch schlimmer, und schließlich beugte sich eine der Feen über mich, ich glaube, es war Sonnenschein, und flüsterte: ›Geht es dir gut?‹ Sie dachte wohl, ich bekäme jetzt auch Pfeiffersches Drüsenfieber, weil ich weiß, dass ich ganz rot war und ausgesehen haben muss, als hätte ich Fieber. Aber das war es nicht. Es war die fiebrige Erwartung, von Josh Travis geküsst zu werden. Es war das Fieber der Liebe.«

Valerie und Claire lächeln, und Jean wendet sich von dem Jungen auf der Straße ab und betrachtet, ebenfalls belustigt, ihre Tochter. Hört sich so eine einfache Liebesgeschichte an? Ich will ja nicht meckern – wenn ich das tue, höre ich mich nämlich an wie Becca –, aber für mich scheint nichts an dieser Geschichte einfach zu sein. Sie spielte Dornröschen, während die eigentliche Freundin des Jungen von den Kulissen aus zusah. Und ihr erster Kuss, normalerweise eine private, ja fast verstohlene Angelegenheit, fand vor zweihundert unruhig hin- und herrutschenden Kindern auf einer gut ausgeleuchteten Bühne statt. Kein Wunder, dass die Vorstellung, die das Mädchen sich von der Liebe macht, so verstiegen ist. Ihm ist nicht mal bewusst, dass ein Bühnenkuss nicht das Wahre ist.

Jetzt, da der kleine Junge auf der flachen Straße fährt, kommt er besser zurecht. Aufrecht auf zwei Rädern radelt er vor uns auf und ab. Aber sein Blick verändert sich nicht. Er sieht nur das, was er sich in seinem Kopf erschaffen hat. Doch er wackelt kaum mehr und gerät nur dann kurz ins Schwanken, wenn er an der Tür zum Café vorbeifährt und zur Seite schielt. Er weiß, dass seine Mutter jeden Moment herauskommen kann, um unsere Wassergläser nachzuschenken, und ihn erwischen wird. Dann wird er gedemütigt werden und ein Verbot bekommen. Vielleicht wird ihm sogar das Fahrrad weggenommen und damit die Freiheit, die man sich mit zwei Rädern erkaufen kann.

»Der große Augenblick ist da«, sagt Becca. »Josh beugt sich über mich, und ich spüre seinen Atem, und seine Lippen waren ganz weich. Es war, als würde sich unter uns die Erde auftun, und bevor er mich überhaupt berührte, wusste ich, dass danach nichts mehr so wäre wie zuvor. Mein Leben besteht aus nur zwei Kapiteln – bevor Josh mich küsste und nachdem er mich küsste.« Sie lacht. Einen kurzen Moment lang ist es das Lachen einer Frau und nicht das eines Mädchens. »Mr Grayson wurde sauer. Denn ich erwachte nicht langsam, wie seine Anweisung gelautet hatte, sondern schlagartig. Ich glaube, ich legte sogar eine Hand auf Joshs Hinterkopf und hielt ihn kurz fest, was das echte Dornröschen natürlich nie getan hätte. Eine echte Prinzessin hätte ihren Prinzen niemals um den Hals gepackt und mehr oder weniger zu sich hinabgezogen. Aber ich konnte nicht anders. Und Josh … Das ist das Verrückte. Und womöglich glaubt ihr mir nicht. Er empfand das auch.«

»Warum sollten wir das nicht glauben?«, wirft Angelique ein. »Denkst du etwa, wir glauben, dass Männer nichts empfinden können?«

»Es war der perfekte erste Kuss«, sagt Becca. Ihr Gesicht hat einen wehmütigen Ausdruck angenommen, und es ist schon erstaunlich, dass ein so junges Mädchen wie sie bereits so nostalgisch sein kann. »Er hat mich davor bewahrt, dass man mich links liegenlässt, und ihn hat er davor bewahrt, zu einer männlichen Nutte zu werden. Denn vor diesem Kuss gehörte

Josh zu den Jungs, die, weil sie so süß sind, jede kriegen können und die deshalb auch mit jeder schlafen, aber dieser Moment … Es ist ein Wunder, dass der Kuss Josh genauso verändert hat, wie er mich verändert hat.«

»Dann ist das also deine Geschichte?«, fragt Jean leise. »Du erzählst ihnen also, dass Josh jetzt dein Freund ist, kann man es auf diesen Nenner bringen?«

»Nun ja, das ist er«, sagt Becca mit barscher Stimme. »Er kommt doch ständig zu uns. Du hast ihn kennengelernt.«

»Ja«, sagt Jean. »Er kommt zu uns. Ich habe ihn kennengelernt.«

»Und er war auch in jeder anderen Hinsicht mein erster Mann«, ergänzt Becca, und dabei bricht ihre Stimme ein klein wenig. *Das ist der eigentliche Verlust der Unschuld,* überlege ich. *Nicht das erste Mal, wenn du mit einem Mann schläfst, sondern das erste Mal, wenn du anfängst, an der Geschichte zu zweifeln, die du dir als Begründung dafür zusammengereimt hast. Sie wacht auf, das schon, aber das gefällt ihr nicht immer.* »Was ist schlimm daran, Mom? Warum ist es für dich okay, deine eine große Liebe gehabt zu haben, für mich aber nicht?«

»Ich möchte nur nicht, dass du deine Beziehung zu Josh zu sehr durch die rosa Brille siehst«, erwidert ihre Mutter. Sie fummelt an ihrem Ehering herum, wie sie das offenbar immer tut, wenn sie nervös ist. »Ich möchte einfach nicht, dass du etwas daraus machst, was gar nicht vorhanden ist.« Jean streckt ihre Hand nach Beccas Arm aus, aber sie entzieht sich ihr. Richtet ihre Schultern aus und setzt sich aufrechter hin.

»Aha«, sagt Becca. »Als würdest du Dad nicht verklären und durch die rosa Brille sehen.«

Der Junge auf dem Fahrrad wird vor unseren Augen immer

mutiger. Er fährt noch immer in einer schnurgeraden Linie, spart es sich aber jetzt, vom Fahrrad abzusteigen, wenn er umdreht. Er fährt an der Straßenecke im Kreis, und sein Gesicht strahlt vor Freude und Stolz, bevor er wieder zurückradelt. Und als er das nächste Mal vorbeikommt, wirft er keinen nervösen Blick mehr auf die Tür zum Café.

Nur weiter so, sage ich mir. *Tritt nur fest in die Pedale und fahr weiter, wenn du am Ende des Gehwegs angekommen bist.*

»Dein Vater«, erwidert Jean kalt, »war mit Josh überhaupt nicht zu vergleichen.«

»Wach auf, Mom«, sagt Becca. »Ich bin kein Kind mehr. Ich weiß alles. Habe es gewusst, seit Dave seinen Entzug gemacht hat.« Sie wendet sich erklärend an die Tischrunde. »Dave ist mein jüngerer Bruder, der Jüngste, und er hat schon zweimal versucht, clean zu werden. Hat sie euch auch diesen Teil der Familiengeschichte erzählt? Irgendeiner von euch? Ich glaube nicht.«

Jean ist errötet. Schon wieder. Wie oft schon hat ihr Gesicht diese Farbe angenommen? Ich war immer davon ausgegangen, dass es an der Anstrengung lag und sie eine Frau war, die es nicht gewohnt ist, viel zu laufen. Jetzt aber frage ich mich zum ersten Mal, ob sie nicht ein ernsthaftes Problem hat. »Becca, bitte. Du weißt ja gar nicht, was du da sagst.«

»Ich weiß sehr genau, was ich sage. Die Akte? Die mit der medizinischen Familiengeschichte? Die hast du offen auf dem Küchentisch liegenlassen. Vielleicht wolltest du ja sogar, dass ich sie lese.«

»Es ist mir ernst damit, Becca. Hör auf damit. Jetzt sofort. Du magst etwas gelesen haben, aber du hast keine Ahnung, was du da sagst.«

»Weil Dave nicht der erste Abhängige in unserer Familie war, nicht wahr, Mom?« Beccas Stimme ist schneidend und schrill. »Es gab eine genetische Prädisposition für den Drogenmissbrauch, steht es nicht so in der Akte? In diesem Fall vom Vater an den Sohn weitergegeben, aber ich glaube, ich wusste das irgendwie schon, bevor ich sie las.«

»Du verstehst nicht, was du gelesen hast.«

»Nein«, sagt Becca. »Nein, Mom, ich denke, das Problem ist, dass ich das sehr gut verstehe, und deshalb kannst du auch nichts gegen meine Beziehung zu Josh haben. Weder jetzt noch irgendwann. Daddy war in jener Nacht in Guatemala nicht wegen seiner Arbeit unterwegs. Und man hat ihn auch nicht erschossen, weil er versucht hat, uns zu beschützen.« Beccas Blick wandert vom fleckigen Gesicht ihrer Mutter zu uns anderen am Tisch. »Die erste Geschichte, die wir alle gehört haben, habt ihr die verstanden? Hat eine von euch kapiert, was da lief? Dass das ultimative Opfer des perfekten Mannes nichts weiter als ein schiefgegangener Drogendeal war? Ist das nicht lächerlich? Der größtmögliche Witz überhaupt? Mom hat unser aller Leben um diese Nacht aufgebaut. Sie brachte uns bei, Dad zu vergöttern, machte das Datum seines Todes … zu einem Jahrestag der Trauer, obwohl sie die ganze Zeit wusste, dass es nichts weiter als ein –«

Jean schreit lauthals. Trotz der Tatsache, dass sich in den letzten paar Minuten die Spannung am Tisch aufgebaut hat, und obwohl wir alle wussten, dass etwas kommen würde, erschreckt mich dieser Laut, und dann schreit auch Valerie. Es ist dieser zweite Schrei – lauter, schriller und auch unerwarteter –, der uns alle aus unserer Träumerei reißt. Eine Tür geht auf und schlägt zu, und jetzt steht auch die Mutter auf dem

Gehweg, mit erstarrter Miene, und im selben Moment – ein Schrei, der nächste, das Zuschlagen der Tür – führt alles zu quietschenden Reifen, dem lautesten aller Geräusche. Das lange, schrille Kreischen eines Bremswegs von einem Fahrer, der wie verrückt sein Auto anzuhalten versucht. Der das Unvermeidliche aufzuhalten versucht, solange es sich noch im Bereich des nur Möglichen bewegt.

Dann ein letztes Geräusch. Ein Aufprall, gedämpft, aber definitiv, und hier nehmen unsere Erzählungen wieder eine neue Wendung.

15

Er hat eine ungewöhnliche Blutgruppe. Der Notfall, in den wir verwickelt werden, hat mehrere Komponenten, aber diese wird als erste offenkundig. Das Kind, das am Straßenrand liegt, hat Blutgruppe B-negativ. Das trifft, jedenfalls in den Staaten, auf weniger als zwei Prozent der Bevölkerung zu. Ich nehme an, in England wird es nicht anders sein.

Ich kenne die Statistik, weil auch ich zu diesen zwei Prozent gehöre.

Sobald der Junge vom Wagen angefahren worden war, setzte eine tumultartige Aktivität ein. Der Fahrer sprang aus seinem Wagen, es war ein großer Mann, den die Dorfbewohner offenbar nicht kannten. Ein Niemand auf der Durchreise. Vier oder fünf Einheimische kamen aus dem Café, als sie den Aufprall hörten, wobei einer auf die hysterische Mutter zueilte und die anderen sich um den Jungen scharten. Einer gibt sich als Arzt zu erkennen, aber es dauerte einige Zeit, bis wir kapiert hatten, dass er Tierarzt ist. Aber der Tierarzt ist ein entschlusskräftiger Mann, und darauf kommt es im Moment an.

Er wehrt das Angebot des Fahrers ab, den Jungen ins Krankenhaus von Canterbury zu fahren, indem er erklärt, dass er nicht bewegt werden sollte, bis das Ausmaß der Verletzungen abgeklärt wurde. Ein weiterer Gast des Cafés ruft den Krankenwagen, und da erklärt die Mutter, dass der Junge eine seltene Blutgruppe hat. Sie habe sie nicht, er habe sie vom Vater. Seinem Taugenichts von einem Vater, der nach Spanien oder Marokko oder weiß Gott wohin abgehauen ist. Der Krankenwagen müsse B-negativ mitbringen, wenn er kommt, denn jeder kann sehen, dass er so schnell wie möglich eine Transfusion benötigt. Das Leben entweicht dem blassen, reglosen Körper des Kindes, und die rote Lache, die ihn umgibt, wird von Minute zu Minute größer. Zwischen den Kopfsteinen fließt Blut, und es durchtränkt Pulli und Hose des Jungen.

Aber ich hätte doch B-negativ, lasse ich den Arzt wissen. Ich krame meine Brieftasche mit der Karte vom Roten Kreuz heraus, die ich immer bei mir habe, und halte sie ihm zum Beweis hin.

Nein, meint er. Das sei zu riskant. Wir hätten keine Möglichkeit, den Blutfluss zu regulieren und sicherzustellen, dass ich nicht zu viel oder zu schnell spende.

Aber wir haben doch keine Wahl, sage ich. Oder? Ich zeige auf das Kind auf der Straße.

Also wird der Tisch leergeräumt … jemandes Arm fegt in einer einzigen Bewegung die leeren Eintopfschalen herunter. Sie fallen klappernd aufs Pflaster, wobei die letzten Reste der Karotten und Kartoffeln herausfallen, während der Tisch an den Rand des Gehwegs geschoben wird. Der Arzt ist zu seinem Wagen gerannt und mit einer Tasche zurückgekommen. Steffi kniet auf dem Gehweg und entwirrt die Schläuche. Dann zieht sie mit raschen, geschickten Bewegungen die Nadeln aus ihrer Verpackung. Ich mache meinen Arm frei. Er wird desinfiziert, ich mache eine Faust.

Der Einstich ist heftig. Trotz der ganzen Aufregung und obwohl wir vom Schock alle wie betäubt sind, ist der Einstich der Nadel so brutal, dass ich einen Laut von mir gebe. Man muss mir nicht sagen, dass ich meine Faust wieder lösen kann. Wie die meisten Menschen mit einer ungewöhnlichen Blutgruppe habe ich schon oft Blut gespendet. Ich weiß, wie das geht.

Valerie hält meine andere Hand. »Leg dich zurück«, sagt sie, und mir wird bewusst, dass ich fürchterlich aussehen muss, als würde ich gleich in Ohnmacht fallen. Also lasse ich es mit mir geschehen, dass sie mich auf dem Cafétisch stützt, und drehe dann meinen Kopf und sehe, dass der Arzt sehr flink arbeitet, zu schnell für Finesse. Das Blut fließt von meinem Arm durch einen Schlauch, der vom Tisch zur Straße führt, wo er im Arm des Jungen endet. Und während dieser Prozedur – es hat wohl mit der Tasche des Mannes oder deren Inhalt zu tun – fällt Steffi wieder ein, dass sie mal Kindermädchen bei einem Landtierarzt gewesen ist. Und sofort hat sie die Situation im Griff, bellt Befehle, schickt die kleine Menschenmenge hierhin und dorthin und verteilt verschiedene Aufgaben.

Wie lange liege ich so da, während das Blut von mir zum Kind fließt? Ich weiß es nicht. Einerseits scheinen es nur Sekunden zu sein, andererseits Stunden. Ich höre in der Ferne den sich nähernden Krankenwagen mit seinem schrecklichen Sirenenton, der in Europa Gefahr signalisiert und so anders klingt als das hohe, kontinuierliche Kreischen der amerikanischen Gefahr. *Bleib ganz ruhig liegen,* sagen alle zu mir. *Versuch nicht, dich aufzusetzen oder zu bewegen.*

Denn das Band zwischen meinem Leben und dem des Jungen ist schwach. Er und ich werden durch ein Gewirr von

Schläuchen und zwei Nadeln zusammengehalten, die zum Impfen von Kühen gedacht sind. Trotz meiner Bemühungen, ihren Anordnungen zu gehorchen, erbreche ich irgendwann im Lauf der Prozedur den Eintopf. Jean hält mir eine Schale unter den Mund, während Valerie mir die Haare im Nacken zusammenfasst und mir hilft, den Kopf zur Seite zu drehen. Es ist ein Alptraum. Von dem Jungen kommt kein Laut, und irgendwann sehe ich Jean an und versuche mit meinen Lippen die Worte zu formen, die keiner laut aussprechen darf. *Ist er tot?*, frage ich, aber sie sieht mich nicht an. Sie blickt sowohl auf das Kind als auch am Kind vorbei, und mir kommt jener Bruchteil einer Sekunde kurz vor dem Aufprall wieder in den Sinn – Beccas verletzender Vorwurf, dass Jeans Geschichte falsch gewesen ist. Dass sie uns eine Lüge erzählt hat, genauso wie ihren Kindern und sich selbst. Ich recke den Kopf und versuche, einen Blick auf das Gesicht des Jungen zu werfen, aber allein diese kleine Bewegung stellt meine Welt schwankend auf den Kopf, und ich weiß, dass das Zögern des Tierarztes seine Berechtigung hatte. Ich blute zu schnell aus. Ich sage mir, dass ich vermutlich eine Minute lang das Bewusstsein verloren habe, denn als ich die Augen wieder aufschlage, steht der Krankenwagen auf der Straße und sein schrecklicher Sirenenton macht es unmöglich, jemandem eine Frage zu stellen.

Warte hier, gibt Valerie mir mit Lippenbewegungen zu verstehen, als hätte ich eine Wahl. Als könnte ich etwas anderes tun, als flach auf diesem Cafétisch zu liegen und zu bluten. Ich weiß, dass sie mich nicht verbluten lassen werden, jetzt nicht mehr, nachdem der Krankenwagen da ist, mit Blut und Medizin und mehr Ärzten und mit Nadeln für die Anwendung beim Menschen. Ich versuche, Trost in diesem Gedanken zu finden, denn es fühlt sich an, als würde ich sterben, als gäbe es, wenn die Lebenskraft erst mal anfängt, den menschlichen Körper zu verlassen, keinen Weg, sie wieder hineinzulocken. Ich weiß, dass es sich nur so anfühlt, dass dies alles eine verschwommene Täuschung ist, denn Steffi würde mich auf gar keinen Fall tatsächlich sterben lassen. Sie ist unglaublich kompetent, eine wild entschlossene Kämpferin, und ich bin plötzlich dankbar für ihre herrische, trotzige Art, ja keinen Fehler zu machen. Sie wird mich nicht sterben lassen, niemand von ihnen wird mich sterben lassen. Das weiß ich, aber mir kommt es vor, als habe sich die ganze Welt um den Jungen auf der Straße geschart und die Frau auf dem Tisch vergessen.

Alle haben mich vergessen, außer Valerie. Sie wickelt das grüne Tischtuch um mich, weil ich zittere. Sie fragt einen der Sanitäter, ob ich etwas zu trinken bekommen sollte, und er blickt hoch und nickt. Sagt ihr, sie solle mir Bier geben. Jemand bringt einen Krug von der Bar, hebt meinen Kopf, und Valerie versucht, es mir einzuflößen, direkt aus der Tülle. Aber das führt zu einer großen Schweinerei. Sie zittert fast genauso heftig wie ich, und das Bier läuft mir vorn über meinen Pullover, der eigentlich Claires Pullover ist, so dass die Kaschmirwolle nun bestimmt vollgesogen und ruiniert ist, aber dann höre ich einen Laut, ein Wimmern vom Kind, und Erleichterung erfasst die ganze Gruppe. Es ist die Art von Erleichterung, die dem Schrei eines Babys folgt, das gerade geboren wurde.

Sie denken, er wird es schaffen, sagt Valerie mir ins Ohr. *Aber sie möchten ihn vor dem Transport stabilisieren.* Und dann steht einer der Sanitäter neben mir, entfernt die Nadel aus meiner Vene und hilft mir, mich ein klein wenig aufzusetzen. Er meint, ich solle nicht versuchen aufzustehen, jedenfalls nicht in den nächsten paar Stunden, und dann heißt es, man wolle auch mich ins Krankenhaus von Canterbury bringen, da keiner imstande sei, zu sagen, wie viel Blut ich in den letzten zwanzig Minuten verloren habe. Über der Schulter des Sanitäters ragt das Gerippe des alten Hospizes auf, und in meiner beduselten Verwirrung gehe ich davon aus, dass er dieses meint und vorhat, mich dorthin zu tragen, damit ich dort auf den Wurzeln des Baums auf meinen Tod warte. *Sie können mich unter einem der namenlosen Grabsteine begraben*, überlege ich. *Und die anderen Frauen können die Asche meiner Mutter nach Canterbury bringen.*

Es geht mir gut, sage ich mir immer wieder, aber als ich versuche, mich aufzusetzen, kippt die Welt wieder weg. Der Geruch von Blut, sowohl meines als auch das des Jungen, ist überwältigend. Ich betrachte meinen Arm, den Bluterguss, der sich bereits von meiner Schulter bis zur Ellenbeuge bildet, und ich sage wieder, ohne mich dabei an jemand Bestimmten zu wenden: *Mir geht es gut*. Aber dann löst sich die Szenerie vor mir auf, das grüne Tischtuch und die Sanitäter mit dem Krankenwagen und der Junge brechen auseinander wie die Einzelteile eines verstreuten Puzzles, und mein letzter Gedanke ist: *Okay, vielleicht doch nicht so gut.*

Ich habe allen erzählt, ich sei nicht dabei gewesen, als Diana starb. Dass ich spätnachts den Anruf bekommen hätte und zum Pflegeheim geeilt sei, sie aber bereits friedlich entschlafen war, als ich dort ankam. Friedlich. Diesen Begriff verwenden Leute gern für den Tod – sie lieben Vergleiche mit Ausruhen und Schlafen, Formulierungen wie »sanft entschlafen« oder »die Augen schließen«.

Ihre Hand, ergänze ich, war noch warm.

Und mehr Details gebe ich nicht preis, denn ich bin nicht wie Jean, jedenfalls noch nicht. Ich hatte noch keine Zeit, meine Fiktion auszuschmücken. Symbole einzubauen und die Stellen in der Erzählung zu kennen, wo eine Pause die größtmögliche Wirkung erzielt. Mit Sicherheit werde ich später in der Lage sein, diese Akzente zu setzen, denn das tun wir Menschen nun mal. Wir lügen. Vor allem uns selbst was vor. Ein Ereignis braucht noch nicht einmal vorbei zu sein, da fangen wir schon damit an, uns Geschichten darüber zu erzählen. Schleifen die Kanten ab, eliminieren überflüssige Charaktere und unbedeutende Einzelheiten und trimmen unsere sperrigen inneren Antworten so, dass sie ordentlich und akzeptabel daherkommen.

Und so werden unsere persönlichen Mythen geboren. Wir wissen, was hätte passieren sollen, also überzeugen wir uns davon, dass es auch passiert sein muss, genau auf diese Weise. Die Gesellschaft verlangt offizielle Gefühle für alle möglichen Ereignisse – Freude für Hochzeiten, Trauer für Beerdigungen, Begeisterung für Studienabschlüsse, Wut für das böswillige Verlassen des Geliebten. Wenn also der Graduierte sich weigert, das Zuhause zu verlassen, der Erbe auf dem Grab tanzt, die Braut ängstlich vor den Altar tritt oder wir insgeheim erleichtert sind, dass wir unseren langweiligen Liebhaber los sind, tilgen wir diese unangemessenen Gefühle sofort aus unserer Geschichte. Wir alle werden zu Schönfärberinnen wie Jean, zu Autorinnen und Autoren eines fiktionalen Lebens.

Wie lange wird es dauern, bis ich von Diana träume? Denn ich schaffte es in jener Nacht, kam mehr als rechtzeitig. Ich hörte das leise, tiefe Rasseln ihrer letzten Atemzüge. Getrocknete Bohnen in einer Schachtel, dachte ich, das Geräusch der selbstgebastelten Perkussionsinstrumente, die wir damals in der Kommune hatten, als Erwachsene von der Idee besessen waren, wir Kinder könnten eine Band gründen. Mit jedem Rasseln wurden die Bohnen weniger, und dann … kam kein Rasseln mehr. Ihre Augen standen offen. Ich stand da und verfolgte genau den Moment, als das Licht ausging. Der Arzt sagte »Sie ist gegangen«, und der Priester sagte »Sie wird immer bei uns sein«. Ich stand dazwischen und fragte mich, wer von beiden nun recht hatte.

Ich hatte gedacht, sie hätte mir noch etwas zu sagen. Ich dachte, es kämen ein paar letzte Worte, weshalb ich, als ich den Anruf vom Pflegeheim bekam, halb bekleidet aus dem Bett sprang und ohne Schuhe durch die Stadt raste, dabei rote Ampeln ignorierte und mir ständig laut vorsagte: »Lass sie noch durchhalten.« Und sie hielt durch, nicht nur, bis ich dort war, sondern noch Stunden darüber hinaus, und ich denke, dass es Momente gab, wo sie bei Bewusstsein war, wenn auch nur ein klein wenig. Sie kam und ging wie ich jetzt, flatternd öffneten sich ihre Lider, um sich dann wieder zu schließen. Ich gehe davon aus, dass es friedlich war. Gehe davon aus, dass sie sanft entschlief. Nehme an, dass sie einfach die Augen schloss. Allesamt Möglichkeiten, das Unsagbare auszudrücken, doch das Überraschende war, dass Diana, als es Zeit war zu gehen, ohne eine einzige Bemerkung starb. Sie legte ihr Leben ab, als wäre es ein Nebengedanke, als wäre ihr Körper ein Kleidungsstück mit einem kleinen Fehler, etwas, das sie nicht mehr länger benötigte. Sie warf es einfach aufs Bett, löschte das Licht und verließ den Raum.

Steffi insistiert, dass ich den Rest des Tages nicht mehr zu

Fuß gehe und vermutlich auch morgen nicht. Ich insistiere, dass die anderen ohne mich weitergehen. Valerie insistiert, dass sie bei mir bleiben wird, und Tess insistiert, Tim zu finden und ihn mit dem Bus herkommen zu lassen. Es wird viel insistiert, aber was sollen wir nach einer Erfahrung wie der, die wir gerade durchgestanden haben, sonst auch tun? Wir sind verängstigt und ausgelaugt. Wir müssen auf allem Möglichen insistieren, allein des Gefühls wegen, die Kontrolle über unser Leben zurückgewonnen zu haben.

Der Krankenwagen mit dem Jungen und seiner Mutter und dem Tierarzt ist abgefahren, und die Pilgerinnen und die anderen Gäste sind hineingegangen und helfen, Ordnung im Restaurant zu schaffen. Einige spülen das Geschirr und bringen das Essen zurück in die Küche, andere gehen mit Eimern bewaffnet hinaus auf die Straße, um die Scherben aufzusammeln und das Blut wegzuwaschen. Die Leute aus dem Dorf, darunter auch die Großmutter des Jungen, kommen einer nach dem anderen herbeigeeilt, als sie die Neuigkeiten erfahren. Sie werden zum Krankenhaus von Canterbury weitergeleitet.

Währenddessen sitze ich da und stiere vor mich hin. Man hat mich an einen Ecktisch gesetzt, und Steffi hat mir ihr Handy in die Hand gedrückt.

»Hier«, sagt sie. »Entspann dich und informier dich, wie es deinen Lieben zu Hause geht. Oder spiel meinetwegen Candy Crush Saga oder Angry Birds, wenn du Lust hast. Im Ernst, Che. Lenk dich ab. Du weißt doch, ich habe unbegrenzte Minuten.«

Sie reicht mir das Handy, und auf ihrer Hand sind Schaumbläschen vom Geschirrspülen. Sie ist von der Ärztin zur Spülerin geworden. *Das ist doch wunderbar,* sage ich mir, *wie all diese*

Fremden einspringen, um das Restaurant dieser Frau wieder auf Vordermann zu bringen. Was geschehen ist, können wir nicht ändern, aber wenn sie nach Hause kommt, findet sie wenigstens keine abgebrannte Küche vor und muss auch nicht das Blut ihres Sohnes auf dem Kopfsteinpflaster sehen. Ich betrachte das Handy. Tippe darauf herum und rufe direkt die neuesten Nachrichten auf, kehre zurück in die große, helle Welt, der aus dem Weg zu gehen mir in den vergangenen fünf Tagen so gut gelungen ist. Wieder und wieder tippe ich auf das Display und betrachte ohne viel nachzudenken die in meiner Handfläche sich öffnenden Bilder.

Das Internet ist eine ganz eigene Religion und obendrein der perfekte Prototyp des Universums – weitläufig, komplex, sich selbst widersprechend. Suchen Sie nach Rezepten oder nach Erdbeben, oder möchten Sie sich vielleicht über den Stand eines Hockeyspiels in Saskatchewan informieren? Über entsetzliche Grausamkeiten, edle Opfer, Politfilz, zufällige Freundlichkeiten? Wir haben sie. Wir haben sie alle. Sie suchen nach Pornos? Sie haben Glück, denn zufälligerweise ist die Welt voller Pornographie. Aber es gibt auch lachende Babys und Welpen, die zu singen versuchen, mehr, als Sie sich vorstellen können. Egal, welche Behauptung Sie übers Leben treffen möchten, das Internet versorgt Sie mit ausreichenden Beweisen, mit denen Sie Ihre Absichten untermauern können. Google ist der Jesus unserer Generation. Suche und du wirst finden.

»Ruf ihn an«, sagt Valerie. Sie hat mir noch ein Bier gebracht, obwohl ich das erste zur Hälfte verschüttet und dann den Rest erbrochen habe. Aber sie hat den Rat des Sanitäters, man solle mich mit Flüssigkeit versorgen, ernst genommen und stellt mir den Humpen geräuschlos vor die Nase.

»Wen soll ich anrufen?«

»Den Mann, dem du schon die ganze Woche aus dem Weg gehst«, sagt sie. »Du bist doch vor jemandem weggerannt, oder? Seit London?«

»Gerannt würde ich nicht sagen. Eher gewandert. Ich bin von jemandem weggewandert. Seit London.«

Mit einem Achselzucken gibt sie mir zu verstehen, dass sie sich auf keine Wortklauberei einlässt. »Und ruf dein Handy an«, sagt sie. »Vielleicht ist es ja inzwischen aufgetaucht.«

Ich fange an, mich mit ihr zu streiten. Berichte ihr, dass ich im George Inn mit dem Handy des Barkeepers meine Handynummer angerufen, aber nur die Mailbox erreicht habe. Doch mein Kampfgeist hat mich mit der Hälfte meines Blutes verlassen, und außerdem bin ich ein bisschen neugierig, ob meine Mailbox noch immer aktiv ist. Ich nicke resigniert und wähle meine Nummer, die mir nicht mehr so geläufig ist, wie sie das sein sollte. Und dann höre ich meine eigene Stimme und sage laut zu mir: »Wenn Sie die Person sind, die mein Handy gefunden hat, bringen Sie es bitte zum George Inn in Southwark. Ich werde dort am Sonntag nachfragen.«

Was ein ziemlicher Schuss ins Blaue ist, aber vielleicht gibt es ja irgendwo im Universum noch etwas guten Willen. Der heutige Tag hat uns dieser Idee ein wenig näher gebracht, wie es scheint, wenn man sich dieses seltsame Trüppchen ansieht, das im Restaurant umherwuselt und es von oben bis unten schrubbt und womöglich sauberer putzt, als es seit Jahren war. Denn wir müssen uns alle mit irgendwas beschäftigen, während wir darauf warten, etwas von dem Jungen zu hören.

Valerie ist in die Küche zurückgekehrt. Und da sie mich

nun nicht mehr beobachtet, fühle ich mich frei, ihren Rat zu befolgen. Ich rufe Ned an.

Ich lehne den Kopf gegen die blaue Stuckwand des Cafés, während ich lausche, wie die Zahlen piepend und summend ihren Weg durch den Äther nehmen. Über den Ozean und über jenen gewaltigen Atem des Raums hinweg, der mich immer von Ned getrennt hat. Wir kamen so gut miteinander klar. Viel zu gut, und das ist die Geschichte, die ich den Frauen hätte erzählen sollen. Die Geschichte, wie ich Annehmlichkeit mit Liebe verwechselt habe. Ich würde ihnen erzählen, dass trotz all der Männer, trotz ihrer schockierenden Anzahl, keiner mein Herz im Sturm erobert hat. Ich würde ihnen erzählen, dass diese Männer nichts weiter als Weinflaschen waren, die ich sammelte und zurückwies. Und jede davon schon in der Erwartung öffnete, enttäuscht zu werden, um dann nach kleinen Fehlern zu suchen und diese auch zu finden und mir dann die nächste vorzunehmen, wobei meine Kriterien immer ausgefeilter und die Liebe immer schwerer fassbar wurde.

Aber dann lernte ich Ned kennen. Das Universum hatte ihn für mich aufgespart und direkt neben mich aufs Laufband gestellt. Binnen weniger Minuten nach unserem ersten gekeuchten Hallo erkannte ich, dass er all das verkörperte, wonach ich suchte. Er war klug und sah gut aus, war lustig und hatte einen guten Job. Er war größer als der meiner Fantasie entsprungene erste Ehemann, hatte aber den Bonus, in Fleisch und Blut zu existieren. Schon nach unserer dritten Verabredung nahm ich ihn mit zu Diana. Als sie mich nach dem Besuch in den Arm nahm, flüsterte sie mir ins Ohr: »Perfektion.« Ich redete mir ein, dass es darauf nicht ankam, ich dem Bedürfnis nach ihrer Zustimmung längst entwachsen war, aber natürlich zählte es. Perfektion. Dieses einzelne Wort. Es war, als hätte sie mir ihren Segen gegeben, ein Zeichen, dass ich irgendwo angekommen war und endlich aufhören konnte, etwas hinterherzujagen.

Ned schien genauso erleichtert zu sein wie ich. Er war in berauschender Geschwindigkeit bereit, sich an mich zu binden, verwendete fast sofort das Wort »Freundin« und stellte mich seinen Freunden mit den Worten vor: »Entspricht sie nicht ganz dem, was ich versprochen habe?« Damals kam mir das wie Zauberei vor – dass ich nicht nur etwas gefunden hatte, wonach ich so lange auf der Suche gewesen war, sondern im selben Moment auch mich selbst gefunden hatte. Und dann waren da natürlich auch diese verdammten Sonnenblumen. Ich sehe sie noch vor mir. Sonnenblumen in einer weißen Vase auf einem schlichten Holztisch in einem Strandhaus. Sie waren der Beweis dafür, dass das Universum vier Jahre lang wohlwollend und sicher für mich war, und natürlich fällt es schwer, das einfach loszulassen. Wir werden das Inventar unseres Cottages aufteilen, und ich werde die Vase nehmen. Aber hineinstellen werde ich nie wieder etwas. Sie wird bis ans Ende der Zeit leer bleiben.

Und mit diesem Gedanken im Kopf höre ich Neds atemloses Hallo.

»Ich bin es«, sage ich. »Che.«

»Du liebe Güte«, sagt er. »Du lebst.«

Kaum, denke ich, sage aber laut: »Ich bin in England.«

»England? Was zum Teufel machst du da?«

»Ich pilgere nach Canterbury, um Dianas Asche zu verstreuen.«

Er braucht ein wenig, bis er die Information verarbeitet hat, fast als zweifle er, dass ich die Wahrheit sage. Und als er dann spricht, ist seine Stimme zaghaft.

»Du hast die Urne nicht begraben? Also ich meine, offensichtlich ja nicht.«

»Es war ihre letzte Bitte, zur Kathedrale gebracht zu werden. Sie kam mit der Asche.« Offenbar kann ich es mir nicht verkneifen, noch eine kleine Stichelei hinzuzufügen. »Am selben Tag wie dein Brief.«

Er schickt mir einen großen transatlantischen Seufzer. »Ich hätte diesen Brief nicht schreiben sollen. Nicht zu diesem Zeitpunkt. Der war ganz schlecht gewählt.«

»Es gibt nie einen guten Zeitpunkt dafür, jemanden abzuservieren.«

»Aber wenn ich bedenke, dass deine Mutter … ich habe vorschnell gehandelt, das sehe ich jetzt …«

Ich erhasche einen Blick auf mein Gesicht im Spiegel hinter der Bar, als er spricht. Ich bin blass, fürchterlich blass, wodurch das Blau meiner Augen verstärkt wird, und ich bemerke an mir auch, dass ich dünner geworden bin, Meine Haut spannt sich straff über mein Kinn. *Noch nie habe ich Diana so ähnlich gesehen,* überlege ich, *oder jedenfalls nicht so sehr, wie sie ganz am Ende aussah. Als sie sich auflöste, ihre Gestalt verlor und schon die halbe Strecke zum großen Anderswo zurückgelegt hatte.*

»Ich sollte in England an deiner Seite sein«, quasselt Ned weiter, und seine Stimme knackt und knistert wegen der wackligen Verbindung. »Ich kann noch immer kommen. Ich kann sofort kommen. Du bist in Canterbury, sagtest du?«

»Nicht ganz. Wir sind zum Mittagessen eingekehrt, und nach diesem … wir müssen dann noch einen Tag wandern.«

»Du solltest nicht allein wandern.«

»Ich bin nicht allein. Ich bin mit einer Frauengruppe unterwegs. Einer dieser Reisegruppen. Sie nennen sich Reiseweiber. Ziemlich lustig, nicht wahr?«

»Nein. Ich kann an dem allen nichts Lustiges finden. Ich habe mir große Sorgen und ebensolche Vorwürfe gemacht ... Dass ich Idiot dir diesen Brief geschickt habe, nachdem deine Mutter gerade erst gestorben war. Ich sag dir was, ich buche einen Flug und treffe dich dort. Hat Canterbury einen Flughafen, oder muss ich über London reisen? Macht nichts. Das kriege ich schon raus. Ich möchte Teil deines Lebens sein, Che, du sollst wissen, dass du immer noch auf mich bauen kannst. Dass wir immer Freunde sein werden, nichts wird daran etwas ändern. Du verstehst doch, was ich sage, oder?«

Was ich verstehe, ist, dass ich dir jetzt in meinem erbarmungswürdigen Zustand lieber bin, sage ich mir. *Meine Mutter ist tot, und meine Stimme klingt matt, und wenn du wüsstest, dass ich gerade Blut gespendet habe, viel zu viel Blut, wenn du wüsstest, dass ich dabei in Ohnmacht gefallen bin ... nun, dann wäre ich der Frau, die du immer in mir gesucht hast, sogar noch näher.*

»Ich war zu stark«, sage ich laut. »War es das?«

»Wovon redest du? Du warst natürlich nicht zu stark.«

»Aber ich habe mich nie richtig fallenlassen, stimmt's? Nicht in der Liebe und auch sonst nicht. Ich habe nie zugelassen, dass etwas mir den Boden unter den Füßen wegzieht«, und hierbei zeige ich auf Becca, die einen Teppich zur offenen Tür schleppt. Jean folgt ihr mit einem Besen, sie haben offenbar vor, den Teppich auszuklopfen, aber das kann Ned natürlich nicht sehen. Er sitzt zu Hause in Amerika hinter seinem großen Anwaltsschreibtisch und hält sich stirnrunzelnd das Handy ans Ohr. »Wir haben uns in die Perfektion verliebt und versucht, damit auszukommen«, setze ich wieder an, »aber so einfach ist das nicht mit der Liebe. Das erkenne ich jetzt. Es wird erwartet, dass wir uns ins Chaos verlieben.«

»Ich weiß nicht, was wir lieben sollten. Ich weiß nur, dass du dich nicht gut anhörst. Du klingst, als würdest du daniederliegen. Wo bist du noch mal? Kurz vor Canterbury? Wie heißt die Ortschaft?«

»Sie hat keinen Namen.«

»Nicht doch. Überall gibt es Namen.«

»Ich denke nicht. Ich hörte, wie sie dem Fahrer des Krankenwagens sagten –«

»Krankenwagenfahrer? Was zum Teufel ist da los, Che?« Seine Stimme ist jetzt schrill, durchdringend vor Angst, und ich sehe Jean und Becca, die den Teppich wieder hereinschleppen. Sie lächeln, beide sind voller Staub.

»Der Krankenwagen war nicht für mich«, sage ich. »Und es ist nicht nötig, dass du kommst. Dieser Ort hat keinen Namen, also wirst du ihn auch nicht finden, wenn du es versuchst, und ich glaube auch nicht, dass Canterbury einen Flughafen hat, und außerdem … gehe ich weiter. Das werde ich jedenfalls, sobald sie mich wieder gehen lassen. Ich habe dich eigentlich nur angerufen, um dir zu sagen, dass es mir gutgeht. Und ich muss jetzt wirklich los. Die Verbindung ist auch schlecht.«

»Das ist auch nicht deine Nummer, oder? Ich wollte gar nicht abheben, aber ich war so in Sorge. Als du einfach so verschwunden bist, bin ich fast durchgedreht. Ich dachte sogar, du hättest dich vielleicht –«

»Nein. Nicht im Entferntesten.«

Ich schalte das Handy aus und betrachte es dann nachdenklich. Ich habe ihm gewissermaßen das Wort abgeschnitten, indem ich einfach auflegte. Das ging überraschend leicht. Auf lange Sicht wird es natürlich nicht ganz so einfach sein, mich von Ned und der Erinnerung an ihn zu trennen. Silvia hat absolut recht – die Welt macht den Männern den Aufbruch leichter als uns Frauen, und ich weiß, was mich erwartet. Monatelange Therapie, jahrelange erste Dates, jahrzehntelange Selbstvorwürfe, eine leere weiße Vase.

Aber es ist noch immer ein verdammt gutes Gefühl, diejenige gewesen zu sein, die die Verbindung beendet hat. Auf den langen roten Balken gedrückt zu haben, auf dem BEENDEN steht.

Bei der Rückkehr des Tierarztes bekommen wir Nachricht aus Canterbury. Der Junge hat einen gebrochenen Oberschenkel und mehrere Rippenbrüche. Dazu einen perforierten Darm, was das Schlimmste ist, und er benötigte eine weitere Bluttransfusion, nachdem sie ihn untersucht hatten. »Aber wir haben gut daran getan, ihm eine Transfusion zu geben«, ergänzt der Tierarzt und sieht mich dabei an. »Ich gebe gern zu, dass ich mir da erst nicht so sicher war.«

Nach dieser Aufklärung flaut die manische Energie in der Gruppe ab. Tim ist mit dem Lieferwagen gekommen, und es wird kurz darüber debattiert, ob wir nicht alle einsteigen und einfach zu unserem nächsten Ziel fahren, aber dann sagt Silvia nein, die Etappe für diesen Tag sollte beendet werden. Natürlich ohne mich. Ich bin noch benebelt, und Valerie ist noch immer entschlossen, mich zum Gasthaus zu begleiten und zu Bett zu bringen. Also nehmen sie und ich auf den Sitzen direkt hinter Tim Platz, und wir winken den anderen zum Abschied zu – den Frauen, die gleich aufbrechen werden, den Dorfbewohnern, die der Unglücksfall zu unseren Freunden gemacht hat, und dem Tierarzt, der zu mir durchs Fenster sagt: »Tut mir leid, meine Liebe, dass ich so grob zu Ihrem Arm war. Packen Sie ganz viel Eis drauf, wenn Sie dort sind.«

Und dann sind wir unterwegs, eingehüllt ins sanfte Brummen des Kleinbusses. Sicherlich werde ich Stunden, wenn nicht Tage schlafen, sobald ich endlich im Bett liege.

»Ich kenne die Wahrheit«, sagt Valerie. »Du hast das alles geplant, damit du deine Geschichte nicht erzählen musst.«

»Du hast mich durchschaut«, erwidere ich. Daran hatte ich noch gar nicht gedacht, aber jetzt brauche ich meine Geschichte nicht mehr zu erzählen. Ich habe mir den freien Eintritt nach Canterbury verdient, indem ich mein Blut vergossen habe.

»Aber wenn mich nicht alles täuscht«, sage ich zu Valerie, »hast auch du deine Geschichte nicht erzählt. Du hast eine Geschichte erzählt, aber es war nicht deine eigene Geschichte, und somit sitzen wir im selben Boot.«

»Stimmt«, sagt sie. »Ich bin ein Feigling.«

»Dann erzähl sie mir doch jetzt«, fordere ich sie auf. »Nicht irgendwas über König Arthur und Sir Gawain, sondern deine ureigene Wahrheit, etwas so Düsteres und Widerliches, dass du nicht wagst, es zu beichten, nicht mal in der Gesellschaft von Frauen.«

Valerie öffnet das Fenster einen Spaltbreit, um ein wenig Luft hereinzulassen. Sie bläst uns ins Gesicht, lässt uns blinzeln und bewahrt uns davor, in der Hitze des von Tim fürsorglich voll aufgedrehten Heizungsgebläses zu verschmachten. Sie wirft einen Blick aus dem Fenster und betrachtet die grünen Felder, die Steinmauern, die Schafe und die Weiden, diese süße, schlaftrunkene Welt.

»Meine Geschichte muss geheim bleiben«, sagt sie.

»In Ordnung«, sage ich. »Es ist in Ordnung, ein Geheimnis zu haben.«

»Du wirst sie den anderen nicht erzählen?«, fragt sie.

»Ich werde sie niemandem erzählen.«

»Ich will nämlich keine Spaßbremse sein.«

Ich dachte, der Job der Spielverderberin sei meiner gewesen, aber ich schüttle den Kopf, um ihr noch mal zu versichern, dass ich sie vor den anderen Frauen nicht bloßstellen werde.

»Ich werde niemandem etwas sagen«, versichere ich.

»Okay«, sagt sie und kurbelt das Fenster noch ein Stück weiter herunter. »Ich bin todkrank.«

16

Am nächsten Morgen wandern Valerie und ich nicht mit den anderen nach Canterbury. Sie nehmen den längeren, ringförmigen Weg, wie Tess gestern versprochen hat, damit sie die Stadt im selben Winkel wie Chaucers Pilger betreten. Vielleicht sehen sie mehr als wir, vielleicht auch weniger.

Ich gebe vor, von meiner Blutspende noch immer geschwächt zu sein, und wie bei allen erfundenen Geschichten liegt auch in dieser ein Körnchen Wahrheit. Die anderen Frauen akzeptieren diese Erklärung bereitwillig und ebenso Valeries Angebot, ebenfalls zurückzubleiben und mich zu den Toren der Stadt zu begleiten. Die offiziell Kranke bin ich, aber nachdem ich sie nun genauer in Augenschein genommen habe, erkenne ich, wie sehr diese Wanderung Valerie Tag für Tag zugesetzt hat. Bevor sie aus den Staaten abreiste, hatte sie noch eine Chemo bekommen, wie sie erzählt, eine besonders intensive Verordnung, die ihr nach Ansicht ihrer Ärzte zu einer »Zusatzrunde« verhelfen soll, und die Tatsache, dass sie mit dem Rest von uns mithalten konnte, gab ihr Auftrieb. Denn nicht nur mussten wir keine besonderen Zugeständnisse machen, sondern es ist auch keiner von uns aufgefallen, dass sie krank ist. Für sie ist dies eine echte Pilgerschaft gewesen, derjenigen sehr ähnlich, die Diana im Sinn hatte. Ein letzter verzweifelter Versuch, ein medizinisches Wunder herbeizuführen, sollte dieses ihr aber verwehrt werden, war sie bereit, diese Unternehmung als ein Gesuch um Vergebung anzusehen. Als eine Gelegenheit, Frieden mit sich zu schließen, bevor sie das letzte Stadium ihrer Krankheit erreicht, nachdem der Krebs nun von ihrer Brust in ihre Knochen gewandert und dabei von etwas, ohne das eine Frau leben kann, auf etwas anderes übergesprungen ist, ohne das kein Leben möglich ist. Also nehmen wir Tims Dienste erneut in Anspruch, aber Valerie und ich werden, wenn wir auch nicht die ganze Etappe dieses letzten Tages gehen, Canterbury zu Fuß betreten, und das ist es doch, was wirklich zählt.

Die ganze Sache macht Tess nervös. Sie hat es nicht gern, wenn die Gruppe sich spaltet, und sie erteilt mir und Valerie präzise Anweisungen, wie wir zur Kathedrale kommen. Wir hören geduldig zu, aber dann sagt Valerie: »Aber es gibt doch Wegweiser, oder?«, und Tess erwidert lachend: »O ja, natürlich. Es gibt überall Wegweiser.« Und ich sage: »Und man kann sie doch auch sehen, oder?«, und wieder lacht Tess und sagt: »Natürlich. Es ist das einzig Große in einer ziemlich kleinen Stadt.«

Der Bus setzt uns direkt vor dem Stadttor ab, und wieder winken wir wie verrückt, als Tim auf der Straße herumrangiert und zurückfährt, um die anderen zum Anfang ihrer eigenen Route zu bringen. Als sie aus unserem Blickfeld verschwunden sind, sagt Valerie: »Hast du das Gefühl, dass wir etwas verpassen?«, und ich sage darauf: »Überhaupt nicht.«

Verglichen mit den Dörfern, die wir in den letzten Tagen durchwandert haben, ist Canterbury eine Metropole. Es gibt vier Universitäten und somit auch jede Menge junger Leute, die auf Fahrrädern und Skateboards an uns vorbeisausen, Musik machen und lachen. Es ist ein wunderbarer Ort. Er hat genau die richtige Größe und wird halbiert von einem Fluss, der so zahm ist, dass er eher wie ein breiter Bach aussieht. Überall gibt es Buchläden und kleine, trendige Cafés. Der Duft von Olivenöl und Knoblauch, der mich aus einem anweht, hätte mich fast auf der Stelle anhalten lassen.

»Man darf die Hoffnung nie ganz aufgeben«, sage ich, »und ich glaube, dass die Restaurants von Canterbury mehr zu bieten haben als Kabeljau und Kartoffeln.«

»Du hinkst«, sagt Valerie. »Ist es wegen deiner verletzten Ferse?«

Ich schüttle den Kopf. »Diese Wanderschuhe haben von Anfang an nicht gut gepasst.«

»Welche Schuhgröße hast du?«

»Achtunddreißig. Die gängigste.«

»Ich habe auch Schuhgröße achtunddreißig. Wollen wir Schuhe tauschen und sehen, ob es hilft?«

»Das ist doch nicht dein Ernst? Ich werde dir doch jetzt nicht auch noch schlechte Stiefel andrehen.«

Sie zuckt mit den Achseln. »Für mich sind es möglicherweise gar keine schlechten Stiefel. Manchmal passt ein Schuh, der eine Frau wundscheuert, einer anderen ganz ausgezeichnet.«

Wir machen bei einer Bank halt, und ich schnüre meine Stiefel auf und reiche Valerie dann einen nach dem anderen an. Ihre sind weicher, schon besser eingelaufen, die Fußbekleidung einer Frau, die so vernünftig war, sich auf ihre Hundert-Kilometer-Wanderung vorzubereiten und nicht einfach spontan zu flüchten, weil sie Angst hatte, sich ihrem Leben zu stellen. Ich ziehe einen an und seufze unwillkürlich. Sie fühlen sich an wie Bettpantoffeln.

»Hat sie was gesagt?«, fragt Valerie.

»Wer?«

»Deine Mutter. In den letzten Augenblicken. Gehörte sie zu den Menschen, die von weißen Lichtern und langen Fluren sprechen? Von Großeltern, die sie erwarten, so was in der Art?«

Ich erwäge zu lügen, ihr einen falschen Trost anzubieten. Doch zum einen war ich nie eine gute Lügnerin, und jetzt scheint mir auch nicht der richtige Zeitpunkt zu sein, um damit anzufangen. »Du sagtest, deine Mutter sei eine Narzisstin gewesen?«, sage ich schließlich. »Kannst du mir ein Beispiel nennen?«

»Sie fügte sich an dem Tag, als meine Schwester heiratete, eine Stichverletzung zu.«

Ich breche in Gelächter aus. Ich kann nicht anders. »Wie hat sie das denn hingekriegt?«

»Das weiß keiner so genau. Sie ging zum Caterer, um mit ihm zu sprechen, und gleich darauf musste die Hochzeit verschoben werden, weil der Krankenwagen kam.«

»Das ist gut. Das hat mindestens eine Sieben verdient.«

»Nur eine Sieben?« Sie lehnt sich auf der Bank zurück und schnürt den zweiten Schuh. »Dann setz eins drauf.«

»Es gab eine Zeit, da kamen ein paar Russen in unsere Kommune, um über … du weißt schon, Kommunismus zu sprechen. Den echten, nicht den falschen pennsylvanischen. Und kurz bevor sie kamen, schloss Diana sich übers Wochenende in ihrem Schlafzimmer ein, und als sie wieder auftauchte, sprach sie fließend Russisch, damit sie den Besuch begrüßen konnte. Also fließend vermutlich wohl eher nicht. Aber sie hatte doch genug gelernt, um den Mann und seine Frau zu einem flotten Dreier zu verführen.«

»Du machst Witze. Und das wusstest du damals?«

»Nicht wirklich. Ich wusste, dass was im Busch war, aber ich war erst zwölf oder so und habe mir erst viel später einen Reim darauf gemacht. Sie war auf andere Art als deine Mutter eine Narzisstin, eher nach dem Motto ›Seht her, wer ich bin‹ und nicht ›Ich Arme‹.«

Valerie macht einen Doppelknoten mit ihren Schnürsenkeln. »Dem gebe ich auch eine Sieben.«

»Und wo hat sie sich die Stichwunde zugefügt?«

»In der Küche des Country Club.«

»Nein, ich meine wo an ihrem Körper?«

»Mitten in die Brust.«

»O Mann. Ziemlich riskant, so in der Nähe des Herzens. Vielleicht korrigiere ich meine Bewertung und gebe dem eine Acht.«

»Solltest du auch. Es war einer von Susans besseren Schachzügen.« Sie seufzt. »Manchmal nenne ich meine Mutter ›Susan‹.«

»Ist schon okay. Manchmal nenne ich meine Mutter ›Diana‹.«

»Glaubst du, es hilft? Sorgt das für eine angemessene Distanz? So wie bei Silvia, als sie ihre Geschichte in der dritten Person erzählte?«

»Ich bin mir da nicht sicher. Wo ist Susan jetzt?«

»Sie macht eine Entziehungskur. Jahrelang war sie clean, aber als man bei ihrer Tochter Krebs diagnostiziert hat, bekam sie einen Rückfall.«

Ich stehe auf. Die Wanderstiefel fühlen sich wunderbar an,

aber das kann ich Valerie nicht sagen. Schließlich befinden wir uns nicht auf einem Bürgerkriegsschlachtfeld. Ich kann doch nicht einer sterbenden Frau die Stiefel ausziehen. Sie steht in meinen auf und läuft ein paar Schritte.

»Die fühlen sich gut an«, sagt sie.

»Du lügst. Außerdem kann man auf Anhieb eigentlich gar nicht sagen, wie ein Schuh sitzt.«

»Und wie fühlst du dich in denen?«

»Himmlisch.«

»Dann lass uns ein paar Minuten so weitergehen. Wenn eine von uns Schmerzen bekommt, können wir immer noch zurücktauschen. Warum hast du mich gebeten, dir eine der Nummern zu erzählen, die meine Mutter gebracht hat?«

»Oh. Ach ja. Du hast mich gefragt, was in der Nacht geschah, als Diana starb. Und das ist wirklich verrückt. Sie war eine Frau, die sich dem Leben in vollen Zügen zuwandte, die … nun, du weißt schon, es heißt doch, du sollst jeden Tag so leben, als sei es dein letzter? Und trotz all ihrer Fehler tat Diana genau das. Ständig gab sie dramatische Erklärungen ab und machte diese großen Scheiß-auf-die-Welt-Kampfansagen, als läge sie jeden Tag auf dem Sterbebett. Und das ging so, bis sie tatsächlich auf ihrem Sterbebett lag. Aber dann, genau an dem Punkt, der ihre ganze Dramatik endlich gerechtfertigt hätte, an dem Tag, an dem sie befugt gewesen wäre, etwas Drastisches zu tun … da tat sie es nicht. Ihr Tod war beinahe beiläufig.«

»Sie hat nichts gesagt?«

»Ausnahmsweise nicht.«

Wir haben eine Kreuzung erreicht mit einem kleinen Park und einem Begrüßungskiosk für Besucher auf der anderen

Seite. Ich schaue nach rechts und setze einen Fuß auf die Straße, und Valerie muss mich am Arm packen und zurückhalten. Sie war so vernünftig, auch einen Blick nach links zu werfen, um die Autos zu sehen, die auf uns zurasen. An meinem ersten Morgen in London ist mir genau der gleiche trottelige Fehler passiert. Ich bin auf die Straße getreten und wäre fast von einem Taxi umgefahren worden, das von mir unerwartet aus der anderen Richtung kam. Ich bin oft in Europa, aber nicht in England. Es gibt hier nicht viel Wein.

»Ich hatte früher keine Angst vor der Dunkelheit«, sagt Valerie, als hätten wir uns die ganze Zeit über Ängste unterhalten, was wir in gewisser Weise wohl auch taten. »Nicht, bis ich meine Diagnose bekam. Oder eigentlich meine erneute Diagnose. Die Krankheit war weg, und dann war sie wieder da … und jetzt schlafe ich mit einem Nachtlicht. Solche habe ich im ganzen Haus verteilt und mir auch für hier eins gekauft, in einem Elektrogeschäft in London, bevor ich zu den anderen Frauen im George Inn stieß. Ich brauchte ja was in der richtigen Stromstärke, damit das Ding nicht explodiert wie ein amerikanischer Fön. Die Dunkelheit ist das Einzige, wovor ich jemals richtig Angst hatte. Siehst du. Da ist ein Stadtplan neben dem Besucherkiosk. Tess hat mir die Adresse für das Hotel gegeben, in dem wir heute übernachten. Möchtest du erst dorthin, damit wir unser Gepäck deponieren können?«

»Erst?«

»Wir gehen doch zur Kathedrale, oder?«

»Nur wir zwei?«, sage ich, als wir auf den Plan zuschlendern.

»Wir müssen nicht den ganzen Tag warten, bis die anderen kommen. Tess hat dort angerufen. Sie hat für uns vereinbart, dass uns dort um zwölf Uhr ein Pfarrer namens Matthew empfängt. Das ist doch okay für dich, oder? Dass du den Segen von einem Mann anstatt einer Frau bekommst?«

Ich nicke. Mir ist es völlig egal, wer oder was uns segnet, solange wir überhaupt gesegnet werden. Valerie streicht mit der Fingerspitze über den laminierten Stadtplan, beginnend an dem Stern, wo es heißt, SIE SIND HIER, und dann weiter zur Kathedrale, die sich wie ein Schloss in einem Brettspiel genau in der Mitte von Canterbury befindet.

»Wow«, sagt sie. »Wie es aussieht, scheint das Hotel auf dem Gelände der Kathedrale zu liegen. Tess meinte, näher komme man nicht ran, aber ich dachte … Siehst du. Wir werden gleich hier schlafen.«

Ich nicke wieder. Ich bin ein wenig neben der Spur, denn ich hatte mich darauf eingestellt, am Nachmittag in einem Restaurant in der Stadt zu essen, das seine Gerichte mit Olivenöl und Knoblauch zubereitet, Souvenirs einzukaufen und vielleicht im Hotel einzuchecken, um zu duschen und ein Nickerchen zu machen. Ich hatte nicht damit gerechnet, schon jetzt die Kathedrale von Canterbury zu betreten. Es kommt mir trotz allem irgendwie verfrüht vor. Als wäre ich noch nicht ganz bereit, den letzten Rest von Diana loszulassen.

»Was ist?«, fragt Valerie. »Tun dir die Stiefel weh?« Ich schüttle den Kopf, und sie zieht die Stirn kraus. »Ist dir wieder schwindlig?«

»Nein«, sage ich. »Aber es kann nicht schaden, wenn wir was essen. Irgendwo, wo es was mit Olivenöl und Peperoni und Gewürzen gibt. Und dann werde ich auch bereit sein für die Kathedrale.«

»Bist du nervös?«

»Warum sollte ich nervös sein?«

Valerie wendet sich vom Stadtplan ab. »Weil das der Grund ist, weshalb wir hier sind. Die ganze Zeit, den ganzen Weg über, nach all dem verrückten Mist, der passiert ist. All dies hatte doch nur eins zum Ziel. Unsere Verabredung mit Gott.«

Die Kathedrale von Canterbury ist riesig. Das ist offensichtlich. Das war auch zu erwarten. Es ist das Erste, was einem Besucher auffällt, und ich könnte mir vorstellen, dass es auch das Letzte ist, was er vergisst. Mauer um Mauer mit gotischen Ornamenten, eine Krone aus Turmspitzen und ein Dutzend Ein- oder Ausgänge. Aber der Hof darum herum ist klein, bietet kaum Raum zu einer Annäherung. Hat man erst mal die Tore durchschritten und befindet sich auf Kirchengrund, steht sie direkt vor dir und blickt auf dich herab.

Ungeachtet der Tatsache, dass wir in einer Seitenstraße auf ein Gyros eingekehrt sind, und ungeachtet dessen, dass wir unser Gepäck in der überraschend großen und modernen Unterkunft deponiert haben, sind Valerie und ich noch immer früh dran. Wir nennen unsere Namen einer der älteren Damen, die am Gruppenschalter arbeiten, und sie sagt uns, sie werde Matthew rufen. Wir sagen ihr, sie solle sich keine Umstände machen, denn schließlich seien wir ja diejenigen, die verfrüht zu unserem Termin kommen, eine Bemerkung, die sie zu verwirren scheint.

»Aber Sie sind doch gewandert, nicht wahr, von London aus?«, hakt sie nach. Offensichtlich kommen die meisten Touristen mit dem Bus oder Zug, weshalb jene seltenen Pilger, die per Fuß eintreffen, inzwischen einen Sonderstatus genießen.

Die Frau vergewissert sich erneut an ihrem Computerbildschirm. »Und eine von Ihnen ist krank?«

Offensichtlich bezieht sie sich auf mich. Valerie macht Platz vor dem Fenster, das an einen Abholschalter für vorbestellte Tickets im Theater erinnert, und ich trete vor. »Es geht mir jetzt wieder gut«, sage ich durch die kleine Öffnung im Glas, aber Tess scheint bei ihrem Anruf heute Morgen ihre Anweisungen mit sehr viel Nachdruck erteilt zu haben, denn die Frau starrt noch immer auf den Bildschirm und bewegt ihre Lippen, während sie liest.

»Was Sie da getan haben, war großartig von Ihnen, meine Liebe«, sagt sie und sieht mich mit ihren kleinen, rot geränderten Augen respektvoll an. »Matthew wird im Nu hier sein.«

Im Nu? Ein Pfarrer, der irgendwas im Nu erledigt, ist schwer vorstellbar, und deshalb verfallen Valerie und ich wieder in unser Tochter-einer-interessanten-Mutter-Muster und beeilen uns, dieser Frau zu versichern, dass wir warten werden, dass wir keine Sonderbehandlung wollen, dass der Terminplan des Pfarrers nicht umgestellt werden sollte, um sich unserem unerwartet frühen Eintreffen anzupassen. Aber davon will diese Dame nichts wissen. Sie bringt uns mit einer Handbewegung zum Schweigen und greift zum Telefon, einem großen altmodischen schwarzen Ding. Sie spricht mit jemandem, und als sie auflegt, sagt sie: »Zehn Minuten.«

»Möchtest du deine Wanderstiefel zurückhaben?«, fragt Valerie, während wir warten. Wir haben uns auf dem Gras ausgestreckt, unsere Köpfe ruhen auf den Rucksäcken. Hier am Rande der Rasenfläche, die sich um die Kathedrale herum erstreckt, ist von religiöser Formalität nichts zu spüren. Mit den übers Gras verteilten Schulkindern und Touristen wirkt sie eher wie ein Picknickplatz.

»Die drücken, nicht wahr?«

»Nein, sie haben mir keinerlei Probleme bereitet, und wenn du möchtest, behalte ich sie auch, wenn die Tour vorbei ist. Ich dachte nur, dass es doch nett wäre, wenn der Staub, den uns der Priester als Teil der Zeremonie von den Stiefeln wischen wird, unser eigener ist.«

»Wann warst du denn das letzte Mal in einer Kirche?«

»Als meine Nichte getauft wurde. Und du?«

»Bei Dianas Trauerfeier.«

Und da fällt der Schatten von Matthew auf uns. Wir blicken beide hoch und blinzeln, aber die Sonne, die hinter ihm steht, macht es unmöglich, sein Gesicht zu sehen. Alles, was ich erkennen kann, ist ein großer Mann im Kleid.

»Es wird mir eine Ehre sein, Sie durch die Kathedrale zu führen«, sagt er. Es klingt, als rezitiere er das Gesagte, denn er hat die Stimme eines Filmpfarrers – tief und ruhig und sicher, und, Gott steh mir bei, mehr braucht es nicht. Schon als er uns seine Hände entgegenstreckt, um uns auf die Beine zu helfen, bekomme ich feuchte Augen. Sein Blick wandert von mir zu Valerie und wieder zurück. »Welche von Ihnen ist krank?«

»Wir beide«, sagt Valerie. »Natürlich auf unterschiedliche Weise.«

Er nickt. »Natürlich.«

Wir folgen ihm durch eine unscheinbare Tür in eine Kapelle, was gut so ist. Denn ich bin mir nicht sicher, ob ich dem plötzlichen Anblick der gewaltigen Ausmaße der Kathedrale gewachsen wäre. Besser wir nähern uns ihr nach und nach und kommen schrittweise ins Hauptschiff. Matthew erklärt uns, dass wir unseren Rundgang in der Kapelle beginnen, in der Becket ermordet wurde. Es ist eine kleine Zelle im großen Körper der Canterbury Cathedral, einem Bauwerk, in dem es womöglich über ein Dutzend solcher Winkel gibt. Aber dieser hier, wo den Heiligen sein Schicksal ereilte, ist der berühmteste.

Ich kenne die Geschichte auswendig und Valerie vermutlich ebenso, aber Matthew erzählt sie uns dennoch und geleitet uns, während er sie erzählt, von einer Ecke der Kapelle zur anderen. Thomas Becket begann sein Leben nicht als Geistlicher, sondern als Freund Heinrichs II., eines berüchtigten Schürzenjägers und Wüstlings. Den Berichten zufolge stand Becket dem König in seinen Ausschweifungen in nichts nach, und die beiden jungen Männer genossen alle Vorzüge, die Ruhm und Reichtum ihnen boten.

Aber im Laufe seiner Regentschaft wurde die Tatsache, dass die katholische Kirche in England über genauso viel Macht verfügte wie die Monarchie, für Heinrich immer mehr zum Ärgernis. Dies war lange, bevor Heinrich der Achte sich von der katholischen Kirche lossagte und die Kirche von England gründete, bevor Kirche und Staat tatsächlich vereinigt wurden, erklärt Matthew uns. Wir hätten doch etwas Hintergrundwissen, oder? Dies sagt er ziemlich unsicher, denn er weiß, dass wir Amerikaner sind – die man gerne als Barbaren bezeichnet –, aber sowohl Valerie als auch ich beeilen uns, ihm zu versichern, dass wir fit sind in englischer Geschichte oder jedenfalls über diese faszinierenden Heinriche Bescheid wissen. Wir haben Philippa Gregory gelesen und jede einzelne Folge von *Die Tudors* gesehen.

Matthew nimmt uns das ab und legt bei seinem historischen Rückblick einen höheren Gang ein. Als Heinrich 1154 den Thron bestieg, machte er häufig die Erfahrung, dass seine Macht im Schatten der Kirche stand und dabei vor allem in dem des Erzbischofs von Canterbury, der in seinem Reich quasi wie ein König war. Als der alte Erzbischof endlich starb, hob Heinrich seinen Freund Thomas Becket auf diesen Posten, weil er darin eine Chance sah, die Kontrolle über die Kirche zu bekommen. »Aber die Dinge«, verkündet Matthew feierlich, »entwickelten sich anders, als der König das geplant hatte.«

Hier in der düsteren Kapelle kann ich ihn besser sehen, und Matthew ist schon eine Erscheinung. Er trägt eine weiße Soutane, gegürtet mit einem Seil. Er hat ein breites, ehrliches Gesicht und ist jünger, als ich dachte, kaum älter als dreißig, mit tiefliegenden blauen Augen und strohfarbenem Haar, das er länger trägt, als momentan modern ist. Auch seine Frau arbeitet, wie er uns bereits berichtet hat, für die Kirche, wie außerdem noch etwa dreihundert Menschen. Sie sei auf die Restaurierung von Glasfenstern spezialisiert, wovon es hier so viel gebe, dass sie immer beschäftigt sei. Die Kathedrale gehöre mit den Universitäten zu den Hauptarbeitgebern der Stadt. In anderen Worten – seit 1100 hat sich in Canterbury nur wenig geändert. Der Tourismus ist noch immer ein großes Geschäft.

Valerie und ich setzen uns auf eine Bank, und Matthew läuft vor uns auf und ab. Nicht nervös, sondern eher in der Art eines Schauspielers oder Professors. Nein, sagt er, die Dinge entwickeln sich niemals genau so, wie man das erwartet, nicht einmal, wenn man König von England ist. Denn gleich, nachdem Thomas Becket zum Erzbischof ernannt wurde, vollzog er eine Wandlung wie Diana de Milan. Er wurde religiös. Wahrhaft religiös, auf die unwahrscheinlichste und unangenehmste Art. Zur großen Bestürzung des Königs nahm Becket seine Rolle als Erzbischof ernst und trat für die Kirche mit so viel Begeisterung ein, dass die beiden früheren Freunde sich bald zerstritten. Mochten sie auch als junge Kerle gemeinsam getrunken und geschwelgt haben und Seite an Seite durch das von Heinrich regierte Land geritten sein, tat Becket nun Buße. Er veränderte sich, und keiner mag es, wenn Freunde sich verändern. Keiner mag es, wenn sein Freund ohne ihn erwachsen wird und ihm auf dem dornigen Pfad zum Erwachsensein voranschreitet. Der Mann, in dem Heinrich einen Jasager und Einfaltspinsel vermutet hatte, wandelte sich zum mächtigen Gegner, und in einem Anfall von Verbitterung murmelte der König eines Tages: »Wer wird mich von diesem lästigen Geistlichen befreien?«

Aber die Sache ist die – er meinte es nicht ernst. Trotz ihrer Differenzen in der letzten Zeit war Thomas Becket noch immer der beste Freund des Königs, und insgeheim bewunderte Heinrich ihn sogar. Es war ein unbedachter Ausbruch.

Die Ironie und die Tragödie wollen es jedoch, dass der kleinste Ausbruch eines Königs sofortige Konsequenzen zeitigen kann. Ein paar Lords der Unterliga, die danach strebten, sich beim Monarchen einzuschmeicheln, ritten nach Canterbury und gelobten, den Erzbischof zu töten.

Becket wusste, dass sie kamen. Ein Mann, der eine große Kirche regiert, hat seine eigenen Spione, denn wäre es nicht diese Narrenbande gewesen, hätten ihn sehr wahrscheinlich andere angegriffen. Zu oft hatte er gegen den Thron gewettert und muss geahnt haben, dass der Tag der Vergeltung irgendwann kommen würde, selbst wenn er nicht genau wusste, wie und wann das Schicksal zuschlagen würde. Und eines Tages, als Becket die Abendmesse las, hörte man ein Gehämmer an der Tür.

Matthew sagt es genau so, »ein Gehämmer«, ein ziemlich merkwürdiger und überholter Begriff, den er wohl irgendwo gelesen haben muss, und dabei zeigt er mit dem Kopf feierlich zur Tür, durch die wir eingetreten sind. »Jedes Jahr zum Todestag des Erzbischofs stellen wir das nach«, erklärt er. »Unsere kleine Aufführung endet genau mit diesem Gehämmer an der Tür, und die Gäste sagen uns jedes Mal, wie dramatisch sie diesen Moment empfinden.«

Aber vermutlich wäre es noch dramatischer, wenn die Kirche danach nicht einen Schnitt machen, sondern auch noch versuchen würde, das Blutbad nachzustellen, das auf das Klopfen folgte. Denn die Mönche von Canterbury versuchten, Becket zu überreden, die Tür zu verriegeln und sich zu verstecken, aber er sagte nein, die Türen einer Kirche dürften niemals verriegelt werden. Und brachte sich somit freiwillig zum Opfer dar. Die Eindringlinge eilten als Gruppe auf ihn zu, enthaupteten ihn mit ihren Schwertern, und er war sofort tot.

»König Heinrich war niedergeschmettert«, berichtet Matthew. »Das behaupten jedenfalls die Historiker, und ich glaube ihnen. Niemals hatte er beabsichtigt, dass seine in einem Moment der Ungeduld geäußerte Bemerkung als königliches Edikt verstanden wurde, und jetzt war der Freund seiner Jugend tot.« Matthew hält inne. Er ist wie Tess von Berufs wegen dazu verdammt, Tag für Tag dieselben Geschichten zu erzählen, aber wie sie hat er dies zu einer Kunst erhoben, indem er für sein Publikum kleine Pausen und Nebenbemerkungen einflicht. In diesem Fall besteht das Publikum nur aus Valerie und mir, aber wir bekommen dennoch das volle Programm.

»Könnt ihr euch das Entsetzen darüber vorstellen, eine so große Macht zu besitzen?«, sagt Matthew. »Eine Macht, bei der eine gegen einen Freund gerichtete Äußerung zu dessen tatsächlicher Ermordung führen kann? Wie viele Menschen hätten wir womöglich mit unseren Worten im Lauf der Jahre getötet? Die Schuld des Königs war gewaltig, und die Heiligsprechung von Thomas Becket war die schnellste in der gesamten Kirchengeschichte. Man begann mit dem Prozedere mehr oder weniger schon, als er noch blutend vor dem Altar lag.«

Er lenkt nun unsere Aufmerksamkeit auf den Altar von Becket, aber in Anbetracht der darauf hinführenden Vorgeschichte ist dieser selbst eine eher bescheidene Angelegenheit, womöglich wie Dutzend andere in der Kathedrale. »Die Mönche wischten eifrig Beckets geronnenes Blut auf, bevor er seinen letzten Atemzug machte«, sagt Matthew, »weil sie sich damals schon sicher waren, jeden Fetzen Kleidung verkaufen zu können, der mit dem Blut des Erzbischofs getränkt war.«

»Mit Elvis Presley hat man das fast genauso gemacht«, wirft Valerie ein. »Seine Veranstalter haben die Laken gesammelt, auf denen er während seiner Tourneen schlief, schnitten sie in kleine Quadrate und verkauften diese an seine Fans.«

Toll. Jetzt, da ich sie besser kenne, ist sie mir auch sympathischer, aber dennoch … Sie hat ein Händchen dafür, die unangemessensten und abscheulichsten Dinge zu sagen, die man sich nur vorstellen kann, und dies immer im gleichen fröhlichen Ton. Aber Matthew scheint sie ernst zu nehmen, als käme Valerie von der Theologie wie er und sei zu Fuß aus

Amerika gekommen, um mit ihm die Geheimnisse der Heiligkeit zu diskutieren.

»Genau so«, bestätigt Matthew. »Ganz genau. Becket war das mittelalterliche Äquivalent unseres Mr Presley. Allem, was mit ihm Berührung hatte, haftete der Nimbus heiliger Macht an.«

»Meine Mutter besaß ein Stückchen von Elvis' Laken, aber sie erzählte mir immer, auf ehrliche Weise drangekommen zu sein«, sagt Valerie.

»Auf ehrliche Weise?«, hakt Matthew nach.

»Sie behauptete, mit ihm geschlafen zu haben. Sagen die Briten das auch so? Sie wissen, was ich meine. Geschlechtsverkehr mit ihm hatte.«

»Ah«, sagt Matthew. »Damit dürfte sie sich tatsächlich ein Stück Laken verdient haben.«

»Ich weiß zwar nicht, wie das sein kann«, sage ich zu Valerie, »aber du und ich könnten durchaus ein und dieselbe Mutter gehabt haben. Denn so etwas hätte genauso gut aus Dianas Mund kommen können.«

»Ich habe immer angenommen, dass vielleicht alle amerikanischen Frauen eines gewissen Alters mit Elvis geschlafen haben«, sagt Matthew. »Und womöglich alle ihre Töchter illegitime Kinder der Liebe sind, verteilt übers ganze Land. Das ist die einzige Möglichkeit, auf die ich mir euer Land erklären kann.«

»Die Leute reisen nach Graceland«, berichtet Valerie, »um geheilt zu werden, also ist es vermutlich die amerikanische Version von Canterbury. Man sagt, dort wirke dieselbe Magie.«

Ich bin nicht ganz sicher, ob sie es »Magie« hätte nennen dürfen. Ich weiß, was sie sagen möchte, zucke aber wieder zusammen. Denn »Magie« hat einen negativen Beigeschmack und impliziert, dass Canterbury mehr Schwindel als Erlösung ist, mehr Touristenfalle als ein Gotteshaus.

Aber Matthew scheint es nicht zu stören. Er streicht seine blassen Stirnfransen zurück und blickt mit einem kleinen Lächeln auf den Altar. Vermutlich gibt es nichts, was wir über Canterbury sagen können, was er nicht schon vorher gedacht hat.

»Verzeihung«, sagt Valerie leise, als werde ihr ihre Respektlosigkeit bewusst, aber Matthew schüttelt den Kopf.

»Nein, Sie haben ganz recht. Es ist, wie Sie sagen, Becket wurde zu einer Berühmtheit. Der erste Rockstar der Geschichte. Das Blut des Märtyrers wurde zum Verkauf angeboten, und fast sofort machte die Behauptung die Runde, dass es Wunderheilungen bewirke. Verlorene und zerbrochene Seelen strömten in Scharen zu diesem einen besonderen Altar, genau wie Chaucer uns das in seinen Canterbury Tales erzählt.«

»Nach Canterbury soll ihr Zug sich wenden, dem heilgen Hilfespender aller Kranken«, sagt Valerie, um damit ein wenig anzugeben und Boden gutzumachen, »dem segensvollen Märtyrer zu danken. So ähnlich heißt es doch im Prolog.«

»Gut, sehr gut«, lobt Matthew. »Denn Hilfe können wir alle gebrauchen, nicht wahr? Werden wir nicht alle von diesem Altar des Märtyrers angezogen, weil wir bewusst oder unbewusst Hilfe irgendwelcher Art suchen?«

Genau das ist das Stichwort, auf das ich gewartet habe. Ich stehe auf und wandere hinüber zum Altar, vorgeblich, um die Inschriften zu studieren, in Wahrheit aber, damit die beiden einen Moment für sich allein haben. Denn dies wäre der passende Zeitpunkt und Ort für Valerie, Matthew zu erzählen, warum sie nach Canterbury gekommen ist. Ich weiß nicht, ob sie es tun wird, und auch nicht, was sie sagen wird, aber sie brauchen ein wenig Privatsphäre.

Außerdem ist dies jetzt eine gute Gelegenheit, eine Prise Diana zu verstreuen. Es ist nicht mehr viel übrig von ihr, weshalb ich besonnen vorgehen muss, außerdem möchte ich nicht, dass Matthew sieht, was ich da tue. Zweifellos gibt es eine Verfügung, die das verbietet. Ich meine, sehen wir den Tatsachen ins Auge, es sterben auf der Welt letztendlich sehr viele Menschen, und wo käme man hin, wenn die Verwandten sie allesamt nach Canterbury bringen und ihre Asche um die Kathedrale verteilen würden. Es ist viel Platz, aber so viel Platz nun auch wieder nicht. Matthew scheint zwar durchaus jemand zu sein, der womöglich Verständnis für meine Mission hätte, aber ich möchte ihn nicht in Verlegenheit bringen.

Ich fische ein paar Körnchen heraus und lasse sie auf den Sockel des Altars fallen.

Eine Katze taucht auf. Sie streicht mir um die Beine und sieht mich erwartungsvoll an, als hätte die Erfahrung sie gelehrt, dass Pilger manchmal Katzenleckerlis dabeihaben. Ihr besonderes Interesse gilt der zerknitterten Fish&Chips-Tüte in meiner Hand, aber in dem Moment sehe ich Matthew und Valerie auf mich zukommen. Es sind höchstens ein oder zwei Minuten vergangen, und es lässt sich schwer sagen, was sie ihm, wenn überhaupt, erzählt hat, aber sein Gesichtsausdruck hat sich verändert. Er wirkt nachdenklich, fast traurig.

»Weg da«, sagt Matthew leise. »Geh weiter.« Es dauert, bis mir klarwird, dass er mit der Katze spricht. »In der Kathedrale lebt eine ganze Reihe dieser kleinen Pelztiere«, ergänzt er, diesmal an mich und Valerie gewandt. »Eins davon schläft gern zusammengerollt auf dem Grabmal des Schwarzen Prinzen direkt neben dem Hauptaltar. Die Damen vom Restaurierungsgremium finden das ein wenig skandalös, aber –«

»Ich mag sie«, sage ich und muss an den rosa Dinosaurier in der kleinen Kirche denken, in der wir vor zwei Tagen haltgemacht haben. Die Kapelle füllt sich langsam. Eine große Reisegruppe ist hereingekommen, und eine weitere wartet bereits an der Tür. Der Altar von Becket gehört zu den beliebtesten Plätzen in der Kirche, und da auch Matthew die Leute bemerkt, scheucht er mich und Valerie in einen der Gänge.

»Hier geht's lang«, sagt er. »Ein wenig nach hinten.«

Matthew tritt zwischen uns, als wir durch die Seitenschiffe der Kathedrale gehen und dabei nach links und rechts in die diversen Nischen blicken. Manche sind dunkel und schmucklos, andere hingegen erschlagen einen fast mit ihrem goldenen Glitter. Im erhöhten, hellen Mittelschiff, wo, wie Matthew uns erklärt, täglich sieben Gottesdienste abgehalten werden, scharen sich die Schaulustigen, und vermutlich befinden sich dort auch jede Menge toter Prinzen und schlafender Katzen. Dies ist der Ort für große Verkündigungen, das öffentliche Gesicht der Kathedrale. Aber die Seitenschiffe mit ihrem Labyrinth kleiner Räume und schmaler Flure scheinen einem anderen Zweck zu dienen.

Scheinbar zufällig bleiben wir vor einigen Bänken stehen. Ich vermute, dass wir uns im hinteren Teil des Gebäudes befinden. Ich drehe mich um.

»Wenn Sie möchten, können wir hier die Segnung vornehmen«, schlägt Matthew vor. »Hier sind wir abgeschieden. Es gibt auch Wasser, für den Fall, dass Sie … ich hätte Sie fragen sollen, bevor wir angefangen haben. Begreifen Sie sich als Christinnen?«

»Ich schon«, sage ich. Sage das so schnell, dass ich glaube, wir erschrecken alle drei. Ich jedenfalls bin erschrocken. Woher zum Teufel kommt das? Hat mich das Ambiente geblendet, die Pracht, das sanfte Brummen einer Orgel in einem entfernten Schiff, die Geschichte von Beckets Opfertod, oder liegt es nur daran, dass Matthew so nett ist? Denn nett ist er, und dies ist eine Erfahrung, die ich mit heiligen Männern nur höchst selten gemacht habe. Die Katze ist uns gefolgt. Ich bemerke sie erst, als ich mich hinsetze und sie auf meinen Schoß springt.

»Sie müssen das nicht sagen, um mir eine Freude zu machen«, sagt Matthew. Er holt halbherzig aus, um die Katze zu verscheuchen, die ihn aber nur mit einem verächtlichen Blick streift, bevor sie es sich im Tal meiner Beine bequem macht. »In Canterbury bieten wir diverse Segnungen an, passend für alle möglichen Pilger. Ich wollte nur fragen, ob Sie zum Gebet und zur Fußwaschung auch noch die Kommunion bekommen möchten.«

»Wir möchten das ganze Paket«, sagt Valerie und setzt sich neben mich. »Ich bin auch Christin.«

Matthew verschwindet. Valerie und ich warten zusammen mit der Katze.

»O Gott«, murmelt sie leise. »Ob wir in die Hölle kommen? Wir haben gerade einen Pfarrer angelogen.«

»Und einen netten dazu«, flüstere ich zurück. »Das ist bestimmt noch schlimmer. Aber ich glaube nicht an die Hölle. Ich bin mir nicht sicher, ob ich an irgendetwas davon glaube.«

»Warum flüsterst du dann?«

»Ich weiß nicht. Für alle Fälle.«

»Für dich ist es leicht, das alles zu negieren«, sagt sie. »Du hast noch keinen Blick auf dein eigenes Verfallsdatum geworfen.«

»Hast du es ihm gesagt?«

Sie nickt. »Du solltest es ihm auch sagen.«

»Was soll ich ihm sagen?«

»Von deiner Mutter.«

»Ich glaube nicht, dass ich sie einfach hier in der Kirche verteilen darf.«

»Wieso nicht? Sie lassen auch Katzen rein. Du solltest mit ihm sprechen. Ernsthaft. Er ist anders. Wenn er betet, sieht er dich direkt an.«

»Ich weiß.«

Er ist schon wieder zurück und kommt mit einer Schüssel, einem Handtuch und zwei Flaschen auf uns zu. Letztere hat er sich jeweils unter seine Achselhöhlen geklemmt, obwohl eine von ihnen vermutlich Weihwasser und die andere den Kommunionwein enthält. Bis jetzt verläuft der Canterbury-Segen ganz anders, als ich ihn mir vorgestellt hatte.

Matthew stellt sein Handwerkszeug vor uns auf den Steinboden. »Warum begeben die Leute sich auf Pilgerschaft?«, fragt er.

Ich gehe davon aus, dass dies eine rhetorische Frage ist, der Anfang einer vorbereiteten Rede oder eines Gebets. Aber Valerie erkennt, was ich nicht erkenne, dass er uns nämlich tatsächlich fragt. Während er das Wasser in das Becken gießt, gibt sie ihm die gleiche Erklärung, die Tess uns damals im George Inn gegeben hat.

»Sie kommen, um Vergebung und Heilung zu suchen«, sagt sie.

»Und was suchen Sie?«, fragt er.

»Beides vermutlich«, antwortet sie. »Ist das nicht ein und dasselbe?«

Er blickt von der Schüssel hoch und zwinkert ihr zu. Aber ein Pfarrer würde doch wohl kaum einer sterbenden Frau zuzwinkern, oder? Natürlich nicht. Ich habe mich die ganze Woche über am Rande einer ausgewachsenen Halluzination bewegt, zwischen schwärmenden Bienen und Küssen im Rauchergarten und Kindern, die auf einer leeren Straße von Autos überfahren werden, und wenn ich es nicht besser wüsste, würde ich schwören, dass ich es geschafft habe, mich wieder zu betrinken. Aber natürlich wäre es gar nicht so abwegig, wenn Matthew Valerie tatsächlich zuzwinkern würde, denn womöglich bezieht er sich auf etwas, das sich während ihres kurzen privaten Gesprächs ergeben hat und sich meiner Kenntnis entzieht. Was an dieser Stelle so gut wie alles sein könnte, denn ich komme mir sehr dumm vor und habe sogar wieder zu weinen angefangen. Wobei ich nicht weiß, ob ich weine, weil meine Mutter tot ist oder weil Valeries Krebs zurückgekommen ist oder weil auch ich eines Tages tot sein werde. An diesem Ort fühlt sich der Tod realer an als das Leben, und obwohl Matthew gerade Wasser in die Schale gegossen hat, greift er nun nach der anderen Flasche, die mit dem Wein. Offenbar bekommen wir unsere Kommunion nun vor dem Segen, erst das Teilen von Brot und Wein, dann die Absolution. Er zieht einen Stopfen aus der tönernen Flasche und nimmt einen Plastikbecher, der von unten auf der Flasche steckte. Das ist gleichermaßen eine höchst bescheidene, aber auch höchst erhabene Zeremonie. Valerie sieht mich an, und das Zwinkern ist diesmal definitiv real. Was mag das wohl für ein Wein sein – welcher Jahrgang und welche Rebsorte? Ist Gottes Sinn für Humor groß genug, um die Erlösung in Gestalt eines leckeren weißen Zinfadels zu schicken?

Aber es ist ein Rotwein, blutfarben und ernst. Matthews Hände umschließen den Plastikbecher, und während er ihn mir anreicht, sehe ich, dass er an seinem dritten Finger eine Delle hat, wie Kinder sie bekommen, wenn sie schreiben lernen. Er hebt den Becher an meine Lippen, und ich hole tief Luft, um die Aromen einzuatmen, mehr aus Gewohnheit als aus anderen Gründen, aber vor mir sind nur Trauben und Alkohol. Warm und dünn fühlt es sich auf meiner Zunge an.

»Dies ist das Blut Christi«, sagt er leise. »Für dich vergossen.«

Ich kämpfe damit. Neige meinen Kopf zu weit, und als er das Glas schräg hält, ersticke ich fast. Es rauscht auf mich zu, kein Schluck, sondern ein Schwall, und ich weiß, dass das, was ich fühle, in keinem Zusammenhang mit der Überwältigung durch die Kathedrale steht, nichts mit den Reichtümern von Canterbury oder seiner Geschichte zu tun hat. Was würde passieren, wenn ich während dieser Kommunion, hier, an diesem heiligen Ort, hysterisch zu lachen anfinge? Vermutlich nichts. Matthew würde weiterhin das Sakrament erteilen. Er ist so ein Typ. Er wird ohne zu urteilen weitermachen, egal, was seine Pilger tun. Die Kathedrale ist alt und riesig. Alles, was einem Menschen widerfahren kann, ist zweifellos hier schon irgendwann einmal passiert. Menschen haben gelacht und geweint, sind gestorben oder wurden geboren, haben Scherze über Jesus gemacht oder ihn fraglos akzeptiert, sich geliebt oder umgebracht, alles innerhalb dieser Mauern.

Ich schließe die Augen und tue so, als würde ich beten.

Höre Matthews Gemurmel, als er Valerie den Wein reicht, und darauf ihr leiseres und damenhafteres Schlürfen. *Das ist es, Mom. Ich habe dich den weiten Weg hierhergebracht, und wenn das noch nicht genug ist, dann sind wir beide verloren. Denn wir haben weiß Gott keinen Plan B.*

Als ich die Augen öffne, kniet Matthew wieder vor mir, was mich einerseits überwältigt, sich andererseits aber irgendwie falsch anfühlt. Fällt es einer modernen Frau schon schwer, sich zu verneigen, ist es noch schwerer, wenn jemand sich vor einem verneigt. Die Tatsache zu akzeptieren, dass dieser Mann auf seine Knie gefallen ist und meinen Wanderstiefel in seine Hand nimmt – oder besser gesagt Valeries Stiefel, denn wir haben sie doch nicht zurückgetauscht. Er tunkt das Tuch in die Wanne und wischt dann mit einer feuchten Ecke den Staub des Weges vom Schuh ab und dazu wohl auch ein wenig von Diana. Auch wenn diese moderne Version der Fußwaschung nicht ganz so innig ist wie das Original, hat sie doch etwas Berührendes. Während er sich Valerie zuwendet, murmelt er leise vor sich hin. Offenbar ist das der Segen, aber ich verstehe nicht alles, was er sagt. Etwas über »den Kreis des Lebens«, aber das kann nicht sein, das wäre zu sehr Elton John und Broadway, aber dann sagt er klar und deutlich: »Möge die in Unordnung geratene Welt mit dir sein«, und ich lehne mich zurück und atme aus.

Es ist ein echtes Ausatmen, wie man es nur ein paarmal in seinem Leben macht. Ich stecke vorsichtig meine Hand in die Tasche meines Rucksacks, der neben mir auf der Bank steht.

Die Katze spitzt hoffnungsvoll ihre Ohren, als die Fish&-Chips-Tüte erneut auftaucht. Wahrscheinlich denkt sie: *lecker*. Ich versuche, nicht mit dem Papier zu rascheln. Valerie und

Matthew brauchen diesen Moment für sich, er hat jetzt ihre Hände in seine genommen. Sie sitzt vorgebeugt da, und so verweilen sie ganz vertieft, und ihre Stirnen berühren sich fast. Ich ziehe die Tüte aus der Tasche, schiebe meine Finger hinein und ziehe sie dann langsam auseinander, um die Öffnung zu erweitern.

Die Tüte reißt. Es geht ganz leicht. Sie wurde nun schon einige Zeit nur von Heftpflaster und Verzweiflung zusammengehalten. Jetzt ist sie mehr als bereit aufzuplatzen. Während meine Finger sich weiter auseinanderbewegen, gibt auch das Plastik nach, und der Rest von Dianas Asche rieselt über meine Handfläche und dann auf den Steinboden.

Meine Mutter ist tot. Meine Mutter ist überall.

Jetzt wäre der logische Zeitpunkt, um zu weinen. Der logische Zeitpunkt, dem Gefühl nachzugeben, das ich schon den ganzen Morgen unterdrückt habe. Die ganze Woche, das ganze Jahr, mein ganzes Leben. Also tue ich es natürlich nicht. Nun, da meine große Suche beendet ist, scheint mich jegliche Kraft zu verlassen. Ich lehne mich in der Bank zurück. Beobachte Matthew und Valerie, die immer noch Stirn an Stirn verharren und beide die Lippen bewegen. Auch ich schließe meine Augen.

Ist das genug? Genug für Diana oder auch für mich? Das Leben wird immer ein Geheimnis sein. Was auch immer du zu besitzen glaubst, kann dir sofort wieder genommen werden, und – was tröstlicher ist – alles, was du einmal verloren glaubtest, kann wieder zurückkehren. Der Schleier, der zwischen den Welten hängt, hat sich für mich in letzter Zeit sehr dünn angefühlt. So leicht zu zerreißen wie ein Frischhaltebeutel und fast wie eine Täuschung, wie vielleicht auch der Tod gar nicht so schrecklich oder so weit weg ist.

Ich schlage die Augen auf und sehe mich um, betrachte die großen Fenster in der Ferne, hoch und bunt, voller Heiliger, die ich nicht zu benennen vermag, und ich weiß, dass mein Körper, dieser Körper, in dem ich jetzt staubig und müde sitze, nur ein weiteres Ding ist, das ich eines Tages verlieren werde. Und wenn dieser Tag kommt, ob es von jetzt an in fünfzig Jahren oder morgen ist, ob ich in einem Pflegebett schlafe oder beim Überqueren der Straße in die falsche Richtung schaue, ich hoffe, genau so zu sterben, wie es meine Mutter tat. Ich hoffe, dass ich meinen Körper wegwerfe wie sie ihren, ohne mehr darüber nachzudenken als Claire, als sie einen ihrer vielen Pullover im Abfallkorb entsorgte. Ich hoffe, diese Welt anmutig zu verlassen, wie ein Pilger, der am Ende eines langen Ritts vom Rücken seines Esels gleitet, wie ein Reisender, der aus einem Flugzeug steigt, das ihn über einen weiten Ozean getragen hat. Wie ein Brief aus einem Umschlag fällt, nachdem er endlich zugestellt wurde.

17

Du bist gar nicht dazu gekommen, deine Geschichte zu erzählen«, sagt Tess.

Das ist auch wieder etwas, das an ihr nagt. Wieder ein loses Ende. Es gibt gewisse Erfahrungen, die sie ihren Gästen auf jeder geführten Tour ermöglichen möchte, und sie fürchtet, auf dieser Tour versagt zu haben. Sie hat sich bereits zweimal dafür entschuldigt, dass Valerie und ich ohne Begleitung nach Canterbury hineinlaufen mussten und – noch schlimmer – gezwungen waren, die Absolution aus den Händen eines Mannes zu erhalten.

An diesem Nachmittag war ein ständiges Kommen und Gehen. Als die anderen Frauen gegen drei Uhr eintrafen, kamen sie erst kurz in unsere Unterkunft, trafen aber nur Valerie und mich in den Betten unserer jeweiligen Zimmer an, wo wir die Nachwirkungen unseres spirituellen Rausches ausschliefen. Danach machten sie sich auf den Weg hinüber zur Kathedrale, wo sie ihre Zeremonie mit einer Pfarrerin namens Virginia hatten, die offenbar ein Volltreffer war. Als Angelique sie fragte: »Wohin gehe ich als Nächstes?«, meinte Virginia: »Nach Hause.« Dies löste einen kollektiven Weinanfall aus, woraufhin, wie ich es verstanden habe, dank Claire und

Jean ein paar ziemlich große Schecks auf die Canterbury Preservation League ausgestellt wurden. Jetzt ist es kurz nach achtzehn Uhr, und die Frauen sind alle wieder zurück und legen kühlende Packungen auf ihre Gesichter und bereiten sich auf ihr letztes gemeinsames Mahl vor. Als Tess bei mir im Zimmer vorbeischaut, scheint es sie zu erschrecken, dass ich noch immer döse.

»Du brauchst dir deswegen wirklich keine Sorgen zu machen«, sage ich, während ich mich aufsetze und die Kissen um mich verteile. Es gibt in diesem Bett jede Menge davon, alle prall gefüllt und mit Brokatbezügen in Gold und Burgunderrot, den königlichen Farben, und vielen Quasten. »Ich verspreche dir beim Grab meiner Mutter, dass mir diese Reise alles geboten hat, was ich gebraucht habe.«

Aber sie ist dennoch bekümmert, vielleicht, weil ich ihr gesagt habe, dass ich zum abschließenden Abendessen bei Deeson's, wo sie die Gewinnerin küren werden, nicht kommen werde. Sie verkneift es sich dann aber doch, weiter nachzuhaken, und meint, sie könne verstehen, dass ich mich lieber ausruhen möchte. Offenbar war ich gestern doch ein ziemlich schlimmer Anblick, als ich auf dem Cafétisch lag und Blut spendete. Entweder habe ich außergewöhnlich edel oder außergewöhnlich kläglich ausgesehen, denn die Frauen gehen jetzt anders mit mir um. Sie sehen mich mit großen Augen an, als könnte ich jeden Moment abheben.

Obwohl ich auf den Stuhl deute, bleibt Tess stehen. Dass wir in dieser letzten Herberge so schick untergebracht sind, ist vermutlich ein Zeichen dafür, dass unsere Reise nun wahrhaft zu Ende ist. Als Belohnung dafür, dass wir den Pilgerpfad bis zum Ende gegangen sind, werden wir mit Annehmlichkeiten wie Steppdecken, Warmhaltekannen voll Kaffee, hell erleuchteten Spiegeln und pulsierenden Duschen mit unbegrenztem Warmwasservorrat verwöhnt. Und Claire hat nun einen ganzen Schrank zur Verfügung, sogar begehbar, mit dicken Holzbügeln. Sämtliche Zimmer haben riesige Panoramafenster mit direktem oder wenigstens partiellem Blick auf die Kathedrale. Wir sind zu nah dran, um einen Überblick über das ganze Bauwerk zu haben, aber vor meinem Fenster ragt ein hübsches Stück Mauerwerk auf.

»Dann komm doch wenigstens auf einen Drink vorbei«, schlägt Tess vor und bleibt stehen, nachdem sie vorher hin- und hergelaufen ist. »Oder auf ein Appetithäppchen. Dann kannst du deine Geschichte erzählen und sofort wieder zurück in dein Bett gehen.«

Mir liegt schon auf der Zunge, zu sagen, dass meine Blutspende für den kleinen Jungen meine Version einer Pilgergeschichte war. Was natürlich völliger Blödsinn wäre. Der Zufall, dass ich Blutgruppe B-negativ habe, ist keine Story. Ich könnte aber auch die erste Zeile rezitieren, die ich mir in den letzten achtundvierzig Stunden im Kopf zurechtgelegt habe. »Meine Erzählung beginnt mit dem Tod meiner Mutter …« Eins von beidem gäbe Tess gleich ein besseres Gefühl. Dass etwas unerledigt blieb, verfolgt sie, bei acht Frauen nur sieben erzählte Geschichten. Also wäre es ein Akt der Freundlichkeit, ihr etwas anzubieten, irgendwas, eine Folge von Wörtern, die es ihr erlauben, meinen Namen auf der Liste abzuhaken.

»Der Pfarrer, der uns heute gesegnet hat«, erzähle ich ihr schließlich, »hat seinen Job wirklich gut gemacht. Und während er uns die Kommunion erteilte –«

»Kommunion?«, wirft sie ehrlich überrascht ein. »Das gehört gar nicht zum Segen.«

Es ist nur ein kleiner Bonus für die Sterbenden, sage ich mir, aber laut sage ich: »Ich weiß nicht, wie das Standardprogramm aussieht. Ich weiß nur, dass er es uns angeboten hat und wir es angenommen haben.«

Tess runzelt die Stirn und versucht im Geiste diese weitere Unregelmäßigkeit in Einklang zu bringen. »Ich wusste gar nicht, dass ihr praktizierende Christinnen seid.«

EIN GLOCKENSCHLAG ertönt von der Kathedrale. Ein einzelner Schlag, und Tess und ich werfen beide einen Blick auf die Uhr auf meinem Nachtkästchen: 18:15 Uhr.

»Ganz schön laut, nicht wahr?«, sagt sie. »Manchmal frage ich mich, warum ich hier absteige, wo man so nah dran ist, trotz des Blicks. Jede Viertelstunde ertönt dieser gewaltige Schlag, und um Mitternacht wird das ganze Haus hier wachgerüttelt. Es klingt, als hätten alle Engel im Himmel plötzlich der Erde den Krieg erklärt.«

»Ich finde, es hat was Magisches«, sage ich und drehe mich im Bett dem Fenster zu. »Alles hier. Valerie hat das Wort in der Becket-Kapelle benutzt, und ich war anfangs in Sorge, der Pfarrer könnte es als Beleidigung auffassen. Aber nachdem ich jetzt darüber geschlafen habe, begreife ich, dass es kein treffenderes Wort gibt, und auch, dass womöglich alle Orte magisch sind, wenn man aufhört, darauf zu achten. Ich meine, überleg doch mal, wie vielen Wundern wir entlang des Wegs begegnet sind. Sie sind überall um uns herum, selbst dort, wo aus Hopfen Bier wird …«

Aber Tess behält ihre nachdenkliche Miene bei, hält den

Kopf schief und hat die Arme vor ihrer Brust verschränkt. Sie sieht aus wie ein in seiner Gruft liegender Monarch. Sie kam zu mir in der Erwartung, dass ich etwas sage, aber offenbar habe ich ihre Erwartung noch nicht erfüllt. Also versuche ich es noch mal.

»Meine Reise war nicht unvollständig«, erkläre ich ihr. »Ich musste den Weg bis ganz zu Ende gehen, um zu erkennen, dass das Ende nicht das war, worauf es ankam. Denn das Kunststück besteht nicht darin, die Heiligkeit von Canterbury zu erkennen. Ich meine, sieh sie dir an. Die Kathedrale steht praktisch hier im Fenster und schreit: ›Wach auf, Frau. Steh auf. Ich bin heilig.‹ Die Kunst ist es aber, die Heiligkeit in allem zu erkennen. Auf jedem Schritt des Wegs, in dieser ganzen in Unordnung geratenen Welt. Das verstehst du doch, oder? Das musst du verstehen. Deshalb machst du doch diese Touren.«

Tess zögert. Sie fühlt sich wohler dabei, Fragen zu stellen, als sie zu beantworten. »Ich bin mir nicht ganz sicher, warum ich mich bei den Reiseweibern verpflichtet habe«, sagt sie. »Natürlich macht es mir Freude, Frauen kennenzulernen, und es ist ein zusätzliches Einkommen in den Wochen, wenn der Unibetrieb pausiert.«

»Ach komm. Das allein kann es nicht sein. So viel Geld werden sie dir sicher nicht zahlen.«

»Du hast recht«, sagt sie und schielt aus dem Fenster. »Die Entlohnung ist eine Beleidigung, und doch sage ich jedes Mal wieder für eine weitere Tour zu. Wie oft bin ich nun schon hier gewesen? Zwanzig oder dreißig Mal? Vermutlich öfter. Jedes Mal stelle ich mir vor, dass dieser Pilgerweg anders sein wird – dass er lebensverändernd ist. O ja, die Kathedrale ist natürlich ein architektonisches Wunderwerk. Dagegen gibt es nichts zu sagen. Und die historische Bedeutung ist gewaltig …«

Ihre Stimme verliert sich. Da haben wir sie also. Die Erzählung von Tess, die kürzeste von allen und in mancher Hinsicht die pointierteste. Sie führt Touren zu einem Ziel, das sie selbst niemals erreichen kann. Aber sie schüttelt diesen singulären Moment der Verletzlichkeit ab, wie ein Hund den Regen abschüttelt, und erkundigt sich noch einmal: »Aber du bist zufrieden? Hast du gefunden, was du hier zu finden hofftest?«

Eigentlich wäre es präziser zu sagen, dass ich verloren habe, was ich hier zu verlieren hoffte, aber es bringt nichts, ihr das zu erklären. Es würde die Sache nur weiter verwirren, also nicke ich energisch und lächle.

»Als ich in der Kapelle war, habe ich mir etwas gelobt. Dass ich morgen und auch danach jeden Tag ein paar Schritte auf Canterbury zugehen werde, egal, an welchem Ort der Welt ich mich befinde.«

»Nun, das ist ganz wunderbar«, sagt Tess. »Das ist wirklich sehr gut. Macht es dir was aus, wenn ich mir das aufschreibe mit den paar Schritten, die man täglich auf Canterbury zugehen soll? Vielleicht wollen die Reiseweiber das auf ihre Website setzen.«

»Nur zu.«

Tess unternimmt noch einen halbherzigen Versuch, mich zu überreden, doch zum Abendessen mitzukommen, aber als ich zum dritten Mal absage, lässt sie es gut sein. Ich sage ihr, dass ich nichts weiter möchte, als mir beim Zimmerservice einen kleinen Imbiss zu bestellen, ein ausgiebiges Wannenbad zu nehmen und dann zeitig zu Bett zu gehen. Und das entspricht der Wahrheit. Die Symmetrie gefällt mir. Ich gehörte am ersten Abend der Pilgerschaft nicht zu den Frauen und werde auch am letzten nicht dazugehören.

An der Tür hält sie inne und blickt zurück. »Und deine Mutter?«

»Ist ganz verschwunden.«

Sie nickt. »Gut. Dann ist es uns gelungen, wenigstens das zu einem anständigen Ende zu bringen.«

NACHDEM TESS gegangen ist, mache ich alles genau so, wie ich es gesagt habe. Ich bestelle mir ein Ofenbaguette mit Pilzen und eine Dose Diätcola und genieße die Kohlensäure wie ein Crackjunkie. Dann löse ich etwas von dem köstlich nach Ingwer duftenden Badesalz in der Wanne auf und lege mich nach dem Bad im flauschigen Bademantel des Hotels ins Bett. Während ich in der Wanne lag, ist die Sonne untergegangen, und bei Nacht ist die Kathedrale ein besonders theatralischer Anblick. Sie wird von unten angestrahlt, so dass goldenes Licht wie Wasser in einem Springbrunnen nach oben pulsiert und merkwürdige Schatten auf die Fassade wirft. Ich kaue die Reste meiner Baguettekruste und hänge dem Gedanken nach, dass ich vermutlich nie mehr vor einer solchen Aussicht zu Abend essen werde, jedenfalls nicht von meinem eigenen Kissen aus.

Aber es ist noch nicht mal acht Uhr. Wenn ich mich jetzt schlafen lege, nachdem ich den ganzen Nachmittag im Bett verbracht habe, werde ich um drei Uhr morgens wach werden, und das ist nicht gut. Denn am darauffolgenden Tag erwartet mich einiges: der frühmorgendliche Abschied, die Zugfahrt nach London, eine Blitztour durch die Stadt zum George Inn für den Fall, dass jemand mein Handy zurückgebracht hat, dann sechs Stunden im Flugzeug zurück nach Amerika. Dort muss Freddy aus der Tierpension abgeholt werden, und dann beginnt die lange Schinderei, meinem Leben ohne Ned einen Sinn abzutrotzen. Allein der Gedanke daran erschöpft mich. Wenn ich jetzt keinen guten Nachtschlaf finde, ist das mein Untergang.

Also beschließe ich, aufzustehen und ein paar Runden um die Kathedrale zu drehen und mich zu zwingen, wenigstens bis zehn Uhr wach zu bleiben. Je länger ich hier liege, umso größer wird meine Neugier, die Kathedrale bei Nacht zu erleben. Es heißt, dass die Haupttore um neunzehn Uhr geschlossen werden, so dass sich nur noch die Gläubigen von der Abendandacht und wir, die Bewohner des Gästehauses, auf dem Gelände aufhalten. Allein die Umrundung des Gebäudes dürfte schon eine kleine Wanderung sein, und wann, wenn überhaupt, werde ich wieder hierherkommen? Außerdem bin ich am Morgen Dianas wegen nach Canterbury gekommen, um mein Versprechen einzulösen. In eigener Sache war ich noch nicht dort.

An wirklich sauberen Kleidern ist nur noch ein Set übrig, das ich mir für den Heimflug aufbewahrt habe, und deshalb hole ich einen leicht verschwitzt riechenden Pullover und eine staubige Jeans aus meinem Koffer und greife zu Valeries Stiefeln. Allein sie anzusehen weckt Schuldgefühle in mir. Sollte sie sich aufraffen und zu diesem letzten Abendessen gehen, dann sollte auch ich mich dazu in der Lage sehen. Und mich auf den Weg zu Deeson's machen und den Frauen wenigstens auf ein oder zwei Drinks Gesellschaft leisten. Und der Gewinnerin zu gratulieren. Das werde ich tun und dann meinen Abendspaziergang über das Gelände machen.

Ich gehe den breiten, mit Teppichen ausgelegten Flur hinunter, vorbei an der Lobby, wo eine Gruppe von Geschäftsleuten für eine Konferenz eincheckt, durch den gepflegten Garten und dann hinaus durch den Vordereingang, der mich in die Stadt führt. Tess meint, das Restaurant befinde sich auf der Sun Street, die ich heute beim Hereinkommen bereits bemerkt habe, notfalls kann ich mir immer noch den Weg zeigen lassen. Jetzt sind mehr Menschen unterwegs als heute Morgen, Studenten schlendern in Grüppchen vorbei, Touristen machen Fotos. Ein junger Mann verteilt Flyer für eine Bootstour durch die Stadt am nächsten Morgen. Ich lasse mir einen geben.

Ich sollte länger bleiben, überlege ich. *Ich hätte mir noch einen zusätzlichen Urlaubstag nehmen sollen, um in aller Ruhe Canterbury zu genießen, jetzt, da ich endlich hier bin. Vielleicht hätte ich auch Spaß daran, mit dem Ruderboot den Stour hinunterzufahren, diesen romantischen kleinen Fluss mit seinem unromantischen Namen.* Aber ich habe den Mittagsflug nach Amerika gebucht. So stand es, wie ich glaube, jedenfalls in meinem Handy, also bleibt mir wohl kaum eine andere Wahl, als mich mit meinem Pass und dilettantischen Erklärungen auszuweisen und zu hoffen, dass sie mich ins Flugzeug lassen.

Das Deeson's zu finden ist nicht schwer, es nimmt fast einen ganzen Häuserblock ein. Es ist eine schöne Nacht, und der Innenhof ist reizend mit seinen Fässern, in denen zwischen den schlanken Tischen mit Schieferplatten Gewürze zu wachsen scheinen. Hier raucht keiner. Meine Freundinnen treffe ich drinnen an, sie haben fast die gleiche Sitzordnung eingenommen wie bei unserer ersten Mahlzeit im George Inn. Mit einer beachtlichen Veränderung. Becca sitzt nun neben Jean. Sie lächeln und winken, als sie mich das Restaurant betreten sehen, alle bis auf Tess, die jammert: »Ach du liebe Zeit, wir haben bereits alle bestellt.«

»Und ich habe bereits gegessen«, erkläre ich ihr und ziehe den einzigen noch leeren Stuhl heraus. »Ich bin nur auf ein Glas Wein vorbeigekommen.«

Beim Betreten des Lokals hatte ich beschlossen, eine Flasche für unseren Tisch zu spendieren, und zwar nichts, was gerade mal akzeptabel ist, sondern etwas wirklich Gutes zum Abschied an unserem letzten gemeinsamen Abend. Die Weinliste wird in einer schweren Ledermappe gebracht, Seite um Seite sorgfältig ausgewählter Sorten, und meine ausführliche Beratung mit dem Sommelier – einem echten Sommelier, denn wir haben es geschafft und befinden uns wieder im Jahr 2015 – amüsiert die anderen Frauen sichtlich. Ich entscheide mich für einen Châteauneuf-du-Pape und frage dann: »Nun, wer hat gewonnen?«

»Tess will es uns nicht sagen«, sagt Steffi.

»Nur, weil ich es noch nicht entschieden habe«, sagt Tess. »Ich möchte hören, was ihr dazu denkt.«

»Ich würde sagen, es ist Jean«, sagt Angelique und tropft mit Olivenöl und Balsamicoessig ein kleines Blumenmuster auf ihren großen weißen Teller. Wie ein Kind, das mit seinem Essen spielt, tunkt sie ein Stück Brot in das Herz des Gänseblümchens. Seit wir Canterbury erreicht haben, hat Angelique sich wieder auf ihr Gesicht besonnen und es angemalt. Wäre ich ihr jetzt auf der Straße begegnet, bin ich mir nicht sicher, ob ich sie erkannt hätte.

»Dem stimme ich zu«, sagt Jean mit einem Lachen. »Wenn auch aus keinem anderen Grund als dem, dass ich doppelt so viele Geschichten wie alle anderen erzählt habe. Ihr beiden habt das verpasst«, ergänzt sie und wendet sich dabei an mich und Valerie, »denn ich habe gestern Nachmittag Farbe bekannt. Becca hatte ganz recht mit dem, was sie beim Mittagessen kurz vor dem Unfall sagte … Erinnert ihr euch überhaupt noch daran, worüber wir gesprochen haben? Es ging wohl etwas unter in dem allgemeinen Trubel auf der Straße, wo sich die Ereignisse überschlugen.«

»Ich erinnere mich noch genau«, sagt Valerie, was vermutlich keinen überrascht. Der Snob bin ich, und sie ist die, die alles ausplappert, Becca wird schmollen, Angelique hat genug Make-up für zehn Frauen aufgetragen, und Tess wird sich wegen der Details sorgen, Claire schläft sich durch die Betten, während Jean große Schecks ausstellt und Silvia blinzelt, und Steffi ist ein Essensfreak … und das ist auch alles gut so, denn so sind wir eben. Es ist sogar mehr als gut, es ist perfekt. Dieser ganze Abend strahlt Perfektion aus. Er sitzt rund und vollständig vor uns wie ein unberührtes Ei.

»Kurz bevor der Junge auf dem Fahrrad mit dem Auto zusammenprallte«, erläutert Valerie, »sagte Becca, ihr Vater sei in Wirklichkeit während eines Drogendeals erschossen worden. Als du schriest, dachte ich einen Moment lang, es sei deswegen.«

Jean nickt. »Ganz genau. Meine erste Geschichte war vollkommen gelogen. Gestern Nachmittag nahm ich endlich all meinen Mut zusammen und erzählte allen, wie es wirklich gewesen ist, mit drei Kindern im Überfluss eines Vororts zu leben und dabei die ganze Zeit den Schein zu wahren, damit ja keiner erfährt, dass dein Ehemann drogenabhängig ist. Um es kurz zu machen, Allens Drogengebrauch begann legal, wie das vermutlich häufig der Fall ist. Er bekam Schmerztabletten und so weiter verschrieben, aber als er die Gelegenheit bekam, nach Mittelamerika zu gehen …« Sie zuckt mit den Schultern. »Ich befürchtete, dass er den Job angenommen hat, um sich leichter Zugang zu verschaffen, und deshalb war ich auch so hartnäckig und bestand darauf, dass wir alle mit ihm kamen. Und als wir dort waren, bestach ich unseren Fahrer Antonio, ihn im Auge zu behalten, aber wie sich herausstellte, bestach auch Allen Antonio, damit ich die Wahrheit nicht erfuhr, und da Allen mehr zahlte …«

Jetzt ergibt alles einen Sinn. Jeans verzweifelter Wunsch, die Illusion einer perfekten Familie aufrechtzuerhalten, Allens nächtliche Autofahrten durch die düsteren Gegenden einer düsteren Stadt, die Schüsse, das Aufplatschen. Sie unterbricht ihre Geschichte, weil die Appetithäppchen serviert werden. Sie sehen wirklich appetitlich und köstlich aus, kleine Türme aus Jakobsmuscheln und fächerartig ausgebreitete Salatblätter, und auch der Wein ist da und schwebt über meiner Schulter und wartet, dass ich nicke.

Also nicke ich, der Sommelier schenkt ein, ich verwirble den Wein, rieche und koste ihn. Er hat Substanz und ist gleichzeitig dezent. Genau das, was ich mir vorgestellt habe und was ich auch den anderen mitgeben möchte. Auch Gläser werden verteilt – tiefe Kelche aus dünnem Glas, richtige Gläser für einen richtigen Wein –, aber mir fällt auf, wie viele der Frauen sich für Meeresfrüchte entschieden haben, und ich überlege, ob ich nicht auch einen weißen hätte bestellen sollen. Egal. Nichts ist perfekt. Aber das ist nahe dran.

Becca strahlt sogar und sieht sich befriedigt in diesem schicken Restaurant um, bevor sie ihren Kelch an die Lippen führt. »Canterbury ist super«, sagt sie zu Tess. »Ist es schwer, hier einen Platz an einer Uni zu bekommen?«

»Es gibt in der Stadt mehrere Hochschulen und Universitäten«, sagt Tess. »Einige sind anspruchsvoller als die anderen …«

»Sie hat in ihrem SAT, dem Zulassungstest für die Universitäten, 1540 Punkte erzielt«, sagt Jean mit Stolz in der Stimme. »Und sie ist die Zweitbeste in ihrer Stufe von fünfhundert Schülern.« Wieder eine Überraschung, aber weshalb sollte Becca nicht intelligent sein? Sie hat sich, wenn man ihr Alter berücksichtigt, auf dieser Wanderung mit uns außergewöhnlich gut geschlagen, und mir wird klar, dass ich viel zu voreilig damit war, jede Frau in ihre kleine Schublade zu stecken. Meine Gedächtnisstützen werden ihnen ganz und gar nicht gerecht. Sie tragen viele Geschichten in sich.

»Hier in England haben wir unsere eigenen Zulassungstests«, sagt Tess. »Die völlig anders aussehen als die in den Staaten, aber wenn es dich wirklich interessiert, kann ich dir gern Informationen weiterleiten.«

»Seht euch das an«, sagt Steffi und hält ihren Salatteller schräg. »Artischocken, Spinat. Rote und gelbe Paprika. Phytonährstoffe. Antioxidantien. Ballaststoffe. Ich fühl mich wie im Paradies.«

»Wir sollten noch einen Tag länger bleiben«, meint Claire. »Es ist eine so reizende Kleinstadt. Warum haben wir nicht alle noch einen zusätzlichen Tag eingeplant?«

»Es gibt Flussfahrten«, berichte ich ihr.

»Flussfahrten«, wiederholt sie langsam. »Und was sieht man da?«

»Wohl leider vor allem den Fluss«, sagt Tess lachend. »Aber ich denke, das kann romantisch sein, wenn man zu den Leuten gehört, die Flüsse lieben. Es ist derselbe, den wir vor ein paar Tagen überquert haben, nur an einer viel schmaleren Stelle. Der Stour. Ein hübsches Gewässer. Er plätschert gewissermaßen von hier nach da.«

»Ach du liebe Güte«, sagt Jean. »Ich habe wohl meine Serviette verloren.«

»Bleib sitzen, Mom«, sagt Becca und windet sich, um unter den Tisch zu greifen. »Ich hol sie dir.«

»Ohne Jean etwas streitig machen zu wollen«, sagt Steffi, »fand ich Angeliques Erzählung von Psyche genauso fesselnd. Und auch Valeries von Sir Gawain. Was wünschen sich Frauen? Das dürfte doch wohl die bedeutsamste Frage von allen sein, findet ihr nicht?«

Silvia nickt. »Das wollte ich auch sagen. Diese Frage beschäftigt mich seit zwei Tagen. Meiner Meinung nach sollte Valerie das kostenlose Abendessen bekommen.«

»Hört, hört«, sagt Claire und hebt das Glas, um ihr zuzuprosten, aber Valerie schüttelt bereits den Kopf.

»Das würde ich nicht annehmen«, sagt sie, »denn ich bin die Einzige, die sich der Herausforderung entzogen hat. Ihr habt alle mehr oder weniger die Wahrheit über euer Leben erzählt, bis auf Che …«

»Hey«, sage ich. »Ich habe geblutet.«

»Ja, du hast geblutet«, räumt Valerie ein. »Über den ganzen Platz, und das ist deine Eintrittskarte. Ich aber habe nur eine Geschichte erzählt, die ich in einem Buch gelesen habe, weshalb ich es nicht verdient habe, zu gewinnen. Nicht, wenn ich unter lauter Frauen sitze, die –«

»Dann erzähl uns doch was Wahres«, schlägt Jean vor. »Über dich. Jetzt gleich.«

»Ja«, sagt Angelique. Sie spießt mit ihrer Gabel ein kandiertes Veilchen auf und schiebt es sich in den Mund. »Deine Geschichte hat die Frage aufgeworfen, was Frauen wollen, erzähl uns also, was du dir wünschst.«

Ich lehne mich zurück. Mustere langsam und eingehend die Runde um den Tisch, wobei meine Augen an Becca hängenbleiben. Sie beobachtet die anderen jungen Leute im Raum, Studenten, die hier ihr Date haben, und sie lächelt noch immer wie ein Mädchen, das einen kleinen Blick auf ihre Zukunft erhascht und gut findet, was es sieht. Als Jeans Schulter die von Becca berührt, zuckt sie nicht zusammen. Etwas zwischen den beiden hat sich verschoben, etwas so Kleines wie eine Serviette, die der Mutter heruntergefallen ist und von der Tochter aufgehoben wird. Vielleicht ist das aber auch etwas Großes, ich weiß es nicht, und ich bin nicht so dumm zu glauben, dass Jeans Geständnis alle Wunden geheilt hat. Sie werden sich wieder kabbeln, heftig und schon bald, aber im Moment ist zwischen ihnen alles im Lot.

Und ich merke, dass ich den Atem anhalte und gespannt auf Valeries Antwort warte. Claires Glas ist noch immer erhoben. Angelique pickt sich ein verirrtes Blütenblatt von der Lippe. Silvia hat ihre Hände verschränkt wie Mona Lisa.

»Was ich mir wünsche«, sagt Valerie, »sind tausend weitere Abende wie diesen hier.«

»Genau«, sagt Claire, und Steffi stößt mit ihr an. Das Gespräch nimmt wieder an Fahrt auf, eine Frau sagt etwas zu der, die neben ihr sitzt, es sind die zarten Schwingungen der Kameradschaft, und ich muss an eine Nachrichtenshow denken, die ich einmal in den Staaten gesehen habe. Man hat den erfolgreichsten Vermittler der New Yorker Polizei interviewt und ihn gefragt, wie er das geschafft hat. Wie er den Geiselnehmer dazu überreden konnte, die Geiseln freizulassen, wie er den Selbstmörder vom Sims holte, den Terroristen dazu brachte, ihm zu verraten, wo sich die Bombe befand. Und er hat geantwortet, dass er jede Verhandlung auf dieselbe Weise mit der Aufforderung begann: »Erzählen Sie mir Ihre Geschichte«, denn wir alle wollen unsere Geschichten erzählen, vom Kriminellen bis zum Pfarrer. Das ist vermutlich unser tiefstes Bedürfnis – zu sprechen und zuzuhören, selbst wenn wir nicht immer wissen, was die Geschichten bedeuten. Irgendwie wissen wir, dass allein das Erzählen über genügend Magie verfügen kann, uns hierher, an diesen heiligen Ort zu bringen, in diesen Kreis von Freunden, zu diesem glücklichen Ende.

Die Kellner umschwärmen den Tisch, um die Teller von den Appetithäppchen abzuräumen und Platz für die Vorspeisen zu machen. Mein Blick wandert zur Tür. Ich sollte aufbrechen.

Aber vorher leere ich noch mein Glas. Nehme Blickkontakt zu Valerie auf, die am anderen Ende des Tisches sitzt. »Der Wein hier«, sage ich und muss dabei meine Stimme erheben, um mich gegen das Geschnatter der anderen durchzusetzen. »Was hältst du davon?«

»Ich finde ihn gut«, ruft sie zurück. »Ich denke sogar, er gehört mit zum Leckersten, was ich seit langem getrunken habe. Danke schön.«

Die Tore von Canterbury sind verschlossen. Tatsächlich verschlossen mit einem altmodischen Kettenschloss, das durch die Eisenstäbe geschlungen wurde. Ich laufe durch das

Hotel, nicke dem Mann am Empfang zu und gehe dann durch einen weiteren Flur, der zum Gelände der Kathedrale führt. Als ich das Gästehaus verlasse, schnappt hinter mir die Tür zu, gefolgt von einem beängstigenden kurzen Summton, wie man das aus Gefängnisfilmen kennt. Es heißt, mein Zimmerschlüssel werde mir den Zugang zurück ins Hotel verschaffen, aber sicherheitshalber probiere ich das gleich aus. Es funktioniert, aber ganz beruhigt bin ich noch nicht. Es ist dunkel hier auf dieser Seite vor der Kathedrale, und der Übergang von der modernen Welt zum Mittelalter ist zu abrupt. Ich wage ein paar vorsichtige Schritte weg vom Hotel und zucke zusammen, als mein Fuß den ebenen Gehweg verlässt und in Kies einsinkt. Es ist nicht nur dunkel, es ist sehr dunkel, da das Umgebungslicht gedämpft ist, damit die Kathedrale nur umso heller erstrahlen kann. Als die Glocken neunmal schlagen, geht ein Schauder durch mich hindurch, von oben nach unten und wieder zurück, als wäre mein Rückgrat zu einem Blitzableiter geworden.

Aber ich bin hergekommen, um eine Runde zu drehen, also muss ich weitergehen. Entschlossen starte ich in die entgegengesetzte Richtung zu der, die Valerie und ich am Morgen eingeschlagen haben, und bis auf das stete Knirschen meiner Schuhe im Kies und dem schwachen Nachhall der Glocken ist nirgendwo ein Geräusch zu hören. *Das ist doch lächerlich*, sage ich mir. *Ich bin nicht allein hier draußen. Das Kirchengelände ist niemals leer. Das hat Matthew doch gesagt. Hunderte von Angestellten und Freiwilligen sind hier zugange, in der Woche werden Dutzende Gottesdienste abgehalten, eine Armee von Reinigungskräften ist hier beschäftigt, darunter ein Mann, der lobenswerterweise Tag für Tag die Fenster putzt, Woche für Woche in einer niemals enden-*

den Kreisbahn die Kathedrale umrundet. Einige dieser Menschen werden doch wohl in unmittelbarer Nähe sein.

Das jedenfalls rede ich mir ein, aber in Wahrheit fühlt es sich leer an. Leer und dunkel.

Und dann sehe ich ihn. Einen einzelnen Mann, der auf mich zukommt.

Nun gut, vielleicht nicht auf mich zukommt. Das ist übertrieben. Vermutlich ist er wie ich unterwegs, weil er seinem Wunsch nachkommt, einen nächtlichen Spaziergang um die Kathedrale zu machen, nur dass er zufälligerweise aus der anderen Richtung kommt. Sein Gesicht kann ich nicht sehen, aber der Umriss seines Körpers sieht ganz gewöhnlich aus. Sicherlich ist er einer der Geschäftsleute aus dem Gästehaus oder ein Tourist. Seine Hände stecken in den Taschen … um nach einer Waffe zu greifen? Aber nicht doch, da geht wohl meine Fantasie mit mir durch. Wir sind hier in England. Er wird nach einem Messer greifen. Aber nein, das ist genauso verrückt, auf dem Gelände von Canterbury werden keine Leute vergewaltigt, und es ist reiner Zufall, dass nur er und ich hier draußen im Dunkeln sind, genauso wie der Zeitpunkt, der es mir erlaubt, in alle Richtungen zu schauen, ohne jemanden zu sehen oder zu hören. Schließlich zahlen wir in unserer Unterkunft genau dafür, für das Gefühl der Isolation und Abgeschiedenheit. Und ich werde doch hier wohl nicht auf einen Mörder treffen, nicht hier in der heiligen Stille von Canterbury –, obwohl man bei genauerer Betrachtung schon zugeben muss, dass die Sicherheitsbilanz dieses Ortes nicht wirklich makellos ist, oder?

Ich habe jetzt zwei Möglichkeiten. Ich könnte umkehren und zurück ins Gästehaus gehen, aber das würde bedeuten, dass der Mann und ich uns in derselben Richtung bewegen, und zwar die ganze Strecke, was meine Angst nicht mindern würde, weil ich mir nie sicher wäre, ob er mich nicht von hinten einholt. Also ist es wohl besser, an ihm vorbeizugehen und ihm ins Gesicht zu blicken, wie das ohnehin gleich der Fall sein wird. Ich bin einfach nur töricht, denn dieser Mann hat nichts Beängstigendes an sich, nicht wirklich. Ich habe zugelassen, dass meine Fantasie und die Ereignisse der letzten Tage mit mir durchgehen und mich glauben machen, jeder Moment sei mit Bedeutung befrachtet. Wir haben uns angenähert. Sind jetzt keine zwanzig Schritte mehr voneinander entfernt, und ich richte meinen Blick direkt auf ihn in das Dunkel.

»Da sind Sie ja«, sagt er.

Da bin ich.

»Wenn das kein glücklicher Zufall ist?«, sagt er. »Schon erstaunlich, dass ich Sie einfach so finde, gleich bei meiner ersten Umrundung.«

Er kommt auf mich zu, und zum ersten Mal sehe ich sein Gesicht. Irgendetwas reflektiert einen Lichtschein, der durch das gläserne Gesicht irgendeines Heiligen fällt, oder vielleicht hat auch irgendwer irgendwo eine Tür geöffnet. Denn ein Lichtstrahl schießt über den Kiesweg, und ich erkenne den Mann aus London, den aus dem George Inn, den Mann mit den kurzgeschorenen Haaren. Er greift in seine Tasche und zieht mein Handy heraus.

»Sie werden sicherlich danach gesucht haben«, sagt er.

Es ist eine grossartige Geste. Das Handy nach Canterbury zu bringen, nur um es mir persönlich aushändigen zu können.

Etwas in der Art sage ich ihm, als wir uns auf eine Bank mit Blick auf die Kathedrale setzen. Er erinnert mich daran, dass die Züge von London nach Canterbury im Stundentakt fahren.

»Das stimmt«, sage ich. »Man kann schnell her- und gleich wieder zurückfahren. Das haben Sie mir selbst erzählt.«

Und dann erzählt er mir den Rest der Geschichte. Dass er, als er seine Rechnung bezahlte, mein liegengebliebenes Handy entdeckt habe, nachdem die Frauen und ich aber bereits aufgebrochen waren. Er wollte es schon dem Barkeeper geben, aber irgendwas hielt ihn davon ab. Es seien hauptsächlich junge Leute, die dort arbeiten, wie er sagt, junge Leute, die gern ein iPhone hätten. Es sei nicht schwer gewesen, Detektiv zu spielen. Er habe das Handy aktiviert und sei sofort mit Freddys Foto begrüßt worden und habe sich dann daran erinnert, dass ich ihm mein Alter und den Namen meines Hundes verraten hatte. Also dürfte mein Passwort sehr wahrscheinlich eine Kombination aus meinem Geburtsjahr und dem Namen meines Haustiers sein. In dieser Hinsicht seien die Menschen sehr berechenbar. Sie benutzen die gleichen zufälligen Fakten immer und immer wieder zur Identifikation, und jeder Code, den man sich leicht merken könne, lasse sich gleichermaßen leicht knacken. Und auf diese Weise sei er an meine Reiseroute gekommen. Und hatte nicht nur erfahren, dass ich in Canterbury ankommen werde, sondern auch, in welchem Hotel ich übernachte und wann ich dort eintreffe.

»Sie hätten das Handy aber doch auch ans Hotel schicken können«, sage ich.

»Ja«, sagt er. »Hätte ich. Auch daran habe ich gedacht.«

Aber als er ein paar Tage später zum Mittagessen zurück

ins George gekommen sei, habe der Barkeeper ihm erzählt, ich sei zurückgekommen und hätte, im Wortlaut des jungen Mannes, »äußerst hysterisch« reagiert, als ich entdeckte, dass mein Handy verschwunden war. »Da wusste ich, dass ich es verbockt hatte«, sagt er. »Ich hätte das Handy an diesem ersten Tag im Restaurant zurücklassen oder versuchen sollen, es per Boten zu einem Ihrer Stopps entlang des Wegs zu schicken. Und beschloss dann, dass es das Sicherste sei –«

Er hält inne und betrachtet das Handy in meiner Hand. Ich habe es noch nicht aktiviert. Noch weiß ich nicht, was er getan hat, aber das Sicherste ist es bestimmt nicht. Indem er hierherkam, hat er uns beide der Ungewissheit ausgesetzt, und dieser Gedanke ist befremdend und aufregend.

»Und so habe ich beschlossen, es selbst zu überbringen«, sagt er. »Ich weiß, dass es Ihnen viel bedeutet.«

Ich schlucke, weiß nicht, was ich darauf antworten soll. Wenn er tief genug in meine E-Mails eingedrungen ist, um meine Reiseroute zu erfahren, hat er sehr wahrscheinlich mein ganzes Leben erfahren. Nicht nur, wohin ich unterwegs war, sondern auch warum und mit wem, und wer versucht hat, Kontakt zu mir aufzunehmen, und wer nicht. Womöglich weiß er inzwischen alles über mich, nicht nur den Namen meines Hundes und meinen Geburtstag, sondern alle meine kleinen Geheimnisse und Hoffnungen, die in den Tiefen meines Handys eingesperrt sind. Er kneift mit Daumen und Zeigefinger seine Oberlippe zusammen und zieht diese ein Stück weg von seinem Gesicht. Dieselbe Geste hat er auch vor sechs Tagen im George gemacht. Jetzt fällt es mir wieder ein. Genau das macht er, wenn er nervös ist. Er fühlt sich in meiner Gegenwart so unsicher wie ich mich in seiner.

»Wie heißen Sie denn?«, frage ich. »Sie wissen so viel über mich, und ich weiß nicht einmal Ihren Namen.«

»Dylan.«

»Dylan?«

»Nach Bob. Bob Dylan, eurem amerikanischen Folksänger. Meine Eltern waren ganz fürchterliche Hippies. So schlimm, dass sie ihr jüngstes Kind dazu trieben, Buchhalter zu werden. Jagten mich direkt in die Welt der Zahlen und Hauptbücher, nur damit wenigstens irgendwas einen Sinn ergab. Aber es hätte vermutlich schlimmer kommen können. Meine Brüder heißen Arlo und Seeger. Warum lachen Sie darüber? Sie halten mich doch sicherlich für bescheuert, weil ich hergekommen bin.«

»Moment mal«, sage ich. »Ich bin gleich wieder zurück.«

Ich nehme mein Handy und gehe ein Stück weit den Weg hinunter. Finde eine der Nischen in der Mauer und zwänge mich unter ein Fenster. Warte darauf, dass meine Mutter sich einmischt, wie sie das immer tut. Mich auf vorhersehbare Weise aufmuntert. *Che,* würde sie sagen, *es gibt Zeiten, da muss eine Frau die Gelegenheit beim Schopf packen. Und nicht nur irgendeine Gelegenheit, Baby. Nimm diese.*

Aber Diana schweigt. Sie ist woandershin verschwunden, abgelenkt von einem ihrer hellleuchtenden Dinge. Ich schalte mein Handy ein. Er hat es aufgeladen. Das Display leuchtet sofort auf, hell wie Canterbury. Das kleine Mikrofon steht sofort für mich bereit. Ich starre kurz darauf, schalte das Handy aber gleich darauf aus und kehre zurück zu der Bank im Dunkeln, auf der Dylan wartet.

»Alles in Ordnung?«, fragt er.

»Ich finde nicht, dass es bescheuert von Ihnen war, herzukommen«, sage ich und nehme wieder neben ihm Platz. »Ich bin sogar froh, dass Sie mir das Handy selbst gebracht haben. Es war eine großartige Geste, aber manchmal muss man eine große Geste machen.«

»Ich habe auf die Kathedrale geblickt«, sagt er. »Wie sieht sie innen aus?«

»Groß.«

»Ich bin nie da gewesen. Verrückt, wenn man das als Londoner sagt, ich weiß.«

»Vielleicht sollten Sie bis morgen bleiben. Einen Urlaub daraus machen.«

»Aber Sie fahren zurück nach Amerika?«, fragt er. »Sonntagmittag, das ist doch der Plan? Ich weiß, was Ihr Zeitplan fordert.«

Ich stoße meine Schuhspitze in die Kieselsteine unter der Bank, bis Staub aufsteigt. Valeries Wanderstiefel werden noch mal gesäubert werden müssen. »Ich bin mir nicht sicher«, sage ich. »Ich weiß nicht recht, was ich tue. Ich habe gehört, dass diese Stadt einen Fluss hat.«

»Ich denke, ja«, sagt er zögernd, und seine Augen bleiben dabei unentwegt auf das Leuchten der Kathedrale gerichtet. »Kann sein, dass ich ein Schild gesehen habe, auf dem steht, dass man Boote mieten kann.«

»Es soll kein allzu großer Fluss sein.«

Er kneift sich wieder in die Lippe. »Sehr wahrscheinlich nicht. Aber es gibt nur einen Weg, das herauszufinden.«

Und so sitzen wir, Dylan und ich, Schulter an Schulter und blicken hoch zur Kathedrale von Canterbury. Minuten verstreichen. Dann noch ein paar. Um 21:15 Uhr wird ein einzelner Glockenschlag ertönen. Aber bis dahin ist die Stille angenehm.

Danksagungen

Für die Recherche zu diesem Buch bin ich den Canterbury Trail gewandert, eine Unternehmung, die ohne die (ganz wörtlich zu verstehende!) Führung durch Jane Martin, dem führenden Kopf hinter Tours of the Realm, unmöglich zu schaffen gewesen wäre. Jane organisiert und führt private Touren, die sich ganz und gar an den Interessen der Reisenden orientieren, und sie half mir dabei, Ches Reise Authentizität und Realismus zu verleihen.

Auch meiner Agentin Stephanie Cabot von der Gernert Company und meiner Lektorin Karen Kosztolnyik von Gallery Books bin ich zu großem Dank verpflichtet. *Die Canterbury Schwestern* wäre ohne ihre Loyalität, Unterstützung und ihren Rat nicht realisierbar gewesen.

Meine Dankbarkeit gilt dem ganzen Team von Gallery, angefangen bei denen, die das Heft in der Hand halten: den Verlegerinnen Jennifer Bergstrom und Louise Burke und der Mitherausgeberin Michele Martin. Die Presseabteilung hätte nicht hilfreicher sein können, allen voran die Pressechefin Jennifer Robinson und der Presseagent Jules Horbachevsky. Ein besonderer Dank ans Marketing: der Vertriebsleiterin Liz Psaltis, der Abteilungsleiterin Melanie Mitzman und der

Chefin des Onlinemarketings Diana Velasquez. Ein Dank auch an Becky Prager, Karens Lektoratsassistentin, die sämtliche Fragen beantwortet. Und bei Gernert an Anna Worrall, die Autoren so hervorragend berät, und vor allem an Ellen Goodson, die die Schecks verschickt.

Kim Wright

WIE KAMEN SIE DARAUF, DIE GESCHICHTE IN CANTERBURY ANZUSIEDELN?

Die Canterbury Schwestern kamen mir als vollkommen durchdachtes Konzept in den Sinn, als ich eines Tages mit meiner amerikanischen Lektorin in New York zu Mittag aß. Wir besprachen Konzepte für neue Bücher, die ich in Angriff nehmen könnte, und plötzlich platzte es aus mir heraus: „Wie wäre es mit einer modernen Version der *Canterbury Tales* mit einer Gruppe zufällig zusammengewürfelter Fremder, die sich miteinander anfreunden, während sie wandern und sich ihre Geschichten erzählen?" Der ganze Plot war auf einmal da, als wäre er mir zugeflogen. An der Universität habe ich Arbeiten über Chaucer geschrieben, mir aber nie Gedanken gemacht, wie diese Wanderung für eine Gruppe zeitgenössischer Pilger aussehen würde.

Meine Lektorin sagte: „Einverstanden, das würde ich machen." Und somit stand ich in der Pflicht.

Mir war klar, dass ich recherchieren musste, damit das Buch authentisch wurde, aber ich wusste nicht einmal, ob der Canterbury Trail noch als Wanderroute existierte. Es stellte sich heraus, dass etwa 75 km davon noch intakt sind, und ich nahm mir einen Führer – der Weg ist nicht durchgängig und führt über privat genutztes Land, so dass man jemanden braucht, der sich auskennt. Ohne meinen Guide würde ich wahrscheinlich noch immer irgendwo im südlichen England verloren unter Schafen umherirren. Und mein Reiseleiter kümmerte sich sogar darum, dass mir der Pilgersegen in der Kathedrale von Canterbury zuteilwurde, nachdem unsere Wanderung, die drei Tage dauerte, abgeschlossen war. Da ich den Weg selbst gewandert und unterwegs in den kleinen Gasthäusern eingekehrt bin, war es mir möglich, Ches Reise durch Details anzureichern.

DIE FRAUENGRUPPE, DIE NACH CANTERBURY WANDERT, IST SEHR BUNT GEMISCHT. WIE SIND SIE AUF DIESE EINZIGARTIGEN CHARAKTERE GEKOMMEN, UND WIESO HABEN SIE GERADE DIESE AUSGEWÄHLT?

Ich habe selbst mehrere geführte Wanderungen an verschiedenen Orten rund um den Erdball mitgemacht, und diese Art des Reisens zieht tatsächlich einen interessanten Mix von Menschen an. Wenn man sich am ersten Tag trifft, ist da immer dieses merkwürdige Gefühl von "OK" das also sind nun meine Gefährten für jede Mahlzeit, jeden Aufenthalt, jeden Schritt auf dieser Reise." Und obwohl ich oft dachte, es gäbe keine Gemeinsamkeiten zwischen mir und ihnen, habe ich am Ende echte Freunde gefunden. Schnell geschlossene Freundschaften und gemeinsame Geschichten machen diese Art von Reisen aus.

Wenn es zudem noch eine Pilgerreise ist, steht noch mehr auf dem Spiel. In den *Canterbury Tales* sagt einer der Protagonisten, dass es nur zwei Gründe gibt, weshalb man sich auf Pilgerschaft begibt: Entweder sucht man Heilung oder Vergebung. Als nun der Kreis meiner Frauen feststand, stellte ich mir die Frage: „Woran leidet diese Frau? Was versucht sie zu heilen?" und dann „Wem muss sie vergeben, um Frieden zu finden? Was muss sie sich selbst verzeihen?" Nachdem ich einmal begonnen hatte, in diese Richtung zu denken, kamen die Geschichten wie von selbst.

Canterbury

ist eine relativ kleine historische Stadt in Kent im Südosten Englands mit ca. 55.000 Einwohnern. Deren Kathedrale ist die Mutterkirche Englands und gleichzeitig der älteste gotische Bau auf britischem Boden, weswegen sie auch von der UNESCO zum Weltkulturerbe erhoben wurde.
Nach dem Märtyrertod von Thomas Becket im Jahr 1170 wurde die Kathedrale von Canterbury zu einer bekannten Pilgerstätte. Eine Pilgerreise zu seinem Grab dient auch als Rahmen für Geoffrey Chaucers Klassiker *The Canterbury Tales* aus dem 14. Jahrhundert.
Heute ist Canterbury ein beliebtes Touristenziel und eine der meistbesuchten Städte Großbritanniens vor allem wegen der vielen historischen Gebäude, die Canterbury zu bieten hat. Neben der historischen Stadtmauer und vielen alten Kirchenbauwerken gibt es eine Vielzahl weiterer historischer Sehenswürdigkeiten wie den Bergfried des ehemaligen normannischen Canterbury Castles oder die normannische Treppe der King's School.
Mittlerweile hat sich Canterbury aber auch zu einer Studentenstadt entwickelt.

© touch the sky/Thinkstock

Der Pilgerweg

ist die historische Route, die von Pilgern von Winchester in Hampshire zum Grabmal Thomas Beckets in Canterbury in Kent genommen wurde. Beckets Grabmal war das wichtigste im Land und zog Pilger von nah und fern an.

© KW Clarke / Alamy Stock Photo

1. *Eine Einkehr war in* **CHILHAM**, *wo ich die Inspiration für den ersten Morgen der Wanderung der Canterbury Schwestern, wo sich alle gegenseitig neben der Statue fotografieren, her habe. Aber das Woolpack Inn in Chilham war auch die Vorlage für den Pub, in dem Che auf Randy trifft, ihren Dart spielenden Möchtegern-Romeo.*

© clubfoto/istock

2. *Danach machten wir einen weiten Bogen und besichtigten* **DOVER**, *das auch im Buch beschrieben wird. Hier ist ein netter Schnappschuss von dem Leuchtturm, wo an jenem stürmischen Nachmittag der Tee eingenommen wurde. Und der Ort, an dem es zum Unfall und zur Bluttransfusion kommt, heißt Old Wives Lees (dt.: Altweiberbodensatz), ein Name, den ich nicht vergessen möchte, weil er so sprechend ist.*

Der Originalpilgerweg ist heute zwar mit Autobahnen bebaut, aber man kann den alternativen im Jahr 1978 eröffneten sogenannten North Downs Way laufen, der neben den Straßen herführt und 246 km lang ist. Rund 19 % dieses Weges folgen Straßen, aber 75 % davon sind sehr kleine Wege.

Die Route führt durch das Downland, die Wege und die umliegende Landschaft sind durch kreidehaltige Böden, Kalkmagerwiesen und -weiden sowie landwirtschaftlich genutzte Tonböden geprägt.

Die Canterbury Tales

... wurden Ende des 14. Jahrhunderts vom Engländer Geoffrey Chaucer verfasst. Die 20 Erzählungen sind eines der berühmtesten Werke der englischen Literatur.

Sie handeln von einer Gruppe von Pilgern, die sich auf den Weg von London nach Canterbury macht, um dort das Grabmal von Thomas Becket in der Kathedrale von Canterbury zu besichtigen. Die Reisenden beschließen auf dem Weg, sich gegenseitig Geschichten zu erzählen. Die beste Geschichte soll gewinnen und deren Erzähler nach ihrer Rückkehr mit einer freien Mahlzeit im Tabard Inn in London ausgezeichnet werden.

Die Geschichten handeln von der Liebe, aber in ihren unterschiedlichsten Formen. Einige Pilger erzählen von der höfischen Liebe, andere berichten Fabeln oder gar Predigten. Manche sind lustig, andere sind ernst. Es gibt Verrat und Habsucht, und es geht mitunter etwas wild zu, und so entsteht durch die Geschichten der Pilger ein lebhaftes Portrait der spätmittelalterlichen englischen Gesellschaft.

Ursprünglich hatte Chaucer 120 Erzählungen geplant, vollendete aber nur 20. Zwei weitere sind als Fragmente erhalten.

Groß-
britannien
Southampton